PAUL WEILER

Tödliche neue Welt

PAUL WEILER

Tödliche neue Welt

Kriminalroman

GMEINER SPANNUNG

Personen und Handlung sind frei erfunden.
Ähnlichkeiten mit lebenden oder toten Personen
sind rein zufällig und nicht beabsichtigt.

Im Ehnried 5, 88605 Meßkirch
Telefon 07575/2095-0
info@gmeiner-verlag.de

1. Auflage 2019

Lektorat: Daniel Abt
Herstellung: Mirjam Hecht
Umschlaggestaltung: U.O.R.G. Lutz Eberle, Stuttgart
unter Verwendung eines Fotos von: © hpgruesen / pixabay.com
Druck: GGP Media GmbH, Pößneck
Printed in Germany
ISBN 978-3-8392-2430-4

VORBEMERKUNG

Sämtliche in diesem Roman beschriebenen Technologien existieren bereits heute. Viele von ihnen sind längst Bestandteil unseres Alltags, andere noch Kuriositäten in den Werkstätten von Universitäten und Forschungslaboren. Aber sie existieren.

Die Schauplätze der Handlung entsprechen durchgängig realen Orten und Einrichtungen. Selbst das EU Intelligence Centre (INTCEN), mit dem sich unser Romanheld herumschlagen muss, existiert wirklich. Es wurde am 01. Januar 2003 unter dem Namen »Joint Situation Center« (SitCen) gegründet und erhielt 2012 seinen heutigen Namen. Kritiker sehen im INTCEN die Keimzelle eines europäischen Geheimdienstes. Es entzieht sich bis heute jeder parlamentarischen Kontrolle. Bei der Machtposition, die dem INTCEN im Roman zugeschrieben wurde, handelt es sich hingegen (hoffentlich) um reine Fiktion.

Schließlich bleibt zu erwähnen, dass die von unserem Romanheld bekämpfte Gefahr nach Meinung des Autors ebenfalls höchst real ist. Alles, was technisch machbar ist, erblickt eines Tages das Licht der Welt – im Guten wie im Schlechten.

Man sollte also vorsichtig sein, was man sich in die eigene Wohnung holt …

PROLOG

Wolfsspinnen spinnen keine Netze. Sie verharren gut getarnt in ihrem Versteck und lauern ihrer Beute auf. Kommt ein Insekt in ihre Reichweite, schnellt die Wolfsspinne vor und ergreift ihr ahnungsloses Opfer.

Baldy war zwar keine Wolfsspinne, aber seine vernarbte Gesichtshaut wirkte auf viele Menschen genauso abstoßend wie der Anblick eines dieser unliebsamen Krabbeltiere. Aus diesem Grund arbeitete Baldy hauptsächlich von zu Hause aus. Seine Ein-Mann-Firma betreute Computernetzwerke für lokal ansässige Hotels, und da sich die meisten Fehler in diesen Netzwerken bequem per Fernwartung beheben ließen, war ein persönliches Erscheinen vor Ort selten erforderlich. Ein Umstand, der ihm und seinen Kunden sehr entgegenkam.

Sein Arbeitszimmer befand sich in einem Reihenhaus außerhalb des Münsteraner Stadtzentrums. Er bewohnte die über 100 Quadratmeter des zweistöckigen Gebäudes allein, was bei seinem Einzug anders geplant war, sich aber mittlerweile nicht mehr ändern ließ. Neben einem ungenutzten zweiten Schlafzimmer und dem für einen Singlehaushalt viel zu großen Wohnbereich erinnerten nur wenige Fotos auf einem verstaubten Bücherregal an sein längst verlorenes Leben.

Baldy saß an seinem Schreibtisch und starrte gedankenverloren durch das Fenster in den Nachthimmel. Dann rief er sich zur Ordnung. Es war Jagdzeit. Während der Jagdzeit durften seine von Wut, Verzweiflung und Trauer erfüllten Erinnerungen keinen Platz in seinem Denken einnehmen. Er musste sein Augenmerk auf die Zukunft richten, um mit der Vergangenheit abzurechnen. Zweimal hatte er das in den vergangenen Wochen bereits getan, und heute Nacht würde er es wieder tun.

Wolfsspinnen sind Nutztiere – sie jagen Ungeziefer. Genau wie Baldy. Aber im Gegensatz zu Wolfsspinnen nutzte er für seine Jagd ein Netz, das andere für ihn gesponnen hatten.

1. KAPITEL
TAG 1 – MÜNSTER, 14. MAI, 09.03 UHR

1

Entgegen seiner sonstigen Gewohnheit grüßte Alexander Ivens zurück. Dieser Gruß war der erste Fehler des Tages – oder die erste glückliche Fügung, je nachdem, wie man es betrachtete. Die zweite Wendung des Tages, die ebenfalls je nach Standpunkt als Missgeschick oder Glücksfall angesehen werden konnte, folgte am frühen Nachmittag in Form eines unerwarteten Anrufes.

Doch bis dahin waren es noch knapp sieben Stunden. Jetzt zeigte die Uhr kurz nach neun, und Ivens war spät dran. Obwohl heute sein erster dienstfreier Tag seit Wochen war, stand ein wichtiger Termin auf der Agenda – zumindest hatte sein knurrender Magen entschieden, dass dieser Termin unaufschiebbar war. Er hatte einen Tisch in seinem Lieblingscafé reserviert, und von seinen zahlreichen vorherigen Besuchen dort wusste er, dass ein exzellentes Frühstücksbüfett auf ihn wartete.

Gerade hatte er die Wohnungstür hinter sich zugezogen und die ersten Stufen im Treppenhaus genommen, als ihm eine junge Frau über den Weg lief und ihm ein überschwängliches »Guten Morgen« entgegenschleuderte.

Normalerweise vermied Ivens jedes unnötige Wort in den frühen Morgenstunden, und an jedem anderen Tag wäre der Gruß unbeachtet verhallt wie das Dröhnen der ständig an seiner Innenstadtwohnung vorbeifahrenden Busse. Dabei war Ivens keineswegs ein unhöflicher Mensch. Es lag schlicht an der Uhrzeit – Ivens war ein absoluter Morgenmuffel. Heute jedoch hatte er ausgesprochen gute Laune, und daher grüßte er zurück.

Prompt nahm die junge Dame seine Freundlichkeit als Anlass zu einem kurzen Small Talk.

»Das müssen Sie sehen. Es ist einfach unglaublich!«

Ivens hob die Augenbrauen. »Was ist unglaublich?«

»Ach, kommen Sie! Raten Sie einfach, was er gemacht hat.«

»Was wer gemacht hat?« Ivens begann, an dem Verstand der Frau zu zweifeln. Kurz überlegte er, wo er die etwas pummelige Blondine mit den rosa gefärbten Haarsträhnen und den waghalsig hohen Stöckelschuhen einordnen sollte. Wohnte sie hier? Er konnte sich nicht erinnern, sie schon einmal im Haus gesehen zu haben. Vermutlich eine Freundin des Studenten von oben, spekulierte Ivens.

»Sie haben wohl nicht auf dem Schirm, was heute abgeht, oder?«, durchbrach sie seine Gedankengänge. »Mensch, heute ist CD! Komohoto übertrifft einfach alles, was bisher dagewesen ist.«

Augenblicklich wich Ivens' gute Laune, als hätte ihm jemand eine schallende Ohrfeige verpasst. Wortlos drehte er sich um und nahm die Treppenstufen zurück in seine Wohnung. Dort kramte er eilig seine alte Sonnenbrille aus dem Schlafzimmerschrank.

Als Ivens auf die Straße trat, tobte in der Innenstadt bereits der Mob. Die Touristen tummelten sich wie Ameisen um einen saftigen Leckerbissen, zahllose menschliche Körper, dicht aneinandergedrängt, so weit das Auge reichte. Unzählige Minidrohnen, ausgestattet mit winzigen hochauflösenden Kameras, erfüllten die Luft mit einem lautstarken Brummen. Mehrere Fernsehsender hatten Gerüste aufgebaut, die meterhoch aufragten wie Flutlichtmasten. Oben auf den Plattformen sammelten riesige Objektive unablässig die Farben, Formen und Bewegungen der Szenerie und schickten sie hinaus in die ganze Welt. Weiter unten angebrachte Richtmikrofone selektierten aus dem Stimmengewirr der Massen die spontanen Meinungsäußerungen, um daraus das allgemeine Stimmungsbild wiedergeben zu können.

Ivens war sich sicher, wie dieses Meinungsbild ausfallen würde – nämlich so wie immer: ein Jahrhundertwerk; ein Fest für die Sinne; unbändige Kreativität im gekonnten Spiel zwischen Moderne und Geschichte.

Zum Glück filterten die dunklen Gläser seiner Sonnenbrille das Schlimmste dieser »unbändigen Kreativität« heraus.

Ivens drängte sich durch die Menschentrauben, die die Fassaden der mittelalterlichen Giebelgebäude und Kirchen der Innenstadt bestaunten. Doch weit kam er nicht. Gerade als er neben dem Rathaus eine schmale, fast menschenleere Gasse erspäht hatte, die aufgrund der eng stehenden Mauern nicht als Aussichtspunkt für die Touristen geeignet war, spürte er eine Hand auf seiner Schulter.

»Hauptkommissar Ivens. So ein Zufall. Kommen Sie – Sie können natürlich mit auf den Ehrenbalkon.«

Ivens sackte förmlich in sich zusammen. *Auch das noch,* dachte er. Wenn die Frau im Treppenhaus ihn doch nur nicht aufgehalten hätte. Jetzt stand der Totengräber seines gemütlichen Frühstücks ausgerechnet in Gestalt von Oscar Emmerich vor ihm.

Emmerich war stellvertretender Oberbürgermeister der Stadt und Vorsitzender des Polizeiausschusses, was ihn quasi zu seinem ranghöchsten Vorgesetzten innerhalb der Stadtmauern machte. Wie immer unterstrich Emmerich an diesem Morgen seinen hohen Amtsstatus durch einen vorbildlich sitzenden Anzug in Kombination mit einem blütenreinen weißen Hemd. Nur die Krawatte sprang mit einem kräftigen Farbmuster mehr ins Auge als gewohnt.

Ivens verspürte nicht die geringste Lust, Emmerichs spontaner Einladung zu folgen. Die Aussicht, in wenigen Minuten neben lauter Anzugträgern auf dem Ehrenbalkon des Rathauses zu stehen und Konversation betreiben zu müssen, ließ ihn schaudern. Verzweifelt startete er einen letzten Versuch, seine Vormittagspläne zu retten.

»Vielen Dank für die Einladung. Aber ich habe noch nicht gefrühstückt und wollte gerade …«

»Nur keine falsche Bescheidenheit«, unterbrach Emmerich und zog ihn in Richtung Rathaus. »Und nehmen Sie um Himmels willen diese alberne Sonnenbrille ab. Sie verpassen ja das Beste!«

Ivens seufzte und fügte sich seinem Schicksal. Statt die enge Gasse in Richtung seines Stammcafés zu nehmen, trottete er hinter Oscar Emmerich direkt in das Rathaus hinein. Auf dem Weg die Treppen hinauf zum Sitzungssaal, an den sich der große Balkon des Rathauses mit Panoramablick auf das Herz der Innenstadt anschloss, steckte er resigniert die Sonnenbrille in seine Jackentasche.

Sie hatten den Balkon soeben erreicht, als der Oberbürgermeister zur Eröffnungsrede der Feierlichkeiten ansetzte. Gleichzeitig mit seinen ersten Worten wichen die Gäste auf dem Balkon ein paar Schritte zurück, um dem Stadtoberhaupt seine gewohnte exponierte Stellung zukommen zu lassen. Durch diese Aktion befanden sich Ivens und Emmerich plötzlich in der vordersten Reihe direkt hinter dem Bürgermeister mit freiem Blick auf den Prinzipalmarkt, der das Zentrum der Stadt markierte. Das Tonsignal des Headsets, das der Bürgermeister trug, wurde von den überall in der Innenstadt postierten Funklautsprechern aufgefangen und in jeden Winkel und jede Gasse getragen.

»Es ist einfach fantastisch«, begann der Bürgermeister seine Rede.

Mein Gott! Fassungslos schüttelte Ivens den Kopf. Es war weit schlimmer, als er es sich vorgestellt hatte. Vom warmen Naturton des altehrwürdigen Baumberger Sandsteins, aus dem die eng aneinandergereihten Giebelhäuser des Prinzipalmarktes mit den großen Bogengängen erbaut waren, war nichts mehr zu sehen. Stattdessen erreichte ein Kaleidoskop von Farben seine ungeschützten Augen, brannte sich durch die Pupillen auf seine Netzhaut und verursachte dort wahre Explosionen von Sinnesreizen in den Sehnerven.

»Dies ist wohl einer der bedeutendsten Colour-Days, die wir je hatten«, fuhr der Bürgermeister fort.

Ivens' Augen begannen zu schmerzen: Neongelb neben Giftgrün; ein knalliges Türkis, durchmischt mit leuchtendem Hellblau; helles Violett in allen erdenklichen Schattierungen; das Ganze dominiert von einem allgegenwärtigen schreienden Pink, so weit er sehen konnte. Es war, als habe jemand einen gigantischen funkelnden Regenbogen in Millionen Einzelteile zersplittert, einmal grob durchgemischt und dann mit einem wilden Sturmschrei sämtliche Straßen und Häuser der Innenstadt damit beworfen.

»Alle fünf Jahre feiern wir dieses Farbenfest, und lassen Sie mich eins sagen …« Dem Bürgermeister stockten vor Begeisterung die Worte. »Noch nie durfte unsere Stadt so etwas Wunderbares und Grandioses erleben.«

Ivens überkam ein leichter Brechreiz. Seine Hand glitt unwillkürlich in seine Jackentasche, wo die schützende Sonnenbrille ihr erzwungenes Schattendasein fristete. Er hatte in dem Moment geahnt, was auf ihn zukommen würde, als die Frau im Hausflur ihr »einfach unglaublich« und den Namen »Komohoto« zum Besten gab.

Akio Komohoto. Dieser junge japanische Künstler war bekannt für seine Farbexplosionen – oder besser für seine Farbverirrungen, wie Ivens fand. Er hatte schon einige Arbeiten von ihm gesehen. Aber diese hier übertraf alles. Der Kerl hatte nicht nur einzelne freie Fassadenflächen der Stadt für seine Kunst missbraucht, wie es bei den bisherigen Colour-Days üblich war. Stattdessen hatte er den gesamten zentralen Straßenzug der Innenstadt, jedes Gebäude über eine Strecke von mehr als einem halben Kilometer samt Giebeln und Bogengängen und selbst das zwischenliegende Kopfsteinpflaster mit seinen Farbexzessen überzogen. Der Prinzipalmarkt sah aus wie nach einem indischen Holi-Farbenfest – nur dass nicht Menschen, sondern wehrlose Bauwerke Opfer der ungezügelten Farbbeutelschlacht geworden waren.

Ivens beugte sich ein Stück vor, um einen Blick hinunter auf Sankt Lamberti erhaschen zu können. Sofort bereute er es. Die spätgotische Kirche, die den Prinzipalmarkt zur nördlichen Seite abschloss, war nicht wiederzuerkennen. Komohoto hatte dem Sakralbau breite Farbringe verpasst, die denen eines Leuchtturms ähnelten. Allerdings erinnerten die Farben eher an eine Stapelpyramide für Kleinkinder. Aber auch dieser Vergleich war noch geschönt. Die Farben, allesamt Rosa- und Rottöne, brannten förmlich in der Morgensonne. Jedes Kleinkind hätte sofort einen Schreianfall bekommen, da war sich Ivens sicher.

»Monate der Planung lagen vor diesem Ereignis.« Der Bürgermeister hatte erneut das Wort an die Touristenschwärme unten auf der Straße gerichtet. »Und dann, in der vergangenen Nacht, haben knapp 10.000 Fassaden-Robots ihren stummen Dienst nach den genialen Plänen des Künstlers verrichtet.«

Fassaden-Robots. Ivens durchfuhr ein unangenehmer Schauer. Seit diese Dinger vor wenigen Jahren auf den Markt gekommen waren, hatten die Kollegen aus dem Kommissariat für Sachdelikte nur Scherereien mit ihnen.

Eigentlich erfüllten Fassaden-Robots einen ganz praktischen Zweck: Man fertigte eine 3D-Aufnahme von einem Gebäude an, programmierte das gewünschte Ergebnis, und schon flitzten die etwa schuhschachtelgroßen Robots mit Bionik-Technologie wie Geckos die Hauswände entlang und reinigten oder strichen die Hauswand nach Wunsch.

Wie bei jeder neuen Technologie hatte es allerdings nicht lange gedauert, bis die ersten Zweckentfremdungen aufkamen. Kollegen aus dem Rheinland berichteten, dass statt Maibäumen seit Neuestem vermehrt riesige rosa Herzen die Hauswände der Auserwählten schmückten – leider allzu oft aufgetragen mit ultrawetterfester Lackfarbe als Zeichen der dauerhaften Absichten des Täters. Die Eltern, in deren Häuser die angebeteten Töchter wohnten, fanden das nur bedingt romantisch.

Im maibaumtraditionslosen Westfalen kämpfte die Polizei eher mit dem klassischen Graffiti-Unwesen. Diese Schmierereien zeichneten sich zwar nun, dank der neuen technischen Möglichkeiten, durch wesentlich ansprechendere und perfekt ausgeführte Motive aus. Trotzdem missfielen den Hausbesitzern die Ergebnisse genauso wie den Rheinländern die rosa Herzen.

»Und ich habe noch eine gute Nachricht«, unterbrach die Stimme des Bürgermeisters Ivens' Gedankengänge. »Aufgrund der stabilen Wetterlage konnten für den diesjährigen Colour-Day ausschließlich umweltfreundliche Lebensmittelfarben verwendet werden. Bis der erste Regen kommt und alles wieder davonspülen wird, werden mindestens drei Tage vergehen. Sie haben also Zeit genug, sich in Ruhe umzusehen und unsere schöne Stadt ausgiebig kennenzulernen.«

Donnernder Applaus erreichte den Balkon des Rathauses, während Ivens' rechtes Auge nervös zu zucken begann.

Mindestens drei Tage. Auch das noch.

»Meine Damen und Herren, kommen wir nun zum Höhepunkt des heutigen Tages. Bitte begrüßen Sie mit mir den Mann, der das alles hier erschaffen hat: Akio Komohoto.«

Erst jetzt bemerkte Ivens den verschüchtert wirkenden Japaner, dessen blasse Gesichtsfarbe in starkem Kontrast zu seinem Kunstwerk stand. Komohoto wirkte neben dem bulligen, übergewichtigen Bürgermeister wie ein zu kurz geratener Fahnenmast. Der Mann bestand nur aus Haut und Knochen. Ein fast quadratisches Gesicht thronte auf einem armdicken Hals, der viel zu schwach für diese Last wirkte. Dieser scheinbaren Instabilität hatte Komohoto eine völlig überdimensionierte Brille hinzugefügt, die fast die Hälfte seines Gesichts umfasste. Das Brillengestell bestand aus aneinandergereihten stilisierten Giebelformationen in allen erdenklichen Farbtönen. Ivens ahnte, dass die Souvenirläden der Stadt bis unter die Decke mit diesen Ungetümen vollgestopft waren und er sie auch nach Komohotos Abreise wohl öfter zu Gesicht bekommen würde.

Komohoto trat einen Schritt nach vorn und spähte vorsichtig vom Balkon hinunter auf die Menschenmassen. Ivens sah, wie seine Beine nervös zitterten. Einige Augenblicke lang stand Komohoto regungslos da, vom anhaltenden Schlackern seiner Gliedmaßen abgesehen. Dann winkte er verlegen seinem Publikum auf der Straße und verteilte Kusshände.

2

Jeder gierte danach, dem berühmten japanischen Künstler die Hand zu schütteln. Um Akio Komohoto bildete sich innerhalb weniger Sekunden eine dichte Menschentraube, und auch Oscar Emmerich drängte in Komohotos Richtung.

Ivens sah seine Chance gekommen, sich unbemerkt aus dem Staub zu machen.

»Ich hätte nicht gedacht, dass ich Sie hier treffe. Ist heute nicht Ihr freier Tag?«

Überrascht fuhr Ivens herum. Vor ihm stand Holger Baumann, Amtskollege und Leiter des Personaldezernats der örtlichen Polizeidienststelle. Baumann war ein zäher, drahtiger Kerl, der eigentlich in den Außendienst der Polizei gehörte. Aber irgendetwas hatte ihn in den Verwaltungsdienst getrieben. Vielleicht eine Frau, bei der Männer mit Schichtdienst und Nachteinsätzen nicht landen konnten? Ivens konnte nur spekulieren. Er hatte keinen privaten Kontakt zu Baumann, und der Behördentratsch gab nichts über ihn her.

Baumann wies mit dem Kopf in Richtung Sitzungssaal. »Drinnen wird gerade ein Büfett aufgebaut. Es gibt bestimmt schon was abzustauben.«

Immerhin ein halbes Entkommen, dachte Ivens und folgte Baumann. Der Essensduft, der sich langsam im Rathaus ausbreitete, ließ ihn deutlich seinen Hunger spüren. Er nahm sich vor, die Stadtkasse für sein verpatztes Frühstück bluten zu lassen und sich ausgiebig zu bedienen.

»Was halten Sie davon?«, fragte Baumann und deutete

durch ein Fenster hindurch auf eine giftgrün leuchtende Giebeldachreihe.

»Ich lasse mich von meinem Augenarzt für die nächsten Tage krankschreiben.«

Baumann lachte. »Kein Freund der Kunst?«

»Über Geschmack lässt sich bekanntlich nicht streiten. Allerdings …« Ivens begutachtete ein Stück Fingerfood, von dem er gerade einen Bissen genommen hatte. »Das hier ist wirklich gut.«

Baumann gönnte sich ebenfalls ein Stück von dem Snack, der wie grüner Spargel aussah, und nickte bestätigend. Dann sagte er beifällig: »Ich habe übrigens eine gute und eine gute Nachricht für Sie. Welche möchten Sie zuerst hören?«

»Die Schlechte.«

Baumann schwieg.

»Also gut, die *schlechtere* der guten Nachrichten.«

»Die Nachbesetzung Ihrer freien Stelle ist genehmigt worden.«

Ivens glaubte, sich verhört zu haben. Er konnte sich kaum noch daran erinnern, wann er das entsprechende Antragsformular in die Mühlen der Bürokratie gegeben hatte. Vor sechs Monaten? Fast einem Jahr? So lange war es her, dass sein letzter Assistent Hals über Kopf gekündigt hatte.

Steffen Hengster, ein junger, engagierter Kriminalkommissar, war ihm vor etwas mehr als drei Jahren als Unterstützung zugeteilt worden. Ivens hatte ihn gemocht. Hengster war zuverlässig und fähig gewesen – zumindest im Rahmen dessen, was man von einem Grünschnabel, der frisch von der Polizeihochschule kam, erwarten durfte. Allerdings hatte Hengster ein Problem, und dieses Problem hatte zu der völlig überraschenden Kündigung geführt.

Hengster und seine charmante Freundin wohnten in einem modernisierten Altbau mit Blick auf einen großen, begrünten Innenhof. Zu der Etagenwohnung gehörte eine weitläufige Dachterrasse, der das junge Paar nach dem Einzug seine ganze Gestaltungsleidenschaft widmete. Ivens war ein paarmal zum Grillen eingeladen und durfte die akkurat angeordneten Sitzgruppen, Kübelpflanzen und Beleuchtungselemente bewundern, die er sonst nur aus Architekturzeitschriften kannte. Alles wäre perfekt gewesen – wenn nicht die Tauben gewesen wären. Die Tauben fanden die Dachterrasse ebenfalls sehr ansprechend, fühlten sich allerdings genötigt, eigene Gestaltungselemente in Form ätzender und stinkender Körperausscheidungen hinzuzufügen.

Hengster nahm es sportlich und eröffnete den Krieg. Auf Basis seiner waffenkundlichen Ausbildung im Polizeidienst und mit Unterstützung eines technikbegeisterten Freundes tüftelte er an einer Lösung, die effizient und schlagkräftig war, aber in Übereinstimmung mit dem Tierschutzgesetz stand. Das Ergebnis war eine schlanke, etwa einen Meter hohe Säule aus gebürstetem Edelstahl. Auf den ersten Blick hielt man sie für ein Designerobjekt, einzig dazu bestimmt, einen edlen Akzent in Gärten und auf Balkonen zu setzen. Ihr wahrer Zweck erschloss sich erst, wenn man die kleinen, verborgenen Öffnungen der Säule näher inspizierte und die Baupläne studierte: vier um 180 Grad schwenkbare Hochdruckdüsen, deren sekundenschnelle Ausrichtung von einem automatischen Zielverfolgungssystem mit Radar gesteuert wurde; ein im Innern der Säule verborgener Zehn-Liter-Wassertank sowie ein Zusatztank mit einer umweltverträglichen Chemikalie, die die Oberflächenspannung des Wassers erhöhte; ein leistungsfähiger Kompressor für einen kräftigen Wasserstrahl mit mehr als 20 Metern Reichweite, der dank der erhöhten Oberflächenspannung auch in dieser Entfernung dicht gebündelt war; vier Infrarotkameras, die ihre Daten permanent an einen Hochleistungschip mit stereoskopischer Bilderkennungssoftware schickten. Hengster hatte die Software bald auf Vögel aller Art trainiert – schließlich schissen nicht nur Tauben.

Der Erfolg war durchschlagend, und das im doppelten Sinne. Spätestens nach einem halben Tag unter Dauerbeschuss nahmen die Tiere für immer Reißaus. Eine einzige dieser Säulen genügte, um bei geschickter Platzierung eine Fläche von über 1.000 Quadratmetern dauerhaft vogelkotfrei zu halten. Es kam, wie es kommen musste: erste Anfragen aus dem Bekanntenkreis, Presseartikel, noch mehr Anfragen, die Anmietung einer Produktionshalle, die Kündigung des erbärmlich bezahlten Kommissar-Jobs.

Ivens konnte es Hengster nicht verübeln. Während dieser nun das Geld eimerweise scheffelte, musste Ivens seitdem ohne Assistent auskommen.

Aber jetzt schien sich das Blatt zu wenden.

»Genehmigt also«, sagte Ivens, wobei er Baumanns Gesicht nach Anzeichen von Ironie absuchte.

Baumann nickte bestätigend.

»Und die zweite Nachricht?«

»Sie fängt bereits morgen an.«

»Sie?«, entfuhr es Ivens überrascht.

»Haben Sie etwas gegen Frauen?«, reagierte Baumann prompt. Sein Tonfall ließ keinen Zweifel daran aufkommen, dass er in diesem Punkt überhaupt keinen Spaß verstand.

Bevor Ivens etwas entgegnen konnte, hörte er vom Balkon das Klirren von Glas, als ob Sektkelche zu Boden fielen und dort zerbarsten. Eine laute Stimme durchdrang den dichten Menschenring, der den Balkon vom inneren Sitzungsaal abschirmte.

»Ein Arzt! Ist hier ein Arzt!?«

Ivens stürmte in Richtung Balkon. Er schob einige Leute unsanft beiseite und kämpfte sich bis zur vordersten Reihe durch. Aus dem Augenwinkel bemerkte er einen Schwarm von Minidrohnen, die wie lästige Mücken vor dem Balkon auf und ab tanzten und ihre Kameras auf einen Punkt fokussierten. Dort, im Brennpunkt der fliegenden Objektive, knieten der Oberbürgermeister und Oscar Emmerich neben einem schlaffen Körper, der bäuchlings auf dem kalten, orange-grünen Steinboden lag. Ivens erkannte sofort, wer der offensichtlich Bewusstlose war: Akio Komohoto.

»Machen Sie Platz!«, raunzte Ivens ein paar der umstehenden Ehrengäste an.

Statt der Aufforderung zu folgen, drängten sich einige noch enger um den am Boden liegenden Künstler und fummelten am Gestell ihrer Brillen. Kleine rote Lämpchen an den oberen Brillenrändern begannen zu blinken: Smartphoneglasses mit integrierter Kamera.

Es war seit Jahren Vorschrift, dass die Einschaltung der Aufnahmefunktion an Kamerabrillen über ein Leuchtsignal für alle sichtbar sein musste. Es war allerdings auch Vorschrift, dass Unfälle und Katastrophen mit direktem Personenbezug nicht gefilmt werden durften. Aber selbst hier oben, im Kreis der honorigen Gäste der Stadt, galt dieses Verbot so viel wie einem Fahrradfahrer eine rote Verkehrsampel.

Ivens drehte den zerbrechlichen Körper des Japaners vorsichtig zur Seite. Komohotos Gesicht, dessen extreme Blässe ihm zuvor schon aufgefallen war, glänzte nun gänzlich farblos unter einem Film kalten Schweißes.

»Hören Sie mich?« Ivens rüttelte den Asiaten an der Schulter.

Akio Komohoto gab keine Antwort. Die Augen des Künstlers waren leer und ausdruckslos.

»Wir müssen ihn auf den Rücken drehen«, kommandierte Ivens, ohne auf irgendwelche Rangstellungen der Anwesenden Rücksicht zu nehmen.

Emmerich und Ivens rollten den schmächtigen Körper des Japaners in die Rückenlage, während der Bürgermeister sein Jackett auszog und es stützend unter Komohotos Kopf schob. Ivens legte Wange und Ohr über den Mund des Bewusstlosen und beobachtete aufmerksam den Brustkorb. Dann riss er dem Künstler die obersten Hemdknöpfe auf und überstreckte den Kopf in den Nacken, um die Atemwege frei zu machen.

»Was ist passiert?« Ivens sah den Bürgermeister und Emmerich fragend an.

Emmerich hob die Schultern. »Er ist einfach umgekippt.«

»Rufen Sie einen Krankenwagen!«

Ivens legte seine Hände auf den Brustkorb des Japaners und drückte die Arme durch. Für einen Moment zögerte er. Durch das Hemd hindurch fühlte er nur zerbrechliche Knochen. Er zwang sich, sich die Anweisungen aus den Erste-Hilfe-Trainings in Erinnerung zu rufen: »Besser ein paar gebrochene Rippen als eine anhaltende Sauerstoffunterversorgung des Gehirns.«

Ivens verlagerte sein Körpergewicht auf die Arme und drückte kräftig zu. Sofort ergoss sich ein Schwall Blut aus dem Mund des regungslosen Asiaten.

Entsetzt wich Ivens zurück. Jede Beatmung war aussichtslos.

Akio Komohoto war tot.

3

Zwei Stunden nachdem Akio Komohoto seinen letzten Atemzug getan hatte, knallte Ivens die Tür seiner Wohnung hinter sich zu und warf sich erschöpft auf die Couch.

Was für ein beschissener Tag, dachte er frustriert. Seine Pläne für einen entspannten Vormittag bei einem gemütlichen Frühstück waren den Bach runtergegangen. Und das Erlebnis mit dem unter seinen Händen verstorbenen Ehrengast der Stadt hatte ihm die Lust geraubt, ein unbeschwertes Alternativprogramm für den Rest des Tages zu beginnen. Einzig Baumanns Nachricht über die Nachbesetzung seiner Assistentenstelle rettete den Tag davor, auf dem großen Misthaufen der gänzlich verlorenen Tage zu landen.

Wobei – berauschend war die Nachricht des Personaldezernenten nicht, fand Ivens.

Er hasste es, ungefragt Mitarbeiter zugeteilt zu bekommen. Natürlich war ihm klar, dass die zentrale Stellenvergabepraxis, die sich in den letzten Jahren zum Schutz vor Korruption und persönlicher Vorteilsnahme durchgesetzt hatte, keine andere Möglichkeit zuließ. Trotzdem hasste er es. Außerdem fühlte er sich mehr als unwohl bei dem Gedanken, demnächst für eine junge Kollegin verantwortlich zu sein.

Sein Unmut hierüber hatte ihm vermutlich deutlich im Gesicht gestanden, als Baumann ihm die Neuigkeit eröffnet hatte. Zumindest ließ sein Spruch »Haben Sie etwas gegen Frauen?« darauf schließen. Dabei beruhte sein spontanes Entsetzen auf einem völlig anderen Grund als der vom Personaldezernenten unterstellten Frauenfeindlichkeit: Für den Bruchteil einer Sekunde hatte er seine verstorbene Tochter Kira vor sich gesehen, wie sie ihm die Hand reichte und sich als seine neue Kollegin vorstellte. Kira wäre jetzt 27, so wie Hengster bei seinem Dienstantritt 27 gewesen war und so wie eigentlich alle Jungkommissare bei ihrer ersten Versetzung nach der Ausbildung um die 27 waren. Die Vorstellung, durch eine Assistentin dieses Alters jeden Tag an seine eigene Tochter erinnert zu werden, war durch Baumanns Nachricht wie ein gespenstisches Bild der Apokalypse unvermittelt in ihm emporgestiegen.

Theoretisch wusste Ivens, dass solche Projektionen unvermeidlich waren: Schon tausendmal war er Kira seit ihrem Tod begegnet. Oft hatte er sie in Kaufhäusern gesehen, manchmal ihre Stimme inmitten einer Gruppe von Menschen gehört, oder sie hatte ihn aus einer Zeitschrift heraus angelächelt. Der Psychologe, der ihm und seiner Frau Jennifer damals über die schlimmste Zeit hinweggeholfen hatte, hatte sie ausreichend darauf vorbereitet. Nur seine Arbeit hatte bisher einen zuverlässigen Schutzraum vor solchen Fantasiestreichen geboten. Wenn diese Bastion fallen würde …

Ivens überlegte, ob er seine Frau anrufen sollte, um mit ihr darüber zu reden. Sie würde es verstehen. Zwar hatten sie sich in den Jahren nach Kiras Tod auseinandergelebt – nicht zuletzt deshalb, weil Jennifer die gleiche Taktik des Überlebens gewählt und sich wie besessen in ihre Arbeit als Dozentin für Informatik gestürzt hatte –, aber ganz verloren war ihre Beziehung noch nicht. Doch dann wurde ihm klar, wie verrückt das war. Ein Anruf hätte automatisch bedeutet, mit Jennifer über Kira reden zu müssen. Und das war selten eine gute Idee.

Stattdessen schaltete Ivens den Fernseher ein, um sich von seinen Gedanken abzulenken.

4

Akio Komohotos Tod hatte alle anderen Schlagzeilen aus den Nachrichten verdrängt. Wohin Ivens auch schaltete, auf allen Kanälen dominierte die Berichterstattung vom Münsteraner Colour-Day mit dem tragischen Todesfall des japanischen Künstlers. Die Programmleiter der Sender hatten sich offensichtlich auf eine bestimmte Szene eingeschossen, die von ihnen für besonders publikumswirksam gehalten wurde: Es war die Stelle, an der der Oberbürgermeister der Stadt behutsam und mit sorgenvoller Miene sein Jackett unter den Kopf des regungslosen Japaners schob, während kurz danach ein unrasierter, in eine altmodische Lederjacke gekleideter Endvierziger seine groben Pranken auf den Brustkorb des zerbrechlichen Kunststars presste und ihm das Blut aus dem Leib quetschte.

Ivens gefiel sich nicht sonderlich gut in dieser Einstellung. Die gelegentlichen Kommentare der Nachrichtensprecher, dass es sich bei dem Mann um einen zufällig anwesenden Kriminalhauptkommissar der Stadt Münster handelte, der vorbildlich die korrekten medizinischen Sofortmaßnahmen durchgeführt hatte, versank als Fußnote der Berichterstattung. Was in den Köpfen der Zuschauer hängen blieb, waren stattdessen die Bilder des Grauens: rotschwarzes Blut, das in einem hässlichen Schwall aus dem Mund des toten Künstlers schoss und sich über sein leichenblasses Gesicht mit den ausdruckslosen Augen ergoss. Und das Gesicht des Mannes, der wie ein Schlächter über dem armen Opfer hing.

Die Sender schöpften aus einem reichhaltigen Fundus unterschiedlicher Perspektiven und Kameraeinstellungen der immer gleichen Szene. Ivens wusste zu gut, woher das Filmmaterial stammte. Es hatte vermutlich keine zehn Minuten gedauert, bis die Nachrichtendienste nach der offiziellen Bestätigung von Komohotos Tod ihre Internetbörsen eröffnet hatten. Hier konnte jeder die Aufnahmen seiner Drohnen oder seiner Kamerabrille zum Kauf anbieten. Die Versteigerung der Senderechte lief meist innerhalb von Minuten. Manchmal, wenn es nur wenig Filmmaterial gab und das öffentliche Interesse an einem Ereignis ausreichend groß war, überboten sich die Sender gegenseitig bis in astronomische Höhen. Aber nicht heute – da war sich Ivens sicher.

Schon als der arme Teufel noch als vermeintlich Bewusstloser in den Armen des Bürgermeisters lag, hatten sich zahlreiche Drohnen über dem Rathausbalkon versammelt, und als er seinen missglückten Widerbelebungsversuch eingeleitet hatte, hatten sie wie ein dunkler Fliegenschwarm über ihm gehangen. Hinzu kamen die Aufzeichnungen, die von den Gaffern direkt vom Balkon aus gemacht wurden.

Bildmaterial bis zum Abwinken.

Ivens lauschte eine Weile den Spekulationen der Reporter, wie es zu den immensen inneren Blutungen kommen konnte, die der von Emmerich herbeigerufene Notfallarzt noch vor Ort diagnostiziert hatte.

Als der Sender mit Impressionen von Akio Komohotos Kunst fortfuhr, schaltete Ivens zum Schutz der sensiblen Elektronik den Fernseher aus und schloss erschöpft die Augen.

5

Im Gegensatz zu Ivens genoss der regierende Oberbürgermeister Dr. Kampmeier jede Sekunde der laufenden Berichterstattung. Gebannt starrte er auf den sanft gewölbten Bildschirm, der mit den Ausmaßen einer übergroßen Tischtennisplatte die Stirnseite des altehrwürdigen Friedenssaals des Rathauses dominierte. Aufgrund der notorischen Raumnot in der Stadtverwaltung war der Prunksaal auch als Konferenzraum für profane Angelegenheiten ausgestattet worden.

Obwohl Kampmeier nicht allein war, zappte er seit Minuten ungestört von Kanal zu Kanal immer wieder zu der Szene, in der er sich geistesgegenwärtig seines Jacketts entledigte und es Akio Komohoto vorsichtig unter den regungslosen Kopf schob. Seine Bewegungen wirkten präzise und erhaben wie die eines Priesters, der die heilige Messe zelebrierte – zumindest empfand Kampmeier es so. Sein Gesichtsausdruck, sorgenvoll dem armen Opfer zugewandt, strahlte eine innige Anteilnahme aus, die der Situation angemessen war. Und schließlich zauberte der Kontrast zur nachfolgenden Szene, in der Hauptkommissar Ivens sich wie ein Metzger beim Zerteilen einer Schweinehälfte über den Körper des Künstlers hermachte, den Hauch des Besonderen auf seine eigene Tat.

Das Schicksal war manchmal sonderbar, dachte Kampmeier. Tief im Inneren wusste er, dass er verdammtes Glück gehabt hatte. Wenn Ivens' Wiederbelebungsversuch Erfolg gehabt hätte, wäre seine eigene Kopfkissenaktion vermutlich als stümperhafte Hilfeleistung eines unfachmännischen Idioten gebrandmarkt worden.

Doch heute waren die Würfel zu seinen Gunsten gefallen. Die Bilder würden noch Jahre dafür sorgen, dass ihm im Wahlkampf aus der unteren Riege keine Gefahr drohte. Insbesondere sein Stellvertreter Oscar Emmerich, der (nach Kampmeiers Meinung sowieso völlig unnötig) ebenfalls stets im Bild war, wirkte hölzern und untätig.

Nachdem Kampmeier sich endlich sattgesehen hatte, verbannte er seine Aufmerksamkeit von dem Bildschirm. Er musste sich auf die anstehende Ratssitzung konzentrieren. Komohotos überraschender Tod hatte den weiteren Verlauf des Colour-Days und damit auch die Lage in der Stadt grundlegend verändert. Jetzt galt es, schnell und besonnen zu handeln. Aus diesem Grund hatte er alles, was Rang und Namen in der Stadtverwaltung besaß, zu einer kurzfristig anberaumten Sondersitzung eingeladen. Seit mehr als zehn Minuten saßen die Teilnehmer bereits auf ihren Plätzen und warteten darauf, dass er das Wort erhob.

Kampmeier betrachtete die Anwesenden. Ihm gegenüber saß Marvin Schellenberg, Leiter des Stadtmarketings. Schellenberg fummelte wie immer pausenlos an seinem Smartphone-Armband. Kampmeier vermutete, dass es dabei um irgendeine Terminkoordination ging. Er hatte von Schellenberg noch nie andere Arbeitsergebnisse als Terminabsprachen gesehen. Ausarbeitungen aus Schellenbergs Feder? Fehlanzeige. Eigene Impulse für die Stadtentwicklung? Fehlanzeige. Strukturierte Marketingpläne? Ebenfalls Fehlanzeige. Dafür kannte Schellenberg mindestens die halbe Stadt persönlich und war ein wahrer Meister im Aufbau und der geschickten Nutzung von Beziehungen. Kurzum: die ideale Besetzung.

Links von Schellenberg blickte Rita-Julie Forsthövel, Dezernentin für Kulturförderung und Ausländerfragen, mit skeptischer Miene in die Runde. Vermutlich befürchtete sie, dass der unerwartete Tod des prominenten japanischen Gastes sich negativ auf ihre Zuständigkeiten im Amt für Ausländerfragen auswirken würde. Sie presste ihre ohnehin schmalen Lippen noch enger aufeinander als gewöhnlich, sodass sie einen kaum wahrnehmbaren dünnen Strich bildeten.

Die weiteren Anwesenden, die Kampmeier kurz taxierte, waren Dr. Friedrich von Bothmann, Vorsitzender der hiesigen Kaufmannschaft, und Luis Heißenberg, Leiter des Amtes für Tourismus und Fremdenverkehr. Den rechts von ihm nervös auf seinem Stuhl hin und her rutschenden Oscar Emmerich würdigte Kampmeier keines Blickes. Ihm wäre es lieber gewesen, wenn er seinen Stellvertreter im Bürgermeisteramt nicht hätte einladen müssen. Aber leider war der Polizeipräsident wegen einer dringenden Sache unabkömmlich, und er konnte die Statuten nun einmal nicht missachten: Bei Sitzungen der Stadtverwaltung musste immer ein Vertreter für Sicherheitsfragen anwesend sein, sonst war man nicht beschlussfähig. Und diese Rolle kam Oscar Emmerich in seiner Position als Vorsitzender des Polizeiausschusses zu.

Zum Glück schien Emmerich mit seinen Gedanken abwesend zu sein. Wie Schellenberg war er permanent mit seinem Smartphone-Armband beschäftigt und wirkte äußerst angespannt. Kampmeier hoffte auf schlechte Nachrichten – schlechte Nachrichten für Emmerich waren in der Regel gute Nachrichten für seine eigene Position.

Kampmeier räusperte sich und ergriff das Wort: »Beschlüsse von Weltrang sind in diesem Saal bereits gefasst worden. Jetzt schaut die Welt erneut auf Münster. Wir blicken auf eine Tragödie – aber auch auf eine Chance, die wir nicht ungenutzt verstreichen lassen dürfen. Der Tod von Akio Komohoto ist zweifelsohne tragisch. Aber … Erst im Tod wird ein Künstler bekanntlich besonders wertvoll. Komohoto hat uns ein Erbe hinterlassen, mit dem wir in diesem Sinne sorgsam umgehen sollten.«

Niemand sagte etwas. Alle waren gespannt, worauf der Oberbürgermeister hinauswollte.

Kampmeier wandte sich an den Vorsitzenden der Kaufmannschaft: »Friedrich, wie ist die Lage in der Stadt?«

Friedrich von Bothmann, seit Langem ein Duzfreund von Kampmeier, legte ein Strahlen auf. »Es könnte nicht besser sein. So gut wie alle Hotels der Stadt und in den umliegenden Gemeinden sind für die nächsten zwei Tage ausgebucht. Die Cafés und Restaurants platzen aus allen Nähten. Seit der Nachricht von Komohotos Tod sind die Buchungsanfragen nochmals explodiert, aber wir haben nichts mehr anzubieten.«

Bothmanns Ausführungen waren von einem permanenten Knackgeräusch begleitet, woraufhin Kampmeier die Tonübertragung an der vor ihm liegenden Steuerungseinheit des Sitzungssaals regulierte. Längst nicht alle Teilnehmer waren persönlich erschienen – dafür war die Sitzung viel zu kurzfristig anberaumt worden. Nur der Oberbürgermeister selbst, Marvin Schellenberg, Luis Heißenberg und Oscar Emmerich verdrängten reale Raumluft. Die anderen, einschließlich Bothmann, schwebten als Hologramme millimeterhoch über ihren Sitzungssesseln, in deren Rücken- und Armlehnen kleine Projektoren eingelassen waren.

Kampmeier war ein absoluter Befürworter von Hologrammkonferenzen. Schon oft war sein Blick während stundenlanger Sitzungen mitleidvoll zu den an der Westwand des Friedensaales angebrachten Porträts der Souveräne und Gesandten gewandert, die am Ende des Dreißigjährigen Krieges zu den Friedensverhandlungen nach Münster angereist waren. Kampmeier konnte in den Gesichtern der düster wirkenden Ölgemälde förmlich spüren, wie beschwerlich früher die Wahrnehmung von Verpflichtungen dieser Art gewesen sein musste: lange, kräftezehrende Reisen, Übernachtungen in fremden Betten, der Geruch von fremden Speisen und fremden Menschen. Um wie viel einfacher war die heutige Welt – auch wenn der Preis dafür eine Termindichte war, die früher als unvorstellbar gegolten hätte. Dennoch glaubte er zu spüren, wie der Neid aus den Augen der Porträts ihm entgegenschlug.

Kampmeier hatte mittlerweile die richtige Einstellung für die Tonübertragung gefunden. Er richtete jetzt das Wort an Heißenberg, den Leiter des Amtes für Tourismus und Fremdenverkehr: »Können wir weitere Unterkünfte in Schulen und öffentlichen Gebäuden anbieten?«

Heißenberg zuckte mit den Schultern. »Möglich ist alles. Aber das braucht Zeit. Wir alle wissen doch, dass der Farbenzauber mit dem ersten Regen in ein paar Tagen vorbei ist. Kaum haben wir die Betten aufgebaut, reisen die Touristen wieder ab.«

»Oder auch nicht«, sagte Kampmeier lapidar.

Verständnislose Blicke gingen durch die Runde.

»Wir müssen lernen, größer zu denken«, setzte Kampmeier nach. Er ließ die Worte für eine Weile im Raum stehen. Dann wandte er sich erneut an seinen Duzfreund Friedrich von Bothmann: »Warst du nicht letztes Jahr in Stockholm, bei diesem Konzert von ... Wie hieß der Sänger noch mal?«

Bothmann grübelte. »Stockholm ... ach ja ... Den Namen habe ich vergessen. Ein Wunsch unserer Tochter, irgend so ein Teen-Idol. Meine Frau und ich haben uns hauptsächlich die Stadt angesehen.«

»Der Name ist auch völlig gleichgültig. Was ich meine, ist die Sache mit der Überdachung. Erinnerst du dich?«

Bothmanns Augen bekamen plötzlich ein Strahlen, das sich durch winzige Lichtblitze in den Pupillen seines Hologramms äußerte. Er begann zu ahnen, was Kampmeier im Sinn hatte. »Natürlich – das wäre die Lösung. Wenn die Stockholmer den gesamten Hafenbereich für eine Konzertreihe überdachen können, können wir das bestimmt auch.«

Sprachloses Erstaunen erfüllte den Raum.

Der Leiter des Amtes für Tourismus und Fremdenverkehr war der Erste, der seine Worte wiederfand. »Habe ich das gerade richtig mitbekommen?«, fragte Heißenberg. »Sie wollen die ganze Innenstadt überdachen, nur um ein dämliches Farbgeschmiere vor einem Regenschauer zu schützen?«

Es dauerte eine Sekunde – wie bei einer Raubkatze, die vor dem Angriff kurz in absoluter Regungslosigkeit verharrt –, bis Rita-Julie Forsthövel förmlich explodierte. »Dämliches Farb-ge-schmie-re!?« Die Dezernentin für Kulturförderung und Ausländerfragen rang nach Atem. »Wie können Sie es wagen? Darf ich Sie vielleicht daran erinnern, dass die Auswahl von Akio Komohoto für den diesjährigen Colour-Day einstimmig gefasst wurde – inklusive Ihrer Stimme, mein *lieber* Kollege.« Sie zog das »lieber« in die Länge wie einen Kaugummi, aus dem jeder Geschmacksstoff herausgesaugt war und das nur noch zum Abreagieren für gereizte Kiefermuskeln diente.

Kampmeier stöhnte genervt auf. »Bitte beruhigen Sie sich wieder.«

Rita Forsthövel beruhigte sich nicht. Stattdessen folgte ein Schwall wüster Beschimpfungen, die wie Hagelkörner bei einem Aprilgewitter auf Heißenberg niederprasselten und die Temperatur im Raum schlagartig um zehn Grad nach unten rissen.

Und da war noch etwas anderes. Es waren nur wenige Sekunden, aber die genügten: Wo vorher eine gut frisierte und in ein adrettes Kostüm gekleidete Kulturdezernentin gesessen hatte, erschien unvermittelt eine ungeschminkte Frau in Sweatshirt und mit einem zum Turban verknoteten Handtuch auf dem Kopf.

Ein verstohlenes Grinsen ging durch den Raum. Jeder kannte den Effekt: ein kurzzeitiger Ausfall der ITS. ITS stand für »Image-Transfer-Software«. Die Funktion dieser Software war genial und deshalb viel genutzt: Man konnte in Unterhosen vor dem heimischen Computer sitzen, und die Software zauberte je nach Programmierung und persönlichen Vorlieben einen maßgeschneiderten Anzug, einen

Smoking, ein perfekt sitzendes Businesskostüm oder was auch immer über die eigene Körpersilhouette. Selbst die Frisur und die Haarfarbe waren einstellbar. Ein hervorragendes Programm, solange man keine zu hektischen Bewegungen vor der Übertragungskamera machte. Dann kam die Software mit der Berechnung nicht mehr hinterher und es gab etwas zu lachen – zumindest für die nicht betroffenen Teilnehmer.

Rita Forsthövel, die von alledem nichts mitbekam, interpretierte die allgemeine Heiterkeit als Reaktion auf ihre Attacke gegen Heißenberg. »Und Sie alle brauchen gar nicht so dämlich zu grinsen. Die Presse wird bestimmt brennend daran interessiert sein, wie der Stadtrat in Wirklichkeit zur Kunst von Akio Komohoto steht. Dann können Sie Ihre abstrusen Überlegungen, aus seinem Tod weiteren Nutzen zu ziehen, in den Wind schlagen.«

»Das reicht jetzt!«, donnerte Kampmeier. Er war kurz davor, die Fassung zu verlieren. »Selbstverständlich steht die Stadt voll und ganz hinter Komohotos Kunst.«

Kampmeier ließ seine Worte für einige Sekunden im Raum stehen, bis die Kulturdezernentin sich wieder beruhigt hatte. Dann atmete er tief durch und fuhr fort: »Konzentrieren wir uns wieder auf die Touristenströme. Eine provisorische Überdachung der Innenstadt so wie in Stockholm wäre genau das Richtige, um Komohotos Werk angemessen zu ehren.«

»Ich kenne da vielleicht jemanden, der das ermöglichen könnte.« Natürlich war es Marvin Schellenberg mit seinen Tausenden von Kontakten, der das sagte. »Ich weiß zwar nicht, ob diese Dimension in so kurzer Zeit machbar ist, aber einen Versuch ist es wert.«

Kampmeier nickte zufrieden. »Sehr schön. Das nenne ich

die richtige Einstellung. Außerdem brauchen wir ein paar neue Zugpferde für das Publikum. Diverse Trauerfeierlichkeiten zum Beispiel. Liebe Frau Forsthövel, wenn Sie mit der japanischen Botschaft über eine möglichst späte Überführung des Leichnams … Was ist denn?«

Genervt registrierte Kampmeier ein beständiges Ziehen an seinem Arm. Der neben ihm sitzende Oscar Emmerich schob schweigend das Display seines Smartphone-Armbandes zu ihm herüber und deutete auf die Nachricht, die darauf angezeigt wurde.

Kampmeier überflog den Text. Dann las er ihn noch einmal. Die Zeilen ließen ihn vergessen zu atmen. Seine Gesichtsfarbe wechselte langsam in ein knalliges Rot, das fast mit der Strahlkraft von Komohotos Farben konkurrieren konnte. Er starrte Emmerich an.

Dieser nickte verlegen.

Unvermittelt fauchte Kampmeier los: »Raus! Alle raus hier!«

6

Wie ein losgerissenes Kreissägeblatt jagte Kampmeiers Aufforderung zum Verlassen des Friedenssaals durch den Raum. Augenblicklich lösten sich Rita Forsthövel und Friedrich von Bothmann in Luft auf. Marvin Schellenberg und Luis Heißenberg packten irritiert ihre Sachen zusammen und verließen eilig den Raum.

Kampmeier überprüfte anhand der Steuerungseinheit für die Konferenzanlage, ob alle Leitungen gekappt waren. Es wäre nicht das erste Mal, dass – aus Versehen oder bewusst – trotz abgeschalteter Hologrammbilder die Tonübertragung unbemerkt weiterlief.

Als alles zu seiner Zufriedenheit überprüft war, wandte Kampmeier sich an Emmerich: »Von wem kommt die Information?«

»Von Polizeichef Müngersdorf persönlich. Ich stehe schon die ganze Zeit über wegen der Sache mit ihm in Kontakt.«

Kampmeier verstand. Das erklärte, warum Emmerich so abwesend und nervös gewirkt hatte und warum der Polizeipräsident trotz Einladung nicht erschienen war. »Und seit wann weiß Müngersdorf davon?«

»Die Universitätsklinik, in die der Notarzt Komohoto eingeliefert hat, hat sich vor gut einer Stunde an die Polizei gewandt. Müngersdorf hat daraufhin eine sofortige Nachrichtensperre verhängt.«

»Guter Mann«, sagte Kampmeier. »Und jetzt erklären Sie mir bitte, wie jemand auf so eine Schwachsinnsidee kommen kann, eine Obduktion am Leichnam unseres verstorbenen Ehrengastes vorzunehmen.«

»Nun …« Emmerich zögerte. Er musste jetzt höllisch auf der Hut sein. Obduktionsanträge waren ein heißes Eisen, seit sich vor vielen Jahren der Zorn der Massen an den Ungereimtheiten entzündet hatte, die bei Todesfällen in Altenheimen und auf Pflegestationen immer wieder auftraten. Bürgerbegehren zur Einführung einer Pflichtobduktion in allen Sterbefällen waren im ganzen Land entstanden, und daraufhin hatten die politischen Mühlen zu mahlen begonnen.

Um dem Bürgerwunsch nachzukommen, hätte viel Geld in den Ausbau der gerichtsmedizinischen Institute investiert werden müssen – Geld, das natürlich nicht da war. Also ersann man einen Kompromiss: MRT-Aufnahmen sowie eine Blutuntersuchung aller Leichname wurden zur Pflicht, und im Gegenzug wurde eine klassische Obduktion durch entsprechende Budgetkürzungen und komplizierte Antragsvorschriften so gut wie unmöglich gemacht.

Durch seine Arbeit als Vorsitzender des Polizeiausschusses wusste Emmerich allerdings nur zu gut, wie faul dieser Kompromiss war. Die Bilder der Kernspintomografen lieferten zwar verlässliche Hinweise auf äußerliche Gewalteinwirkung, und die Blutuntersuchung gab Aufschluss über eventuell unzulässig verabreichte Medikamente und andere Stoffe – aber echte kriminalistische Ergebnisse waren damit nicht zu erzielen. Längst gab es im Internet entsprechende Gebrauchsanweisungen, wie man sich seiner reichen Erbtante entledigen konnte, ohne per MRT und Blutanalyse überführt werden zu können.

Die politisch Verantwortlichen zeigten sich hiervon jedoch unbeeindruckt. Eine Alibilösung war etabliert, und der Zorn der Massen war durch ein Placebo besänftigt. Eine Obduktion durchzusetzen ging seitdem nur noch per Sondergenehmigung durch den Polizeichef, und dieser musste sich dafür in jedem Einzelfall vor dem Polizeiausschuss rechtfertigen, der wiederum von Politikern beherrscht wurde.

Müngersdorfs unverzügliche Information war so gesehen ein geschicktes Manöver: Indem er den Vorsitzenden des Polizeiausschusses im Vorfeld über die beabsichtigte Obduktion unterrichtete, wälzte er die Verantwortung auf die Politik ab. Wenn Emmerich nicht intervenierte, hatte der Polizeichef seine Genehmigung durch den Polizeiausschuss in der Tasche. Und wenn er intervenierte, konnte Müngersdorf die Verantwortung, ernst zu nehmende Hinweise auf eine mögliche Straftat einfach ignoriert zu haben, auf diese Entscheidung abwälzen.

Der Schwarze Peter war damit bei der Politik. Noch hielt er als Vorsitzender des Polizeiausschusses diese unliebsame Karte in der Hand. Seine einzige Möglichkeit, ohne Risiken aus der Sache rauszukommen, bestand darin, diese an den Oberbürgermeister weiterzugeben.

»Die Bilder, die der Kernspintomograf von Komohoto ausgespuckt hat, waren … wie soll man sagen … doch sehr ungewöhnlich«, begann Emmerich vorsichtig.

»Ungewöhnlich, inwiefern?«

»So ungewöhnlich, dass die Empfehlung der Ärzte zu einer Obduktion einstimmig gefallen ist.«

»Kommt überhaupt nicht infrage!«, donnerte der Oberbürgermeister ungehalten. »Wir werden den Japaner so wieder nach Hause schicken, wie er hier angekommen ist: in einem Stück!«

»Müngersdorf unterstützt …«

»Müngersdorf kann mich mal«, fuhr Kampmeier ihm ins Wort. »Nur weil die Ärzte vor einem medizinischen Rätsel stehen, muss es sich nicht gleich um einen ermittlungstechnisch relevanten Fall handeln. Was sagen die MRT-Befunde überhaupt genau?«

Emmerich runzelte die Stirn und las von seinem Display ab: »Frische Durchtrennung von Septum interventriculare, Myokard und Epikard; gleicher Befund an Mitralklappe und Trikuspidalklappe; schnittwundenähnliche Öffnungen an Aorta carotis communis und Aorta pulmonalis.«

»Geht das auch in einem verständlichen Deutsch?«, fauchte Kampmeier.

»Einer der Ärzte hat es so zusammengefasst: Das Herz und wesentliche Hauptschlagadern in der Nähe des Herzens sind fast vollständig zerfetzt.«

Auf Kampmeiers Gesicht legte sich ein Ausdruck des Zweifels, als wolle ihm jemand erklären, dass die Niagarafälle in Asien und nicht auf dem amerikanischen Kontinent liegen. »Sind die jetzt vollkommen durchgedreht? Wir standen doch direkt neben ihm, als er umfiel. Es gab weder Schüsse noch Messerangriffe noch sonst was auf Komohoto.«

»Das ist es auch nicht«, sagte Emmerich. »Es ist vielmehr so, dass sein Herz *von innen* aufgeschlitzt wurde.«

Kampmeier rang nach Atem. »Was hat der Kerl gefressen? Rasierklingen?«

Emmerich schwieg.

Kampmeier schwieg ebenfalls, und Emmerich ließ dem Oberbürgermeister die Zeit zum Nachdenken, die er benötigte.

Nach einer Weile hatte Kampmeier offenbar eine Entscheidung getroffen: »Wie ich schon sagte, eine Obduktion kommt nicht infrage. Vielleicht spinnt der MRT oder Komohoto hatte irgendwelche Drogen intus, die zu den merkwürdigen Verletzungen geführt haben. Mensch, der Kerl ist Künstler! Wer weiß, was der sich schon vor dem Frühstück so alles reingepfiffen hat. Die Ärzte sollen weiter analysieren, aber ihre Messer einstecken. Ist das klar?«

Emmerich nickte. Das war genau das, was er erhofft hatte: eine klare und unmissverständliche Anweisung durch das Stadtoberhaupt. Damit war die Verantwortung da, wo sie hingehörte. Und damit Kampmeier sich später daran erinnerte, hatte er bereits seit fünf Minuten die Aufnahmefunktion seines Smartphones aktiviert.

»Und sagen Sie Müngersdorf, er soll seinen besten Mann auf den Fall ansetzen«, fuhr Kampmeier fort. »Wenn Komohoto sich selbst totgesprengt hat, will ich das wissen. Wenn er vergiftet wurde oder was auch immer – nun gut, dann will ich das auch wissen. Aber vorläufig nur ich. Höchste Geheimhaltung. Ist das ebenfalls klar?«

Emmerich nickte erneut.

»Die Feierlichkeiten gehen weiter wie geplant. Ich werde nachher alle informieren und die nächsten Schritte planen. Ist das auch klar?«

Emmerich nickte zum dritten Mal. Dann zögerte er. »Ich glaube allerdings nicht, dass sich der Polizeipräsident von der Politik Vorschriften machen lässt.«

Kampmeier lächelte verschmitzt. »Das lassen Sie meine Sorge sein.«

7

Etwa zwei Stunden nachdem Kampmeier und Emmerich ihre Besprechung beendet hatten, riss ein nervtötendes Tonsignal Ivens aus seinem halbschlafähnlichen Dämmerzustand.

Er lag noch immer ausgestreckt auf der Couch, auf die er sich für ein kurzes Schläfchen niedergelegt hatte, und war bisher unfähig gewesen, etwas anderes zu tun, als an die Decke zu starren. Eine innere Antriebslosigkeit hielt ihn gefangen, und er verspürte nicht die geringste Lust, an diesem Zustand etwas zu ändern.

Solche Momente des Nichtstuns waren selten geworden in seinem Leben. Das letzte halbe Jahr hatte nur aus Terminen und Verpflichtungen bestanden, und immer wenn ein freier Tag oder ein freies Wochenende anstand, glaubte Ivens, diese Zeit mit Aktivitäten füllen zu müssen. Wirklich zur Ruhe gekommen war er nie. Heute sollten sich Geist und Körper holen, was sie brauchten.

Das lästige Tonsignal störte weiterhin die Ruhe seiner Wohnung. Ivens unterdrückte den Impuls, seinen Kurzurlaub auf der Couch zu unterbrechen. Sollte sich die Mailbox um den Anrufer kümmern. Er schaltete weiter auf Durchzug und schloss die Augen.

Nach etwa einer halben Minute verstummte das Signal. Es dauerte jedoch keine weitere, bis ein erneuter Anruf ihn hochschrecken ließ.

Ivens seufzte und gab sich geschlagen. Benommen hievte er sich in eine senkrechte Position und suchte nach der

Quelle des Störgeräusches. Er gehörte zu den wenigen verbliebenen Dinosauriern, die ihr Handy nicht permanent als Brillen-, Uhr- oder Armbandausführung am Körper trugen. Ein Nachteil, wie ihm jetzt klar wurde. Schließlich fand er das Gerät in der Innentasche seiner Lederjacke, die er beim Hereinkommen achtlos in die Ecke geschleudert hatte.

Beim Durchsuchen der Jackentaschen stieß er als Erstes auf die Sonnenbrille, mit der er sich vor Komohotos Kunst hatte schützen wollen. Der rechte Bügel war abgebrochen – ein Problem, um das er sich später würde kümmern müssen. Er griff sein Mobiltelefon und warf einen Blick auf das Display. Der Anrufeintrag zeigte das Porträtfoto von Müngersdorf, dem Polizeipräsidenten.

Auch das noch – erst Emmerich, dann Müngersdorf, dachte Ivens. Heute blieb ihm wohl nichts erspart. Ivens überkam das ungute Gefühl, dass der gelassene Gesichtsausdruck des Fotos aus dem polizeiinternen Telefonbuch in keiner Weise mit dem aktuellen Gesichtsausdruck des Polizeipräsidenten in Übereinstimmung stand. Warum sonst würde Müngersdorf persönlich bei ihm anrufen? Ihm blieb nichts anderes übrig, als ranzugehen.

»Hauptkommissar Ivens hier«, meldete er sich förmlich.

»Hören Sie zu«, begann Müngersdorf ohne jede Begrüßungsfloskel. »Ich brauche Sie hier. Kollege Emmerich hat mir erzählt, dass heute eigentlich Ihr freier Tag ist. Nehmen Sie sich einen anderen. Wann können Sie im Präsidium sein?«

Ivens schaute auf die Uhr. Sie zeigte 15.45 Uhr. Bis zur Hauptwache, die etwas außerhalb der Innenstadt lag, dauerte es normalerweise eine Viertelstunde. Aber ihm fielen die Touristen ein, die sich mit Sicherheit noch immer zu Tausenden in der Innenstadt drängten und jedes zügige Fortkommen unmöglich machten.

»In der Stadt ist der Teufel los. Ich werde wohl mindestens eine Stunde brauchen.«

»Ich erwarte Sie um 16.30 Uhr!«

Das Gespräch war beendet.

Scheiße, fluchte Ivens stumm in sich hinein. Dann jagte er ins Badezimmer, um wenigstens in einem halbwegs ansehnlichen Zustand vor dem Polizeichef zu erscheinen.

8

Ivens erreichte das Polizeipräsidium um Punkt 16.30 Uhr – keine Minute zu spät und eine echte Meisterleistung angesichts dessen, was in der Stadt los gewesen war. Die Chance, mit seinem Wagen halbwegs zügig aus der Tiefgarage seiner Innenstadtwohnung zu kommen, war von vornherein gleich null gewesen. Stattdessen hatte sein E-Bike herhalten müssen, wobei ihm erst auf dem Weg aufgefallen war, dass der Akku fast leer war. Prompt hatte dieser auf halber Strecke seinen Geist aufgegeben, weswegen das frisch übergezogene Hemd jetzt ausladende Schweißflecken unter den Achseln aufwies. Sein Vorsatz, in einem halbwegs ansehnlichen Zustand vor dem Polizeichef erscheinen zu wollen, war damit genauso den Bach runtergegangen wie sein freier Tag.

Müngersdorfs Büro lag am Ende eines langen Flurs im Erdgeschoss. Ivens klopfte an und betrat den Raum. Der Polizeichef und der stellvertretende Bürgermeister Emmerich standen an einem großen Besprechungstisch und begutachteten eine Reihe von Ausdrucken. Ivens warf einen Blick auf die Aufnahmen, die ihn spontan an Satellitenbilder von Flusslandschaften erinnerten. Auf den zweiten Blick erkannte er die Konturen eines menschlichen Brustkorbes, in dessen Mitte die Wirbelsäule und unterhalb der Lungenflügel eine Anhäufung von gestapelten Weichteilen zu erkennen waren.

Ivens begrüßte seine Vorgesetzten und deutete auf die MRT-Bilder. »Wer ist das?«

»Ein guter Bekannter von Ihnen.« Emmerichs Lippen umspielte ein süffisantes Lächeln. »Ihre Fingerabdrücke müssten noch auf seinem Brustkorb nachweisbar sein.«

Die Antwort gefiel Ivens überhaupt nicht. Eine ungute Vorahnung schlich sich bis in seine Haarspitzen.

»Die Ärzte haben einige Ungereimtheiten an Komohotos Leiche festgestellt«, fuhr Emmerich fort. »Wir brauchen mehr Informationen, um die Lage richtig einschätzen zu können.«

»Ich habe lediglich die üblichen Wiederbelebungsversuche …«

»Darum geht es nicht«, fiel Emmerich ihm ins Wort.

Ivens atmete erleichtert aus. Er hatte sich schon ausgemalt, eine Standpauke wegen unangemessenen Verhaltens einstecken zu müssen. Vielleicht zeigten die Bilder ja gebrochene Rippen oder gequetschte Innereien als Folge seines beherzten Reanimationsversuchs. Wundern würde es ihn nicht – der Kerl war schließlich schmächtig wie ein neugeborenes Lamm gewesen, und Ivens hatte Komohotos Brustkorb mit einem kräftigen Pumpstoß bearbeitet. Aber offensichtlich gab es etwas anderes, worüber Müngersdorf und Emmerich sich den Kopf zerbrachen.

»Was für Ungereimtheiten?«, fragte Ivens vorsichtig, der dem Braten noch nicht recht traute.

Emmerich fischte aus dem Papierhaufen auf dem Besprechungstisch einen Ausdruck und reichte ihn Ivens. »Schauen Sie sich die Aufnahme einmal genau an.«

Ivens betrachtete für eine Weile den Ausdruck, der eine Großaufnahme von Komohotos Herz zeigte. Das Bild hatte Ähnlichkeit mit dem Kopf eines Tintenfisches, von dem diverse Fangarme als helle Linien abgingen. An einigen Stellen erkannte er kleine Einschnitte in den ansonsten relativ scharf abgegrenzten Konturen. Feine Härchen klebten wie ausgefranste Stoffnähte an diesen Öffnungen. Außerdem erkannte er einen kleinen dunklen Fleck, bei dem es sich um eine Verknorpelung oder Verdickung der Herzmuskulatur handeln könnte. Allerdings war er kein Fachmann und konnte das nicht beurteilen.

»Scheint ein wenig gelitten zu haben«, sagte Ivens. »Was sagen die Spezialisten?«

»Die Herzwand und die angeschlossenen Hauptschlagadern weisen mehrere feine Durchtrennungen auf. Die Ausrichtung der verletzten Gewebefasern lässt darauf schließen, dass die Schnitte von innen nach außen geführt wurden.«

Ivens glaubte, sich verhört zu haben, und wollte etwas einwenden, aber Emmerich winkte ab. »Fragen Sie erst gar nicht. Weder die Ärzte noch wir können uns einen Reim darauf machen.«

»Und dieser Fleck hier?« Ivens deutete auf die vermeintliche Verknorpelung.

»Dafür gibt es viele Erklärungen: abgestorbene Herzmuskelzellen infolge eines früheren Infarktes, ein Gerinnsel, eine frische Entzündung. Da der Fleck kugelförmig ist und sich im linken Vorhof befindet, tippen die Ärzte auf ein Myxom. Das ist ein gutartiger Tumor, der meistens dort vorkommt.«

»Wann werden die Ergebnisse der Obduktion vorliegen?«, fragte Ivens.

Müngersdorf, der das Gespräch zwischen Ivens und Emmerich stillschweigend verfolgt hatte, bedeutete Emmerich mit einer Geste zu schweigen. »Vorerst gar nicht«, beantwortete er an seiner Stelle die Frage. »Der Oberbürgermeister hat mir über unsere geliebte Dezernentin für Kulturförderung und Ausländerfragen die japanische Botschaft auf den Hals gehetzt. Obduktionen sind, ähnlich wie bei uns, in Japan nicht sehr beliebt. Ohne handfeste Indizien für eine Straftat oder die Einwilligung der Angehörigen sind uns vorläufig die Hände gebunden.«

»Verstehe«, sagte Ivens.

Müngersdorf atmete lautlos aus. Da Ivens keine weiteren Nachfragen stellte, musste er keine weiteren Erklärungen liefern. Was er Ivens nämlich verschwiegen hatte, war die Tatsache, dass Emmerich und er sich bereits ohne die Intervention der japanischen Botschaft gegen eine Obduktion entschieden hatten.

Emmerich hatte ihm seinen heimlichen Mitschnitt des Gesprächs mit dem Oberbürgermeister vorgespielt, und damit war die Sache klar gewesen: Kampmeier hatte die Verantwortung übernommen, und ohne Not würden sie diese Verantwortung nicht durch eine gegenteilige Entscheidung wieder an sich ziehen. Dass es dem Oberbürgermeister seinerseits gelungen war, durch das Manöver mit der japanischen Botschaft die eigene Verantwortung ebenfalls eine Etage höher zu schieben, sprach für diesen gewieften Taktiker. Kein Wunder, dass Kampmeier schon so lange ohne nennenswerte Blessuren im Amt war.

»Gibt es irgendwelche anderen Anhaltspunkte? Glasgranulat im Magen? Hinweise auf zellstrukturschädigende Drogen?«

Ivens' Fragen rissen Müngersdorf aus seinen Gedankengängen. Er schüttelte den Kopf. »Nichts, was wir ohne eine Obduktion erkennen können. Genauso wenig wie die Ursache für den dunklen Fleck. Wir sind vorerst darauf angewiesen, mit rein klassischen Ermittlungsmethoden voranzukommen.«

Ivens blickte nachdenklich aus dem Fenster und rief sich die Ereignisse vom Vormittag in Erinnerung. Dann wandte er sich an Emmerich: »Sie und die anderen Ehrengäste waren nahe genug dran, um eine Fremdeinwirkung zum Todeszeitpunkt sicher ausschließen zu können. Die Verletzungen müssen also vorher eingetreten sein. Können die Ärzte sagen, wie lange die inneren Blutungen schon angedauert haben?«

Emmerich zuckte mit den Achseln. »Aus den Berichten geht darüber nichts hervor.«

»Okay, ich werde selbst mit den Ärzten sprechen«, sagte Ivens. »Haben wir sonst irgendwelche Hinweise?«

Emmerich und Müngersdorf tauschten einen kurzen Blick.

»Nur den einen«, sagte Emmerich, »der Oberbürgermeister wünscht keine Störung des Colour-Days. Gehen Sie behutsam vor. Solange wir eine natürliche Ursache oder einen Unfall nicht ausschließen können, ermitteln Sie rein präventiv. Kein Wort über die ungewöhnlichen Verletzungen. Wir wollen vermeiden, dass sich die Medien gegenseitig mit wilden Spekulationen übertreffen und einen Skandal malen, den es vermutlich gar nicht gibt.«

Ivens nickte. »In welchem Hotel war Komohoto untergebracht?«

»Sie erhalten in der nächsten Stunde einen Zugangscode zu einem geschützten Ermittlungsverzeichnis im polizeiinternen Netzwerk«, sagte Müngersdorf. »Dort finden Sie alle Daten, die wir zu Komohoto haben, einschließlich der MRT-Bilder, und die Namen der Ärzte.«

Das Gespräch war beendet. Ivens verabschiedete sich und verließ das Polizeipräsidium.

Draußen empfing ihn ein schöner Maihimmel, der sich wie eine zartblaue Decke über die Stadt spannte. Ivens hob den Kopf und suchte den Horizont ab.

Verfluchte Stadt.

Immer wenn man keinen Regen brauchen kann, regnet es. Und wenn man ihn braucht, ist keine Wolke zu sehen.

Mit diesen Gedanken schwang er sich auf sein E-Bike ohne Elektroantrieb und strampelte zurück in die bunte Welt Komohotos, in die er jetzt noch tiefer würde eintauchen müssen.

9

Das Hotel Bergmann, zu dem Ivens unterwegs war, war ein für die Stadt typischer Bau aus rotem Klinker und gelbem Sandstein. Obwohl dreigeschossig, fristete es ein erzwungenes Schattendasein im Hinterhof eines gigantischen Kaufhauses, das ihm in den 80er-Jahren des letzten Jahrhunderts vor die Nase gesetzt worden war. Dennoch kannte fast jeder in der Stadt das Hotel, oder besser gesagt das Restaurant, das zu dem Hotel gehörte. Die Küche genoss einen exzellenten Ruf und verdiente diesen wohl auch, wenn Ivens den Berichten einiger kulinarisch geschulter Kollegen Glauben schenken konnte. Er selbst konnte sich nicht daran erinnern, schon einmal dort gespeist zu haben – Dönerbuden und Chinaimbisse gingen einfach schneller.

Vielleicht, so spekulierte Ivens, würde sich ja heute die Gelegenheit zu einem Abendessen jenseits seiner gewohnten Pfade ergeben. Komohotos Akten, die er in den letzten zwei Stunden ausgiebig studiert hatte, wiesen das Hotel als letzte Unterkunft des Künstlers aus. Die Stadt hatte ihn hier zusammen mit seinem Manager für die Zeit der Feierlichkeiten untergebracht – zumindest war es so geplant gewesen. Den vorzeitigen Umzug in das Leichenschauhaus konnte ja niemand vorausahnen.

Laut Aktenlage war Komohoto gestern aus Japan angereist. Der Festablauf sah neben der Eröffnungsfeier im Rathaus, bei der Ivens unfreiwilliger Gast und unvermittelt zu einem der Hauptakteure geworden war, noch ein Abendevent im Stadtmuseum unter Teilnahme des Künstlers vor.

Ivens hatte keine Ahnung, ob dieser Programmpunkt, der in einer Stunde beginnen sollte, abgesagt worden war oder ohne Komohoto stattfinden würde.

Neben dem Regieplan für die Colour-Days enthielten die Akten zahlreiche Tonprotokolle und Videoaufzeichnungen von Stadtratssitzungen – viel langweiliges Zeug, bei dem es hauptsächlich um das Auswahlverfahren des Künstlers zum Colour-Day ging. Und sie enthielten Kopien der MRT-Bilder, die Ivens bereits in Müngersdorfs Büro gesehen hatte. Morgen früh würde er der Uniklinik einen Besuch abstatten und sich näher damit befassen.

Doch das war morgen. Jetzt, um kurz nach 19.00 Uhr, betrat Ivens das Hotel Bergmann, dessen Eingang mit einem schwarzen Trauerflor geschmückt worden war. Hinter der Rezeption stand ein junger Mann, höchstens 20, mit pickeligem Gesicht. Der Anzug, in den man ihn gesteckt hatte, ließ ihn noch jünger wirken. Ivens fühlte sich automatisch an ein herausgeputztes Erstkommunionskind erinnert.

Er zog seinen Dienstausweis. »Hauptkommissar Ivens, Kripo Münster. Ich hätte gern Herrn Bergmann gesprochen.«

»In welcher Angelegenheit darf ich Sie melden?« Der Tonfall des Rezeptionisten wirkte künstlich und leicht arrogant, ein Effekt, den Ivens auf eine unglückliche Mischung aus Unsicherheit und auswendig gelernten Standardfloskeln aus der Hotelfachschule zurückführte.

»In einer *dringenden* Angelegenheit«, gab Ivens tonlos zurück.

Der junge Mann verschwand eilig durch eine Hintertür, die in einen anschließenden kleinen Büroraum führte. Augenblicke später tauchte er mit einer älteren Frau im Schlepptau wieder auf.

»Herr Bergmann ist momentan nicht im Haus, wird aber in wenigen Minuten zurückerwartet«, sagte die Frau und reichte Ivens die Hand. »Mein Name ist Gisela Schröder. Ich bin die Empfangschefin des Hauses. Ich vermute, Sie kommen wegen des tragischen Unglücksfalls unseres Ehrengastes.« Sie musterte Ivens für eine Weile und legte dann die Stirn in Falten. »Sind Sie nicht der Kommissar vom Rathausbalkon?«

Ivens zuckte zusammen. So weit war seine zweifelhafte Popularität schon gediehen. Sofort nahm er sich vor, jetzt und zukünftig jede Anspielung in diese Richtung vollständig zu ignorieren. »Ich würde gern Komohotos Zimmer besichtigen und seinem Manager ein paar Fragen stellen. Er wohnt doch hier, oder?«

Gisela Schröder nickte. Sie gab dem Jungspund hinter dem Empfangstresen ein Zeichen, der daraufhin einen mobilen Scanner im Scheckkartenformat hervorkramte. Sie presste ihren Daumen auf eine entsprechende Aussparung. Nach zwei Sekunden gab das Gerät einen leisen Piepton von sich.

»Kommen Sie.« Sie winkte Ivens zu den Aufzügen. Der Fahrstuhl brachte sie in die zweite Etage. Dort angekommen führte Gisela Schröder ihn in einen langen Flur, von dem mehrere Zimmer abgingen. Sie blieb vor der Tür mit der Nummer 21 stehen und drückte ihren Daumen auf ein Scan-Feld, das unterhalb der Türklinke angebracht war. Ein leises Surren verriet die Entriegelung eines Schließmechanismus. Die Tür öffnete sich und schwenkte automatisch in den Raum.

Ivens trat ein und begutachtete das Zimmer. Ein warmer Grauton dominierte die Einrichtung, der sich in den Vorhängen, den Bettbezügen, dem Polster eines kleinen

Sofas und einer Wandtapete gegenüber der Bettseite wiederfand. Auch der Teppichboden war in einem schlichten Grau gehalten, lediglich von kleinen schwarzen Quadratmustern unterbrochen. Das Bett, ein in die Wand eingelassener Kleiderschrank sowie zwei Nachttische, auf denen jeweils altertümliche Stehlampen standen, waren aus dunklem Mahagoniholz gefertigt. Das Zimmer war sauber und aufgeräumt. Nichts an diesem Raum erinnerte an seinen letzten Bewohner mit seiner ausgeprägten Vorliebe für knallige Farbexzesse.

»Wo sind Komohotos Sachen?«, fragte Ivens.

Gisela Schröder deutete durch die noch immer offen stehende Zimmertür auf das gegenüberliegende Zimmer mit der Nummer 22. »Die hat sein Manager bereits am frühen Nachmittag eingesammelt. Er wollte Komohotos persönliche Gegenstände schnellstmöglich seiner Familie in Japan überstellen … ›es hinter sich bringen‹, wie er sich ausgedrückt hatte.«

Ivens runzelte die Stirn, sagte aber nichts. Dann inspizierte er das Bad. Auch dort fand er keine persönlichen Gegenstände, nicht einmal ein benutztes Handtuch. Er ging zurück in den Wohnschlafraum und öffnete die Schranktür. Neben den üblichen Fächern für Kleidungsstücke beherbergte der Schrank die Minibar und einen 3D-Multifunktionsdrucker, wie er seit einigen Jahren zur Standardausrüstung aller besseren Hotels gehörte. Die Minibar war restlos geplündert, leere Bierflaschen und Whiskyminiaturen lagen verstreut auf einem Ablagefach herum. Ivens grinste – Komohotos Spuren waren doch nicht vollständig verwischt worden.

Giesela Schröder, die hinter ihn getreten war und ebenfalls einen Blick in den Schrank geworfen hatte, stöhnte laut auf. »Nicht schon wieder! Schon hundertmal habe ich den Reinigungskräften gesagt, sie sollen *immer* die Minibar kontrollieren. Aber nein! Nur weil sie im Zimmer keine leeren Flaschen finden, glauben sie, der Gast habe nichts entnommen. Dabei ahnen Sie gar nicht, wie viele Gäste die leeren Flaschen mit in ihre Koffer packen oder sonst wie entsorgen und später behaupten, die Minibar sei leer gewesen.«

Ivens gab sich mitleidvoll. »Betrüger findet man in allen Gesellschaftsschichten. Ihre Gäste stellen da vermutlich keine Ausnahme dar.«

Die Empfangschefin nickte. »Das können Sie laut sagen.«

Ivens ließ noch einmal seinen Blick ziellos durch den Raum schweifen. Es gab nichts weiter zu entdecken. Außerdem war das hier kein Tatort, an dem man besonders sorgfältig zu recherchieren hatte. Er wandte sich zum Gehen, als ihm etwas einfiel. Ivens griff in seine Jackentasche und zog die Sonnenbrille und den abgebrochenen Bügel hervor – das zweite Opfer des Vormittags. »Wäre es vielleicht möglich, dass ich den Drucker mal kurz benutzen könnte? Ich bezahle natürlich.«

Gisela Schröder warf einen prüfenden Blick auf die zwei Teile in Ivens' Hand. »Geben Sie mal her«, sagte sie in mütterlichem Tonfall und betrachtete eingehend die abgetrennte Verbindung zwischen Brillengestell und Bügel. »Müsste eigentlich gehen«, sagte sie schließlich.

Sie trat zum Schrank und öffnete die Abdeckhaube des Druckers. Dann legte sie beide Teile mittig auf das Druckbett und drückte eine Taste auf dem Bedienfeld. Augenblicklich rasten rote Laserstrahlen aus verschiedenen Richtungen über die aufgelegten Bruchstücke. Wie Ivens wusste, erfasste ein Scanner Maße und Struktur des Materials und versuchte, anhand einer umfangreichen Modelldatenbank die ursprüngliche Funktion und Zusammengehörigkeit der Teile zu analysieren. Offenbar mit Erfolg. Es dauerte nur einige Sekunden, bis die Anzeige dazu aufforderte, den defekten Bügel zu entnehmen und das Brillengestell mittig auf dem Druckbett auszurichten.

»Drei Minuten laut Anzeige«, sagte die Empfangschefin und drückte den Startknopf.

Fast geräuschlos senkte sich die Abdeckhaube. Im Inneren setzte sich eine Druckdüse in Bewegung, die an verschiedenen Achsen aufgehängt war und hektisch hin und her sauste. Ivens warf einen Blick über Gisela Schröders Schulter und erkannte die Form eines neuen Brillenbügels, die sich langsam abzeichnete. Eine zweite und eine dritte Düse, die statt Kunststoff eine silbrig glänzende und eine farblose Flüssigkeit ausspuckten, begannen parallel dazu, passgenau zwischen dem noch unfertigen Ende des neuen Bügels und der weggebrochenen Verbindungsstelle zum Brillengestell ein zweites Objekt aufzubauen. Bald war erkennbar, dass es sich um das Metallscharnier handelte, das die neue Verbindung zwischen Bügel und Brillengestell bilden würde.

»Sie kennen sich gut damit aus«, sagte Ivens, um die Wartezeit mit etwas Konversation zu überbrücken.

»In meinem Job ist es erforderlich, dass man ständig auf dem Laufenden bleibt. Vor allem, wenn es um neue Techniken geht. Außerdem sind diese 3D-Drucker echt praktisch. Die neuesten Geräte, wie dieses hier, haben jetzt vier Düsen: eine für Kunststoffe, eine für ein Füllmaterial, das den Druck von Hohlräumen ermöglicht, eine für Metall und eine weitere für flüssiges Keramik. Sie glauben gar nicht, was man damit alles machen kann.«

Wie immer in solchen Situationen, in denen ihm jemand begeistert von irgendeiner neuen Technik vorschwärmte, verstand Ivens höchstens die Hälfte. Außerdem überkam ihn ein Anflug von schlechtem Gewissen. Er hatte sich oft gefragt, ob er so etwas wie ein letzter Vertreter einer aussterbenden Art war. Es gab mittlerweile so viel Technikkram, den er weder benutzte noch beherrschte, dass es fast peinlich war.

»Sagen Sie mal«, beschloss er, zumindest eine seiner vielen Wissenslücken zu schließen, »was genau ist eigentlich der Druck von Hohlräumen?«

»Damit sich später etwas bewegen kann«, sagte Gisela Schröder, ohne im Geringsten abfällig oder belehrend zu klingen. Vermutlich war sie einfach nur froh, ihr hart erworbenes Wissen mit jemandem teilen zu können. »Wenn man, wie bei diesem Brillenbügel, ein Scharnier benötigt, müssen Sie den feinen Hohlraum zwischen den beweglichen Teilen gesondert drucken. Das erledigt die Düse mit dem Füllmaterial. Das Füllmaterial wird anschließend per Laser wieder entfernt, sodass Sie letztlich zwei ineinander verzahnte Objekte drucken können, die ein Spiel aufweisen. Scharniere, bewegliche Arme, Räder – alles ist möglich.«

Ein erneuter leiser Piepton unterbrach Gisela Schröders Ausführungen. Der Drucker hatte seine Arbeit abgeschlossen. Die Empfangschefin entnahm die Brille vom Druckbett und überprüfte, ob der Brillenbügel richtig gedruckt worden war.

»Hier, wie neu.« Gisela Schröder hielt Ivens die Brille stolz entgegen, als wäre sie das Objekt ihres eigenen Schaffens.

Ivens testete staunend den neuen Bügel und die wiederhergestellte Verbindung zum Gestell. Farbe, Form und Material entsprachen genau dem Ursprungszustand. Selbst das filigrane Verbindungsscharnier, das kaum sichtbar zwischen Bügel und Brillengestell verborgen lag, funktionierte einwandfrei.

»Was bin ich Ihnen schuldig?«

»Für Hotelgäste ist die Benutzung der Drucker im Zimmerpreis enthalten. Ich betrachte Sie mal als solchen«. Die Empfangschefin lächelte ihm freundlich zu. Dann deutete sie Richtung Zimmertür. »Sie wollten doch noch mit Komohotos Manager sprechen. Kommen Sie.«

Sie verließen den Raum und Gisela Schröder klopfte an die Tür des gegenüberliegenden Zimmers mit der Nummer 22.

Nichts rührte sich. Auch ein zweiter Versuch brachte keinen Erfolg.

»Scheint nicht anwesend zu sein«, sagte die Empfangschefin.

»Oder er will nicht gestört werden«, sagte Ivens. Er kramte eine Visitenkarte aus seiner Jackentasche. »Wenn er wiederauftaucht, sagen Sie ihm bitte, dass die Polizei mit ihm sprechen möchte. Nur ein paar Routinefragen, aber leider unerlässlich.«

Gisela Schröder betrachtete argwöhnisch das Stück Papier. »Ich wusste gar nicht, dass diese Dinger heute überhaupt noch hergestellt werden. Können Sie mir keine elektronische Visitenkarte schicken?« Kopfschüttelnd, aber ohne eine Antwort abzuwarten, drehte sie ihm den Rücken zu und ging einige Schritte voraus. »Folgen Sie mir. Zumindest Herr Bergmann müsste mittlerweile zurückgekehrt sein.«

10

Gisela Schröder führte Ivens in den Restaurantbereich des Hotels. Bergmann erwartete ihn dort bereits.

»Darf ich Ihnen etwas anbieten?«, fragte Bergmann und reichte Ivens die Hand.

Bergmann hatte eine wohlklingende, sonore Stimme. Ivens schätzte ihn auf etwa 50. Sein grau meliertes Haar war akkurat gescheitelt, und ein gepflegter Vollbart mit Silbereinschüssen umschloss Wangen und Kinnpartie. Seine braunen Augen inspizierten Ivens mit einem Ausdruck, als würde er auf irgendeine besondere Reaktion warten.

Ivens stutzte. Tatsächlich kam ihm Bergmann irgendwie bekannt vor. Oder doch nicht? Sein Erinnerungsvermögen ließ ihn bei Gesichtern selten im Stich, aber diesmal fand er keine Zuordnung.

Da Bergmann keine weiteren Erklärungen abgab, beschloss Ivens, es dabei bewenden zu lassen. »Vielen Dank. Nur ein Wasser. Ich bin im Dienst.«

Er setzte sich zu Bergmann an einen kleinen Ecktisch und hoffte, dass der Hotelinhaber das mitschwingende Bedauern in seinen Worten nicht herausgehört hatte. Zu gern hätte er sich anstatt des Wassers einen guten Wein ausgesucht und sich zusätzlich die Speisekarte bringen lassen. Aber nach der bereits erfolgten Einladung mit dem 3D-Drucker würde das zu weit gehen, dachte er. Gisela Schröder, die am Tisch stand und auf die Bestellungen wartete, hätte das mit Sicherheit falsch aufgenommen.

Ivens wusste, dass es Kollegen gab, die solche Gefälligkeiten als selbstverständlich erachteten und manchmal sogar mit Nachdruck einforderten. In diesen Dunstkreis wollte er sich nicht begeben – auch wenn sein Magen im Moment eine andere Sprache sprach.

Bergmann orderte ein Bier, woraufhin die Empfangschefin Richtung Theke verschwand. Dann wandte er sich an Ivens: »Komohotos Tod ist also mehr als nur ein tragischer Unglücksfall.« Die Aussage enthielt nicht den geringsten Tonfall einer Fragestellung.

Ivens hob verblüfft die Augenbrauen. »Wie kommen Sie darauf?«

»Warum sonst beschäftigt sich die Kriminalpolizei mit dem Fall?«, fragte Bergmann.

»Manchmal sind Gesten wichtig, gerade bei ausländischen Ehrengästen«, sagte Ivens so unverfänglich wie möglich. Er war nicht besonders gut darin, Leuten etwas vorzumachen, und verspürte auch keine Lust, diese Fähigkeit auszubauen. Aber er tat sein Bestes, um »behutsam« vorzugehen, wie Emmerich und Müngersdorf ihm nahegelegt hatten.

Bergmann schien sich mit der Antwort zufriedenzugeben. Zumindest hakte er nicht nach. »Frau Schröder hat Ihnen Komohotos Zimmer bereits gezeigt?«

»Da gab es nicht viel zu sehen«, sagte Ivens. »Sein Manager hatte es eilig gehabt, alles auszuräumen. Wie lange ist sein Zimmer eigentlich noch gebucht? ... Das des Managers, meine ich. Ich würde ihn gern vor seiner Abreise noch sprechen.«

»Noch drei Nächte, bis zum Ende der Feierlichkeiten. Ob er seine Pläne jetzt allerdings geändert hat, entzieht sich meiner Kenntnis. Gesagt hat er bisher nichts.«

Gisela Schröder kehrte zurück und brachte die Getränke. Ivens fiel auf, dass sie Bergmanns Glas fachmännisch mit dem Emblem der Biermarke zum Gast gedreht auf den Tisch stellte. Er fragte sich, ob gelegentliches Kellnern mit zu ihren Aufgaben zählte oder ob ihr heutiger Einsatz einzig der Anwesenheit des Chefs geschuldet war. Jedenfalls war sie entsprechend geschult.

»Gab es gestern Abend irgendwelche Besonderheiten? Irgendetwas, das Ihnen oder Ihrem Personal aufgefallen ist?«, fragte Ivens, als Gisela Schröder Richtung Theke verschwunden war.

»Dieser Komohoto war eine exzentrische Person. Nichts passte ihm, weder das Zimmer noch das Essen noch der Service. Sein Manager hatte alle Hände voll zu tun, ihn immer wieder einzufangen. Das Letzte war ein Riesengeschrei so gegen 11.00 Uhr abends. Dann war es für den Rest der Nacht ruhig. Heute Morgen war ebenfalls alles ruhig. Ich hatte extra angewiesen, mich sofort zu informieren, falls weitere Probleme auftauchen. Aber nach Aussagen der Servicekräfte war Komohoto beim Frühstück ungewohnt friedfertig. Hat kaum etwas gegessen, aber auch nicht rumgepöbelt.«

»Wissen Sie, worum es bei diesem Streit gestern Abend ging?«, fragte Ivens.

»Ich vermute mal, um alles und nichts. Wie gesagt, Komohoto war sehr speziell. Aber dazu sollten Sie in der Tat Mister Coleman persönlich befragen.«

»Wen?« Ivens schaute irritiert auf.

»Mister Coleman. Komohotos Manager ist Amerikaner.«

Ivens verstand. Komohoto war ein internationaler Star der Kunstszene. Vermutlich bestand das gesamte Team von Agenten, Managern und Kofferträgern, die in seinem Umfeld mitschwammen, aus den unterschiedlichsten Nationalitäten, was die Ermittlungsarbeit nicht unbedingt erleichtern würde. »Ich habe Ihrer Empfangschefin meine Karte gegeben. Sobald Mister Coleman auftaucht, informieren Sie mich bitte. Ich möchte vermeiden, ihn offiziell auf die Wache zitieren zu müssen.«

Bergmann nickte. »Ich werde mich persönlich darum kümmern.« Er nahm einen großen Schluck von seinem Bier und starrte für eine Weile gedankenverloren auf die Tischplatte.

Offenbar gab es nichts weiter zu sagen. Ivens leerte sein Glas Wasser in einem Zug und machte Anstalten, sich zu verabschieden.

»Darf ich Ihnen auch eine Frage stellen?« Bergmanns Blick hatte sich von der Tischplatte gelöst und hing jetzt irgendwo zwischen Ivens' Kinnpartie und Bauchnabel.

»Wenn ich Sie beantworten darf«, sagte Ivens und ließ sich wieder auf seinen Platz fallen.

»Sie hatte Appartement Nummer 314, oder?«

»Wer?«, fragte Ivens überrascht.

»Ihre Tochter.«

Wie ein aus dem Nichts entstandener Tsunami überrollte Ivens eine Welle der Erinnerungen. Der gesamte Gastraum des Hotels, vor Sekunden noch ausgefüllt mit dem verführerischen Duft von Gebratenem und frischen Kräutern, stank plötzlich wie eine giftige Brandruine. Mit einem Schlag wusste Ivens, woher er Günther Bergmann kannte.

Der Hotelmanager räusperte sich verlegen. »Sie und Ihre Frau saßen während des Trauergottesdienstes neben uns. Wir haben bei dem Brandanschlag ebenfalls unsere Tochter verloren. Sie wohnte zwei Etagen höher, in Nummer 546. Nachdem die Polizei den Fall erfolglos zu den Akten gelegt hatte, habe ich eine Zeit lang geglaubt, selbst ermitteln zu müssen. Ich kann Ihnen noch heute den Namen und die Zimmernummer jedes einzelnen Opfers nennen.«

Ivens hörte Bergmanns Worte wie durch eine dicke Wand hindurch. Er sah vor seinem geistigen Auge den grauen Betonklotz des Studentenwohnheims vor sich, die vor Hitze geborstenen Fenster, aus denen dunkler, giftiger Qualm wie Öl aus einem Bohrturm hervorquoll, die blinkenden Lichter der Einsatzwagen, Männer in astronautenähnlichen Schutzanzügen, eilig ausgerollte Sprungtücher, die später unbenutzt wieder eingepackt wurden. Er sah, roch und fühlte jedes Detail des damaligen Unglücks, als wäre es gestern gewesen.

Ivens kämpfte sich mühsam aus der trübsinnigen Erinnerungsflut. »Es tut nicht gut, sich permanent mit der Vergangenheit zu beschäftigen.« Die Worte kamen ohne erkennbare Emotionen über seine Lippen, und dennoch kam er sich vor wie ein Krebspatient, der einem anderen Schwerkranken Hoffnung zusprach, obwohl es diese für beide längst nicht mehr gab.

»Ich weiß. Trotzdem ... Es fällt schwer, loszulassen. Bitte verzeihen Sie. Es war mir irgendwie wichtig, dass Sie das wissen.«

Ivens nickte. Nervös nippte er an seinem leeren Wasserglas. Er fragte sich, was Bergmann von ihm erwartete.

Doch Bergmann erwartete offensichtlich nichts. Er erhob sich und reichte Ivens die Hand. »Wir melden uns, sobald Coleman auftaucht.«

11

Ivens lief eine Weile ziellos durch die Einkaufsstraßen der Innenstadt. Die frische Luft tat ihm gut. Sie vertrieb den scharfen Brandgeruch, der ihm als schwerer, beißender Dunst aus Erinnerungen so unvermittelt in die Nase gestiegen war. Bergmanns überfallartiger Themenwechsel hatte ihn völlig auf dem falschen Fuß erwischt.

Ihre Tochter hatte Appartement Nummer 314, oder?

Ja, Kira hatte Appartement Nummer 314 gehabt. Wie sollte er das vergessen haben? Er würde niemals ein Detail dieses Unglückstages vergessen können.

Es war ein ungewöhnlich kalter Freitagmorgen im Mai vor vier Jahren gewesen. Die Nachricht von einem verheerenden Brand in einem Studentenwohnheim in der Aaseestadt hatte innerhalb kürzester Zeit jeden Nachrichtenmonitor der Stadt überflutetet. Zwei Minuten hatte es gedauert – zwei Minuten, in denen er sich am Frühstückstisch noch lautstark über die zahlreichen Schaulustigen aufgeregt hatte, die der Feuerwehr und den Rettungswagen den Weg versperrten –, bis ihm und seiner Frau klar geworden war, um welches Wohnheim es sich handelte. Dann waren sie losgestürmt.

Als sie endlich die Aaseestadt erreicht hatten, hatte sie der Anblick des Wohnheims wie das Urteil eines Strafgerichts getroffen. Meterhoch lodernde Flammen hatten sich ihren Weg durch das mehr als zehnstöckige Gebäude gefressen, und dicke Rauchwolken waren wie schwarze Ungeheuer aus den Fenstern hervorgequollen. Irgendwo inmitten dieser

Hölle, in all den vor Hitze zerberstenden Scheiben, den einstürzenden Gebäudeteilen und fontänenartig hervorschießenden Gasexplosionen hatte ihre Tochter Kira gesteckt.

Zu diesem Zeitpunkt hatten er und Jennifer noch nicht gewusst, dass Kira eines der 27 Todesopfer sein würde, die man sieben Stunden später aus den Trümmern barg.

Die Ungewissheit war unerträglich gewesen. Er hatte sich ausgemalt, wie Kira bewusstlos in einer Ecke ihres Zimmers lag oder wie sie verzweifelt nach einer Fluchtmöglichkeit suchte und nicht an den Flammen vorbeikam. Er hatte unzählige Male versucht, gegen die Feuersbrunst anzustürmen und Kiras Appartement zu erreichen, war aber wegen der Hitze nie näher als bis auf fünf Meter an das lichterloh brennende Gebäude herangekommen. Er hatte einem Feuerwehrmann seinen Dienstausweis unter die Nase gehalten und ihn zwingen wollen, ihm seinen Schutzanzug und sein Atemgerät auszuhändigen. Vergeblich. Er hatte die Schaulustigen zusammengebrüllt, die die Einsatzkräfte behinderten, und drei von ihnen an Ort und Stelle verhaftet, sie dann aber mit Fußtritten einfach davongejagt. Er hatte seine Arme um Jennifer gelegt, die regungslos und in stillem Entsetzen auf das Feuer gestarrt und später in einem Anfall der Wut und Hoffnungslosigkeit wie besessen angefangen hatte, auf seine Brust einzuschlagen wie auf einen alten Sandsack. Er hatte gebetet, geflucht, geschrien. Sieben Stunden lang.

Sieben Stunden, in denen er sieben Jahre gealtert war.

In seiner Verzweiflung hatte er sogar Kira selbst verflucht, weil sie, wie so viele andere ihrer Generation, auf ein eigenes Appartement bestanden hatte, obwohl sie genauso gut hätte zu Hause wohnen können. Sie wollte unbedingt mittendrin sein, wie sie sich ausgedrückt hatte.

Mittendrin im Leben.

Als die Einsatzkräfte endlich das Gebäude hatten betreten können, war Kiras Leiche eine der ersten gewesen, die geborgen wurde. Ihr Körper war merkwürdig unversehrt gewesen, fast so, als hätte das Feuer es nicht gewagt, sie anzurühren. Wie sich später herausgestellt hatte, war die Feuersbrunst längst nicht bis in alle Appartements vorgedrungen. Es hatte sich vielmehr auf die Polystyrolplatten konzentriert, die als nachträgliche Wärmedämmung an die Fassade des alten Gebäudes angebracht worden waren und wie ein Brandbeschleuniger gewirkt hatten. Die giftigen Verbrennungsdämpfe hatten sich innerhalb von Minuten bis in jedes Appartement verteilt. Kira und viele andere waren einfach im Schlaf erstickt.

Genau so war es vermutlich auch bei Bergmanns Tochter gewesen, und wie er und Jennifer hatte Bergmann offensichtlich noch immer keinen Frieden finden können. Doch ahnte Ivens, dass Bergmann darüber hinaus eine weitere Facette der schrecklichen Ereignisse von damals plagte, von der er sich schon lange befreit hatte.

Wir haben bei dem Brandanschlag ebenfalls unsere Tochter verloren.

Brandanschlag!

Ein defekter Herd in einem leerstehenden Appartement des Erdgeschosses hatte das Feuer ausgelöst – alle Sachverständigen waren damals zu dem gleichen Ergebnis gekommen. Gleich drei beauftragte Gutachter hatten in ihren Abschlussberichten jeden Verdacht einer Manipulation der Brandquelle ausgeschlossen.

Ivens wusste genau, welcher Theorie Bergmann nachhing. Das Studentenwohnheim war ein maroder Bau aus den 70er-Jahren des letzten Jahrhunderts gewesen. Schon Jahre vor dem Brand hatte es Abrisspläne gegeben, die angesichts der zentralen Lage des Grundstücks und wesentlich profitablerer Bebauungspläne von einer europaweit tätigen Investorengruppe zunehmend forciert worden waren. Die Zustimmung zum Verkauf des Wohnheimes von Seiten des Stadtrates hatte bereits vorgelegen, begleitet von einigen in der Presse aufgebauschten Bestechungsvorwürfen, die sich auch gegen den Bürgermeister selbst gerichtet hatten. Eine abgemachte Sache also.

Alle Abrisspläne waren jedoch an einer engagierten Bürgerbewegung gescheitert, die sich erst lautstark protestierend und dann mit einem erfolgreichen Bürgerbegehren für den Erhalt des preiswerten und zentralen Wohnraums für die Studenten eingesetzt hatte.

Was das Unglück besonders tragisch erscheinen ließ, war der Umstand, dass zwei Tage vor dem verheerenden Feuer eine persönliche Mitteilung an alle Bewohner des Wohnheims ergangen war, in der die Investorengruppe ihren offiziellen Verzicht erklärte. Natürlich hatte dieser formale Akt einen handfesten juristischen Hintergrund gehabt: Alle angebotenen Auszugsprämien und Umzugsbeihilfen hatten damit ihre Gültigkeit verloren. Die Studenten hatten die Nachricht als endgültiges Zeichen ihres hart erkämpften Sieges interpretiert und kurz entschlossen eine Hausparty organisiert.

Das Schreiben war am Mittwoch eingegangen, und der folgende Donnerstag, an dem die Party gestiegen war, war ein Feiertag gewesen. Ohne diese spontane Feier hätten vielleicht einige der späteren Todesopfer das verlängerte Wochenende für einen Kurzurlaub genutzt. Andere wären zum Zeitpunkt des Brandes möglicherweise schon aus dem Haus gewesen. So aber hatte die Mehrzahl der Studenten nach einer langen Nacht und mit einem erheblichen Alkoholspiegel im Blut schlafend in ihren Betten gelegen, als am Freitagmorgen das Feuer ausgebrochen war.

Aus den Ruinen des Wohnheims war schließlich die Investorengruppe doch noch als Sieger hervorgegangen. Man brauchte nicht viel Fantasie, um sich auszumalen, welche Verschwörungstheorien aus diesem Umstand erwachsen waren. Deswegen waren so viele Gutachter bestellt worden, und es hatte eine Unzahl von Anhörungen und Untersuchungen gegeben. Aber nicht ein greifbarer Anhaltspunkt für eine potenzielle Brandstiftung konnte gefunden werden.

Bergmann hing einem Gespenst nach, so viel war klar. Ivens hatte für dieses Verhalten durchaus Verständnis. Der Verstand suchte in so einer Situation verzweifelt nach einem Ankerpunkt, irgendetwas, an das man sich klammern konnte, abseits der Vorstellung, nur ein Opfer dieses grausamen Würfelspielers namens Schicksal geworden zu sein. Er hatte sich anfangs auch auf diesen Weg begeben, hatte sich in den Fall reingekniet und recherchiert, immer in der Hoffnung, ein Gesicht zu finden, in das er schlagen konnte. Aber er hatte nichts gefunden, und mittlerweile war er davon überzeugt, dass es nichts zu finden gab. In diesem Punkt war er Bergmann einen Schritt voraus.

Ivens schaute auf die Uhr: 22.30 Uhr. Zeit, die Vergangenheit ruhen zu lassen. Er schlug den Kragen seiner Lederjacke hoch und machte sich auf den Heimweg. Kurz bevor er den Prinzipalmarkt erreichte, zog er die von dem 3D-Drucker wiederhergestellte Sonnenbrille aus der Tasche und setzte sie auf. Sofort verblassten die blendenden Lichtstrahlen, die ihm beim Erreichen des mit Flutlicht taghell erleuchteten Prinzipalmarktes entgegenschlugen.

Zu Hause würde er die Rollläden herunterlassen müssen, um bei diesem Farbspektakel schlafen zu können. Sofern er überhaupt schlafen konnte.

2. KAPITEL
TAG 2 – MÜNSTER, 15. MAI, 09.30 UHR

12

Die Bettentürme der Universitätsklinik Münster erhoben sich wie gigantische Silos in der trüben Morgensonne des neuen Tages. Das eintönige betongrau, unterbrochen von den blau schimmernden Fensterflächen der 19 Etagen, wirkte angenehm beruhigend auf Ivens' Augen. Obwohl er die Innenstadt seit einigen Minuten hinter sich gelassen hatte, tobte auf seiner Netzhaut noch immer ein Gewitter von hektisch aufleuchtenden Farbflecken in den wahnwitzigsten Schattierungen.

Ivens betrat den Ostturm der Uniklinik, vorbei an einer Gruppe Patienten in Bademänteln, die vor der Tür herumlungerten und in Gespräche vertieft waren oder schweigend ihre Zigaretten rauchten.

Er durchschritt einen langen, vom Tageslicht abgeschotteten Gang, der ihn in den Empfangsbereich des Klinikgebäudes führte. Dort wurde er von säulenartigen Auskunftsstationen begrüßt, die statt teurem Klinikpersonal hier ihren Dienst taten.

»Guten Morgen und willkommen in der Universitätsklinik Münster. Bitte aktivieren Sie Ihren elektronischen Personalausweis und teilen Sie uns mit, was wir für Sie tun können«, ertönte eine freundliche Stimme aus dem Lautsprecher der Säule, vor die Ivens sich gestellt hatte.

»Ich habe einen Termin mit Prof. Winkler«, sagte Ivens, während er die gespeicherten Ausweisdaten seines Handys zum Auslesen freigab.

Ivens wusste, dass nun sein Gesichtsprofil von einer der

in der Säule eingebauten Kameras erfasst wurde und eine Gesichtserkennungssoftware die Bilddaten mit dem elektronischen Personalausweisfoto auf seinem Handy verglich. Gleichzeitig durchstöberte ein Computerprogramm alle vermerkten Termine, die die Patienten und Ärzte der Klinik für Besuche freigegeben hatten.

»Positiv, Hauptkommissar Ivens. Bitte folgen Sie Ihrem Wegweiser.«

Ivens ließ sich von dem unmittelbar auf seinem Handydisplay erscheinenden grünen Pfeil leiten, der ihn entlang eines Korridors direkt auf eine Traube von anderen Besuchern und Patienten zudirigierte. Kaum war er auf Höhe der Menschenmenge angelangt, erschien eine neue Anzeige: »Bitte nehmen Sie den Aufzug in den 17. Stock.«

Ivens atmete genervt aus. Er hasste Warteschlangen. Und er hasste vollgestopfte Aufzüge. Kurz überlegte er, sich über das Treppenhaus umleiten zu lassen, ließ dann aber den Gedanken fallen – 17 Stockwerke waren kein Pappenstiel.

Etwa fünf Minuten später erreichte Ivens seine Zieletage. Vor ihm erstreckte sich ein kreisrunder Raum, der entfernt an die Kommandobrücke eines Raumschiffes erinnerte. Allerdings wusste Ivens, dass um die Brücke herum nicht etwa große Sichtfenster mit einem Ausblick auf das unendlich weite Weltall, sondern zahlreiche Patientenzimmer voller Menschen mit irdischen Problemen lagen. Ein weiterer grüner Pfeil auf dem Display seines Handys wies ihn an, sich zunächst rechts zu halten, und schließlich führte ihn die Anzeige vor eine Tür mit der Aufschrift »Chefarzt Prof. Dr. Josef Winkler«.

Ivens klopfte und trat ein.

Der Mann in dem Zimmer, bei dem es sich laut Namensschild auf seinem Arztkittel um Prof. Winkler persönlich handelte, blickte kurz auf. Er deutete auf einen Stuhl vor dem Schreibtisch und wandte sich dann wieder einem Monitor zu, auf dem eine Liveübertragung aus einem Operationssaal zu sehen war.

Kein schöner Anblick.

Winkler gab ein paar letzte Anweisungen zu der laufenden Operation, dann wischte er einige Male über das vor ihm liegende Tablet und Sekunden später erschien anstelle des Operationssaales die Frontalansicht eines Mannes, der bei flüchtiger Betrachtung als Winklers Zwillingsbruder hätte durchgehen können. Der Mann auf dem Bildschirm trug wie Winkler einen weißen Arztkittel, darunter lugte das gleiche hellblaue Hemd ohne Krawatte hervor. Die Frisuren der beiden Männer waren fast identisch, Kurzhaarschnitte mit akkuratem Seitenscheitel und langen Koteletten, wie sie seit einiger Zeit wieder modern waren. Ein strahlend weißes Gebiss ohne jeden Fehler leuchtete vom Monitor und auch zwischen den schmalen Lippen von Prof. Winkler. Nur die tiefen Falten um die Augen der beiden Männer verrieten ein Alter von mindestens 50, wie Ivens schätzte.

Winkler reichte Ivens die Hand. »Ich habe mir erlaubt, einen Kollegen vom Herzzentrum der Uniklinik Köln hinzuzuziehen«, sagte er und winkte dem Monitorbild zu. »Ralf, das ist Hauptkommissar Ivens von der örtlichen Kriminalpolizei. Er untersucht den Fall Komohoto.«

Winkler wandte sich an Ivens: »Der zugeschaltete Kollege ist Prof. Dr. Ralf Metzinger, einer der führenden Kardiologen in Deutschland. Aufgrund der ungewöhnlichen Befunde hielt ich es für angebracht, seine Expertise einzubinden.«

Ivens nickte in die Kamera, die mit den Ausmaßen einer abgesägten Panzerfaust über dem Monitor thronte und jede Bewegung im Raum mit einem leisen Surren verfolgte. Der

Anblick des völlig überdimensionierten Gerätes ließ Ivens an die zahlreichen Presseberichte denken, nach denen im Gesundheitswesen an allen Ecken und Enden das Geld fehlte. Hier war der Beweis: Niemand baute heute noch solche Monster von Kameras. Das Ding musste mindestens 20 Jahre alt sein.

»Ralf, ich blende dir jetzt die Bilder ein.« Winkler strich erneut über sein Tablet, woraufhin die MRT-Aufnahmen von Komohotos Herz auf dem Monitor erschienen, die Ivens in Müngersdorfs Büro gesehen hatte. »Wie ich bereits in unserem Vorgespräch angedeutet habe – ich habe nicht die geringste Ahnung, was wir hier vor uns haben. So etwas ist mir in meiner gesamten Laufbahn noch nie untergekommen.«

Der Kölner Kollege auf der anderen Seite der Leitung betrachtete für eine Weile schweigend die Aufnahmen. Dann pfiff er leise durch die Zähne. »Sieh mal einer an. Scheint sich langsam zu einer Epidemie zu entwickeln.«

Winkler und Ivens tauschten einen überraschten Blick.

»Sie wissen, was das ist?«, fragte Ivens. Gleichzeitig spürte er, wie eine Welle der Erleichterung sich in ihm ausbreitete. Dem Kölner Herzspezialisten schienen die Bilder vertraut zu sein. Was nur bedeuten konnte, dass Komohotos merkwürdige Verletzungen eine natürliche Ursache hatten oder zumindest eine bekannte Folge von irgendetwas waren. Und das wiederum bedeutete, dass der Fall damit erledigt war. Er würde nur noch seinen Abschlussbericht schreiben müssen.

»Das habe ich nicht gesagt«, riss Metzinger Ivens zurück in die Realität. »Ich habe nur gesagt, dass ich das schon einmal gesehen habe. Zweimal sogar, um genau zu sein.«

»Was bedeutet der Befund?«, fragte Winkler, sichtlich an den Erkenntnissen seines Kollegen interessiert.

»Ich weiß es nicht«, gab Metzinger eher aggressiv als kleinlaut zurück. »Wir haben es hier mit einem völlig unbekannten Phänomen zu tun. Den Herren vom INTCEN konnte ich auch nicht mehr sagen.«

»Wem?« In Ivens läutete schrill eine Alarmglocke auf. Er hätte schwören können, das Wort INTCEN schon einmal gehört zu haben. Und etwas sagte ihm, dass diese Information nicht gut war, obwohl er im Moment nicht wusste, was er mit dem Begriff anfangen sollte.

Im nächsten Moment bestätigte Metzinger seine schlimmsten Befürchtungen. »Dem INTCEN. Einer europäischen Geheimdienstbehörde. Die hatten zwei Todesfälle unter Europaabgeordneten mit den gleichen unerklärlichen Symptomen.«

»Wann war das?«, fragte Ivens.

»Einen vor zwei Wochen, den anderen letzte Woche. Die MRT-Bilder habe ich allerdings erst vor drei Tagen zu Gesicht bekommen. Ein Agent namens Werther aus Brüssel hat sie mir geschickt. Ich habe ihm gesagt, dass wir ohne eine Obduktion nicht weiterkommen. Die merkwürdigen Ausfransungen an den Herzwänden und Blutgefäßen sind völlig unerklärlich, und auf allen drei Aufnahmen sind diese kugelförmigen kleinen Flecken zu erkennen, die unzählige Ursachen haben können. Er wollte sich darum kümmern, aber seitdem habe ich nichts mehr von ihm gehört.«

Während Metzinger eine ausgiebige Schimpftirade über das Verhalten der Brüsseler Behörde folgen ließ, fiel Ivens wieder ein, woher er den Begriff INTCEN kannte. Er hatte ihn vor Jahren in einem polizeiinternen Seminar über die Struktur der europäischen Polizei- und Grenzschutzbehörden aufgeschnappt: Das EU Intelligence Centre, eine relativ junge Geheimdienststelle der Europäischen Union. Offiziell bestand seine Aufgabe in der Koordination und Unterstützung der nationalen Geheimdienste der Mitgliedsstaaten. Kenner der Materie bezweifelten allerdings diese Version. Von dem Ausspionieren der nationalen Geheimdienste im Auftrag der EU bis hin zur Überwachung des Privatlebens der Europapolitiker waren alle möglichen Aufgabengebiete in verschiedensten Verschwörungstheorien vertreten. Niemand schien Genaueres zu wissen. Aber eines war sicher: Wenn das INTCEN in die Sache einstieg, konnten Emmerich und Müngersdorf ihre »behutsame« Vorgehensweise in Sachen Komohoto vergessen.

»Sind irgendwelche Gemeinsamkeiten zwischen den Opfern bekannt?«, versuchte Winkler seinen Kölner Kollegen von dem Ärger über die nicht verfügbaren Obduktionsergebnisse abzubringen. »Vielleicht die gleichen exotischen Reiseziele oder ungewöhnliche Essensvorlieben? Oder wir haben es mit einer neuartigen Droge oder einer Kombination von bestimmten Substanzen zu tun, von denen alle drei die Finger nicht lassen konnten.«

Metzingers Monitorbild ließ ein Schulterzucken erkennen. »Das INTCEN hat sich mit Informationen sehr bedeckt gehalten. Selbst mit den Namen der Opfer wollte es nicht herausrücken – obwohl es nicht besonders schwerfallen dürfte, zwei kürzlich verstorbene Europaabgeordnete ausfindig zu machen. Aber du hast mit deinen Fragen vollkommen recht: Es ist unbedingt erforderlich, in dieser Richtung weiterzuforschen. Sollte ein viertes Opfer auftauchen, wovon ich langsam ausgehe, müssen wir vorbereitet sein. Ich werde diesen Werther vom INTCEN unverzüglich informieren, dass wir jetzt auch in Deutschland einen ähnlichen Fall haben. Es muss etwas getan werden, und zwar schnell.«

Ivens beschlich bei Metzingers letzten Worten ein ungutes Gefühl. Dieser Herzspezialist schien Gefallen an der Sache gefunden zu haben. Unerklärliche Symptome – klar reizte ihn das. Es kam schließlich nicht häufig vor, dass die Medizin heutzutage noch auf irgendetwas völlig Unbekanntes stieß. Der Mann war glatt imstande, Ivens' kleinen örtlichen Kriminalfall zu einer europaweiten Epidemie aufzubauschen.

»Immer langsam«, versuchte er, den Kardiologen wieder einzufangen. »Ich muss Sie beide um Diskretion bitten, bis die kriminalistischen Untersuchungen abgeschlossen sind. Die MTR-Bilder sind im Moment streng vertraulich – ist das klar?«

Metzinger schnaubte in die Kamera. »Sie sollten sich Ihrer Verantwortung bewusst sein, Hauptkommissar Ivens. Wenn noch mehr Fälle dieser Krankheit …«

»Wenn es dazu kommt, werde ich Sie unverzüglich unterrichten«, unterbrach Ivens. »Aber eins nach dem anderen. Bitte geben Sie diesem Werther vom INTCEN meine Kontaktdaten. Er soll sich schnellstmöglich bei mir melden.«

Ivens verabschiedete sich von den beiden Ärzten und verließ die Universitätsklinik mit einem nervösen Blick auf die Uhr: 10.30 Uhr. Nur noch eine halbe Stunde bis zu seinem nächsten Termin.

13

Während Ivens seinem Folgetermin entgegenhetzte, loggte sich nur wenige Hundert Meter von den Bettentürmen der Universitätsklinik entfernt ein Mann mit routinierten Befehlen in den Server des Hotels Bergmann ein. Baldy, der eigentlich Dennis hieß, aber wegen seiner gänzlich fehlenden Körperbehaarung von seinen Bekannten nur Baldy – der Glatzkopf – genannt wurde, studierte aus blauen Augen unter wimperlosen Augenliedern aufmerksam die Belegungspläne der Zimmer.

Verdutzt registrierte er den Vermerk »nicht verfügbar« bei Zimmer 21. Baldy wusste, dass dieser Vermerk normalerweise ausschließlich bei längeren Renovierungsarbeiten an den Gästezimmern benutzt wurde. Er fragte sich daher, wie lange Komohotos Zimmer noch ungenutzt leer stehen sollte. Man konnte es auch übertreiben mit der Pietät. Oder hatte die Polizei das Zimmer sperren lassen? Das wäre möglich. Aber unwahrscheinlich, dachte er.

Als nächstes überprüfte Baldy Zimmer 22. Gebucht auf S. Coleman. Check-out am 17. Mai, also in zwei Tagen. Offenbar plante Komohotos Manager, die Feierlichkeiten bis zum Ende durchzuziehen. Baldy hatte auf der Website der Stadt Münster gelesen, dass gestern Abend ein großer Empfang im Landesmuseum stattgefunden hatte, bei dem Coleman – und als er diesen Satz gelesen hatte, hatte es ihm die Mundwinkel zu einem breiten Lächeln auseinandergerissen, sodass auf seiner trockenen Haut 1.000 Nadelstiche brannten – ein paar »herzzerreißende« Worte für seinen verstorbenen Schützling gefunden hatte. Das unwissentlich treffende Wortspiel des Artikels war zum Totlachen.

Baldy widmete seine Aufmerksamkeit den Belegungsplänen der anderen Zimmer: Ehepaar Springberg aus Frankfurt in Nummer 18, zwei junge Frauen aus Paris, vermutlich Kunststudentinnen, in Nummer 14, weitere Gäste mit ausländisch klingenden Namen, zweimal mit einem Zustellbett für Kleinkinder.

Und dann fand er den Namen, den er suchte.

Ein Doppelzimmer zur Einzelnutzung. Zimmer Nummer 29.

Da ist er also abgeblieben, dachte Baldy. Er fragte sich, auf wessen Mist der kurzfristige Zimmertausch gewachsen war. Damit hatte er nicht gerechnet.

Egal. Es ist, wie es ist.

Baldy schloss die Augen und stellte sich das Zimmer vor. Ein großer Raum, plüschige Gardinen, ein kurzfloriger Teppichboden. War 29 in Blautönen oder Gelbtönen gehalten? Er wusste es nicht mehr genau. Aber das war unwichtig. Das Doppelbett stand auf jeden Fall, von der Zimmertür aus gesehen, an der rechten Wand, gegenüber dem Schrank mit Minibar, Fernseher und 3D-Drucker. Genau wie in Nummer 21. Fast alle Zimmer des Hotels Bergmann waren identisch eingerichtet und unterschieden sich nur durch die jeweilige Farbgestaltung.

Sorgsam überlegte Baldy, wann die beste Zeit wäre. 2.00 Uhr? Oder besser um 3.00 Uhr? Bei den anderen hatte 2.00 Uhr wunderbar funktioniert. Sie hatten danach noch genug Zeit gehabt, sich halbwegs ordentlich durch den nächsten Tag zu schleppen, sodass niemand einen Zusammenhang zur vorhergehenden Übernachtung hergestellt hatte. Nur dieser dämliche Komohoto war so schmächtig gewesen, dass er fast direkt nach dem Aufstehen aus den Latschen gekippt war.

Vielleicht war 4.00 Uhr besser? Aber dann bestand die Gefahr, dass notorische Frühaufsteher bereits auf den Beinen waren.

Baldy entschied sich, einer inneren Stimme folgend, für 3.00 Uhr – den goldenen Mittelweg. Er lud das Programm hoch. Anschließend löschte er sorgsam den Protokollverlauf seines Netzwerkzugriffs und loggte sich aus.

Alles war vorbereitet. Diesmal würde es keine Abweichungen geben. Und selbst wenn, überlegte er, was machte das schon? Irgendwann würde er ihn erwischen.

Genau wie die anderen.

Niemand würde ihm entkommen.

14

Normalerweise dauerte die Fahrt vom Universitätsklinikum zum Polizeipräsidium nicht länger als 20 Minuten. Aber kaum war Ivens vom Parkhaus des Klinikums auf den Stadtring abgebogen, steckte er in einem Pulk doppelstöckiger

Partybusse fest, die überwiegend niederländische Nummernschilder trugen. Sie spülten ihre Fracht scharenweise in die Stadt wie sonst nur zu Zeiten des Weihnachtsmarktes. Viele Busse schaukelten bedrohlich von einer zur anderen Seite, dem Takt der schwankenden Fahrgäste folgend, die tanzend, betrunken oder beides zusammen im Bus ihr Unwesen trieben.

Ivens quittierte das Treiben mit einem stillen Kopfschütteln. Vermutlich waren die Busse bis zum Rand vollgestopft mit Vertretern dieser seltsamen Spezies namens »Culture Freaks«, wie die Psychologen diese Generation getauft hatten: gut ausgebildete junge Erwachsene, die jenseits ihrer digitalen Welt ganz real in der Gesellschaft mitmischen wollten und sich ernsthaft für Kunst und Kultur interessierten. Allerdings waren sie dabei keinesfalls bereit, die angestaubten Rituale mucksmäuschenstiller klassischer Konzerte oder geordneter Gruppenführungen in Museen zu akzeptieren. Aus allem machten sie stattdessen ein Happening, bei dem sie stets ihre eigene Bühne suchten.

Klassische Konzerte liefen seit einiger Zeit so ab, dass die Besucher ihre eigenen Geigen, Pauken, Flöten und Posaunen auspackten und das Hauptthema, Menuett und Scherzo munter begleiteten – wie bei Popkonzerten die Mitsingteile. Leute sprangen bei Theaterstücken unvermittelt auf die Bühne und gesellten sich unter die Statisten. Hierbei galt es allerdings als ungeschriebenes Gesetz, nur in das Randgeschehen einzugreifen, während die Haupthandlung nicht verändert werden durfte, wie ihm seine Tochter bei einem gemeinsamen Besuch im Stadttheater einmal erklärt hatte.

Ivens musste zugeben, dass ihm Teile dieser Entwicklung durchaus gefielen. Diese Freaks agierten auf hohem Niveau. Mittelmaß wurde nicht geduldet und gnadenlos ausgebuht – es sei denn, das kollektive Alkohollevel hatte eine gewisse Schwelle erreicht. Vermutlich, dachte Ivens, waren in den Bussen vor ihm zahlreiche Fassaden-Robots mit im Gepäck, die Komohotos Kunstwerk im Laufe der kommenden Nacht um einige Straßenzüge erweitern würden.

Nach 40 Minuten, und damit um 10 Minuten überfällig, setzte Ivens endlich den Blinker zur Einfahrt auf den Parkplatz des Polizeipräsidiums. Baumann war mit Sicherheit stinksauer, so viel war klar. Der Personaldezernent hasste Unpünktlichkeit, selbst wenn es sich nur um ein paar Minuten handelte. Außerdem wollte Ivens noch mit Baumann unter vier Augen reden, bevor der Termin losging. Das konnte er sich jetzt abschminken.

Ivens sprang aus seinem Wagen und eilte durch die Eingangspforte. Unversehens stolperte er in eine junge Frau, die kurz vor ihm die automatische Tür passiert hatte und direkt dahinter abrupt stehen geblieben war.

»Entschuldigen Sie«, sagte Ivens und war drauf und dran, zu Baumanns Büro weiterzuhetzen, als er das schmerzverzerrte Gesicht der jungen Frau bemerkte. Sie krümmte sich zusammen und hielt die Arme vor dem Bauch verschränkt. Erst jetzt ging ihm auf, dass er der Frau mit seinem Ellbogen einen unbeabsichtigten Stoß in den Magen verpasst hatte.

Verflucht. Sein Termin rannte ihm davon, aber er konnte die Frau nicht einfach stehen lassen, nachdem er sie fast ausgeknockt hatte. Termin hin oder her.

»Kommen Sie«, sagte Ivens und führte sie zu einer der Besucherbänke, die im Flur zusammen mit einem Wasserspender postiert waren. Ivens füllte einen Pappbecher und reichte ihn ihr.

Sie winkte ab. »Es geht schon«.

Mühsam richtete sie sich auf und streckte den Brustkorb

durch. Unter ihrem T-Shirt zeichneten sich zwei wohlgeformte Brüste ab, denen ein schlanker Bauch und schmale Hüften folgten. Ihre Beine steckten in einer engen Jeans und ließen sportlich trainierte Oberschenkel erkennen. Sie hatte die langen blonden Haare zu einem Pferdeschwanz gebunden. Auf der Stirn ihres fast kreisrunden Gesichtes standen zwei tiefe Längsfalten infolge der vor Schmerzen zusammengekniffenen grünen Augen. Tränen konnte Ivens keine erkennen.

»Sind Sie immer so stürmisch?«, fragte sie und ließ ein verzerrtes Lächeln folgen.

»Nur wenn ich es eilig habe.« Ivens warf einen raschen Blick auf die Uhr. 11.15 Uhr. Baumann würde toben. Kein guter Start.

»Vielleicht können Sie mir zur Entschädigung zeigen, wie ich zum Personaldezernat komme?«

Glück im Unglück, dachte Ivens.

»Wir haben den gleichen Weg«, sagte er und gab ihr ein Zeichen, ihm zu folgen.

Gemeinsam gingen sie den Flur entlang und nahmen das offene Treppenhaus hinauf in die zweite Etage. Ivens fiel auf, dass die junge Frau – er schätzte sie auf höchstens Ende 20 – sich bereits vollständig von dem Schlag erholt hatte und mit federnden Schritten jeweils zwei Stufen auf einmal nahm. *Robuster, als sie aussieht,* schoss es ihm durch den Kopf. Er wollte sie fragen, was sie hier zu erledigen hatte, aber verkniff sich die Frage. Für Schwätzchen war jetzt keine Zeit.

Im zweiten Stock des Präsidiums, dessen gesamter Südflügel vom Personaldezernat in Beschlag genommen wurde, zeigte er seiner Begleitung die Tür zum Sekretariat und verabschiedete sich. Dann machte er sich eilig auf den Weg zu Baumanns Büro.

»Sie sind fast ein halbe Stunde zu spät«, schleuderte ihm Baumann entgegen, noch bevor er das Büro richtig betreten hatte. Der Personaldezernatsleiter war wie erwartet hörbar genervt. »Sie können von Glück reden, dass Frau Herwig sich ebenfalls verspätet hat. Aber im Gegensatz zu Ihnen hat sie wenigstens eine Nachricht geschickt.«

»Der verdammte Verkehr«, gab Ivens kleinlaut zurück. »Die Touristenströme legen noch die gesamte Stadt lahm, wenn das so weitergeht.«

»So etwas kann man einplanen. Erst recht bei einem so wichtigen Termin. Schon mal was von dem prägenden ersten Eindruck gehört?«

»Hören Sie«, sagte Ivens, »die ganze Sache passt mir eigentlich gar nicht. Können wir vielleicht über einen Ringtausch …«

»Ringtausch?«, unterbrach ihn Baumann ungehalten. »Sie haben fast zehn Monate auf die Nachbesetzung Ihrer Stelle gewartet, und jetzt wollen Sie eine komplizierte Versetzungskette anstoßen? Was ist Ihr Problem, Ivens?«

Ivens zögerte. Er hatte sich vorgenommen, offen mit Baumann über alles zu reden. Baumann wusste über den Tod seiner Tochter Bescheid, und Baumann hatte ihm damals den Rücken gedeckt, als er sich außerhalb seiner Zuständigkeiten Zugriff auf die Ermittlungsakten zum Brandfall des Studentenwohnheims verschafft hatte. Vermutlich war Baumann psychologisch geschult. Die Chancen standen daher gut, dass der Personaldezernent seine Befürchtungen würde nachvollziehen können, durch eine Kollegin im Alter seiner verstorbenen Tochter ständig an sie erinnert zu werden. Trotzdem brachte er kein Wort heraus.

Mitten in sein Zögern hinein klopfte es an der Tür. Baumanns Sekretärin erschien, gefolgt von der jungen Frau, mit der Ivens vor wenigen Minuten im Erdgeschoss zusammengerasselt war.

Ivens zuckte unwillkürlich zusammen.

Scheiße! Auch das noch!

»Frau Herwig ist jetzt da«, sagte die Sekretärin und verschwand wieder.

Baumann kam hinter seinem Schreibtisch hervor und streckte ihr zur Begrüßung die Hand entgegen. »Kriminalkommissarin Herwig, herzlich willkommen in Münster.«

Dann trat Baumann einen Schritt zur Seite. »Das ist Hauptkommissar Alexander Ivens. Ihr neuer Chef.«

15

»Wir kennen uns bereits«, sagte Maike Herwig an Baumann gerichtet. »Der Hauptkommissar war so freundlich, mir persönlich den Weg zum Personaldezernat zu zeigen.« Dann wandte sie sich an Ivens. »Jetzt verstehe ich, warum Sie es so eilig hatten. Wir hatten wohl beide den gleichen Termin.«

»Sieh mal einer an«, sagte Baumann. »So viel Galanterie

hätte ich dem Hauptkommissar gar nicht zugetraut.« Er musterte Ivens misstrauisch.

Ivens sagte nichts. Entgeistert starrte er Maike Herwig an. Gespannte Sekunden wartete er darauf, dass sie den Vorfall mit dem Zusammenstoß zum Besten gab, der der Auslöser für seine *so galante* Begleitung zum Sekretariat des Personaldezernats gewesen war.

Nichts dergleichen geschah.

Maike Herwig sah ihn nur aus ihren grünen Augen an und lächelte.

Ivens musterte sie ein zweites Mal von oben bis unten. Maike Herwig sah mit ihrem rundlichen Gesicht und dem langen blonden Pferdeschwanz seiner Tochter Kira in keiner Weise ähnlich. Auch ihre offensichtlich robuste Konstitution deckte sich nicht mit Kiras Wesen, die eher feingliedrig und empfindlich gewesen war. Einzig die Art, wie sie lächelte, erinnerte ihn entfernt an Kira.

Vielleicht, überlegte Ivens, waren seine Bedenken ja völlig unbegründet.

»Dann wollen wir mal den formalen Teil hinter uns bringen«, durchbrach Baumann das Schweigen und warf aus einem an der Decke hängenden Projektor ein 3D-Modell der Stadt Münster auf seinen Schreibtisch. Das Modell sah aus wie eine aus feinen Bindfäden erschaffene Landschaft von Gebäudeumrissen, die kreisförmig um ein Zentrum angeordnet waren. Selbst die Bepflanzung der Grünflächen, öffentliche Kunstwerke und Skulpturen und sogar die in der Stadt aufgestellten Parkbänke waren originalgetreu nachgebildet. In dem ansonsten blassblau gehaltenen Modell stachen einzelne Gebäude rot hervor, und Ivens erkannte anhand ihrer Lage, dass es sich dabei um die über das Stadtgebiet verteilten Wachen handelte.

»Wir sind hier, im Polizeipräsidium.« Baumann tippte auf das größte rot eingefärbte Gebäude am nördlichen Stadtring. Blitzartig fächerte sich das Präsidium in seine verschiedenen Gebäudeteile auf, die nun in unterschiedlicher Höhe über dem Schreibtisch schwebten.

»Ihr oberster Dienstherr ist Polizeipräsident Müngersdorf. Sein Büro ist hier.« Baumann deutete auf einen Abschnitt, der am Ende eines langen Flures im Erdgeschoss lag. »Der Polizeipräsident wird bei seiner Arbeit von zahlreichen Stabsbereichen unterstützt, die sich überwiegend im zweiten Obergeschoss befinden: Arbeitsschutz und Brandschutz, IT-Sicherheit, Jugend, Opferschutz, Sport, Betriebsarzt, Gleichstellung, Haushalt und Schwerbehindertenangelegenheiten. Sie sollten sich schleunigst mit den entsprechenden Aufgaben und Vorschriften dieser Bereiche vertraut machen.«

Maike Herwig nickte.

»Neben den Stabsbereichen sind auch die verschiedenen Kriminalkommissariate größtenteils in diesem Gebäude untergebracht.« Baumann deutete auf verschiedene Büroabschnitte, die sich vorwiegend im ersten Obergeschoss befanden. Kleine Beschriftungen wiesen auf ihre jeweiligen Aufgaben hin: »Organisierte Kriminalität«, »Eigentumsdelikte«, »Ermittlungsdienst und Spurensicherung«, »Verkehrsdelikte«, »Rauschgiftkriminalität«.

»Wo ist unser Kommissariat?«, fragte Herwig.

»Hier.« Ivens deutete mit dem Zeigefinger auf seine Brust. »Und bei ein paar anderen Kollegen, je nachdem, wo sie sich gerade rumtreiben. Ach ja, und jetzt auch hier.« Er deutete auf Herwig.

Sie hob irritiert die Augenbrauen.

»Mobile Büroorganisation«, sagte Ivens. »Da wir nach Meinung der Organisationsexperten ohnehin nichts anderes tun, als uns an Tatorten rumzutreiben oder mit Zeugen Kaffee zu trinken, hat man unsere Büros schon vor Jahren wegrationalisiert. Die Ermittlungsakten liegen in einem geschützten Onlineverzeichnis, auf das Sie mobil zugreifen können. Die Einsatzplanung erfolgt über einen Gruppenkalender, in den Sie Ihre Urlaubs- und Abwesenheitszeiten eintragen können … zumindest theoretisch.«

»Immer noch sauer wegen Ihrem freien Tag?«

Ivens hörte aus Baumanns Worten nicht die geringste Spur von Ironie heraus. Eher echte Anteilnahme. Vermutlich war der Personalleiter geübt darin, mit Beschwerden über nicht eingehaltene Erholungszeiten und ausufernde Überstunden umzugehen, und tat sein Bestes, sich für die Kollegen einzusetzen. Was ihm angesichts permanenter Budgetkürzungen und Stellenstreichungen nicht leichtfallen dürfte.

Kein einfacher Job, dachte Ivens. Dann kam ihm ein anderer Gedanke. »Woher wissen Sie, dass mein freier Tag geplatzt ist?« Er hatte Baumann zwar gestern Morgen im Rathaus getroffen, aber von seinem Sondereinsatz und dem vertraulichen Gespräch mit Emmerich und Müngersdorf am späten Nachmittag dürfte er eigentlich nichts wissen.

Baumann hob verächtlich die Augenbrauen. »Die halbe Dienststelle weiß, dass Sie sich um den Fall Komohoto kümmern. Ein spontaner Termin beim Chef und dann auch noch gemeinsam mit dem stellvertretenden Bürgermeister – die Leute sind nicht blöd, und der Flurfunk funktioniert bestens.«

»Mein Gott!« Maike Herwig schlug die linke Hand vor ihren Mund und starrte Baumann und Ivens mit aufgerissenen Augen an. »Komohoto wurde ermordet? In den Nachrichten hieß es …«

»Die Nachrichten haben recht«, sagte Ivens, und er bemühte sich, möglichst gelangweilt zu klingen. »Die

Untersuchung ist reine Routine. Es gibt keinerlei Anhaltspunkte für ein Gewaltverbrechen.«

Ivens bemerkte Baumanns skeptische Miene. Aber seine neue Assistentin schien es geschluckt zu haben. Zumindest sagte sie nichts weiter.

»Uns wurde intensiv angeraten, keinen Staub aufzuwirbeln«, fügte Ivens hinzu. »Können Sie das?«

Statt einer Antwort erntete er einen giftigen Blick. Sein herablassender Tonfall war bei Herwig offensichtlich nicht gut angekommen.

Die Reaktion gefiel Ivens. Augenscheinlich konnte seine neue Kollegin nicht nur ohne großes Gejammer einstecken, sondern würde auch gut austeilen können, wenn sie sich eingelebt hatte.

In diesem Moment klingelte Ivens' Handy. Er nahm das Gespräch an.

»Ja? … Ist gut … In einer halben Stunde … Vielen Dank.«

Ivens wandte sich an Baumann: »Das war das Hotel Bergmann. Komohotos Manager ist dort untergebracht und hätte jetzt Zeit für eine Befragung. Bin ich hier fertig?«

Bergmann grinste. »Sind *wir* hier fertig. Sie sollten sich schnellstmöglich wieder daran gewöhnen, dass Sie jetzt im Team arbeiten. Erklären Sie Frau Herwig bitte alles, was sie sonst noch wissen muss.«

Ivens sah Baumann irritiert an. Sollte er Maike Herwig etwa mitnehmen? Dann wurde ihm klar, dass er wohl genau das tun sollte. Er hatte eine neue Assistentin. Einen Partner.

»Passen Sie gut auf Ihre neue Kollegin auf«, sagte Baumann zum Abschied.

»Das werde ich«, antwortete Ivens, und er spürte bei diesen Worten ein Gefühl in sich aufsteigen, das äußerst zwiespältig war.

16

Das Gebäude des Lage- und Analysezentrums des INTCEN beim Militärstab der Europäischen Union in Brüssel erstreckte sich als schlichter Zweckbau entlang einer viel befahrenen Straße. Der Anblick vermittelte Außenstehenden ein Bild von Ruhe und Stabilität, gepaart mit einem Touch von Langeweile, wie sie die meisten Bürokomplexe ausstrahlten.

Hinter der schlichten Fassade jedoch herrschte das reine Chaos. Weit über 100 Agenten, Datenanalysten und Computerexperten arbeiteten hier auf einer Fläche, die ursprünglich für sechs Dutzend Mitarbeiter ausgelegt worden war. Schreibtische standen dicht an dicht wie eng aneinander gequetschte Verkaufsstände in den schmalen Gassen eines Altstadtmarktes, und überall lauerten Stolperfallen durch herumliegende Kabel. Die provisorisch verlegten Glasfaserleitungen verbanden unzählige Computer, Modems und Satellitenempfänger, durch die tagtäglich Milliarden von Nachrichtensignalen von überall aus der Welt empfangen und ausgewertet wurden. Meterhohe Regalwände, vollgestopft mit Akten und Analysereports, drohten unter ihrer als »streng geheim« klassifizierten Last einzustürzen.

Inmitten dieses Chaos saß Paul Werther, ein hochgewachsener, breitschultriger Mann, der aufgrund seiner vielen Dienstjahre beim INTCEN fast schon zum Inventar zählte. Werther blickte nachdenklich auf die Zeitanzeige seines Computers: 11.30 Uhr. Knapp eine Stunde zuvor – um genau zu sein um exakt 10.35 Uhr – war ein Anruf aus Köln zu ihm durchgestellt worden.

Werther war keineswegs überrascht darüber gewesen, dass sich der Herzspezialist, den er vor drei Tagen kontaktiert hatte, zum Stand der zugesagten Obduktionsergebnisse im Fall der beiden verstorbenen Europaabgeordneten erkundigen wollte. Womit er jedoch nicht gerechnet hatte, war Prof. Metzingers Bericht über einen dritten Fall mit den gleichen unerklärlichen Herzverletzungen. Auch die unverhohlene Drohung des Arztes, ihn persönlich zur Rechenschaft zu ziehen, sollten weitere Leichen mit den gleichen Befunden auftauchen, hatte ihn völlig auf dem falschen Fuß erwischt. Der Herzspezialist rechnete offenbar mit einer bisher unbekannten Krankheit, die sich möglicherweise zu einer Epidemie entwickeln konnte.

Seit mehr als 40 Minuten grübelte Werther jetzt über diesen Vorgang. Was zum Teufel hatte das alles zu bedeuten? Eigentlich hatte Werther im Fall seiner beiden Europapolitiker gedanklich den Abschlussbericht schon geschrieben – sofern man überhaupt von einem »Fall« reden konnte. Dass eine geheimdienstliche Untersuchung überhaupt eingeleitet worden war, basierte einzig auf der Tatsache, dass es sich um Abgeordnete des Europäischen Parlaments und um zwei bisher vollkommen gesunde Männer gehandelt hatte, die auf medizinisch unerklärliche Weise dahingeschieden waren. Reine Routine.

Die bisherigen, zugegebenermaßen nur halbherzig durchgeführten Untersuchungen hatten erwartungsgemäß nicht den geringsten Hinweis auf irgendwelche Besonderheiten ergeben: Weder wiesen die Kontobewegungen der beiden Abgeordneten ungewöhnliche Geldtransfers auf, noch hatte es in den letzten Monaten Anfeindungen im Netz gegeben, die über das übliche Maß der Politikerhetze hinausgingen und auf einen durchgedrehten Attentäter schließen ließen.

Außer den ungewöhnlichen MRT-Befunden gab es nichts, was auch nur im Ansatz der Annahme eines natürlichen Ablebens entgegenstand.

Aus diesem Grund hatte Werther auf eine Obduktion verzichtet. Auch das INTCEN unterlag den europaweit geltenden strengen Genehmigungsanforderungen für Leichenöffnungen, und ohne brauchbare Indizien für eine Straftat hätte er sich mit diesem Ansinnen nur lächerlich gemacht.

Jetzt galt es, die Sache neu zu überdenken. Zumal da dieses eine Detail war, das wie ein gigantisches Warnschild vor seinem geistigen Auge aufleuchtete. Er hatte es bisher als Zufall abgetan, einen losen Faden, der sich einzig aus einer Laune des Schicksals heraus bei den beiden Europaabgeordneten überkreuzt hatte. Vor Prof. Metzingers Anruf hätte er diesem Detail in seinem Abschlussbericht nicht einmal eine Randnotiz gegönnt, aber nun verstärkte sich von Minute zu Minute das Gefühl, dass mehr dahintersteckte. Wie sonst war es zu erklären, dass auch der neue Todesfall des japanischen Farbenkünstlers genau dieses eine Detail aufwies? Ebenfalls Zufall?

Möglich wäre es, doch Werther glaubte nicht an Zufälle, erst recht nicht, wenn sie dreimal hintereinander auftraten.

Je länger Werther über die Sache nachdachte, desto bestimmter reifte ein Entschluss in ihm heran. Er brauchte unverzüglich Einblick in Komohotos Akten. Außerdem würde er diesen Hauptkommissar Ivens kontaktieren, um mehr Klarheit zu bekommen. Vorher musste er allerdings den Polizeipräsidenten der Stadt Münster einnorden. Dieser Ivens schien ein Querkopf zu sein, zumindest wenn man Prof. Metzingers Aussagen Glauben schenken konnte. Ein bisschen sanfter Druck auf seinen direkten Chef konnte da nicht schaden.

Werther lehnte sich bei diesem Gedanken zufrieden in seinem Sessel zurück. Die Gewissheit, jede nationale Polizeibehörde nach der Pfeife des INTCEN tanzen zu lassen, erfüllte ihn mit unbändigem Stolz. Er selbst hatte unzählige Jahre an vorderster Front gekämpft, um diese Machtposition zu erreichen, und es waren weiß Gott keine leichten Jahre gewesen. Obwohl das EU Intelligence Centre der Mehrzahl aller Bürger in Europa unbekannt war, konnte das INTCEN bereits auf eine jahrzehntelange Tradition zurückblicken. Die offizielle Gründung datierte zwar erst auf das Jahr 2003, damals noch unter dem Namen »Joint Situation Center«, kurz SitCen. Und erst seit 2012 trug das INTCEN seinen heutigen Namen. Aber schon in den 90er-Jahren des letzten Jahrhunderts war Werthers Behörde als Teil des Generalsekretariates des Rates der Europäischen Union mit quasi-geheimdienstlicher Struktur tätig geworden.

Damals hatte die EU-Kommission seine Einheit mit dem Ziel ins Leben gerufen, ein nachrichtendienstliches Drehkreuz für die nationalen Geheimdienste der EU-Mitgliedsstaaten zu etablieren – ein Anspruch, der bis zum Jahr 2015 nie erfüllt werden konnte. Der Vergleich mit einem Sackgassenbahnhof statt einem Drehkreuz hätte die wahren Zustände viel besser wiedergegeben. Da das INTCEN bis heute keine eigene Aufklärung betrieb, war es auf die Informationen angewiesen, die ihm die Geheimdienste der Mitgliedsstaaten vor die Füße warfen – eine Geburtskonstruktion, die unter Kennern der Branche zu Recht Kopfschütteln hervorrief. Ganz Spöttische hatten bis zur großen Wende im Jahr 2015 sogar unterstellt, dass sich im »Drehkreuz« des INTCEN die europäischen Nachrichtendienste auf Kosten der EU-Steuerzahler eigentlich nur gegenseitig ausspionierten.

Doch das stimmte nicht ganz: Immerhin verfügte das INTCEN als erste Anlaufstelle für die Berichterstattung der EU-Botschaften, der EU-Grenzkontrollbehörde Frontex in Warschau und Europol in Den Haag über exklusive Quellen, mit denen es manchmal den nationalen Geheimdiensten der Mitgliedsstaaten voraus war.

Was auch immer die Wahrheit über das INTCEN zu dieser Zeit gewesen sein mochte, es spielte längst keine Rolle mehr. Denn es kam das Jahr 2015. Das Jahr, in dem sich alles veränderte. Die Terroranschläge am 13. November 2015 in Paris, bei denen an fünf verschiedenen Orten islamistisch motivierte Attentäter 130 Menschen töteten und über 650 Menschen verletzten, bescherte dem INTCEN in den folgenden Jahren eine Machtfülle, von der Werther in seinen kühnsten Fantasien nie zu träumen gewagt hatte.

Zum Glück war man klug genug gewesen, aus den Fehlern der USA zu lernen. Dort war nach den Terroranschlägen vom 11. September 2001 mit großem Medienecho der »USA PATRIOT Act« erlassen worden, wonach den amerikanischen Geheimdienstbehörden wie FBI, NSA und CIA ohne richterliche Anordnung der Zugriff auf die Server von US-Unternehmen erlaubt wurde. Selbst ausländische Töchter waren nach diesem US-Gesetz verpflichtet, Zugriff auf ihre Datenspeicher zu gewähren, sogar dann, wenn lokale Gesetze dies untersagten. Es war klar, dass sich die ganze Armada der amerikanischen Geheimdienste in der Folge legitimiert sah, ihr Unwesen zu treiben. Der NSA-Skandal mit den Snowden-Enthüllungen 2013 war eine Spätfolge dieses datenschutzrechtlichen Massakers.

Mit dem INTCEN indes war man in Europa behutsamer vorgegangen. Schritt für Schritt wurden die notwendigen Änderungen, die die neue Sicherheitslage seit den Pariser Anschlägen erforderte, in die Gesetzgebung eingebracht. Meist geschah dies in kaum besetzten Kommissions- und Parlamentssitzungen in der Vorweihnachtszeit, getarnt als

»unwesentliche kleine Anpassungen«, kurz vor der letzten Lesung der nicht selten 500 Seiten starken Gesetzesvorlagen. Und nie tauchte das Wort INTCEN direkt auf. Es war immer nur von »geeigneten Verwaltungseinheiten« oder »an zentraler Stelle« die Rede.

Das Ergebnis war durchschlagend. De facto hatte man dem INTCEN, das sich jeder parlamentarischen Kontrolle entzog, die Befehlsgewalt über die lokalen Geheimdienste übertragen. Die britischen Kollegen vom MI6, die belgischen vom SGRS, der deutsche BND, der französische DGSE, der spanische CSI und wie sie alle hießen: Alle tanzten sie jetzt nach der Pfeife des INTCEN. Und da das INTCEN die nationalen Geheimdienste nie vollständig darüber informierte, welchem Zweck eine Anweisung genau diente, herrschte auf nationaler Ebene keine Transparenz über ihr Treiben.

Das Beste dabei war, dass in der europäischen Öffentlichkeit weiterhin so gut wie niemand wusste, dass es das INTCEN überhaupt gab. Aus diesem Grund war auch der dringend erforderliche Umzug in ein größeres Bürogebäude unterblieben. Bloß nicht auffallen. Keine Pressearbeit. Keine Stellungnahmen. Keine offiziellen Berichte. Das INTCEN war nicht mehr als ein Geist zwischen den Zeilen von Tausenden von Rechtsvorschriften der EU, oberflächlich so belanglos wie die europäische Verordnung zur richtigen Bananenkrümmung. Und er selbst war Teil des Ganzen – ein mächtiger Teil.

Werther rief sich aus seinen Erinnerungen und wählte die Nummer seines Kontaktmanns beim deutschen BND, der wiederum den zuständigen Offizier für die Polizeidienststelle im westfälischen Münster informierte. 20 Minuten später loggte er sich mit den erhaltenen Zugangsdaten in das polizeiinterne Ermittlungsverzeichnis der Stadt Münster zum Fall Komohoto ein.

17

Während Werther sich im fernen Brüssel in Komohotos Akten vertiefte, betraten Ivens und seine neue Kollegin Maike Herwig das Hotel Bergmann. Gisela Schröder erwartete sie bereits am Eingang – beziehungsweise hatte sie wohl Ivens allein erwartet und musterte Herwig kritisch wie einen neu entdeckten Leberfleck.

»Meine Kollegin Maike Herwig aus Düsseldorf«, setzte Ivens zu einer Erklärung an. »Sie hat heute ihren ersten Tag in Münster und unterstützt mich ab sofort bei den Routineuntersuchungen.« Dabei gab er sich Mühe, das Wort »Routine« beiläufig zu betonen.

Augenblicklich hellte sich die Miene der Empfangschefin auf. Vermutlich hatte sie befürchtet, dass sein Auftauchen mit Verstärkung mehr zu bedeuten hatte als eine harmlose Standardvernehmung eines ihrer Hotelgäste. Sie machte sich mit Maike Herwig bekannt und führte sie in den Restaurantbereich des Hotels, wo Komohotos Manager Steve Coleman sie erwartete.

»Bitte setzen Sie sich doch«, sagte der Amerikaner in fast akzentfreiem Deutsch und deutete auf die freien Stühle an seinem reich gedeckten Frühstückstisch.

Unwillkürlich sah Ivens auf seine Armbanduhr. Es war nach Mittag, und ein Frühstück um diese Uhrzeit ließ darauf schließen, dass Coleman eine lange Nacht hinter sich hatte. Er schätzte den Manager auf Mitte 30. Coleman war ähnlich mager wie Komohoto, und in seinem Gesicht prangte die gleiche extravagante Brille, wie Komohoto sie getragen hatte. Ein asiatischer Einschlag in seinen Gesichtszügen war unverkennbar, aber die helle Hautfarbe und seine blauen Augen deuteten unzweifelhaft auch auf eine westliche Abstammung hin.

»Vielen Dank, dass Sie sich die Zeit genommen haben«, sagte Ivens. »Sie haben sicher noch viele Termine, deswegen möchte ich gleich zur Sache kommen. Seit wann kannten Sie Komohoto?«

Coleman zuckte mit den Achseln. »Drei oder vier Jahre vielleicht. Wenn Sie es genau wissen wollen, müsste ich in den Vertrag schauen.«

Ivens winkte ab. »Das ist nicht nötig. Wie läuft so eine Beziehung normalerweise ... die zwischen Künstler und Manager, meine ich.«

»Manchmal besser, manchmal schlechter«, sagte Coleman ohne jeden besonderen Tonfall in seiner Stimme.

Ivens hob die Augenbrauen. »Das hatte ich eigentlich nicht gemeint. Ich meine, wie kommt so eine Zusammenarbeit zustande?«

»Akio war schon vor meiner Zeit bei der Künstleragentur unter Vertrag, für die ich arbeite. Milton Morrison Agency, eine der größten internationalen Agenturen weltweit. Als ich von meinem letzten Arbeitgeber zu MMA gewechselt bin, wurde mir Akio direkt als Mandant zugewiesen.«

Ivens war irritiert. »Dann sind Sie gar nicht sein ... wie soll ich sagen ... sein persönlicher Manager?«

Coleman lachte auf. »Sie meinen, ob ich an seinem Erfolg mitverdiene und ein persönliches Interesse an seinen Umsatzzahlen habe? Nein. Ich bin Angestellter der Agentur. Wir verhandeln die Verträge der Künstler, erledigen alle Aufgaben im Zusammenhang mit den Buchungsanfragen, sind erster Ansprechpartner für die Presse und organisieren den gesamten Veranstaltungsbetrieb eines Events. Die persönliche Betreuung der Künstler vor Ort gehört selbstverständlich mit dazu. Außerdem kümmern wir uns um das Imageprofil der Künstler und schreiben deren Social-Media-Nachrichten. Selbst diese dämliche Brille, die ich trage, ist Teil meines Vertrages, um den Verkauf der Promotionsartikel zu unterstützen.«

»*Sie* schreiben die Facebook-Einträge für Komohoto?«, platzte Herwig in die Befragung hinein.

Coleman lachte. »Nicht ich, sondern ein Backoffice-Team in der Agentur. Glauben Sie mir – nichts, was Sie im Netz über einen weltbekannten Künstler finden, ist wirklich persönlich. Wir stimmen mit unseren Mandanten ein gewünschtes Imageprofil ab, und das wird dann umgesetzt. Selbst die angeblich spontanen Selfies der Stars sind handverlesen ausgewählt und nachträglich bearbeitet, damit der gewünschte ›Normaloeffekt‹ rüberkommt – inklusive unprofessioneller Bildqualität. Schätzchen, Sie haben ganz offensichtlich keine Ahnung, wie der Hase läuft.«

»Kommissarin, nicht Schätzchen.« Ivens warf Coleman einen warnenden Blick zu.

Coleman nickte pflichtschuldig.

»Wie war Ihre persönliche Beziehung zu Komohoto?«, fragte Ivens.

»In letzter Zeit nicht so besonders. Akio war ständig gereizt.«

»Schlechte Geschäfte? Drogenprobleme?«, hakte Ivens nach.

Coleman schüttelte den Kopf. »Hunger.«

»Hunger?«, wiederholte Ivens verblüfft.

»Ja, Hunger. Wenn Sie Akio in letzter Zeit einmal genauer angesehen hätten, wüssten Sie, dass er …« Coleman brach mitten im Satz ab. Er betrachtete Ivens prüfend und runzelte die Stirn. »Ich bin mir nicht sicher, aber sind Sie nicht …«

Diesmal unterbrach Ivens. »Bitte! Lassen wir das Thema.«

Coleman verstand. »Trotzdem Danke, dass Sie versucht haben, sein Leben zu retten.« Der Manager schwieg für eine Weile und starrte geistesabwesend auf die Tischdecke, bevor er fortfuhr: »Wie gesagt, Akio war seit Monaten auf Extremdiät. So etwas schlägt gewaltig auf die Stimmung.«

Ivens hatte sofort das Bild von Komohotos schmächtigem und zerbrechlichem Brustkorb vor Augen, und seine Finger meldeten ihm das sensorische Erinnerungsempfinden zerbrechlicher Rippen unter einem dünnen Hemdstoff. Wenn das das Ergebnis einer Diät war, überlegte Ivens, dann hatte diese Diät extreme selbstzerstörerische Züge angenommen.

»Warum diese Manie?«, fragte Herwig.

»Kennen Sie Silvia de Santini?«

Herwig nickte. »Das italienische Supermodel und Filmidol?«

»Genau die. Vermutlich kennen Sie dann auch die Skandale um ihre Magersucht. Akio hat sie letztes Jahr in New York kennengelernt und sich unsterblich in sie verliebt. Er glaubte, nur wenn er ihren Schmerz mit ihr teilen würde, könne er sich richtig in sie hineinversetzen und sie für sich gewinnen. Das war so eine Marotte von ihm: sich in die Dinge und Menschen hineinversetzen. Er tat das ständig. Ob Sie es glauben oder nicht, selbst die Lebensmittelfarben, die er für seine Gebäudekunst verwendete, hat er alle persönlich probiert. Und damit meine ich nicht ausprobiert, sondern *probiert*. Er wollte wissen, wie seine Farben schmecken. Verrückt, oder? Danach hat er sich den Finger in den Hals gesteckt, um die zusätzlichen Kalorien wieder loszuwerden.«

Ivens verstand. Allerdings spürte er, dass noch nicht die ganze Wahrheit auf dem Tisch lag. »Also keine Drogen?«, hakte er nach.

»Nicht in dem Sinne. Zumindest nichts Illegales, soweit ich weiß. Aber er hat täglich eine ganze Palette von Appetitzüglern und was weiß ich in sich reingeworfen. Sein Gesundheitszustand war schon seit Wochen kritisch. Er war ständig überdreht. Um wenigstens nachts zur Ruhe zu kommen, hat er zusätzlich zu dem ganzen Diätzeug jeden Abend mehrere Schlaftabletten mit Alkohol runtergespült.«

Ivens erinnerte sich an die geplünderte Minibar aus Komohotos Zimmer. Leere Tablettenpackungen hatte er jedoch keine gefunden. »Wo ist das Zeug jetzt?« Er sah Coleman an und wägte insgeheim ab, was er sagen konnte und was nicht. »Die Ärzte, die Komohotos Leiche untersucht haben, haben merkwürdige innere Verletzungen festgestellt. Es wäre hilfreich, wenn wir die Mittel an ein Labor schicken könnten.«

Coleman zögerte. »Ich habe eigentlich die strikte Anweisung, alle persönlichen Gegenstände aus Akios Zimmer unverzüglich an seine Familie in Tokio zu überstellen. Allerdings ... Das familiäre Interesse an diesem Teil des Nachlasses dürfte eher gering sein. Wenn wir uns darauf einigen können, dass Sie die Sachen nicht von mir haben, sondern sie bei ihm in der Manteltasche gefunden wurden ...«

Ivens nickte. »Sie haben mein Wort.«

Coleman stand auf und verschwand in Richtung Aufzüge. Etwa fünf Minuten später erschien er wieder im Speisesaal und überreichte Ivens eine Plastiktüte mit diversen Pillenpackungen und Plastikfläschchen.

Ivens bedankte sich und wollte sich bereits von Coleman verabschieden, als ihm etwas einfiel. »Noch eine letzte Frage. Bitte verstehen Sie das nicht falsch: Worum ging es bei dem Streit vorgestern Abend zwischen Ihnen und Komohoto, der das halbe Hotel aufgeweckt hat?«

Coleman lächelte gequält. »Ich verstehe schon. Sie müssen alle Möglichkeiten in Betracht ziehen. Auch mein Chef bei MMA hat mir deutlich zu verstehen gegeben, dass ich einige kritische Fragen zu beantworten hätte. Schließlich wirbt Milton Morrison mit dem Versprechen, sich um das persönliche Wohlergehen seiner Mandanten zu kümmern – was ja deutlich schiefgegangen ist.«

»Apropos – wie steht es eigentlich um Ihr Wohlergehen?« Ivens deutete auf das nicht angerührte Frühstück, das noch immer auf dem Tisch stand.

»Ich esse morgens nie etwas. Die ganzen Geschäftsessen und Feierlichkeiten – irgendwo muss man Abstriche machen. Das Zeug hier habe ich gar nicht bestellt.«

Ivens nickte. Dieses Geschenk hatte Coleman mit Sicherheit Gisela Schröder zu verdanken. Die resolute Empfangschefin des Hauses, deren Hüften mindestens doppelt so breit wie Colemans Schultern waren, sah es vermutlich als ihre heilige Pflicht an, jedem Mann unterhalb ihrer eigenen Gewichtsklasse auch ungefragt Möglichkeiten zum Aufstieg in ihre eigene Liga zu geben.

Statt diese Gedanken mit Coleman zu teilen, sah Ivens den Manager schweigend an und wartete auf die Beantwortung seiner Ausgangsfrage. Aber Coleman schien mit seinen Gedanken ganz woanders zu sein.

»Mister Coleman?«

»Entschuldigen Sie.« Coleman hob den Kopf und schüttelte sich, als ob er aus einem bösen Traum erwachte. »Ich musste gerade darüber nachdenken, ob ich ihm wirklich den Hals umgedreht hätte, wenn er so weitergemacht hätte. Akio konnte jeden Menschen zur Weißglut treiben, schon vor seiner Diät. An dem Abend ging es, wie übrigens bei jedem Hotelaufenthalt, mal wieder um die Zimmer. Ich hatte ihm Nummer 29 gebucht, am Ende des Flures, damit er möglichst wenig Nachbarn um sich herum hatte. Akio sah das Zimmer und bekam einen Tobsuchtsanfall. Das Zimmer hatte gelbe Gardinen und einen blassgelben Teppich. Eigentlich ganz schön. Aber er empfand es als Beleidigung für seine Augen. Also habe ich mit der netten Dame vom Empfang gesprochen, die nach vielem Hin und Her einen Geschäftsmann aus Osnabrück dazu überreden konnte, sein Zimmer mit Akio zu tauschen. Das einzige Zimmer, das in einem neutralen Grau gehalten war.«

Coleman verdrehte die Augen, um zu signalisieren, wie albern ihm das ganze Theater vorgekommen war.

»Komohoto gab sich damit zunächst zufrieden. Wir gingen gegen 11.00 Uhr abends ins Bett. Nach etwa zehn Minuten kam er dann aus seinem Zimmer gestürzt und hämmerte an meine Tür. Er hielt mir einen Hotelprospekt mit dem Bild eines rot eingerichteten Zimmers vor die Nase. Das wolle er haben. Es sei das gleiche Rot wie das bei seinem Lieblingskleid von Silvia. Ich sagte, das Hotel sei ausgebucht. Er sagte, das interessiere ihn nicht, ich solle unverzüglich dafür sorgen, dass das Zimmer geräumt und gereinigt wird. Ich zeigte ihm einen Vogel. Er tobte. Ich sagte, er solle endlich Ruhe geben, morgen würde ich mich darum kümmern. Er schrie, dass morgen alles zu spät sei. Dass ich schuld sei, wenn er kein Auge zumachen könne und morgen alles absagen würde. Zum Schluss habe ich einfach meine Tür zugeknallt und ihn im Flur stehen gelassen.«

»Hatten Sie keine Angst, er würde seine Drohung wahrmachen?«, fragte Ivens.

Coleman winkte ab. »Nicht eine Sekunde. Akio liebte seinen Ruhm. Er hätte niemals eine Gelegenheit verpasst, sich in der Öffentlichkeit zu zeigen. Es ging ihm zwar nach dieser Nacht tatsächlich etwas schlechter als sonst, aber er war pünktlich und schleppte sich brav zum Rathaus. Alles Weitere kennen Sie ja.«

»Ja, das Weitere kenne ich«, sagte Ivens und stand auf. Sie ließen sich seine Handynummer geben und verabschiedeten sich von Coleman.

»Was halten Sie von Coleman?«, fragte Ivens, als er mit Herwig auf der Straße war.

»Ich glaube nicht, dass er uns etwas vorgelogen hat. Allerdings sollten wir davon ausgehen, dass sein Vertrag eine Verschwiegenheitsklausel enthält, sollte der Mandant Drogenprobleme haben.« Herwig deutete auf die Plastiktüte in Ivens' Hand, die die von Coleman zusammengesuchten Medikamente enthielt. »Ob es sich hierbei um Komohotos vollständigen pharmazeutischen Nachlass handelt, werden wir daher wohl nie erfahren.«

Ivens nickte. »Kommen Sie. Wir bringen das Zeug ins kriminaltechnische Labor. Ich stelle Ihnen dort ein paar Kollegen vor und dann gehen wir ins Büro für die weitere Einweisung.«

»Ins Büro? Ich dachte, wir hätten kein Büro.«

18

Maike Herwig schaute sich verblüfft um. Das vermeintliche Büro, in das Ivens sie geschleppt hatte und das nur wenige Hundert Meter vom Hotel Bergmann entfernt in einer Seitenstraße der Innenstadt gelegen war, glich einer kuriosen Mischung aus Blumenladen, Flohmarkthalle und Cafébetrieb. Zahlreiche Spiegel hingen in wuchtigen Holzrahmen an den Wänden, durch die der Gastraum deutlich größer wirkte, als er in Wirklichkeit war. Zwischen die Spiegel quetschte sich eine Ansammlung von kleineren Bilderrahmen mit Schwarz-Weiß-Fotos von Filmstars und kitschig bunten Marienbildern. Einige der Holzleisten umrahmten sogar nichts weiter als den Putz der Wand, wie Herwig erstaunt feststellte.

Ihr Blick fiel auf die etwa zehn Gasttische des Cafés, die alle unterschiedliche Formen und Höhen aufwiesen. Kein Stuhl glich dem anderen. Ein Geruch von feuchter Erde hing schwer im Raum, durchzogen vom Duft aufgebackener Brötchen und frisch aufgebrühten Kaffees. Überall zwischen den Tischen standen Topfpflanzen verstreut im Raum, und Herwig erkannte Azaleen, Usambaraveilchen, Bogenhanf, Schusterpalmen und sogar einige Kaffeepflanzen. Sie hätte sich nicht im Geringsten gewundert, irgendwo auch ein paar Cannabispflanzen zu erblicken.

Während Herwig noch immer staunend den Gastraum inspizierte, begrüßte Ivens den Kellner hinter der Theke und steuerte nach einem kurzen Wortwechsel auf einen freien Tisch in der hinteren Ecke des Cafés zu. Sie folgte ihm, wobei sie einige Schlenker in Kauf nehmen musste, um über keinen der Blumentöpfe zu stolpern.

Ivens ließ sich auf einen Stuhl fallen, und Herwig setzte sich ihm gegenüber, nicht ohne vorher ausgiebig die Stabilität des Stuhles zu überprüfen.

»Sie sollten mehr Vertrauen haben«, kommentierte Ivens die Aktion mit belustigter Miene. »Wenn die Dinger unter mir nicht zusammenbrechen, werden sie es bei Ihnen erst recht nicht tun.« Dann schob er ihr die Speisekarte herüber. »Die Küche ist ausgezeichnet. Probieren Sie die Quiche. Gibt es auch vegetarisch.«

Herwig hob die Augenbrauen. »Wie kommen Sie darauf, dass ich Vegetarierin sein könnte?«

Ivens zuckte mit den Schultern. »Sind das nicht alle in Ihrer Generation? Kommt mir zumindest so vor.«

»Ich nicht«, sagte Herwig und studierte die Speisekarte. Sie bestand aus zwei zusammengehefteten Zetteln, die auf Herwig einen billigen und improvisierten Eindruck machten. Der Inhalt jedoch überraschte sie. Die Auswahl an Gerichten war vielfältig, und die immer gleichen frittierten Fisch- und Fleischklumpen, vor Fett triefenden Käsebällchen, Kartoffelecken und Gemüsekroketten, die man mittlerweile in fast jedem Restaurant bekam, fehlten vollständig. Dafür gab es frische Salate, hausgemachte Suppen, die von Ivens empfohlene Quiche in allen möglichen Varianten, aber auch deftige Holzfällersteaks und diverse Eintöpfe.

»Sie sind öfters hier, oder?«

»Sie meinen wegen der Quiche-Empfehlung?«

»Nein. Wegen der Art, wie Sie den Kellner gegrüßt haben. Und wie er Sie angesehen hat. Vertraut, würde ich sagen.«

Ivens lächelte. »Sie scheinen ein gutes Gespür zu haben,

was Menschen angeht. Das ist mir bei Ihrer spontanen Einschätzung zu Coleman auch schon aufgefallen.«

»Danke. Trotzdem wäre es hilfreich, mehr Informationen zu bekommen. Als Baumann heute Vormittag davon sprach, dass unser Auftrag vom Polizeichef und dem stellvertretenden Bürgermeister persönlich komme, habe ich natürlich sofort auf einen möglichen Mordfall geschlossen. Sie haben das direkt abgeblockt. Im Gespräch mit Coleman wiederum haben Sie merkwürdige innere Verletzungen an Komohotos Leiche erwähnt. Was soll ich davon halten?«

»Sehen Sie sich die Akten an.« Ivens winkte dem Kellner und nickte ihm gleichzeitig bedeutungsvoll zu. Kurz darauf erschien er an ihrem Tisch und reichte Ivens ein altmodisches Tablet, etwa in der Größe eines DIN-A-4-Blattes. Herwig erkannte es als ein iPad Pro der ersten Generation.

Ivens kam ihrer Frage zuvor. »Tom bewahrt es für mich auf. Wenn ich etwas recherchieren muss, komme ich meistens hierher. Wie gesagt, die Organisationsabteilung …«

Ivens beendete den Satz nicht. Herwig wusste dennoch, was er meinte. Und sie wusste mittlerweile auch, dass Ivens' Sicht der Dinge nicht ganz der Wahrheit entsprach.

Sie hatten die letzte Stunde im kriminaltechnischen Labor der Kripo Münster verbracht, um den von Coleman ausgehändigten Komohoto-Nachlass untersuchen zu lassen. Das Labor war Teil einer großzügig angelegten Innenstadtwache, die nur wenige Straßen weiter in einem historischen Gebäude untergebracht war.

Ivens hatte sie mit ein paar Kollegen bekannt gemacht, und eine Kollegin aus dem Drogenkommissariat hatte ihr eine kleine Führung durch das Gebäude angeboten. Im Erdgeschoss gab es eine durchgängig geöffnete Kantine, und der zweite Stock beherbergte zahlreiche freie Büros, die jederzeit von den im Außendienst tätigen Kriminalbeamten der Stadt Münster genutzt werden konnten. Es gab also durchaus andere Möglichkeiten, als sich für einen Imbiss oder für die Büroarbeit in öffentlichen Cafés herumzutreiben.

»Rufen Sie ›Kripo-Muenster-Net‹ auf«, sagte Ivens und reichte ihr das iPad. »Dann loggen Sie sich unter meinem Namen ein. Das Passwort ist ›Mai005/55‹.«

»Sie geben mir Ihr Passwort?«, fragte Herwig erstaunt.

»Muss ich wohl – oder haben Sie schon ein eigenes?«

Herwig schüttelte den Kopf. »Aber …«

»Kein Aber. Ich ändere es, sobald Sie Ihr eigenes haben.«

»In ›Juno06/66‹?«

Ivens lachte. »Sie sind wirklich schnell von Begriff. Ich kann mir Passwörter einfach schlecht merken. Außerdem müssen wir es alle vier Wochen ändern. Der Trick mit dem aktuellen Monat hilft mir, nicht alle paar Tage den Systemadministrator anrufen zu müssen.« Dann fügte er hinzu: »Außerdem glauben Sie doch nicht wirklich, dass wir irgendetwas in unserem internen Polizeinetz hätten, was nicht in jeder Zeitung nachzulesen wäre. Die streng geheimen Daten werden längst wieder als Papierakten in meterlangen Regalwänden aufbewahrt. Kein Datenräuber hat heute noch die Geduld, sich mit so was abzugeben – geschweige denn, dass er bereit wäre, ein echtes Risiko einzugehen und irgendwo einzubrechen.«

Ivens stand auf. »Ich unterhalte mich kurz mit Tom. Sehen Sie sich die Akten an.« Damit marschierte er in Richtung Theke.

Herwig rief das polizeiinterne Netzwerk auf und gab Ivens' Namen und Passwort ein. Schnell fand sie den Ordner mit Komohotos Akte. Gedankenverloren betrachtete sie die MRT-Aufnahmen und überflog die Stadtratsprotokolle. Aber anstatt sich auf den Inhalt zu konzentrieren, zog es ihren Blick immer wieder zur Theke, wo Ivens mit dem Kellner in ein Gespräch vertieft war.

Das also ist mein neuer Chef, dachte sie.

Drei Tage war es her, dass sie gemeinsam mit ein paar Freunden ihre Möbel und eine Unmenge Kartons mit Klamotten, Geschirr und sonstigem Kram in einen gemieteten Lkw gepackt und alles von Düsseldorf nach Münster verfrachtet hatte. Das meiste davon lagerte noch immer in gestapelten Kisten im Flur ihrer neuen Wohnung.

Sie hatte ein kleines Appartement am südlichen Stadtrand von Münster ergattern können, mit einem überschaubar großen Balkon, der nach Süden ging und einen Ausblick auf einen kleinen Park bot. Ein wahrer Glücksfall, dass der Vermieter aus den über 20 Bewerbern ausgerechnet sie haben wollte. Er verlangte zwar eine unverschämt hohe Miete, aber Herwig war es ohnehin gewohnt, dass von ihrem Gehalt am Monatsende kaum etwas übrig blieb. Außerdem, so dachte sie, verglichen mit ihrer Situation in Düsseldorf, war sie jetzt geradezu reich. Dort hatte sie für viel weniger Quadratmeter in einem heruntergekommenen Hochhaus noch viel mehr Geld bezahlen müssen. Und auch sonst war das Leben in Düsseldorf fast unbezahlbar gewesen. Den Luxus eines Restaurantbesuches hatte sie sich nur selten leisten können.

Hier in Münster war das anders. In den letzten drei Tagen seit ihrer Ankunft war sie bereits zweimal mit Schulfreundinnen aus ihrer Heimatstadt Paderborn losgezogen, die in Münster lebten. Eigentlich sollten es Erkundungstouren in die angesagten Kneipen der Stadt werden. Aber jedes Mal waren sie am Startpunkt hängengeblieben und hatten sich unter lautem Gelächter bis tief in die Nacht Geschichten von früher erzählt.

Herwig war froh darüber, einige Bekannte in Münster zu haben. Das machte ihr den Start in der neuen Stadt deutlich leichter. Der einzige Nachteil war, dass ihr Bekanntenkreis bisher ausschließlich aus Frauen bestand.

Wenn man von Steffen Hengster absah.

Verstohlen schaute Herwig zu Ivens herüber, der sich immer noch angeregt mit dem Kellner unterhielt. Sie überlegte, wann sie Ivens beichten sollte, dass sie sich heimlich mit seinem früheren Assistenten getroffen hatte. Nur unter dieser Bedingung war Steffen Hengster überhaupt bereit gewesen, sich mit ihr zu treffen und über seinen Ex-Chef zu sprechen. Herwig hatte zugestimmt, und nachdem Hengster seinen Terminkalender durchgegangen war, hatte er ihr ein Treffen in Düsseldorf anbieten können. Das war vor drei Monaten gewesen.

Herwig grübelte zum wiederholten Male darüber nach, ob es richtig gewesen war, hinter Ivens' Rücken Erkundigungen über ihn einzuziehen. Sie kam sich wie eine Verräterin vor. Aber sie hatte einfach sichergehen müssen, nicht vom Regen in die Traufe zu kommen.

Ihr Chef in Düsseldorf war ein frustriertes Arschloch gewesen, einer von der Sorte, die im Privatleben unter einer dominanten Frau litten und in den eigenen vier Wänden nichts zu melden hatten, aber im Job riss er die Klappe auf, als wäre er der Herrscher der Welt. Seiner festen Überzeugung nach war jede Frau im Streifendienst eine potenzielle Gefahr für die Kollegen, jede Frau in einer Führungsposition eine Quotenfrau und jede Frau im Kommissardienst eine verkappte Mutter Teresa, die eigentlich nur einen besser bezahlten Sozialpädagogenjob mit Alkohol- und Drogenabhängigen machen wollte. Als Reaktion auf diesen vermeintlichen Missstand verspottete und diffamierte er jede weibliche Mitarbeiterin seines Kommissariats so gut er konnte.

Herwig hatte das alles nichts ausgemacht – nicht die gefährlichen Einsätze, in die er sie regelmäßig geschickt hatte, ohne sich ausreichend um erforderliche Sicherheitsvorschriften zu kümmern; nicht die engen Terminsetzungen für die Abgabe von Einsatzberichten, die sie unzählige Nächte gekostet hatten. Selbst die schlechte Stimmung, die er permanent in das Team trug, hätte sie ertragen können.

Das wirklich Unerträgliche war das Fehlen von Anerkennung gewesen, egal wie sehr sie sich für den Job abgestrampelt hatte. Sie hatte das Gefühl gehabt, als würde ihr nach und nach jedes Stück Selbstachtung unter den Füßen weggerissen, bis sie nur noch als Schatten ihrer selbst durch das Leben gleiten würde.

Wenn ich die Diven dann bitten dürfte.

Könnten jetzt auch die Mädchen mal ihre Hintern bewegen.

Wie abgrundtief sie diese permanenten Sprüche hasste. Was also hatte sie anderes tun sollen, als sich nach freien Stellen umzusehen? So war sie auf die Ausschreibung bei der Kriminaldirektion Münster gestoßen.

Als gebranntes Kind wollte sie auf jeden Fall vermeiden, erneut an einen ähnlichen Drecksack wie ihren bisherigen Chef zu geraten. Also hatte sie recherchiert, wer vorher die Stelle besetzte, und hatte Steffen Hengster gebeten, ihr ein paar Fragen zu beantworten.

Während des Gespräches hatte sie sofort gespürt, dass Hengster ein gutes Verhältnis zu Ivens gehabt haben musste. Zwar hatte er auf direkte Fragen über seinen Ex-Chef nur zurückhaltend geantwortet. Aber in der Art und Weise, wie er über seine relativ kurze Dienstzeit unter Ivens berichtete, erkannte sie eine tiefe Leidenschaft, die nur entstehen konnte, wenn man Spaß an der Arbeit gehabt hatte. Sie glaubte sogar herausgehört zu haben, dass der erfolgreiche Geschäftsmann es ein bisschen bedauerte, die Verbrecherjagd gegen die High-Tech-Taubenjagd eingetauscht zu haben. Als Hengster jedoch in sein nagelneues Porsche-Cabrio einstieg und ihr zum Abschied aus dem offenen Verdeck heraus zuwinkte, war sie sich diesbezüglich nicht mehr so sicher gewesen.

Natürlich hatte sie nach dem Gespräch mit Hengster auch keine hundertprozentige Gewissheit gehabt – Hengster war schließlich ein Mann, und Rückschlüsse auf Ivens' Umgang mit weiblichen Assistenten ließen sich daraus nicht zwingend ableiten. Aber immerhin hatte Hengster glaubwürdig versichert, nie einen frauenfeindlichen Zug an Ivens bemerkt zu haben.

Also hatte sie sich auf die Stelle in Münster beworben. Als das Angebot kam, hatte sie, ohne zu zögern, zugesagt. Und seit wenigen Stunden war sie sich absolut sicher, die richtige Entscheidung getroffen zu haben.

Gut, sie kannte Ivens gerade einmal einen halben Tag. Er hatte ihr einen Ellbogen in die Rippen gerammt – nicht sehr zuvorkommend. Dann hätte er sie fast im Büro des Personaldezernenten stehen gelassen und wäre allein zur Vernehmung von Coleman gefahren. Ebenfalls nicht sehr aufmerksam. Außerdem war ihr mittlerweile klar geworden, dass der Typ aus dem Fernsehen, der sich so grob an Komohoto zu schaffen gemacht hatte, kein anderer als Ivens gewesen war. Diese Bilder waren ebenfalls nicht gerade geeignet dafür, für diesen Mann ungeteilte Sympathie zu empfinden.

Und trotzdem. Sie wusste, dass sie mit Ivens auskommen würde. Es war diese eine Reaktion von ihm, nur drei kurze Worte während Colemans Vernehmung, die sie ganz sicher machten.

Sie hatte weiß Gott dämlich wie ein Teenager reagiert, als Coleman sie über die Ghostwriter-Tätigkeiten seiner Agentur aufgeklärt hatte.

Sie schreiben die Facebook-Einträge für Komohoto?

Mein Gott, wie peinlich! Genauso gut hätte sie beim Besuch eines von Mädchen übervölkerten Reiterhofs fragen können, wo die jungen Männer Reiten lernten, die eines Tages als Prinzen auf ihren weißen Hengsten angeritten kamen, um die Schönheiten auf ihr Schloss zu entführen.

Trotz dieser Naivität war Ivens ihr sofort zur Seite gesprungen. Er hatte nicht eine Sekunde gezögert: »Kommissarin, nicht Schätzchen«, hatte er Coleman zurechtgewiesen, als dieser abfällig geworden war.

Diese drei Worte enthielten für Herwig die ganze Wahrheit über Ivens. Sie enthielten alles, was sie von ihrem alten Chef in Düsseldorf nie bekommen hatte, und sie enthielten alles und das Einzige, was sie von Ivens jemals erwarten würde:

Kommissarin, nicht Schätzchen.

19

Während Maike Herwig in ihre Gedanken über den Jobwechsel nach Münster und ihren neuen Chef vertieft war, stand Ivens noch immer an der Theke und unterhielt sich mit Tom.

Tom war Mitte 30, hatte lange dunkle Haare und trug einen Vollbart, wie es zu dem alternativen Charakter des Cafés passte. Zusammen mit seiner Frau Lena hatte er das Café vor knapp fünf Jahren eröffnet, und die Geschäfte liefen nicht schlecht.

Seinen Umsatz generierte das Pärchen aus zwei Quellen. Zum einen war da natürlich der Cafébetrieb. Lena kümmerte sich vorwiegend um die Küche, während Tom die Bestellungen aufnahm und Getränke servierte. Zum anderen bezogen sie ihr Einkommen aus einer besonderen Dienstleistung, die nur wenigen Eingeweihten bekannt und nur von wenigen Personen bestellbar war: Lena war Expertin für Körpersprache. In dieser Funktion arbeitete sie auf Grundlage eines streng vertraulichen Vertrages für die Kripo Münster sowie das örtliche Landgericht als »menschlicher Lügendetektor«.

Das Café diente als verdeckter Vernehmungsraum, und für diese Zwecke war es geradezu perfekt geeignet: Das Letzte, was ein unbedarfter Gesprächspartner zwischen dem Wirrwarr aus altem Flohmarktgerümpel, Pflanzen und klapprigen Möbeln vermutete, war ein hochmodernes Überwachungssystem, das Lena von einem Raum neben der Küche aus steuerte. Hinter den zahlreichen Spiegeln, in den Topfpflanzen als Feuchtfühler getarnt und selbst im Wurmfraß der löchrigen alten Tische gab es unzählige versteckt angebrachte Kameras, Mikrofone und Wärmemessgeräte.

Diese Technik erlaubte es Lena, jede Person an jedem beliebigen Sitzplatz des Cafés in Großaufnahme zu beobachten, Pupillenbewegungen zu verfolgen, Veränderungen in der Körpertemperatur zu erfassen, die Stellung der Füße unter den Tischen zu betrachten und jedes gesprochene Wort aufzuzeichnen. Die Betroffenen ahnten von alledem nichts.

Nach dem Verhör – oder besser nach dem lockeren Plausch in gemütlicher Atmosphäre zur Klärung einiger offener Detailfragen, wie Ivens und seine Kollegen die getarnten Verhörtermine stets ankündigten – erstellte Lena mit viel Fingerspitzengefühl und Menschenkenntnis ihre Auswertung: Gab es wippende Füße, die ständig die Richtung wechselten, vorwiegend in Richtung Fluchtweg? Ging der Blick häufig nach oben? Bei welchen Antworten genau? Wann fror die Körpersprache ein, wann war die Haltung rückwärts geneigt? Welche Antworten waren besonders reichhaltig ausgeschmückt, bei welchen wurde gezögert? All diese Indizien verdichtete Lena zu einem ausführlichen Gesprächsprotokoll, das wesentlich mehr Informationen verriet als die rein verbalen Äußerungen der Verdächtigen.

Die Ergebnisse aus Lenas Expertise führten die Ermittler fast immer auf eine neue Spur. Zwar waren die Protokollergebnisse vor Gericht nicht direkt verwertbar, aber die weiteren gezielten Nachforschungen führten meist zu neuen und handfesten Beweisen.

Ivens hatte in den letzten Jahren öfter die Dienste von Lena beansprucht, und aus diesen anfänglich rein dienstlichen Besuchen war langsam eine Vertrauensbeziehung erwachsen, die Tom mit einschloss. Ivens kam, wann immer es ihm möglich war. Er liebte die guten Speisen, die anregenden Gespräche mit Tom über Gott und die Welt, und er mochte die ungezwungene Atmosphäre, die das Café in Szene setzte, um seinen wahren Zweck zu verbergen.

Ivens warf einen Blick zu Maike Herwig hinüber. Sie schien mit Komohotos Akten beschäftigt zu sein, zumindest starrte sie wie gebannt auf das vor ihr liegende iPad. Irgendwann, dachte er, würde er sie in die Besonderheit dieses Cafés einweihen. Aber dafür musste sie noch einige Jahre im Dienst bleiben – zumindest länger als Steffen Hengster, der vor Erreichen der notwendigen Geheimhaltungsstufe den Dienst quittiert hatte. Bis es so weit war, würde sie sich wohl genau wie Hengster immer wieder wundern, welche treffsicheren Schlüsse er aus einer Befragung ziehen konnte.

Eigentlich gefiel es ihm nicht, sich mit diesen fremden Federn zu schmücken. Aber die Geheimhaltungsvorschriften ließen ihm keine andere Wahl: Wenn nur der leiseste Verdacht aufkam, dass Lenas und Toms Café mehr war als das, was es zu sein schien, war es mit einem Schlag aus mit den ungezwungenen Unterredungen, in deren Fallen die unwissenden Verdächtigen so oft tappten.

Der Klingelton seines Handys riss ihn aus seinen Gedanken. Der Anrufeintrag zeigte eine unbekannte Nummer. Ivens nahm das Gespräch an.

»Hauptkommissar Ivens. Mit wem spreche ich?«

»Mein Name ist Paul Werther vom INTCEN. Ich habe Ihre Nummer von Prof. Metzinger.«

Ivens erinnerte sich. Er hatte den Arzt gebeten, seine Kontaktdaten an den Agenten weiterzugeben.

»Es geht um den Fall Komohoto, den Sie bearbeiten. Das INTCEN ist an den Ergebnissen ihrer Ermittlungen interessiert – und Sie vielleicht an unseren.«

»Die zwei Europaabgeordneten«, bestätigte Ivens. »Laut

Prof. Metzingers Aussage soll es da Übereinstimmungen geben.«

»Es scheint so. Können wir uns treffen? Ich könnte mit dem Helikopter in zwei Stunden bei Ihnen sein.«

Ivens stutzte.

Verdammt, wer ist dieser Kerl?

Wenn er versuchen würde, einen Helikopterflug nach Brüssel zu beantragen, könnte er frühestens einen Termin in 14 Tagen anbieten. Wenn überhaupt.

»Ist gut«, sagte Ivens und versuchte, sich seine Verwunderung nicht anmerken zu lassen. »Wo wollen wir uns treffen?«

»Schlagen Sie etwas vor. Vielleicht ein Termin für ein Abendessen? Das INTCEN hat ein großzügiges Spesenbudget.«

Wenigstens etwas, dachte Ivens. Kurz überlegte er, ob er Werther hier ins Café bestellen und Lenas Beratungsdienste in Anspruch nehmen sollte. Es wäre bestimmt interessant zu erfahren, wie viel Wahrheit und wie viele Lügen ihm das INTCEN auftischen würde. Diesen Geheimdienstleuten konnte man nicht vertrauen, und mit offenen Karten spielten die bestimmt nicht.

Aber er verwarf den Gedanken. Zu riskant. Wenn das herauskommen würde – und spätestens mit Lenas Rechnung würde es offiziell bekannt werden –, müsste er eine verdammt gute Begründung haben, warum er einen befreundeten Geheimdienstagenten einem Lügendetektortest unterzogen hatte.

Stattdessen erwog Ivens das teuerste Restaurant in der Stadt. »Ich schlage den Holtmannhof vor. H-O-L-T, Mann und Hof. Liegt etwas am Stadtrand, aber gut zu erreichen. Ich schicke Ihnen die Adresse.«

»Einverstanden. Um 19.00 Uhr?«

»Ich werde da sein. Wie erkenne ich Sie?«

»Ich werde *Sie* erkennen«, antwortete sein Gesprächspartner lapidar. »Bis dann.«

Das Gespräch war beendet.

20

Zur gleichen Zeit, als Ivens sein Gespräch mit Werther führte, trat Baldy vor das Schwingtor seiner Garage, die sich direkt an sein Reihenhaus anschloss.

Er hasste diesen Ort. Hier, in diesen wenigen Quadratmetern kalten Betons, hatte er die größte Niederlage seines Lebens erleben müssen. Die Garage war zu seinem Fluch und zum Schauplatz seines persönlichen Waterloo geworden.

Wenn man die Garage betrat, wie Baldy es gerade tat, erinnerte nichts daran, dass sich hier vor vier Jahren eine Tragödie abgespielt hatte. Der Unterstand für seinen alten VW Golf sah aus wie Tausende andere Garagen: ein akkurat geparkter Wagen in der Mitte, dahinter mehrere Regale mit Winterreifen, Werkzeugen, Gartengeräten und anderem Zeug, das es nicht wert oder das zu verdreckt war, um im Haus aufbewahrt zu werden. Die Gasflasche, mit der er damals versucht hatte, sich umzubringen, stand noch in der gleichen Ecke wie an jenem verhängnisvollen Tag, als er sie dorthin geschleppt hatte. Nur dass sie heute leer war – und er keine Haare mehr hatte und nie wieder welche bekommen würde.

Wie dämlich er gewesen war. Wie abgrundtief feige.

Baldy setzte sich ans Steuer seines VW Golf und ließ die Zündung an. Aber statt den Gang einzulegen und rückwärts aus der Garage rauszufahren, starrte er wie gebannt auf die Gasflasche. Ihre Form erinnerte ihn an einen Torso, einen fetten, geköpften Oberkörper mit abgetrennten Gliedmaßen. Bauch und Hals. Er musste das verdammte Ding endlich entsorgen. Ab auf den Schrottplatz damit.

Aber das konnte er nicht. Er hatte es tausendmal vorgehabt und immer im letzten Moment seinen Vorsatz über den Haufen geworfen. Tief im Innern wusste er auch, warum: Die Gasflasche war zu einem Symbol seines Planes geworden. Sie erinnerte ihn beständig daran, was er vorhatte und wieso er das alles tun musste.

Ein Kribbeln auf seiner vernarbten Haut führte seine Gedanken zurück an jenen Junitag vor vier Jahren – diesem verdammten Misttag, an dem alles schiefgegangen war. Er hatte nasse Handtücher in den Spalt zwischen Garagentor und Fußboden gestopft und den Hahn der Gasflasche aufgedreht. Dann hatte er sich auf den Boden gekauert und sich die Nase zugehalten, um das Gas nicht riechen zu müssen. Er hatte auf seinen Atem gelauscht, der nach einer halb ausgetrunkenen Flasche Whisky, der die Sache hatte leichter machen sollen, fast genauso explosiv gewesen war wie das ausströmende Propan.

Baldy erinnerte sich an das Gefühl der aufsteigenden Angst. Er hatte versucht, dagegen anzukämpfen. Aber es war ihm nicht gelungen. Er hatte Panik bekommen. Bevor er wieder hatte klar denken können, hatte er das Garagentor aufgerissen und wie ein ausgetrockneter Schwamm frischen Sauerstoff in seine Lungen gesogen.

Es hätte bei dieser folgenlosen Geschichte eines misslungenen Selbstmordversuches bleiben können – wenn er nicht anschließend diesen idiotischen Fehler gemacht hätte. Noch immer voller Adrenalin und zitternd vor Angst hatte er eine Zigarette hervorgekramt und den Daumen über das Zündrad seines Feuerzeuges schnellen lassen. Dabei hatte er nicht mehr als ein paar Schritte von der Garage entfernt gestanden. Die Druckwelle der Gasverpuffung hatte ihn fast fünf Meter weit über die groben Pflastersteine der Einfahrt geschleudert. Sein Gesicht hatte plötzlich gebrannt wie Feuer, und er hatte die Augen nicht öffnen können, weil irgendetwas wie grobes Krepppapier ihn daran gehindert hatte, die Lider hochzuziehen. Das Letzte, was er mitbekommen hatte, bevor er bewusstlos geworden war, waren die quietschenden Reifen eines vorbeifahrenden Wagens gewesen.

Baldy hatte sich nie vorstellen können, wie schrecklich schwer es war, Selbstmord zu begehen. In Filmen sah es immer so leicht aus: Man setzte sich eine Pistole an den Kopf und – Peng. Aus und vorbei. In der Realität sah die Sache allerdings anders aus.

Er hatte es zuerst auch mit einer Pistole versucht, vor der Idee mit der Gasflasche, aber er war unfähig gewesen, den Abzug durchzudrücken. Bestimmt zehnmal hatte er in seinem Wohnzimmer gesessen und sich das verdammte Ding an die Schläfe gedrückt oder in den Mund gesteckt. Jedes

Mal, bevor er abdrücken konnte, stieg diese Panik in ihm auf, dieses blödsinnige, völlig absurde Gefühl der Angst vor der letzten Sekunde. Das Wissen um den kommenden Tod brachte ihn jedes Mal um den Verstand.

Der Trick mit der Vergiftung durch Gas hatte das Problem lösen sollen. Er hatte angenommen, dass er einfach einschlafen, das Bewusstsein verlieren und langsam, ohne es zu merken, in den Tod hineingleiten würde. Woher hätte er wissen sollen, dass sein Atemreflex ihm einen gehörigen Strich durch die Rechnung machen würde?

Baldy riss sich von den Bildern der Vergangenheit los und fuhr langsam rückwärts aus der Einfahrt. Zum Glück hatten die Ärzte in der Notfallklinik sein Augenlicht vollständig retten können, sodass er beim Autofahren und in allen Alltagsdingen nicht auf fremde Hilfe angewiesen war. Die thermische Koagulation, wie die Gerinnung der Proteine von Hornhaut und Bindehaut nach großer Hitzeeinwirkung bezeichnet wird, war durch den natürlichen, reflexartigen Lidschluss medizinisch beherrschbar geblieben. Außerdem hatte er mit dem Rücken zum Garagentor gestanden. Aber er hatte sich an diesem Tag für immer von seinen Wimpern und den Augenbrauen verabschieden müssen. Am Schlimmsten hatte es seinen Hinterkopf und die Ohren getroffen. Da, wo die meisten Leute wohlgeformte Ohrmuscheln hatten, wölbten sich bei ihm die gut gemeinten Versuche der plastischen Chirurgen, ihm ein halbwegs anständiges Aussehen zu geben.

Er hatte sich mittlerweile daran gewöhnt. Die Perücke zur Verdeckung der zahlreichen Brandnarben an seinem Schädel und als Ersatz für seine Kopfbehaarung lag seit fast drei Jahren unbenutzt in seinem Badezimmerschrank. Ihm machte es schon lange nichts mehr aus, dass die Leute auf der Straße ihm verstohlene Blicke zuwarfen und dass er jahrelang keine Frau im Bett gehabt hatte.

Er hatte andere Ziele. Höhere Ziele, die weit über allen körperlichen Gelüsten standen und mächtiger und stärker waren als alles, was er jemals in seinem Leben verspürt hatte.

Rache und Erlösung.

Diesen Zielen würde er heute ein gutes Stück näher kommen. Sollte heute Nacht alles nach Plan laufen, würde erneut ein Gast des Hotels Bergmann in das Leichenschauhaus umziehen, und dieser neuerliche »Unglücksfall« würde die Polizei garantiert auf seine Fährte führen.

So weit, so gut. Das hatte er einkalkuliert.

Das folgende, vorerst letzte Opfer würden sie wahrscheinlich vorausahnen, bevor das eigentliche Spiel begann. Es würde ihnen jedoch nichts nützen. Sie würden es trotzdem nicht verhindern können, was sie verdammt wütend machen würde. Er brauchte nur die aufgestaute Wut am Brodeln zu halten, bis sie ihnen als gigantischer Scheißhaufen um die Ohren flog. Erst wenn das passiert war, würde er sein letztes Opfer präsentieren.

Das »finale furioso«.

Aber eins nach dem anderen.

Jetzt würde er sich zunächst darum kümmern müssen, dass die Wut ausreichend genährt wurde. Dafür musste er zu einem Monster werden, zum absoluten Abschaum der Gesellschaft, dem niemand eine Träne nachweinen würde.

123.000.

So hoch war sein Anreizpotenzial hierfür mittlerweile. Aber das reichte nicht, da war sich Baldy sicher. Es müssten mindestens eine Million sein.

Der Kerl wird eine Million Menschen in den sicheren Tod schicken.

Das hörte sich doch viel besser an als läppische 123.000. Es war ihm zwar bewusst, dass die seelenlosen Paragraphen des Strafgesetzbuches keinen Unterschied zwischen 123.000 und einer Million Menschen machten. Doch darum ging es nicht. Der Jackpot bestand immer aus einer Million. Eine Million war die Zahl, bei der der Verstand aussetzte und jedes simple Kalkül von Chancen und Risiken seine Bedeutung verlor.

Das war genau das, was er beabsichtigte.

Außerdem war bei einer Million unmissverständlich klar, dass jeder Versuch eines Schutzprogramms für die potenziellen Opfer von vornherein zum Scheitern verurteilt war. Niemand würde bei dieser Zahl auch nur einen Gedanken daran verschwenden, ob vielleicht doch die Möglichkeit eines Schutzes bestand.

Die Aussicht, dass er dieses Abschaum-Niveau vermutlich in wenigen Stunden erreichen würde, zauberte ein zufriedenes Lächeln auf Baldys Gesicht.

Er hatte mittlerweile das zentrale Parkhaus der Innenstadt erreicht und lenkte seinen Wagen in eine der vielen Parkboxen. Er verschloss den Wagen und stieg in den Aufzug, der ihn hinaus in die warme Mailuft der Straßen bringen würde.

Was für ein herrlicher Tag, dachte Baldy und machte sich auf den Weg zu seiner Verabredung.

21

Der Holtmannhof lag am östlichen Stadtrand von Münster im Erdgeschoss einer aufwendig sanierten Jugendstilvilla. Ein roter Teppich kaschierte das fahle Betongrau der Stufen zur Eingangstür und einen Teil des vorgelagerten Bürgersteiges. Der kurze Laufweg war von mehreren Buchsbäumen in großen Kübeln eingesäumt.

Ivens betrat das Arrangement, das an den Aufmarschbereich für eine Oscar-Verleihung erinnerte, und überprüfte kurz den Sitz seiner Lederjacke, bevor er die Klinke der schweren Holztür nach unten drückte. Ein einsetzendes Motorgeräusch verriet ihm, dass er sich jeden weiteren Kraftaufwand sparen konnte. Er wartete ab, bis die Tür gemächlich nach innen aufschwang, und trat durch die Eingangstür.

»Kann ich Ihnen behilflich sein?« Ein Mann mittleren Alters im typischen Kellner-Outfit feinerer Restaurants stellte sich ihm in den Weg. Er taxierte Ivens kurz, um dann ein gekünsteltes Lächeln folgen zu lassen.

Ivens nannte dem Kellner seinen Namen und verwies auf die Tischreservierung, die er vor zwei Stunden aus Tom und Lenas Café getätigt hatte.

Der Kellner nickte bestätigend. »Ihr Gast ist bereits eingetroffen. Wenn Sie mir bitte folgen würden.«

Ivens hob verwundert die Augenbrauen. Es war für ihn immer noch unfassbar, wie jemand so schnell einen Hubschrauberflug von Brüssel nach Münster organisieren konnte.

Er ließ sich vom Kellner durch den Gastraum führen und bewunderte die von den hohen Decken herabhängenden schweren Kronleuchter, deren Licht im Widerschein der goldfarbenen Gardinen und dem glänzenden Fischgrätparkett des Fußbodens einen warmen Bernsteinton hervorzauberten, dessen Gemütlichkeit von einem offenen Kaminfeuer an der Stirnseite des Gastraumes verstärkt wurde.

Ivens kam der Gedanke, sein nächstes Frauenrendezvous hier abzuhalten – vorausgesetzt, die Preisangaben auf der Speisekarte würden ihm nicht jedes Romantikgefühl von vornherein verderben. Und natürlich vorausgesetzt, er hätte überhaupt ein Rendezvous mit einer Frau. In den letzten drei Jahren seines Quasi-Single-Daseins war das nicht vorgekommen, aber man konnte ja nie wissen.

Der Kellner blieb vor einem Tisch am Rande des Saals stehen. Der dort anwesende Mann hatte sich von seinem Platz erhoben und streckte ihm die Hand entgegen.

»Schön, dass wir uns so spontan treffen konnten.«

Ivens musterte sein Gegenüber. Werther musste etwa in seinem Alter sein, vielleicht ein wenig älter, wenn man die zahlreichen tiefen Falten um die Augen berücksichtigte. Seine Haltung war aufrecht. Die breiten Schultern und seine Größe von geschätzten 1,90 Meter hätten ihm eine attraktive Figur verleihen können, wenn der Gesamteindruck nicht durch einen unverkennbaren Bauchansatz zerstört worden wäre. Die Gesichtszüge wirkten für Ivens eher typisch deutsch als französisch oder flämisch. Allerdings hätte er nicht sagen können, woran er einen Unterschied festmachte.

Werther deutete mit einer ausladenden Geste durch den Raum. »Eine nette Location haben Sie ausgesucht.«

Ivens grinste. »Ich habe mich bemüht, Ihren Hinweis auf das großzügige Spesenbudget des INTCEN angemessen zu würdigen.« Er ergriff die ausgestreckte Hand und nahm Platz.

»Woher können Sie so gut Deutsch?«, fragte Ivens. Er vermutete, dass das INTCEN seinen Mitarbeiterstab quer durch alle europäischen Mitgliedsstaaten rekrutierte und die Beherrschung mehrerer europäischer Sprachen zu den Einstellungsvoraussetzungen gehörte. Aber Werthers bisherige Worte wiesen nicht den geringsten Akzent auf.

»Meine Mutter kommt gebürtig aus der Pfalz. Mein Vater ist Franzose. Ich bin wie meine Schwester in Frankreich geboren und aufgewachsen, aber unsere Eltern haben uns von Anfang an zweisprachig erzogen.«

Der Kellner reichte die Speisekarte. Ivens überflog zunächst die Spalte mit den Preisen und stellte erleichtert fest, dass der Holtmannhof zwar wie vermutet hochpreisig war, die Preise jedoch nicht jenseits aller vernünftigen Maßstäbe lagen. Dann beschäftigte er sich näher mit der Speisenauswahl. Als Vorspeise wählte er eine Fischsuppe und als Hauptgang ein Entrecote mit Gemüse und Salzkartoffeln.

Die Weinauswahl übernahm Werther, der sich mit dem Kellner ein kurzes Wortgefecht über die Qualität verschiedener französischer Winzer lieferte und sich schließlich für einen Rotwein aus dem Roussillon entschied. Als Aperitif bestellten sie ein Bier.

Bis das Bier kam und der unvermeidliche Gruß aus der Küche serviert wurde – eine aus Ivens' Sicht völlig unpassende Kombination aus Seeteufelbäckchen und westfälischem Pumpernickel –, überbrückten beide die Zeit mit unverfänglichem Small Talk. Dann ging Werther zum Dienstlichen über. »Erzählen Sie mir, was Sie haben. Vielleicht hilft die Zusammenarbeit dabei, eine Verbindung zwischen den drei Fällen zu finden.«

Ivens zögerte. Seine Bereitschaft, sich auf einen Deal mit einer Geheimdienstbehörde einzulassen, hielt sich in Grenzen. Zumindest wollte er vorher Klarheit über seine eigene Position haben. »Was versteht das INTCEN normalerweise unter einer Zusammenarbeit?«

»Sie befürchten eine Bevormundung durch übergeordnete Stellen«, sagte Werther, wobei er den Satz als Feststellung und nicht als Frage betonte.

»Ich will nur wissen, wie die Karten gemischt sind.«

Werther nickte. »Lassen Sie uns Klartext reden: Sollte der Fall mehr als eine regionale Bedeutung haben, würde ich Ihre Mitarbeit unter meiner Leitung zu schätzen wissen. In diesem Fall würde das INTCEN Spezialkräfte des Bundeskriminalamtes oder je nach Bedarf anderer Behörden auf nationalstaatlicher Ebene hinzuziehen, von denen Sie Ihre Anweisungen erhalten. Aber ehrlich gesagt sieht es im Moment für mich eher nach einem rein lokalen Fall aus. Sollte sich das bestätigen, bleibt die Zuständigkeit in Münster.«

Ivens runzelte die Stirn. Auf der einen Seite gefiel ihm Werthers direkte und offene Art. Auf der anderen Seite verstand er überhaupt nicht, wieso Werther ein rein lokales Thema vermutete. Nach seiner eigenen Einschätzung lag entweder überhaupt kein Fall vor, sondern tatsächlich eine medizinische Angelegenheit, wie Prof. Metzinger vermutete, oder der bisherige Opferkreis von zwei Europapolitikern und einem international renommierten Künstler schrie förmlich nach einem Zusammenhang, der wenig mit den Stadtgrenzen von Münster zu tun hatte. War Werthers Bemerkung ein Trick, um ihn aus der Reserve zu locken?

Ivens beschloss, in die Offensive zu gehen. »Sie wissen offenbar mehr als ich. Vielleicht hilft es, wenn Sie Ihre Karten zuerst offenlegen.«

Werther zögerte keinen Moment. »Einverstanden. Als Gegenleistung erwarte ich eine laufende persönliche Berichterstattung über den Ermittlungsfortschritt, solange die Zuständigkeit in Ihren Händen liegt.«

»Einverstanden«, sagte Ivens. »Schießen Sie los.«

22

»Bei den Europapolitikern handelt es sich um Dr. Heinrich Hugenroth und Dieter Kaminski«, begann Werther seine Erläuterung. »Hugenroth hat in Münster Jura studiert und sich dann in Bonn als Anwalt niedergelassen. Seine Kanzlei betreut hauptsächlich Mandanten in Strafrechtssachen. Vor vier Jahren ist er parallel zu seiner Anwaltstätigkeit in die Politik eingestiegen und wurde gleich im ersten Anlauf ins Europaparlament gewählt. Kaminski kommt ebenfalls aus Münster und war hier lange auf lokalpolitischer Ebene tätig, bevor er nach Brüssel ging. Auch er ist Jurist, hat allerdings nie sein zweites Staatsexamen abgelegt. Beide kannten sich aus Studienzeiten und haben ihre Freundschaft trotz unterschiedlicher Parteibücher in Brüssel weiter gepflegt.«

Werther ließ eine Pause, die Ivens sofort für einen Einwand nutzte. »Okay, zwei Opfer mit Münsteraner Wurzeln. Was für Komohoto aber nicht zutrifft.«

»Es ist nicht die Herkunft. Die Gemeinsamkeit ist, dass alle drei in der Nacht vor ihrem Tod in einem Münsteraner Hotel übernachtet haben.«

Ivens sah Werther verblüfft an. »Wie meinen Sie das?«

»So wie ich es gesagt habe. Hugenroth ist zwar in Brüssel gestorben, hat aber am Vortag einen Kongress in Münster besucht und im Hotel Bergmann genächtigt. So wie Komohoto. Auch Kaminski hat in der Nacht vor seinem Ableben ein Hotelzimmer in Münster bezogen, allerdings nicht im Hotel Bergmann, sondern im Königshof, einem Viersternehotel am Bahnhof. Trotzdem ist der Zusammenhang unverkennbar – und es ist definitiv die einzige Gemeinsamkeit. Es könnte möglich sein, dass jemand ganz gezielt Anschläge auf Persönlichkeiten des öffentlichen Lebens verübt und dafür die Möglichkeiten der örtlichen Hotels nutzt.«

»Was sollen das für Möglichkeiten sein?«, fragte Ivens, längst nicht von Werthers Theorie überzeugt.

»Ich weiß es nicht. Vielleicht ein Kellner, der ein noch unbekanntes Gift benutzt und von den Hotels Bergmann und Königshof gemeinsam als Aushilfe eingesetzt wird. Oder der Attentäter hat Einblick in die Buchungsanfragen der örtlichen Hotels und sucht sich gezielt Prominente für seine Anschläge aus. Keine Ahnung. Es wäre Ihre Aufgabe, das herauszubekommen. Mein Gefühl sagt mir nur eins: Die Hotelübernachtungen in Münster am Vorabend des jeweiligen Todestages sind die einzige erkennbare Gemeinsamkeit zwischen den drei Fällen. Nicht viel, aber mehr als nichts. Für mich genug, um einen reinen Zufall auszuschließen.«

Ivens dachte über Werthers Worte nach. Abwegig war

seine Argumentation nicht. Und es erklärte, wieso Werther derzeit den Fall in der Zuständigkeit der Kriminalpolizei Münster sah und sich zurückhielt: Wenn irgendein Spinner in der Stadt sein Unwesen mit Prominenten trieb, gab es für den Geheimdienst nichts zu holen. Dann wären seine beiden Europapolitiker nicht mehr als zufällige Opfer eines Verrückten, ohne dass ein politisch oder nachrichtendienstlich relevanter Hintergrund bestand.

»Sehen Sie eine Möglichkeit, eine Obduktion bei Hugenroth oder Kaminski zu veranlassen?«, fragte Ivens.

Werther schüttelte den Kopf. »Nicht ohne weitere konkrete Anhaltspunkte.«

»Und was halten Sie von der Theorie der Ärzte?«

Werther zuckte mit den Schultern. »Auch gut möglich. Selbst das könnte die Gemeinsamkeit erklären: Vielleicht verbreitet sich über einen örtlichen Zulieferbetrieb der beiden Hotels irgendein Krankheitserreger. Verseuchte Frühstückseier oder so etwas.«

»Eher unwahrscheinlich«, sagte Ivens. »Dann müssten wir es mit einer größeren Zahl von Opfern zu tun haben.«

»Vermutlich haben Sie recht. Aber noch können wir nichts ausschließen. Ihr Fall, Hauptkommissar Ivens.«

»Kann ich Einblick in die Akten von Hugenroth und Kaminski bekommen?« Ivens ahnte die Antwort, wollte es aber trotzdem versuchen. Das Ergebnis fiel wie erwartet aus.

»Ich lasse Ihnen die Personalien und die Übernachtungsdaten zukommen. Mehr ist für den Fall momentan nicht erforderlich. Wenn Sie weitere Informationen benötigen, werden wir das im Einzelfall prüfen.«

Als der Kellner die Vorspeise und anschließend den Hauptgang servierte, wechselte das Gesprächsthema der beiden

Männer auf die anstehende Fußball-Europameisterschaft und den jeweiligen Chancen der deutschen und französischen Nationalmannschaft, den Titel zu holen. Gegen 22.00 Uhr verabschiedeten sich beide in der gemeinsamen Erwartungshaltung, sich nie wieder persönlich zu begegnen. Die Vereinbarung war, dass Ivens Werther laufend über den Ermittlungsfortschritt informieren würde und sich das INTCEN im Gegenzug aus dem Fall heraushielt.

Weder Ivens noch Werther ahnten zu diesem Zeitpunkt, dass sich ihre Wege schon sehr bald erneut kreuzen würden.

23

Josef Messing warf sich erschöpft aufs Bett. Er streifte Schuhe und Socken ab und betastete vorsichtig die beiden Blasen, die sich an seinen Fersen gebildet hatten. Morgen würde er sich Laufpflaster besorgen müssen, wenn er seine weiteren Pläne nicht begraben wollte. Und er musste die neuen Schuhe wieder im Koffer verstauen und seine alten Treter hervorkramen, sonst würde er sich noch mehr wunde Stellen zuziehen.

Den ganzen Tag war Messing auf den Beinen gewesen. Am Vormittag hatte er das obligatorische Colour-Day-Programm mit einer Führung durch die Innenstadt und dem Besuch des Landesmuseums hinter sich gebracht, wo es andere Werke Komohotos zu bestaunen gab.

Nach einer kurzen Verschnaufpause war die Skulpturenführung gestartet, die er zusätzlich gebucht hatte. Sie hatte zwar nichts mit dem Colour-Day zu tun, aber Messing interessierte sich für Kunst im öffentlichen Raum, und die alle zehn Jahre stattfindende Ausstellung »Skulptur Projekte« hatte in der ganzen Stadt Fußspuren weltbekannter Künstler hinterlassen.

Die als »Skulpturenbummel« angekündigte Entdeckungstour entpuppte sich als Gewaltmarsch von über zehn Kilometern quer durch die Stadt und einmal um den innerstädtischen Aasee herum, ein künstlich aufgestautes Gewässer mit zahlreichen umgebenden Grünflächen. Allein der Rundwanderweg um diesen See betrug mehr als fünf Kilometer, wie der Reiseführer zu berichten hatte, hinzu kamen die zahlreichen Abstecher zu den weitläufig um den See verteilten Skulpturen.

Erholung für die geschundenen Füße gab es erst zum Abschluss bei der gemeinsamen Einkehr in einem rustikalen Brauereikeller, wo Messing gemeinsam mit seiner Touristengruppe den Abend verbracht hatte. Zum Ausgleich für die Strapazen hatte er sich eine fettige Schweinshaxe genehmigt und sie mit reichlich Altbier und einigen Schnäpsen hinuntergespült. Die Konsequenz des ungezügelten Alkoholgenusses würde er sicher morgen zu spüren bekommen.

Aber das war ihm egal. Er war rundherum zufrieden mit sich und dem Tag – mehr als zufrieden sogar. Der Grund dafür lag auf der Hand: Wenn man von dem Fremdenführer absah, der per Definition den Mittelpunkt einer Reisegruppe bildete, war er es heute gewesen, der mit seiner Geschichte von den Erlebnissen des Vorabends die meiste Aufmerksamkeit der Teilnehmer auf sich gezogen hatte. Und da er längst nicht alle Detailfragen – vornehmlich aus dem Kreis der Damen seiner Reisegruppe – hatte beantworten können, waren drei neue Kontaktdaten auf seinem Handy gespeichert.

Für morgen Nachmittag hatte er sich mit der aus seiner Sicht vielversprechendsten Kandidatin zu einem intimeren Austausch verabredet. Mit Sicherheit würde sie den Ort des Geschehens seiner aufregenden Geschichte besichtigen wollen, und dann würde die ganze Sache vielleicht noch intimer werden. Er hätte nichts dagegen.

Messings vom Alkohol getrübter Blick streifte versonnen durch das Hotelzimmer und blieb an dem üppigen Obstkorb hängen, der auf einem kleinen Beistelltisch neben einem Sessel in der Ecke des Zimmers stand. Der Anblick bestätigte ihm, dass die Geschichte des Zimmertausches mit Komohoto nicht nur seiner Fantasie entsprungen war und er tatsächlich so etwas wie einen Ehrengast des Hotels darstellte.

Diesem Ereignis hatte er es zu verdanken, dass sich die Teilnehmer seiner Reisegruppe immer wieder um ihn geschart hatten und nicht genug von den Einzelheiten seiner Geschichte hatten bekommen können. Allein die Tatsache, dass er mit dem weltberühmten Künstler am Vorabend seines Todes in einem Hotel genächtigt hatte, war für viele aus der Gruppe aufregend genug. Dass er zusätzlich, quasi als letzter Normalsterblicher, Komohoto kurz vor seinem tragischen Tod die Hand hatte schütteln dürfen und dass er in demselben Zimmer schlief, in dem Komohoto – wenn auch nur für wenige Stunden – zuvor residiert hatte, ging über das Fassungsvermögen der meisten hinaus.

Er selbst betrachtete die ganze Sache eher nüchtern. Außerdem konnte er den Eindruck nicht abschütteln, dass sich Komohoto nur widerwillig ein schnelles »Arigato« – das japanische Wort für »Danke«, wie Komohotos Manager ihm erklärt hatte – über die Lippen gequetscht und ihm nicht einmal in die Augen geschaut hatte, als er dem Zimmertausch zugestimmt hatte.

Aber das brauchte er ja nicht jedem auf die Nase zu binden. Was zählte, war, dass er endlich einmal etwas Außergewöhnliches zu erzählen hatte, und dass dadurch ein bisschen der Berühmtheit dieses exzentrischen Künstlers auf ihn übergesprungen war.

Messing schleppte sich ins Bad und entledigte sich seiner verschwitzten Klamotten. Er stieg unter die Dusche, schlüpfte in seinen Schlafanzug, putzte sich die Zähne und ließ sich mit einem Grunzen der Zufriedenheit in die weichen Kissen des Hotelbettes fallen. Seinen letzten Blick auf die Uhr warf er um halb zwölf. Dann sank er in einen tiefen Schlaf, und bald träumte er in den wildesten Farben und verarbeitete die Eindrücke des Tages.

Es sollten die letzten Träume seines Lebens sein.

3. KAPITEL
TAG 3 – MÜNSTER, 16. MAI, 08.32 UHR

24

Zum wiederholten Mal warf Dr. Kampmeier einen Blick auf die Uhr. Seit 32 Minuten wartete der Oberbürgermeister der Stadt Münster nun auf das Erscheinen von Marvin Schellenberg. Obwohl die chronische Unpünktlichkeit des Amtsleiters für das Stadtmarketing hinlänglich bekannt war, hatte Kampmeier diesmal etwas anderes erwartet: Immerhin war es Schellenberg gewesen, der kurzfristig um einen Termin direkt um 8.00 Uhr morgens gebeten hatte, und Kampmeier hatte extra zwei seit Langem angesetzte Besprechungen verlegen lassen, um Schellenberg zu empfangen.

An normalen Tagen hätte er die durch die Verspätung entstandene Zwangspause dafür genutzt, sich dringenden Themen zu widmen, die in Form von hohen Aktenstapeln und zahlreichen Unterschriftenmappen seinen Schreibtisch verunstalteten. Aber im Moment brachte Kampmeier nicht die erforderliche Konzentration auf. Er brannte viel zu sehr darauf zu erfahren, was Schellenberg erreicht hatte.

Vorgestern, in der Krisensitzung nach Komohotos unerwartetem Dahinscheiden vor den Augen der Weltöffentlichkeit, hatte sich der Marketingleiter mit dem Versprechen verabschiedet, die Möglichkeiten einer vorübergehenden Innenstadtüberdachung zu prüfen. Kampmeier setzte große Hoffnungen auf dieses Versprechen. Wenn es jemanden in der Stadt gab, der kurzfristig einen entsprechenden Dienstleister auftun konnte, war es Schellenberg mit seinen unzähligen Kontakten. Und es wurde dringend Zeit: Die Meteorologen hatten für heute Nacht, spätestens für morgen früh, ein heftiges Gewitter vorhergesagt. Dann wäre es endgültig aus mit Komohotos Farbenpracht, und damit auch mit den Touristenströmen, die derzeit so gewinnbringend die Stadt bevölkerten.

Endlich erschien seine Sekretärin im Türrahmen, gefolgt von einem sichtlich übernächtigten Schellenberg.

»Entschuldigen Sie die Verspätung.« Schellenberg reichte Kampmeier die Hand und ließ sich auf den Sessel vor dem Schreibtisch des Oberbürgermeisters fallen.

»Kein Problem«, erwiderte Kampmeier in gereiztem Tonfall, »für gute Nachrichten bin ich immer gern bereit, Verzögerungen in Kauf zu nehmen.«

Schellenberg rutschte nervös auf seinem Stuhl hin und her und schien den richtigen Einstieg zu suchen. Kampmeier ließ seinen Blick erwartungsvoll auf seinem Gegenüber ruhen.

»Lassen Sie uns noch einmal das eigentliche Ziel formulieren«, begann Schellenberg vorsichtig mit seinen Ausführungen. »Was wir suchen, ist eine Lösung, die die momentane Attraktivität der Stadt weiter aufrechterhält.«

Kampmeier lehnte sich abrupt in seinem Sessel nach vorne. »Was versuchen Sie, mir zu verkaufen?«

»Ich habe mit mehreren Fachfirmen bezüglich einer potenziellen Überdachung der Innenstadt gesprochen«, fuhr Schellenberg fort. »Das größte Problem dabei ist die Abwasserführung. Sehen Sie, bei einem durchschnittlichen Gewitter fallen 20, bei einem Starkregen sogar bis zu 100 Liter Regen pro Quadratmeter. Bei einer zu überdachenden Fläche von geschätzten 50 mal 800 Metern im Bereich der Innenstadt ergibt das im Extremfall eine abzuführende Wassermenge von vier Millionen Litern. Das sind mehr als 130 voll beladene Tanklastzüge. Bei einer Veranstaltung im

Hafenbereich wie in Ihrem Beispiel von Stockholm ist das kein Problem, da lässt man das Wasser einfach in die Ostsee laufen. Aber in der Innenstadt von Münster?«

Kampmeier wurde langsam ungehalten. »Wollen Sie mir etwa sagen, dass …«

»Keineswegs«, unterbrach ihn Schellenberg beschwichtigend. »Ich will damit nur sagen, dass es eine andere, wesentlich pragmatischere Lösung gibt.«

»Und die wäre?«

»Eine Wiederauferstehung.«

»Eine was?« Kampmeier bedachte Schellenberg mit einem Blick, als ob dieser nicht alle Tassen im Schrank hätte.

»Das ist nur der momentane Arbeitstitel. Ich habe ein Team bereitstehen, das noch heute sämtliche Fassaden mit Komohotos Kunst digital kartografieren könnte. Die Daten werden anschließend aufbereitet und auf hauchdünne LED-Folien übertragen, die im ausgeschalteten Zustand praktisch unsichtbar sind. Und wasserfest. Lassen Sie den Regen ruhig kommen. Geben Sie der Innenstadt ihr ursprüngliches Erscheinungsbild zurück, zumindest für kurze Zeit. Und dann, wenn in ein paar Tagen jeder Stein und jedes Gebäude mit diesen Folien bezogen ist, wird Komohotos Werk leuchtender und strahlender wiederauferstehen als je zuvor – wann immer wir es wollen.«

Kampmeier zog verächtlich die Stirn in Falten. »Sie glauben doch nicht ernsthaft, dass das funktioniert. Die Kunstpuristen werden das als billigen Kitsch abtun und uns den Garaus machen.«

»Die vielleicht«, bestätigte Schellenberg. »Aber diese Klientel war ja schon in den letzten zwei Tagen in der Stadt oder kommt heute. Die ›Wiederauferstehung‹ hingegen zielt auf ein ganz anderes, auf ein neues Publikum.«

Kampmeiers Stirnfalten hatten mittlerweile die Tiefe des Grand Canyon angenommen. »Können Sie mal ein zusammenhängendes Briefing hinbekommen. Was für ein neues Publikum?«

»Ich habe gestern Nachmittag mit Komohotos Manager Coleman gesprochen. Er hat mir erzählt, was er der Polizei am Vormittag auch erzählt hat, nämlich, dass Komohoto sich vermutlich aus Liebe zu dem italienischen Supermodel und Filmstar Silvia de Santini zu Tode gehungert hat. Oder dass zumindest der Cocktail aus Appetitzüglern und anderen Hilfsmitteln, die Komohoto zum Durchhalten bei seiner selbstverordneten Extremdiät benutzt hat, einfach zu viel für ihn war.«

Kampmeiers Augen blitzten auf. *Das ist interessant,* dachte er. Sein erwachtes Interesse galt dabei zwei Aspekten, die Schellenbergs letzte Ausführung enthielt: Der erste war die unerwartete Beziehung zwischen Komohoto und Silvia de Santini.

Im Allgemeinen war Kampmeier nicht sonderlich an dem vielfältigen Tratsch der Medien über die Stars und Sternchen der Filmbranche interessiert. Aber in diesem Fall lag die Sache anders: Er verehrte Silvia de Santini. Ihr nahezu puppenhaftes, zerbrechliches Erscheinungsbild, für das die Schauspielerin berühmt war, zog ihn seit Jahren wie magisch in ihren Bann. Es gab nicht einen Film mit ihr, den er verpasst hatte. Vielleicht, so hatte Kampmeier öfter gemutmaßt, resultierte Santinis Anziehungskraft auf ihn daraus, dass ihr Körperbau zu seiner eigenen bulligen Gestalt in einem krassen Widerspruch stand. Dieser sprach einen tiefliegenden Beschützerinstinkt in ihm an, dem er sich einfach nicht entziehen konnte.

Dass Komohoto ebenfalls für die Schauspielerin geschwärmt haben sollte, war für Kampmeier daher eine höchst interessante Neuigkeit. Verwundern konnte ihn die Nachricht indes nicht – welcher Mann schwärmte nicht für Santini? Und bei Komohotos internationaler Berühmtheit, die sich kaum hinter Santinis Bekanntheitsgrad zu verstecken brauchte, hätte sich der Japaner sogar echte Chancen bei ihr ausrechnen können, spekulierte Kampmeier – sofern die Italienerin an Geschmacksverirrung litt, fügte er dem Gedanken hinzu.

Der zweite Punkt von Schellenbergs Mitteilung, dem sein Interesse galt, war, dass der Polizeipräsident offenbar seine Leute darauf angesetzt hatte, Komohotos Tod zu untersuchen. Das war nicht anders zu erwarten gewesen, so wie er Müngersdorf einschätzte. Da ihm bis jetzt nichts aus dieser Richtung zu Ohren gekommen war, schien Müngersdorf sich aber an seine Anweisung zu halten, die Sache behutsam anzufassen und keinen Staub aufzuwirbeln. Und wenn Komohoto sich tatsächlich zu Tode gehungert hatte, wie aus Schellenbergs Bericht hervorging, dann war das zumindest eine Todesursache, bei der auch der kritischste Journalist keine Beziehung zu den Verantwortlichen des Colour-Days – und damit zu ihm selbst – herstellen konnte.

So weit, so gut.

Kampmeier zwang sich aus seinen Gedanken und richtete seine Aufmerksamkeit wieder auf Schellenberg. Er fragte sich, was dieser mit seiner absurden Idee einer billigen Folienkopie von Komohotos Meisterwerk zu erreichen versuchte.

»Zufällig«, fuhr Schellenberg wie auf Kommando fort, »kenne ich den Leiter der Agentur, die Silvia de Santini unter Vertrag hat. Marco Besco, ein Süditaliener mit einer ausgeprägten Vorliebe für deutsches Bier. Vor Jahren haben wir einmal eine Nacht während eines Kongresses zusammen durchgefeiert, und seitdem versorge ich ihn gelegentlich mit lokalen Brauereispezialitäten. Ich habe also bei ihm angerufen und ihm die ganze Sache mit der Diät sowie von den Überlegungen der Stadt Münster erzählt, Komohotos letztes Kunstwerk noch länger der Nachwelt zu erhalten. Er hat daraufhin mit Santini telefoniert. Die war zunächst sehr reserviert, weil ihr Komohotos Annäherungsversuche seit Längerem tierisch auf die Nerven gingen. Aber dann hat Besco auf sie eingeredet. Und schließlich hat er sie überzeugen können: Sie kommt nach Münster!«

»Was?« Kampmeier war mit einem Schlag hellwach.

Schellenberg warf sich siegessicher in die Rückenlehne seines Sessels und grinste Kampmeier breit an. »Sie haben schon richtig gehört.«

»Wie zum Teufel haben Sie das denn wieder hingekriegt?« Kampmeiers Stimme überschlug sich fast vor Begeisterung.

»Es war Bescos Idee. Sie wissen vermutlich genauso gut wie ich, dass Santinis Filme in dem Ruf stehen, eher profane Streifen als hohe Kunst zu sein.«

Kampmeier schluckte, hütete sich aber, etwas einzuwenden. Natürlich sah er die Sache aufgrund seiner persönlichen Begeisterung für die Schauspielerin völlig anders, aber das würde er Schellenberg bestimmt nicht auf die Nase binden.

»Santinis Manager«, fuhr Schellenberg fort, »sieht in einer für die Medien inszenierten Liebesbeziehung zwischen ihr und Komohoto die einmalige Chance, Santini endlich aus ihrer Schmuddelecke herauszuholen. Seine Agentur wird noch heute an diversen Stellen die Information streuen, dass Santini in den letzten Monaten sowohl von Komohotos Person als auch von seiner Kunst total begeistert war und einer Beziehung mit ihm durchaus nicht abgeneigt gegenüber gestanden hat. Und dass sein Tod einen unermesslichen Verlust für sie darstellt. Natürlich wird dabei ausführlich erwähnt werden, dass Komohoto seinerseits in Santinis Filmen keineswegs nur banale Unterhaltung, sondern echte Kunst gesehen hat.«

Kampmeier vernahm deutlich den sarkastischen Unterton, mit dem Schellenberg seinen letzten Satz versehen hatte, und musste sich stark zusammenreißen, den Leiter des Stadtmarketings nicht zurechtzuweisen. Scheinbar ungerührt ließ er Schellenberg mit seinen Erklärungen fortfahren.

»Das ganze Event soll als letzte Ehrerweisung von Santini an Komohoto aufgezogen werden. Komohotos vermeintlicher Hungertod, egal, ob das nun der wirkliche Grund für sein frühes Ableben war oder nicht, wird dabei marketingtechnisch in ein körperliches und seelisches Verzehren nach der Liebe zu Santini uminterpretiert. Darum kümmert sich Besco. Wir müssen dafür sorgen, dass die ›Wiederauferstehung‹ seines Kunstwerkes klappt. Santini selbst will hierzu eine persönliche Interpretation von sich geben. Im Moment belegt die Schauspielerin auf Anraten von Besco einen Crashkurs in Sachen zeitgenössische Kunst.«

»Ganz schön durchtrieben, dieser Besco«, sagte Kampmeier mit aufrichtiger Anerkennung.

»Verstehen Sie jetzt? Die ›Wiederauferstehung‹ wird unzählige Fans der berühmten Schauspielerin nach Münster locken. Denen ist ein echtes oder falsches Kunstwerk völlig schnuppe, genauso wie eine mögliche Kritik der Kunstpuristen.«

Kampmeier dachte darüber nach. Von der Hand zu weisen war Schellenbergs Argumentation nicht. Zwar würde ihm die Fraktion der Schöngeister im Stadtrat stark zusetzen, aber von Seiten der mehr auf die Stadtkasse und das eigene Portemonnaie bedachten Vertreter konnte er sich einer Unterstützung für das Vorhaben sicher sein.

»Allerdings wird die Sache nicht ganz billig«, holte ihn Schellenberg zurück auf den Boden der Tatsachen. »Um die Reproduktion originalgetreu bis in den letzten Giebel hinzubekommen, ist eine spezielle Aufnahmetechnik erforderlich. Dann die Kosten für die Herstellung und Anbringung der Folie. Außerdem verlangt Besco für Santini und den Begleiterstab von etwa 20 Personen kostenlose Flugtickets, Verpflegung, Unterkunft und angemessene Sicherheitsbedingungen. Im Marketingbudget ist dafür keine Luft mehr.«

»Wie viel?«, raunte Kampmeier.

»Grob geschätzt vielleicht zwei Millionen. Ich hatte noch keine Gelegenheit, eine genaue Kalkulation zu erstellen.«

Kampmeier atmete lautstark aus. Nach einer Weile, in der er verschiedene Alternativen einer möglichen Finanzierung überschlagen hatte, sagte er schließlich: »Okay, Sie haben grünes Licht. Ich werde mir unverzüglich das Budget unserer Kollegin Forsthövel vorknöpfen. Im Kulturetat stecken immer Möglichkeiten. Außerdem werde ich die Kaufmannschaft verpflichten, sich entsprechend zu beteiligen. Immerhin profitieren die am meisten davon, wenn erneut unzählige Touristen nach Münster strömen. Wann soll die Sache steigen?«

»Wir haben uns auf den 28. Mai geeinigt, in zwölf Tagen. Vorher war nichts zu machen. Aus meiner Sicht ist der Termin ideal: Genug Abstand zum Colour-Day, aber noch nahe genug dran, um reibungslos anknüpfen zu können.«

Kampmeier nickte. *Und genug Zeit, um das notwendige Geld aufzutreiben,* dachte er.

»Gut gemacht, Kollege«, sagte er und erhob sich von seinem Stuhl, um das Ende des Gesprächs anzudeuten. »Ich gehe davon aus, dass Sie alles Weitere unverzüglich veranlassen werden. Und starten Sie den ersten Medienrummel frühestens übermorgen, wenn der Colour-Day seinen Abschluss gefunden hat.«

»Alles klar«, sagte Schellenberg und verließ mit einem zufriedenen Lächeln das Büro.

Kampmeier blieb eine Weile an seinem Schreibtisch sitzen und dachte nach. Je länger er nachdachte, desto nervöser rutschte er auf seinem Stuhl hin und her. Sein Gefühl sagte ihm, dass etwas nicht stimmte. Die Erfahrung hatte ihn gelehrt, dass immer dann höchste Vorsicht geboten war, wenn etwas zu schön klang, um wahr zu sein.

Und genau das war Schellenbergs Geschichte – zu schön, um wahr zu sein. Was, wenn die von Coleman aufgestellte Begründung für Komohotos Tod nicht stimmte? Der gesamte Zirkus um die vermeintliche Affäre zwischen Santini und Komohoto basierte auf der Geschichte einer selbstzerstörerischen Extremdiät im Zeichen der Liebe.

Kampmeiers medizinische Kenntnisse waren zwar praktisch gleich Null, aber irgendwie konnte sein gesunder Menschenverstand die merkwürdigen inneren Verletzungen, von denen Oscar Emmerich ihm berichtet hatte, nicht mit dem Ablauf eines langsamen Hungertodes in Einklang bringen. Es musste andere Umstände geben, die derzeit noch im Verborgenen lagen und deren Auswirkungen auf die Stadt völlig ungewiss waren.

Kurz überlegte Kampmeier, ob er Polizeichef Müngersdorf anrufen und sich persönlich nach dem Stand der Ermittlungen erkundigen sollte. Vielleicht gab es mittlerweile Erkenntnisse, von denen sowohl Komohotos Manager Coleman als auch Schellenberg nichts wussten. Aber dann verwarf er den Gedanken. Ein persönlicher Anruf bei Müngersdorf hätte mit Sicherheit zur Folge, dass sich der Polizeichef noch intensiver um den Fall kümmern würde – was mehr als kontraproduktiv war, wo es darum ging, den derzeitigen Ermittlungsstand möglichst zu zementieren, statt ihn durch weitere Nachforschungen nochmals infrage zu stellen.

Kampmeier beschloss daher, den Dingen zunächst ihren Lauf zu lassen. Sobald es etwas Neues gab, würde er es früh genug erfahren. Dann konnte er immer noch eingreifen.

25

»Ein Serienmörder, der es auf prominente Hotelgäste der Stadt abgesehen hat?« Maike Herwig schüttelte fassungslos den Kopf. Ohne einen weiteren Kommentar wandte sie ihren Blick von Ivens ab und ließ ihn ausdruckslos irgendwo an einer der vielen Kübelpflanzen in Toms Café hängen, in das Ivens sie zur morgendlichen Dienstbesprechung gebeten hatte.

Ein kaltes Schweigen breitete sich in dem Gastraum aus, und mangels einer Geräuschkulisse durch andere Gäste nahm die Stille einen unangenehmen Zug an.

Ivens ahnte, dass Herwigs wortkarge Reaktion auf seinen ausführlichen Bericht über den Vorabend mit Paul Werther nur zum Teil den überraschenden Neuigkeiten geschuldet war. Der andere Grund, vermutete er, war ihre Enttäuschung darüber, dass er gestern Nachmittag ohne ein weiteres Wort der Erklärung zu dem Gespräch mit dem INTCEN-Agenten verschwunden war und sie an ihrem ersten Tag im Dienst einfach allein in Toms Café zurückgelassen hatte. Bestimmt war sie deswegen stinksauer auf ihn, und Ivens konnte ihre Wut gut nachvollziehen. Als junger Kriminalkommissar wäre es ihm sicher nicht anders ergangen.

Das Schlimmste an seinem Verhalten war, dass er das Ganze nicht einmal aus böser Absicht heraus getan hatte. Er hatte sich in den letzten Monaten so sehr an sein Einzelkämpferdasein gewöhnt, dass es ihm einfach schwerfiel, wieder in den Teammodus zu schalten. Mindestens eine Entschuldigung war er ihr schuldig.

»Dass ich gestern einfach so abgehauen bin, war nicht in Ordnung. Ich hätte Sie mitnehmen sollen oder zumindest erklären müssen, wer dieser Werther ist.«

»Paul Johann Werther, Abteilungsleiter beim INTCEN, einer europäischen Geheimdienstbehörde mit eher nebulösen Aufgaben und Zuständigkeiten. Mutter Deutsche, der Vater Franzose. Aufgrund des Fehlens von Informationen über andere berufliche Stationen gehe ich davon aus, dass er schon ewig für das INTCEN arbeitet. Und Sie brauchen sich nicht zu entschuldigen.«

Ivens sah Herwig erstaunt an. »Woher wissen Sie das? Äh … das über Werther, meine ich.«

»Ich habe gestern Abend ausgiebig die Komohoto-Akte studiert. Sie haben dort ein paar Stichworte über Ihren Besuch in der Uniklinik vermerkt, wobei auch der Name

Paul Werther auftauchte. Also habe ich ein bisschen recherchiert. Außerdem habe ich einen vollständigen Bericht über unser Gespräch mit Coleman in die Akte aufgenommen.«

Ivens biss sich verlegen auf die Unterlippe. Er erinnerte sich, dass er, kurz vor seiner Verabredung mit Werther, schnell ein paar Notizen über sein Treffen mit Prof. Winkler vom Vormittag und über das Gespräch mit Coleman festgehalten hatte. Dabei hatte er tatsächlich den Namen Paul Werther notiert. Aber er hatte das – wie er zu seiner Schande gestehen musste – nicht im Geringsten mit der Absicht getan, seiner neuen Kollegin die aktuellen Informationen über den Fall Komohoto zukommen zu lassen. Es war vielmehr eine alte Angewohnheit, schnellstmöglich die wichtigsten Fakten und Eindrücke in Stichpunkten festzuhalten, um später darauf zurückgreifen zu können.

»Auch über das Treffen mit Prof. Winkler hätte ich Sie bereits gestern informieren sollen«, gab Ivens kleinlaut von sich. Ihm war mittlerweile klar geworden, dass er dringend seine unterbewusste Abwehrhaltung Herwig gegenüber aufgeben musste. Sie konnte schließlich nichts dafür, dass er seine Tochter verloren hatte, und sie konnte erst recht nichts dafür, dass er durch ihre Nähe Gefahr lief, permanent an diesen Verlust erinnert zu werden. Das war allein sein Problem, nicht ihres, und sie verdiente eine ehrliche Chance wie alle anderen Jungkommissare auch.

»Tun Sie mir einen Gefallen: heftig zutreten, sollte ich noch einmal vergessen, dass wir ab jetzt gemeinsam arbeiten.«

Herwig lachte erleichtert auf. »Mit dem allergrößten Vergnügen«, sagte sie, und ihr rundes Gesicht bekam an diesem Morgen zum ersten Mal einen strahlenden Ausdruck.

»Und Sie haben wirklich schon den Bericht über Coleman erstellt? Den müssen Sie unbedingt wieder rausnehmen.«

»Trauen Sie mir kein vernünftiges Protokoll zu?«, gab Herwig irritiert zurück, und ihr freudiger Gesichtsausdruck verflüchtigte sich so schnell, wie er gekommen war.

Ivens hob beschwichtigend die Arme. »So habe ich das nicht gemeint. Eher im Gegenteil: Wie ich Sie bisher kennengelernt habe, wird Ihr Bericht aller Voraussicht nach präziser und ausführlicher sein als alles, was ich jemals verfasst habe. Aber wenn Müngersdorf oder die Dienstaufsicht das lesen, glauben die womöglich, ab sofort würden unsere Akten immer tagesaktuell gepflegt sein. Auch bei doppelter Teamstärke sollten wir nicht anfangen, falsche Erwartungen zu wecken.«

Jetzt lachten sie beide.

26

»Wie gehen wir weiter vor?«, fragte Herwig, nachdem sie und Ivens den Vorsatz einer partnerschaftlichen Zusammenarbeit mit einem Anstoßen der Kaffeetassen bekräftigt hatten.

Ivens zuckte mit den Schultern. »Ich bin mir ehrlich gesagt noch ziemlich unschlüssig, was Werthers Theorie eines mysteriösen Prominentenattentäters anbelangt. Wer so etwas durchzieht, hat es erfahrungsgemäß auf größtmögliche Aufmerksamkeit abgesehen und wird kaum einen Tötungsweg wählen, der leicht mit einer natürlichen Todesursache zu verwechseln ist. Andererseits muss ich zugeben, dass die Hotelübernachtungen aller drei Opfer am Vorabend ihres Todes in Münster tatsächlich mehr als Zufall sein könnten.«

»Und was halten Sie von der Möglichkeit eines neuen Krankheitserregers, der sich über die örtliche Hotelgastronomie verbreitet? Womit wir bei Prof. Metzingers Theorie wären.«

Ivens zuckte zusammen. »Bloß das nicht. Sie hätten mal hören sollen, wie dieser Herzspezialist mir gedroht hat: ›Sie sollten sich Ihrer Verantwortung bewusst sein, Hauptkommissar Ivens.‹ Der Kerl brennt förmlich darauf, eine medizinische Novität in die Hände zu bekommen.«

»Dennoch lässt sich seine Theorie nicht ausschließen«, beharrte Herwig. »Wir sollten zumindest überprüfen, ob es weitere Hotelgäste gegeben hat, die sich über gesundheitliche Probleme im Anschluss an eine Hotelübernachtung beklagt haben. Vielleicht verläuft die Krankheit nur in seltenen Fällen tödlich.«

Ivens seufzte. »Also gut. Beziehen wir einmal alle Möglichkeiten in Betracht und unterstellen dabei, dass Komohotos Tod keinen Einzelfall darstellt und eine Verbindung zu den beiden anderen Fällen besteht. Insgesamt bleiben dann drei mögliche Erklärungen: erstens die Annahme, dass Komohoto bei seiner Diät mit irgendwelchen Drogen nachgeholfen hat, die zufällig auch von Hugenroth und Kaminski konsumiert wurden. In diesem Fall müsste uns die labortechnische Analyse des von Coleman übergebenen Pillennachlasses weiterhelfen. Sollte nichts Verdächtiges dabei sein, knöpfen wir uns Coleman noch mal vor. Wie Sie bereits vermutet haben, könnte er uns aus Gründen des Mandantenschutzes tatsächlich etwas vorenthalten haben. Der Hinweis auf zwei weitere Todesfälle mit gleichen Symptomen wird ihn bestimmt zum Nachdenken bringen. Darum kümmere ich mich.«

Herwig nickte. »Ich halte Coleman für einen verantwortungsbewussten Menschen. Und er ist schlau. Er wird einen Weg finden, uns auch diesen Teil des Nachlasses zu übergeben und gleichzeitig sich selbst und seine Agentur zu schützen.«

»Das sehe ich genauso. Ich habe also den leichteren Teil«, sagte Ivens und grinste breit. »Die Verfolgung von Möglichkeit Nummer zwei, und damit den schwierigeren Teil, übernehmen Sie. Nehmen wir an, da draußen läuft tatsächlich ein Verrückter herum, der sein Unwesen in den örtlichen Hotels treibt. Meiner Erfahrung nach besteht unter den Opfern dann mehr als nur die offensichtliche Gemeinsamkeit, dass es sich um Prominente handelt. Vielleicht waren alle drei in irgendwelche gemeinsamen Skandale oder Aktivitäten verstrickt, die unseren Täter zur Weißglut treiben.«

»Zum Beispiel?«

»Es gibt unzählige Möglichkeiten: Kinderpornografie, Steuerhinterziehung, öffentliche Unterstützung einer Minderheitenorganisation, die unser Täter abgrundtief hasst. Wer drei Menschen kaltblütig tötet, tut dies meist aus einem sehr persönlichen, emotional starken Antrieb heraus. Sie müssen für alles offen sein. Jede noch so kleine Übereinstimmung zwischen Komohoto, Hugenroth und Kaminski könnte der entscheidende Schlüssel sein.«

»Das INTCEN verfügt doch bestimmt über ausführliche Akten der beiden Europapolitiker«, warf Herwig ein. »Das würde die Suche deutlich vereinfachen.«

»Vergessen Sie es. Habe ich schon versucht.«

Herwig seufzte. »Verstehe. Das INTCEN lässt sich nicht in die Karten schauen.«

Ivens fühlte sich plötzlich genötigt, Werther wenigstens teilweise in Schutz zu nehmen. »Es gäbe wahrscheinlich einen riesigen Skandal, wenn bekannt würde, was eine von den Parlamentariern eingerichtete Behörde so alles über die eigenen Brötchengeber sammelt. Vermutlich aus diesem Grund hält Werther sich eher bedeckt. Aber immerhin hat er angeboten, im Einzelfall über eine Freigabe von Informationen nachzudenken«, ergänzte Ivens. »Wenn Sie also auf eine mögliche Spur stoßen, sollten wir sein Angebot in Erwägung ziehen.«

»Okay«, sagte Herwig. »Und was machen wir mit Prof. Metzingers Theorie?«

»Mit der befassen wir uns erst, wenn wir die anderen beiden Theorien definitiv ausschließen können. Sollte sich tatsächlich ein neuartiger Krankheitserreger von Münster aus verbreiten, werden wir ohne die Mitarbeit der Hotels und deren Zulieferbetriebe nicht weiterkommen. Außerdem stellt sich die Frage, ob in diesem Fall unsere Zuständigkeit endet und das Gesundheitsamt ins Boot zu holen ist. An diesem heißen Eisen können wir uns nur die Finger verbrennen.«

Lebhaft hatte Ivens noch die Schlammschlacht vor Augen, die ein großer Fastfood-Konzern vor wenigen Jahren aufgrund stetig sinkender Umsatzzahlen vom Zaun gebrochen hatte. Mit im wahrsten Sinne des Wortes unappetitlichen Werbespots, die unter anderem abgeschlagene Kakerlakenextremitäten als ungewollte Beilage in Biogemüse zeigten, hatte der Konzern zu einem Rundumschlag gegen alle Küchenbetriebe ausgeholt, die keiner großen Kette angehörten und damit nicht den vermeintlich hohen Hygienestandards der Weltkonzerne unterlagen. Auch wenn die sofort eingereichte Unterlassungsklage verschiedener Gastronomieverbände kurze Zeit später Erfolg gehabt hatte, herrschte seitdem eine gewisse Nervosität im Hotel- und Gaststättengewerbe, was Hygienefragen betraf.

»Also gut«, sagte Herwig. »Ich werde mir ein Büro in der Innenstadtwache besorgen.«

»Sie wissen, wo Sie alles finden?«, fragte Ivens, obwohl er die Antwort schon ahnte.

»Ich habe mich gestern mit den Dienstanweisungen und den Strukturen der Kripo Münster näher vertraut gemacht. Ach ja, und ich habe ein eigenes Passwort beantragt. Sie können Ihres also wieder ändern.«

Ivens nickte. Genau das hatte er erwartet. »Dann mal los! Sie verschwinden in der Rechercheabteilung, während ich die Kollegen vom kriminaltechnischen Labor und danach gegebenenfalls Coleman noch einmal besuche. Sobald einer von uns etwas Neues hat, meldet er sich.«

Herwig, die wie am Tag zuvor ihre langen Haare zu einem Pferdeschwanz gebunden hatte, ergriff ihren blonden Zopf und zog das Haargummi strammer an den Nacken. Dann warf sie sich in ihre Jacke und winkte Tom zum Bezahlen.

Ivens erhob sich ebenfalls und marschierte, ohne auf die Rechnung zu warten, in Richtung Ausgang. »Kommen Sie. Tom schreibt auf«, warf er Herwig zu.

Maike Herwig blieb für einen Moment verblüfft stehen, dann folgte sie ihrem Chef auf die Straße. Mit ihren Gedanken hing sie allerdings noch immer in dem Café und bei Tom. Allein die Tatsache, dass Ivens hier sein dienstliches iPad aufbewahrte, erschien ihr äußerst sonderbar. Dass er darüber hinaus nicht einmal irgendeinen Beleg abzeichnete, um am Monatsende die Korrektheit von Toms Abrechnung zu überprüfen, war ebenfalls mehr als ungewöhnlich. Woher, fragte sie sich, kam dieses intensive Vertrauen, das offensichtlich zwischen den beiden herrschte? Herwig konnte sich keinen Reim darauf machen.

Aber im Moment hatte sie Wichtigeres zu tun, als diesem Geheimnis nachzuspüren. Mit eiligen Schritten folgte sie Ivens in Richtung Innenstadtwache.

27

Obwohl das Wachgebäude der Innenstadt nur ein paar Hundert Meter von Toms und Lenas Café entfernt lag, erreichten Ivens und Herwig ihr Ziel erst 20 Minuten später. Immer wieder hatten sie weiträumige Umwege in Kauf nehmen müssen, um sich einen Weg durch die mit Touristen vollgestopften Gassen bahnen zu können. Der dritte Tag der Colour-Day-Festivitäten war mit Abstand der besucherstärkste, und Ivens sehnte sich den Regen herbei, der laut Wettervorhersage spätestens morgen kommen sollte. Dann würde dem ganzen Spuk ein Ende gesetzt werden und endlich wieder Normalität auf den Straßen einkehren.

Im Wachgebäude trennten sich ihre Wege. Herwig machte sich auf in den zweiten Stock, um eines der freien Büros aufzusuchen, die jederzeit von den Mitarbeitern der Kripo Münster in Beschlag genommen werden konnten. Dort würde sie die nächsten Stunden mit ihren Recherchen über mögliche Gemeinsamkeiten zwischen Komohoto, Hugenroth und Kaminski verbringen.

Ivens begab sich in die kriminaltechnische Abteilung. Dieser Teil der Stadtwache war in einem Nebentrakt im Erdgeschoss untergebracht. Dr. Feil, der Leiter der Abteilung, erwartete ihn bereits.

Feil war ein Westfale, wie er im Buche stand: mürrisch, dickköpfig, zuverlässig. Er hatte die Statur eines Ochsen, und sein Bauch, der wie ein Gymnastikball hervorstand, war stets von einem groben Strickpullunder über einem knittrigen Hemd umspannt.

Ivens arbeitete schon viele Jahre mit Feil zusammen und kam gut mit ihm aus, was daran lag, dass Ivens genauso dickköpfig und mürrisch sein konnte wie er, wenn es um eilige Laboruntersuchungen ging. Jeder tat seine Arbeit, und beide taten sie gut, wofür sie sich gegenseitig respektierten.

Ivens begrüßte Feil, und nach kurzem Small Talk kam er zur Sache: »Sie haben die Analyse vorliegen?«

Feil nickte und zog aus einem Regal eine große Plastikbox mit diversen Fläschchen und Arzneimittelverpackungen hervor, die Ivens als den Inhalt der von Coleman überreichten Plastiktüte wiedererkannte. An jeder Verpackung klebte jetzt ein kleiner Speicherchip.

Feil entnahm ein Fläschchen, das wie ein Konfitüreglas aussah, und hielt ein Lesegerät vor den Chip. Unverzüglich tönte es blechern aus dem Lesegerät: »Fallakte Akio Komohoto, Fallnummer 7-8943-85256. Objekt Nummer 3 aus dem persönlichen Besitz des Todesopfers. Objektart: Grüner-Kaffee-Kapseln. Handelsübliche Packungsgröße von 120 Kapseln à 6.000 Milligramm mit 50 Prozent Chlorogensäure als wirksamer Bestandteil. Präparat weltweit frei erhältlich. Bekannte Anwendungsgebiete: Gewichtsreduktion, Reduzierung des Bauchfetts, Senkung des Diabetesrisikos, Verlangsamung des Alterungsprozesses, Reinigung der Leber. Wirksamkeit in allen Anwendungsgebieten medizinisch nicht erwiesen. Bekannte Nebenwirkungen: erhöhter Homocystein-Spiegel, in der Folge Herzrasen, Schlaflosigkeit, Unruhe. Eingestuft als Risikofaktor für Herz-Kreislauf-Erkrankungen. Keine sonstigen Besonderheiten. Ende der Analyse.«

Feil legte das Gläschen zurück in die Plastikbox und entnahm ein anderes. Bevor er das Lesegerät an den ebenfalls dort angebrachten Speicherchip halten konnte, fuhr Ivens dazwischen. »Ach, kommen Sie. Das kann ich auch zu Hause auf dem Sofa haben, wenn ich Komohotos Akte aufrufe. Erzählen Sie mir lieber, was zwischen den Zeilen steht.«

Feil grinste und legte seine mächtige Pranke auf Ivens' Schulter. »Also gut, weil Sie es sind.« Er hob das Glas in seiner Hand und drehte es wie ein zu präsentierendes Anschauungsobjekt vor seine dicken Brillengläser. »Vieles von dem hier ist für sich allein betrachtet unbedenkliches Zeug: Neben dem gerade präsentierten Grünen Kaffee noch Grüner Tee in Pulverform, weitere Packungen mit Pillen aus hoch konzentriertem Konjakmehl, das aus der Knolle der Teufelszunge gewonnen wird und in Japan seit Jahrhunderten als Alltagsdiät verbreitet ist, und Unmengen an Hoodia-Gordonii-Extrakt, das aus einem Kaktus kommt, der angeblich eine appetithemmende Substanz enthält. Aber es sind auch in Deutschland verbotene Amphetaminderivate wie Fenfluramin und Dexfenfluramin dabei, die Schlafstörungen, Bluthochdruck, Herzjagen und Veränderungen der Psyche hervorrufen können, sowie zahllose handelsübliche Beruhigungs- und Schlafmittel. Sämtliche Mittel sind über das Internet problemlos erhältlich.«

»Keine Drogen?«

»Wie gesagt, einige Mittel sind in Deutschland nicht zugelassen und fallen daher unter das Betäubungsmittelgesetz. Aber im üblichen Sprachgebrauch: Nein, keine Drogen. Allerdings sind sich alle Kollegen einig, dass dieser Cocktail an Substanzen, zumal, wenn er mit beträchtlichen Mengen Alkohol hinuntergespült wird, auf Dauer ähnliche Folgewirkungen wie der Konsum von Speed oder Crystal Meth entfalten kann. Der Effekt auf das Herz-Kreislauf-System und die inneren Organe ist unabsehbar.«

»Sie kennen die MRT-Bilder von Komohotos Herzen?«, fragte Ivens.

Feil nickte. »Sie wollen wissen, ob dieses Zeug hier dafür verantwortlich sein kann?« Der Kriminaltechniker legte das Gläschen vorsichtig zurück in die Plastikbox und machte ein nachdenkliches Gesicht. »Die Antwort ist nicht so einfach. Es kommt auf die Dauer der Einnahme, die täglich konsumierte Menge, die Kombination und – soweit ich die Ausfransungen an den Herzgefäßen auf den MRT-Aufnahmen richtig deute – entscheidend darauf an, ob zellschädigende Vorerkrankungen im Herzbereich vorlagen. Unter diesen Bedingungen wäre vielleicht eine Erklärung ableitbar.«

Ivens seufzte. Feils Analyse bedeutete, dass er Coleman wohl noch einen Besuch abstatten musste, um insbesondere die Rahmenbedingung mit den Vorerkrankungen abzuchecken.

»Für wie wahrscheinlich halten Sie es, dass der Überbringer dieses Nachlasses bewusst einzelne Substanzen unterschlagen hat?«

»Nicht sehr wahrscheinlich«, entgegnete Feil, ohne zu zögern. »Normalerweise achten drogenabhängige Konsumenten nicht allzu sehr darauf, was sie mit ihren koksbeschmierten Fingern als Nächstes anfassen. Wir haben es überprüft: Auf den Verpackungen sind nicht die geringsten Spuren von Substanzen zu finden, die nicht auch in dem Nachlass vertreten sind. Und es gibt ein weiteres Indiz, dass nicht bewusst selektiert wurde. Da der Besitz einiger dieser Pillen in Deutschland durchaus zu Schwierigkeiten führen kann, scheint der Zusammensteller des Pakets nicht sehr bewandert darin zu sein, Harmloses von Kritischem zu unterscheiden.«

Ivens nickte. Genau so schätzte er Coleman ein. Er bedankte sich bei Feil und verließ die Wache. Auf der Straße wählte er Colemans Nummer.

28

Baldys kahler Schädel dröhnte wie ein alter Treckermotor. Seine Zunge klebte pelzig am Gaumen, und seine Beine gaben ihm die Rückmeldung eines schwankenden Untergrundes, obwohl der durchgängig geflieste Boden seines kleinen Reihenhauses wie immer fest unter ihm ruhte.

Baldy schleppte sich in die Küche, griff die am Vortag angebrochene Mineralwasserflasche und trank sie in einem Zug leer. Da kein weiteres Mineralwasser greifbar war, tat er das Gleiche mit einer halb vollen Packung Orangensaft. Das durch die Fenster hereinfallende Licht der Mittagssonne brannte unangenehm in seinen Augen. Baldy ließ die Rollläden herunter, setzte sich auf einen Stuhl und legte seinen Kopf auf die am Küchentisch gefalteten Arme und schloss die Augen.

Was für eine Nacht, dachte Baldy. Er bereute, so viel getrunken zu haben. Er bereute, dass er erst im Morgengrauen den Weg ins Bett gefunden hatte. Er bereute, sich mit den zwei Jugendlichen angelegt zu haben, die mindestens genauso viel getankt hatten wie er und ihn um 4.00 Uhr morgens am Bahnhof dumm angequatscht hatten. Zum Glück waren sie alle drei nicht mehr in der Lage gewesen, einen halbwegs kraftvollen Boxhieb, geschweige denn einen gezielten Fußtritt zu landen, sodass jeder von ihnen sich nur ein paar Kratzer eingefangen hatte. Ein aus seinem Laden stürmender Kioskbesitzer hatte sie schließlich auseinandergetrieben.

Baldy ärgerte sich über seine Dummheit. Er hätte bei dieser völlig blödsinnigen Aktion seinen Schatz verlieren können, oder der Schatz hätte beschädigt und unlesbar werden können. Dann wäre das Einzige, das er an dem gestrigen Abend nicht bereute, für immer verloren gewesen.

Der Gedanke an seinen neuesten Besitz ließ Baldy klarer werden. Er stand auf und schlurfte zur Eingangstür. An der Garderobe erblickte er wie gewohnt seine Jacke – eine wahre Meisterleistung, sie dort aufgehängt zu haben, wenn man seinen Zustand beim Nachhausekommen bedachte – und griff in die Jackentasche. Er fühlte das glatte Plastik des altmodischen Datenspeichers zwischen seinen Fingern und atmete erleichtert aus. Dann zog er den USB-Stick ans Tageslicht und betrachtete ihn argwöhnisch von allen Seiten.

Keine erkennbaren Beschädigungen. Ihm entfuhr ein erleichterter Seufzer.

Mit dem Stick in der Hand kehrte Baldy zurück in die Küche, legte das wertvolle Objekt vor sich auf den Tisch und betrachtete es eine Weile. Er musste an das viele Geld denken, das er für diesen Datenspeicher bezahlt hatte, und sagte die Zahl immer wieder leise vor sich hin: »50.000. 50.000. 50.000 …«

Es war fast sein gesamtes Erspartes. Aber das war unwichtig. Bald brauchte er ohnehin kein Geld mehr. Was waren da schon 50.000 Euro?

Baldy erhob sich vom Küchentisch, bereitete einen starken Kaffee zu und aß eine Scheibe Toast, die er ohne rechten Hunger hinunterwürgte. Anschließend schlurfte er ins Bad und erledigte seine Morgentoilette. Dann zog er sich ein paar saubere Sachen an und kehrte erneut in die Küche zurück. Er nahm den Stick vom Tisch und marschierte ins Arbeitszimmer, fuhr den Rechner hoch und schob den Stick in den Adapter, den er zuvor gekauft hatte.

Wer benutzt heutzutage noch USB-Sticks, um Daten auszutauschen?

Baldy war zunächst wie vor den Kopf gestoßen gewesen, als ihm sein Lieferant erklärte, dass es nur auf diese Art gehen würde. Und dass er mit Bargeld zahlen musste. *50.000 in bar! Mein Gott.* Er konnte sich gar nicht daran erinnern, wann er zum letzten Mal mehr als ein bisschen Kleingeld in den Händen gehalten hatte. Erschwerend kam hinzu, dass die Europäische Union vor einigen Jahren zunächst die 500er- und dann auch die 200er-Scheine abgeschafft hatte. Notgedrungen hatte er einen großen Umschlag mit unzähligen 100- und 50-Euro-Scheinen vollgestopft, die ihm der Bankangestellte von seinem Konto ausbezahlt hatte, und den ausgebeulten Umschlag in einen Rucksack gequetscht. Der Schalterbeamte hatte ihn argwöhnisch beäugt, und bestimmt wurden seine Daten gerade von irgendeiner Behörde überprüft, die sich mit Geldwäsche befasste. Aber das war seine geringste Sorge: *Diese* Behörde war bestimmt die letzte, die ihm Schwierigkeiten bereiten würde.

Sein Rechner hatte mittlerweile die Daten vom Stick eingelesen und den Bildschirm mit einer Liste von IP-Adressen überflutet. Die Adressen stammten von einem weltweit tätigen Internet-Provider, eine zufällige Auswahl aus einem Gesamtpaket, von dem Baldy einen kleinen, bescheidenen Teil erworben hatte. Seine Bescheidenheit hatte sich dabei auf die magische Zahl begrenzt, die er für sein Ziel als notwendiges Anreizpotenzial festgelegt hatte: eine Million.

Was die Liste für ihn so wertvoll machte, waren die 24-stelligen Nummern- und Zeichenfolgen, die hinter jeder WLAN-Adresse angegeben waren. Diese Netzwerkschlüssel würden es ihm ermöglichen, sich in jedes der aufgeführten drahtlosen Heimnetzwerke problemlos einzuloggen. Von da aus war es ein Kinderspiel, seine Pläne zu verwirklichen.

Hätte er es auf Geld abgesehen, wären die Daten auf dem Stick völlig wertlos. Für einen Zugriff auf Zahlungsprogramme oder andere sensible Anwendungen benötigte man zusätzlich zu den WLAN-Daten persönliche Passwörter oder Simulationsroutinen für Daumenscans, und diese Daten waren auf dem Schwarzmarkt deutlich teurer. Keine 10.000 hätte er sich davon leisten können. Aber für seine Zwecke reichten die »nackten« WLAN-Daten völlig aus. Niemand kam auf die Idee, gesondert zu schützen, was ihn als Einziges interessierte.

Baldy rief ein von ihm geschriebenes Programm auf und gab eine der IP-Adressen und den Netzwerkschlüssel aus der Liste ein. Ein Test, um sicherzugehen, nicht betrogen worden zu sein. Seine Befürchtungen verflüchtigten sich sofort, als er das Ergebnis auf seinem Bildschirm sah. Fein säuberlich wurden alle Endgeräte mit ihren logischen IP-Adressen angezeigt, die in diesem WLAN hingen.

Baldy lehnte sich mit einem zufriedenen Lächeln in seinem Stuhl zurück. Seine Kopfschmerzen waren wie weggeblasen, und er verspürte richtiggehend Appetit. Bevor er in die Küche zurückging, überspielte er die Daten von dem Stick auf seinen Rechner und versah die Datei mit einem persönlichen Passwort. Anschließend loggte er sich in den Server des Hotels Bergmann ein und überprüfte sein am Vortag geladenes Programm.

Schnell erkannte er, dass es keine Probleme gegeben hatte. Der Protokollverlauf zeigte einen ausgeführten Programmstart um Punkt 3.00 Uhr. Kein Fehlercode, keine Abbrüche.

Jetzt hatte Baldy erst recht Lust auf etwas zu essen. Auf dem Weg in die Küche dachte er über seinen nächsten Schachzug nach. Vielleicht, so überlegte er, war morgen ein guter Tag dafür. Oder übermorgen. Vorher würde die

Polizei niemals eine Obduktion genehmigt bekommen, spekulierte er weiter. Und bevor sie die nicht hatte, würde sie niemals wissen, was hier gespielt wurde.

Es gab also keinen Grund, irgendetwas zu überstürzen. Trotzdem wünschte er sich den Moment herbei, in dem die Polizei endlich an seine Tür anklopfen und ihn verhaften würde. Erst dann konnte sein letztes Spiel beginnen.

Aber noch war es dafür zu früh.

29

Ivens musste sich immer wieder ermahnen, ruhig auf der Couch seiner Altbauwohnung sitzen zu bleiben und sich auf die Zeitung zu konzentrieren, die er neben ein paar dringend benötigten Lebensmitteln in einem Supermarkt gekauft hatte. Vor einer Stunde war er von seinem Treffen mit Coleman zurückgekehrt, und im Moment gab es nichts Sinnvolles, was er im Fall Komohoto tun konnte.

Wie zu erwarten gewesen war, hatte Coleman ihm glaubhaft beteuert, nichts aus Komohotos pharmazeutischem Nachlass unterschlagen zu haben, und über mögliche Vorerkrankungen an Komohotos Herzen hatte er nichts zu berichten gewusst. Was natürlich nicht ausschloss, dass es sie trotzdem gegeben hatte.

»Komohoto hat völlig unkontrolliert alles in sich reingeschmissen, was ihm zwischen die Finger kam. Jeder Versuch, mit ihm über gefährliche Wechselwirkungen von Medikamenten zu diskutieren, ist auf taube Ohren gestoßen«, hatte Coleman ihm berichtet. Coleman war felsenfest davon überzeugt, dass Komohotos bis auf die Knochen abgemagerter Körper in Kombination mit seinem ungebremsten Alkoholkonsum und einem unberechenbaren Pillencocktail zu irreparablen Schäden an seinem Herz-Kreislauf-System geführt hatte, das am Morgen seines Todes einfach kollabiert war.

Ivens hatte Coleman in diesem Glauben gelassen und ihm verschwiegen, dass die ungewöhnlichen MRT-Befunde an Komohotos Herzen sowie zwei weitere Todesopfer mit ähnlichen Symptomen auch andere Erklärungen zuließen. Was hätte er schon groß berichten können? Dass sie immer noch im Dunkeln tappten? Er konnte nichts anderes tun, als abzuwarten, was Herwig bei ihren Recherchen über Komohoto, Hugenroth und Kaminski herausfinden würde.

Der Gedanke an Herwig ließ ihn erneut unruhig werden. Nur mühsam konnte er den Impuls unterdrücken, vom Sofa aufzuspringen und in die Stadtwache zu eilen, um seiner neuen Mitarbeiterin über die Schulter zu schauen.

Reiß dich zusammen, ermahnte er sich. *Das ist genau das, was dir seit Monaten fehlt.*

Ivens rief sich die Zeit in Erinnerung, als er Stefan Hengster an seiner Seite gehabt hatte, so wie ihm jetzt Maike Herwig zugeteilt war. Damals hatte er sich die Aufgaben mit Hengster geteilt, und jeder von ihnen hatte persönliche Auszeiten und Freiräume für sich in Anspruch genommen, während der andere im laufenden Fall weiterermittelte. Offenbar war ihm diese Fähigkeit des zeitweisen Loslassens in den letzten Monaten völlig abhandengekommen.

Oder hatte seine Unruhe einen anderen Grund?

Ivens wuchtete seinen Körper von der Couch und ging zur Kaffeemaschine, nahm eine der bunten Kapseln und drückte sie in die vorgesehene Aussparung. Während das Gerät mit einem leisen Brummen den Kaffee bereitete, glitten seine Gedanken erneut zu Maike Herwig.

Er hatte heute Morgen beim Frühstück ihre elektronische Personalakte aufgerufen und die wichtigsten Daten überflogen. Sie war in Paderborn aufgewachsen. Ihr Vater arbeitete als Bauingenieur bei einem mittelständischen Betrieb, die Mutter als Lehrerin an einer örtlichen Grundschule. Herwig war Einzelkind, und nach dem Abitur hatte sie sich direkt für den gehobenen Polizeidienst beworben. Den Aufnahmetest und das obligatorische dreijährige Studium mit dem Abschluss zum Bachelor hatte sie ohne besondere Auffälligkeiten gemeistert. Die Abschlussbeurteilung aus der Zeit als Kommissaranwärterin attestierte ihr ein gutes analytisches Urteilsvermögen und eine hohe Leistungsbereitschaft. Zwei Eigenschaften, die sie offenbar kurz danach verloren hatte – zumindest, wenn man ihrer letzten Leistungsbeurteilung Glauben schenken durfte.

Nach Ivens' Erfahrung ließ die Diskrepanz zwischen Herwigs guter Abschlussbeurteilung nach der Ausbildung und der eher mittelmäßigen letzten Leistungsbeurteilung zwei mögliche Schlüsse zu: Entweder hatte Herwig in ihrer letzten Dienststelle die Hände in den Schoß gelegt oder sie war mit ihrem Chef nicht gut klargekommen. So richtig passten aber beide Erklärungen nicht zu dem Eindruck, den er bisher von ihr gewonnen hatte. Auf ihn wirkte Herwig engagiert und zielstrebig, und sie schien in zwischenmenschlichen Dingen kollegial und unkompliziert zu sein. Er rechnete ihr hoch an, dass sie den ungeschickten Zusammenstoß bei ihrer ersten Begegnung im Polizeipräsidium vor Baumann mit keiner Silbe erwähnt hatte. Sie hatte es sogar so dargestellt, als wäre seine durch schlechtes Gewissen motivierte Bereitschaft, ihr persönlich den Weg ins Personalbüro zu zeigen, ein Akt purer Freundlichkeit gewesen.

Der Kaffee war mittlerweile durchgelaufen. Ivens schaltete das Gerät ab und schlenderte mit dem dampfenden Getränk zurück zur Couch. Er schloss seine Überlegungen zu Herwig mit dem Vorsatz ab, sie bei nächster Gelegenheit direkt über ihre Zeit bei der Düsseldorfer Kripo und ihren letzten Chef auszufragen, anstatt weiter herumzuspekulieren. Er musste vorerst darauf vertrauen, dass Herwig ihre Aufgabe mit der notwendigen Sorgfalt und Gründlichkeit erledigen würde.

Während er seinen Kaffee in langsamen Schlucken leerte, fiel ihm doch etwas ein, was er im Fall Komohoto tun konnte, ohne in Herwigs Aufgabengebiet hineinzupfuschen. Er kramte sein Handy hervor, rief die Sprachsteuerung auf und diktierte: »Zeige mir Bilder von Heinrich Hugenroth, Europaabgeordneter, geordnet nach Erscheinungsdatum.«

Das Display seines Handys füllte sich mit Fotos eines attraktiven Mittvierzigers mit gescheiteltem Haar und modischer Brille. Hugenroth hatte breite Schultern, eine sportliche Figur und musste etwa um die 1,85 Meter groß sein, wie er anhand der Ganzkörperfotos schätzte. Ivens überprüfte stichprobenweise die Herkunft der Fotos, um sicherzugehen, dass es sich bei den Aufnahmen nicht um älteres Archivmaterial handelte. Dann wiederholte er die Prozedur mit dem Namen Dieter Kaminski und betrachtete nacheinander drei Bilder neueren Datums, die allesamt einen leicht untersetzten Rothaarigen mit hohem Stirnansatz und Hornbrille zeigten. Wie bei Hugenroth waren auf allen Aufnahmen nicht die geringsten Anzeichen eines körperlichen Raubbaus erkennbar.

Die Ergebnisse bestätigten Ivens' Erwartungen. Es wäre ein verdammt großer Zufall gewesen, wenn beide Europapolitiker wie Komohoto in den letzten Wochen vor ihrem Tod eine selbstmörderische Extremdiät angefangen hätten. Und selbst dann hätte er immer noch nicht beweisen können, dass eines oder mehrere Präparate in Kombination als gemeinsame Ursache für die merkwürdigen Herzverletzungen herhalten konnten.

Während Ivens damit in Gedanken Spur Nummer eins der möglichen Erklärungen zu Grabe trug, klingelte sein Handy.

»Ja?«

»Herwig hier. Können Sie in die Wache kommen?«

»Haben Sie etwas Brauchbares?«, fragte Ivens.

»Ich denke ja. Ich muss nur noch eine Sache überprüfen. Aber Sie können sich schon mal auf den Weg machen.«

»Einverstanden«, sagte Ivens. »Ich bin in ein paar Minuten da.«

Ivens wollte schon auflegen, als er Herwigs Stimme durch den Lautsprecher sagen hörte: »Wie war übrigens Ihr Mittagessen mit Coleman?«

»Woher wissen Sie, dass ich mit ihm essen war?«, fragte Ivens erstaunt. Gleichzeitig verspürte er einen Anflug von schlechtem Gewissen. Er hatte der Versuchung einfach nicht widerstehen können, Colemans Vernehmung mit einer geschmorten Kaninchenkeule in Estragon-Senf-Soße aus dem Tagesangebot des Hotels Bergmann zu kombinieren. Herwig hingegen hatte vermutlich nur das zweifelhafte Vergnügen eines Kantinenbesuches in der Stadtwache hinter sich.

»Das erzähle ich Ihnen, sobald Sie da sind«, antworte sie knapp und legte auf.

30

Wenige Minuten später saß Ivens neben Herwig in einem der Büros der Innenstadtwache und starrte auf einen Bildschirm, den sie ihm zugedreht hatte. Zwei leere Wasserflaschen, eine Schachtel mit Resten eines Sandwiches und mehrere Pappbecher mit schwarzem Kaffeesatz zeugten von Herwigs stundenlanger Recherche.

»Jetzt wird mir klar, wie Sie meinen gestrigen versehentlichen Ellbogenstoß so schnell wegstecken konnten«, sagte Ivens und deutete auf die leeren Kaffeebecher. »Wer das Zeug runterkriegt, muss einen Magen aus Stahl haben.«

»Ist das der Grund, warum Sie für die Büroarbeit lieber in Toms Café gehen?«, fragte Herwig.

»Nicht der einzige.«

Es entstand eine Pause. Offenbar wartete Herwig auf weitere Erklärungen, zu denen Ivens momentan aber keine Lust verspürte. Stattdessen fragte er: »Woher wussten Sie nun, dass ich mit Coleman zum Mittagessen verabredet war?«

Herwig drehte sich zum Bildschirm und deutete auf einen Ausschnitt, in dem drei Porträtfotos zu sehen waren. Zwei der Gesichter erkannte Ivens sofort: Heinrich Hugenroth und Dieter Kaminski. Die Bilder der beiden Abgeordneten ähnelten denen, die er vor wenigen Minuten auf seinem Handy betrachtet hatte. Ihr offener Blick in die Kamera, die hochgezogenen Mundwinkel und die leicht gesenkten Augenbrauen waren die Markenzeichen eines sympathisch wirkenden Lächelns, das pressegewöhnte Menschen jederzeit auf Abruf produzieren konnten.

Das dritte Foto hingegen zeigte einen verkrampft um einen freundlichen Gesichtsausdruck bemühten Mittvierziger, dessen Blick leicht seitlich an der Kamera vorbeiglitt. Ivens konnte sich nicht erinnern, das Gesicht schon einmal gesehen zu haben.

»Wer ist das?«, fragte Ivens und deutete auf das unbekannte Porträt.

»Er ist der Grund, warum ich gegen Mittag im Hotel Bergmann angerufen habe. Die Empfangschefin ließ bei der Gelegenheit fallen, dass Sie gerade mit Mister Coleman die geschmorte Kaninchenkeule aus dem Tagesangebot genießen.«

»Aha. Und wer ist jetzt der Typ auf dem Bild?«

»Josef Messing. Inhaber einer Immobilienservicegesellschaft aus Osnabrück. Die Firma betreibt Maklergeschäfte und bietet Hausverwaltungen für größere Wohneinheiten an.«

Ivens runzelt die Stirn. »Wollten Sie nicht nach Gemeinsamkeiten zwischen Hugenroth, Kaminski und Komohoto suchen? Was hat der mit dem Fall zu tun?« In seiner Stimme lag keine Anklage, sondern reine Verwunderung.

»Darauf komme ich gleich«, wich Herwig seiner Frage aus. »Aber um auf die Gemeinsamkeiten unserer drei Todesopfer zurückzukommen – die Antwort ist schnell gegeben: Es gibt keine. Natürlich schon zwischen Kaminski und Hugenroth. Neben dem, was wir aus Ihrem Gespräch mit dem Agenten Werther bereits wussten, gibt es sogar ein paar mehr Berührungspunkte zwischen den beiden. Aber keinen einzigen zu Komohoto. Nicht einmal den Hauch einer Spur. Keine früheren Kontakte, keine gemeinsamen Interessengebiete, keine übereinstimmenden Vorlieben oder Aktivitäten, weder im realen Leben noch im Netz. Den ganzen Vormittag habe ich damit verschwendet.«

Herwig hatte den Kopf zum Fenster gedreht und blickte versonnen in den blauen Himmel des Spätnachmittags. »Irgendwann habe ich aufgegeben und mir die ganze Sache noch einmal durch den Kopf gehen lassen. Und dann endlich kam die Erleuchtung.«

»Erleuchtung?« Ivens stutzte. Seiner Meinung nach gehörte der Begriff in den Kontext von Glaubensfragen, aber er passte sicher nicht zu polizeitechnischen Ermittlungen in einem möglichen Mordfall. »Erleuchtungen sind schwer zu beweisen. Fakten wären mir lieber«, gab er trocken zurück.

Herwig löste ihren Blick vom Fenster und richtete ihn auf Ivens. »Ich denke, die habe ich. Zumindest erscheinen mir die Zusammenhänge plausibel.«

»Schießen Sie los«, sagte Ivens, der neugierig geworden war.

»Nachdem ich keine Verbindung zwischen Komohoto und den beiden Politikern herstellen konnte, habe ich mir den möglichen Tatablauf vor Augen geführt. Wenn es wirklich einen Attentäter geben sollte, der es auf einzelne Hotelgäste abgesehen hat und ihnen irgendein unbekanntes Mittel verabreicht, dann muss er dafür gezielt an seine Opfer herankommen.«

»Das dürfte einem Kellner, der in den Hotels als Springer eingesetzt wird, nicht schwerfallen, um zum Beispiel Werthers Theorie zu zitieren.«

»Das dachte ich anfangs ebenso. Aber dann habe ich sowohl im Hotel Bergmann als auch im Königshof angerufen und mich genauer erkundigt. Beide servieren ein Frühstücksbüfett, und die Heißgetränke sind zur Selbstbedienung aus einem Vollautomaten. Die Servicekräfte räumen eigentlich nur noch das benutzte Geschirr ab. Einem Gast während des Frühstücks gezielt etwas unterzujubeln, dürfte damit fast unmöglich sein. Als Nächstes habe ich überprüft, ob eines unserer drei Opfer in dem jeweiligen Hotel zu Abend gegessen oder sonst etwas außerhalb des Frühstücks bestellt hat. Für Komohoto konnte Frau Schröder das definitiv ausschließen. Bei Hugenroth und Kaminski bleibt eine gewisse Unsicherheit, da sich niemand mehr an die Details ihres Aufenthaltes erinnern konnte. Die Zimmerrechnung weist aber nur Übernachtung, Frühstück und Garage aus, und die Mehrzahl der Gäste lässt Bestellungen immer aufs Zimmer schreiben.«

»Trotzdem können wir nichts ausschließen«, warf Ivens ein. »Gerade bei einem Frühstücksbüfett verlassen viele Gäste häufig ihren Platz, um Nachschub, eine Zeitung oder sonst etwas zu holen. Ein geschickter Kellner könnte diese Gelegenheiten nutzen, um jemandem unbemerkt etwas in den Kaffee zu schütten.«

»Theoretisch ja«, gab Herwig zu. »Aber es ist mit mehr Risiken verbunden als bei einer direkten Bestellung. Außerdem frühstückt längst nicht jeder Gast so ausgiebig, dass er dabei mehrmals seinen Platz verlässt – erst recht nicht unser Hungertuch Komohoto.«

»Na schön«, gestand Ivens den Einwand ein. »Nehmen wir mal an, der Täter kommt auf diese Art nicht an seine Opfer heran. Welchen Weg hat er dann gewählt?«

»Über den einzigen Ort, an dem sich der jeweilige Gast irgendwann mit Sicherheit aufhalten wird: das Zimmer.« Herwig wandte ihren Blick erneut Richtung Fenster. »Jemand, der Zugang zu den Zimmern hat«, fuhr sie fort, »könnte dort für den jeweiligen Hotelgast gezielt etwas platziert haben. Die meisten Häuser legen den Gästen einen Willkommensgruß in Form von Schokolade oder Gummibärchen auf das Kopfkissen oder stellen eine kostenlose Flasche Wasser bereit. Fast alle Gäste bedienen sich daran, ebenso wie viele die Minibar nutzen.«

»Okay«, sagte Ivens, dem Herwigs Argumentation nicht unplausibel erschien, »vielleicht haben Sie recht. Der Weg über die Zimmer erscheint risikoloser und besser planbar. Ich verstehe nur weiterhin nicht, was …«

Ivens brach mitten im Satz ab. Er löste seinen Blick von Herwig, die noch immer das Nachmittagsblau des Himmels begutachtete, und starrte wie gebannt auf den Bildschirm mit den drei Porträts. »Mein Gott. Sie glauben doch nicht etwa …?«

Herwig wandte sich ebenfalls dem Bildschirm zu und deutete auf das Foto des Osnabrücker Immobilienmanagers. »Doch, genau das glaube ich. So abstrus wie es klingt, aber Komohoto war vielleicht nur ein versehentliches Opfer. Wir wissen von Coleman, dass Komohoto wegen der Farbgestaltung seines Zimmers einen Tobsuchtsanfall bekommen hatte und er deswegen einen anderen Gast überredet hat, die Zimmer zu tauschen. Es war Zimmer Nummer 21, gebucht auf Josef Messing, das Coleman für Komohoto ergattern konnte. Wenn unser potenzieller Mörder also tatsächlich die Hotelzimmer für seine Anschläge nutzt, dann galt der Anschlag womöglich nicht Komohoto, sondern in Wirklichkeit Josef Messing.«

Herwig machte eine Pause, um ihrem Chef die Gelegenheit zu einem Einwand zu geben. Aber Ivens starrte weiterhin wie gebannt auf das Porträtfoto von Messing und machte keine Anstalten, sich zu äußern.

Also fuhr Herwig fort: »Nachdem ich diese Theorie aufgestellt hatte, habe ich meine Suchprogramme zu möglichen Gemeinsamkeiten nochmals laufen lassen, diesmal in Bezug auf Hugenroth, Kaminski und Josef Messing. Und der Computer ist fündig geworden. Wenn ich die ganze Sache richtig interpretiere, handelt es sich sogar um eine ziemlich heikle Verbindung, die stark genug für ein Mordmotiv sein könnte.«

Ivens betrachtete noch immer regungslos das Porträtfoto von Josef Messing. Während sein Körper wie eingefroren verharrte, jagten seine Gedanken fieberhaft durch seine grauen Zellen. Konnte das möglich sein? Akio Komohoto als versehentliches Opfer im Rahmen einer Anschlagserie, die schon vor Wochen begonnen hatte und der sie erst jetzt auf die Spur gekommen waren? Er wollte sich gar nicht ausmalen, was die Presse aus dieser Sache machen würde.

»Wo ist Messing jetzt?«, fragte Ivens und konzentrierte sich wieder auf die Gegenwart.

»Er ist immer noch Gast im Hotel Bergmann. Messing hat nach Auskunft der Rezeption das Hotel gegen Mittag verlassen – übrigens quicklebendig. Bislang scheint unser Mörder seinen Fehler nicht korrigiert zu haben.«

»Da wäre ich mir nicht so sicher.«

Herwig sah Ivens irritiert an. »Wie meinen Sie das?«

Ivens deutete auf die Porträtfotos von Hugenroth und Kaminski. »Nach Werthers Informationen sind beide erst am späten Nachmittag beziehungsweise am Abend nach ihrer Übernachtung in Münster gestorben. Was immer der Mörder auch verabreicht, es wirkt offenbar mit einiger zeitlicher Verzögerung. Einzig unseren japanischen Freund hat es direkt nach dem Frühstück umgehauen. Ein Mann mit normaler Statur scheint dagegen länger durchzuhalten. Vielleicht ist Messing bereits eine wandelnde Leiche.«

»Mein Gott«, entfuhr es Herwig.

»Haben wir seine Kontaktdaten?«

Herwig tippte mit dem Zeigefinger auf den Bildschirm in Höhe des Porträts von Josef Messing, woraufhin sich ein Dialogfenster mit zahlreichen Informationen öffnete. Sie scrollte zu dem Eintrag mit den aktuellen Mobilfunkverträgen und ließ sich die Nummer anzeigen. Dann griff sie ihr Handy und wählte die Nummer. Nach knapp zwei Minuten seufzte sie resigniert und legte das Handy zur Seite. »Nichts. Nicht einmal eine Mobilbox.«

»Rufen Sie im Hotel an und fragen Sie nach, ob er noch eine andere Nummer hinterlassen hat. Oder ob er gesagt hat, wo er hingegangen ist und wann er zurückkommt.«

Herwig nickte. Während sie erneut ihr Handy griff und die Nummer des Hotels Bergmann wählte, murmelte sie besorgt vor sich hin: »Hoffentlich geht es ihm gut.«

31

Josef Messing ging es gar nicht gut. Er kämpfte gegen den aufkommenden Schwindel an. Kalter Schweiß stand ihm auf der Stirn, während der Rest seines Köpers glühte wie ein Stück Eisen in einem Schmiedeofen.

»Ja, ja …«

Juttas Stöhnen drang wie aus einem dichten Nebel an sein Ohr, und vor seinen Augen begannen die Konturen ihres nackten Körpers zu verschwimmen.

Konzentrier dich!

Messing griff nach Juttas überdimensionalen Brüsten, die viel zu fest für ihren ansonsten in die Jahre gekommenen Körper waren und über ihm auf und ab wippten. Er massierte sanft ihre Brustwarzen, während sie mit heftigen Bewegungen auf ihm ritt.

Seit knapp einer halben Stunde waren sie jetzt in seinem Hotelzimmer, und nachdem die Tür ins Schloss gefallen war, hatte es keine zehn Minuten gedauert, bis sie sich gegenseitig die Kleider vom Leib gerissen hatten.

Genau so hatte Messing sich den Ausgang dieses Nachmittags vorgestellt.

Er hatte sich mit Jutta – einem von seinen drei neuen Kontakten der gestrigen Skulpturenführung – vor vier Stunden in der Stadt getroffen, und ihm war von vornherein klar gewesen, worauf ihr heutiges Date hinauslaufen würde. Jutta hatte gestern mehr oder weniger offen durchblicken lassen, mit welchen Erlebnissen außerhalb des offiziellen Kulturprogramms sie ihren Kurzurlaub in der Stadt Münster aufpeppen wollte.

»Ah … Josef … komm, weiter …«

Messing brachte kaum noch die Kraft auf, sein Becken in dem von Jutta aufgezwungenen Rhythmus mitzubewegen. Der Schwindel wurde immer stärker, und ein Gefühl der Atemnot übermannte ihn.

Verdammte Scheiße!

Messing verfluchte sich dafür, am Vorabend die fettige Schweinshaxe in sich hineingestopft zu haben, die ihm jetzt wie völlig unverdaut bis zur Kehle stand. Bereits beim Frühstück war ihm flau im Magen gewesen, und er hatte sich trotz acht Stunden Schlaf matt und erschöpft gefühlt. Den Alkohol vom Vorabend glaubte er noch immer nicht abgebaut zu haben – zumindest nahm er an, dass dieses schummrige Gefühl, das ihn schon den ganzen Tag wie Watte in seinem Kopf begleitete, darauf zurückzuführen war.

»Gleich … nicht aufhören …«

Jutta nahm seine Hände und führte sie wieder zu ihren Brüsten. Es kostete ihn seine gesamte Willenskraft, ihrem Wunsch nachzukommen und die Arme erhoben zu halten, auf ihren »zwei persönlichen Kunstwerken«, wie sie das Ergebnis ihres jüngsten chirurgischen Eingriffes genannt hatte.

Trotz seines miserablen körperlichen Befindens hatte Messing es nicht übers Herz gebracht, seine Verabredung mit Jutta abzusagen. Seit über einem halben Jahr hatte er mit keiner Frau geschlafen, und er wusste genau, dass er die Gelegenheit so schnell nicht wieder bekommen würde – drei Nächte im Besitz einer freien Doppelbetthälfte außerhalb der Kontrolle seiner Frau und seiner halb erwachsenen Tochter, die ihn beide mit ihren alltäglichen Nöten und Bedürfnissen sieben Tage die Woche von morgens bis abends in Beschlag nahmen.

»Was … Nein … Josef … bitte.«

Jutta hatte die Augen geschlossen, aber sie spürte plötzlich keinen Widerstand mehr zwischen ihren Schenkeln.

Ist er schon fertig? Oder hat er schlappgemacht?

Wie dem auch sei, so einfach würde er nicht davonkommen. Sie war es nicht gewohnt, unbefriedigt zu bleiben, und er sollte gefälligst seine Arbeit zu Ende bringen.

Jutta öffnete die Augen und blickte auf den Körper unter ihr. Josefs Gesicht war knallrot angelaufen, und er hatte die Augen wie starr auf die Zimmerdecke gerichtet.

»Brauchst du eine Pause?«, fragte sie, bemüht, sich ihre Enttäuschung nicht anmerken zu lassen.

Josef Messing sagte nichts.

»Josef. Was ist mit dir?«

Josef Messing gab keine Antwort.

Sekunden später begannen seine Augenlider zu flackern, und unvermittelt erzitterte sein ganzer Körper in wilden Krämpfen. Seine Beine und Arme schossen unkontrolliert in die Höhe, und sein Oberkörper bäumte sich abwechselnd auf und fiel wieder in sich zusammen.

Sofort stieg Jutta von ihm herunter. Sie stellte sich an das Fußende des Bettes und betrachtete das Schauspiel mit sorgenvollem Gesicht.

Ein verspäteter Megaorgasmus?

Jutta wusste nicht, was sie davon halten sollte. Sicher, Josef wäre nicht der erste Mann, den sie in den absoluten Wahnsinn getrieben hatte, und der Anblick völlig überhitzter, schweißgebadeter Männerkörper am Rande ihrer Kräfte war für sie nichts Neues. Aber so etwas hatte sie noch nie erlebt.

Dann war alles vorbei. Josef Messings Körper entspannte sich und blieb regungslos auf dem weißen Laken liegen.

»Josef? Alles in Ordnung?«

Wieder keine Antwort.

Ein unangenehmes Gefühl durchflutete Juttas Körper. Langsam ging sie zum Kopfende des Bettes und stieß Josef leicht an den Arm.

Keine Reaktion.

Sie führte ihre Hand zu seiner Wange und drehte sein Gesicht auf ihre Seite. Leere, gespenstisch aufgerissene Augen starrten sie an.

Erschrocken wich Jutta einen Schritt zurück. Mit einem Mal fühlte sie sich, wie sie war: nackt, schutzlos. Panik stieg in ihr auf. Hilfe suchend blickte sie in dem Hotelzimmer umher, aber da war natürlich niemand. Noch einmal zwang sie ihren Blick zu Josefs regungslosem Körper, griff seine Schultern und rüttelte ihn vorsichtig, dann immer stärker.

»Josef. Sag doch was. Was ist mit dir?«

Statt einer Antwort sackte Josefs Kopf weiter auf die Seite, und ein dünner, von Blut durchtränkter Speichelfaden rann aus seinem Mund auf das Kissen.

Ein Schrei des Entsetzens entfuhr ihren Lippen. Sie stolperte ein paar Schritte zurück und stieß gegen den Deckenfluter neben dem Nachttisch, der krachend zu Boden fiel. Scherben bedeckten den Zimmerboden. Ein Splitter schnitt ihr schmerzhaft in den Fuß, als sie rückwärts Richtung Bad taumelte, den Blick auf Josefs leblosen Körper gerichtet. Mit zitternden Händen griff sie ihre Sachen und zog sich an. Als sie ihre Socken überstreifte, schrie sie vor Schmerzen auf. Der Splitter hatte sich tiefer in ihr Fleisch gebohrt, und hellrotes Blut tropfte auf die Badezimmerfliesen. Sie setzte sich auf die Kante der Badewanne und vergrub ihr Gesicht in den Händen.

Was sollte sie jetzt tun? Jutta dachte fieberhaft nach. War Josef tot? Oder lebte er noch und war bloß ohnmächtig? Sie wusste es nicht. Woher sollte sie das auch wissen? Sie war doch keine verdammte Krankenschwester!

Jutta sah ein, dass sie Hilfe brauchte. Kurz überlegte sie, ob sie den Notarzt alarmieren sollte. Aber der Gedanke, dass in ein paar Minuten, begleitet von Blaulicht und lautem Sirenengeheul, eine Horde fremder Leute in das Zimmer stürmen und dadurch die Aufmerksamkeit des ganzen Hotels auf ihre Situation ziehen würde, gefiel ihr überhaupt nicht. Dann fiel ihr der Panikschalter neben der Zimmertür ein. Die Dinger waren seit einigen Jahren Pflicht in allen Hotels. Wenn sie den betätigte, würde jemand vom Sicherheitsteam des Hotels kommen. Sie wusste es nicht genau, aber bestimmt waren diese Leute in Erster Hilfe geschult – ebenso wie in dem Umgang mit diskreten Lösungen, die das Hotel und seine Gäste nicht in die Schlagzeilen brachten.

Jutta humpelte zur Zimmertür und betätigte den roten Schalter.

32

Endlich meldete sich jemand im Hotel Bergmann. Herwig erkannte die Stimme von Gisela Schröder.

»Hallo, Frau Schröder. Kommissarin Herwig hier.«

»Ah, Frau Herwig. Lange nichts mehr voneinander gehört«, scherzte die Empfangschefin. »Haben Sie noch etwas vergessen?«

»Bitte entschuldigen Sie die nochmalige Störung. Aber wir müssen dringend mit Herrn Josef Messing sprechen. Unter der Handynummer, die im Polizeicomputer gespeichert ist, nimmt niemand ab. Wissen Sie zufällig, wie wir ihn erreichen können?«

»Für gewöhnlich fragen wir unsere Gäste nicht nach ihren Aufenthaltsplänen aus«, sagte Gisela Schröder in einem bemüht professionellen Tonfall.

»Es ist wichtig«, ließ Herwig nicht locker. »Sie wären uns eine wirklich große Hilfe.«

Gisela Schröder zögerte einen Augenblick. Dann flüsterte sie ins Telefon: »Es kann sein, dass ich ihn vor einigen Minuten an der Rezeption habe vorbeischleichen sehen. Warten Sie … Ja, vor einer halben Stunde hat der Computer die Benutzung seines Daumenscans an der Zimmertür registriert. Er …«

Gisela Schröder brach mitten im Satz ab.

»Frau Schröder? Sind Sie noch dran?«

»Sie sollten vielleicht besser sofort herkommen«, sagte Gisela Schröder hörbar nervös. »In seinem Zimmer ist gerade der Panikschalter für Notfälle betätigt worden.«

33

Der Flur zu Zimmer Nummer 29 des Hotels Bergmann glich einer Bahnhofshalle. Herwig und Ivens mussten sich durch einen dichten Pulk von Gästen und Zimmermädchen kämpfen, bevor sie endlich ihr Ziel erreichten. Wertvolle Minuten verstrichen. Zwei Sanitäter hatten sich vor der Tür zu Zimmer 29 postiert und waren leidlich damit beschäftigt, niemandem Einlass zu gewähren. An ihren ausgebreiteten Armen und Beinen schossen immer wieder ausgestreckte Hände vorbei, die blindlings ein Handyfoto vom Zimmerinneren zu ergattern versuchten.

Ivens stieß ein paar der umstehenden Gaffer unsanft zur Seite und zeigte den Sanitätern seinen Dienstausweis. Dann quetschte er sich gemeinsam mit Herwig an den Hilfstürstehern vorbei ins Zimmer.

Das Zimmer war für Ivens' Geschmack ebenfalls deutlich überfüllt. Ein Notarzt untersuchte einen Mann, der regungslos auf dem Bett lag. Ivens erkannte ihn sofort: Josef Messing, der Immobilienmanager aus Osnabrück.

Auf einem Sessel dem Bett gegenüber saß eine unbekannte Frau mit einem Verband am Fuß und starrte apathisch vor sich hin. Zwischen Bett und Sessel traten Gisela Schröder, die vollkommen aufgelöst wirkte, sowie ein Zimmermädchen von einem Bein auf das andere, unschlüssig darüber, wohin sie ihre Blicke richten sollten. Über allem schwebte der tosende Geräuschpegel des Flurgedrängels wie das Brummen eines alten Deckenventilators.

Ivens zog sein Handy aus der Jackentasche und wählte eine Nummer.

»Hauptkommissar Ivens hier. Ich brauche unverzüglich ein Team der Spurensicherung im Hotel Bergmann. Zimmer Nummer 29, zweiter Stock.«

Anschließend drängte er sich vorbei an den beiden Türposten zurück auf den Flur und tat so, als wähle er eine neue Nummer. »Einsatzzentrale?«, rief er in den Hörer. »Schicken Sie bitte mehrere Wagen zum Hotel Bergmann. Nehmen Sie ausnahmslos jeden Anwesenden in Gewahrsam, der sich im Umkreis von 20 Metern vom zweiten Stockwerk aufhält. Es handelt sich um potenzielle Täter oder wichtige Zeugen, die für eine längere Vernehmung bereitstehen müssen.«

Um ihn herum wurde es plötzlich hektisch. Es dauerte keine zwei Minuten, bis der Flur völlig verwaist war.

Zufrieden steckte Ivens das Handy zurück in seine Jackentasche und bat die beiden arbeitslos gewordenen Türsteher, sich unten in der Lobby um Gisela Schröder und um das Zimmermädchen zu kümmern. Die beiden Helfer sahen fragend zum Notarzt herüber, der bestätigend nickte. Daraufhin verließen sie gemeinsam mit den beiden Frauen den Raum.

In Zimmer Nummer 29 des Hotels Bergmann kehrte endlich Ruhe ein.

Der Einzige, der die wohltuende Veränderung nicht wahrnahm, war Josef Messing. Er lag weiterhin unbeweglich auf dem Hotelbett und war nach der Ersteinschätzung des Notarztes bereits seit einigen Minuten tot.

»Gibt es schon einen Hinweis auf die Todesursache?«, fragte Ivens, noch bevor ihm richtig klar wurde, wie unsinnig diese Frage war. Ohne einen Blick auf Messings Herz würde der Notarzt niemals die richtige Diagnose stellen können.

»Alles deutet auf einen klassischen Herz-Kreislauf-Stillstand hin«, antwortete der Arzt. »Allerdings ist der Speichel blutdurchtränkt, was eher ungewöhnlich ist.« Dann fügte er flüsternd hinzu, wobei er mit einem leichten Kopfnicken in Richtung der Frau auf dem Sessel deutete: »Wenn ich die spärlichen Angaben der Zeugin richtig interpretiere, dürfte der Tod frühestens vor 15 Minuten eingetreten sein. Ganz klar waren ihre Aussagen diesbezüglich jedoch nicht. Da noch keine Leichenflecke erkennbar sind, die bereits 20 Minuten nach Todeseintritt an der Körperunterseite auftreten können, gehe ich aber aus medizinischer Sicht ebenfalls von einem Todeszeitpunkt kurz vor unserem Eintreffen aus. Das war vor zehn Minuten.«

Ivens schaute auf seine Uhr: 18.13 Uhr. Damit musste der Tod etwa gegen 18.00 Uhr eingetreten sein.

Am frühen Abend, so wie bei Hugenroth und Kaminski, schoss es ihm durch den Kopf.

Sein Blick glitt zu der Frau mit dem Verband am Fuß und dann zu dem umgestürzten Deckenfluter neben dem Bett, der von zahlreichen Glassplittern und Blutspuren auf dem Teppichboden umgeben war. Seine Augen folgten der Blutspur, die vom Bett ins Bad und zurück zu dem Sessel führte, in dem die Frau saß. Kurz keimte in ihm die Hoffnung auf, dass Josef Messing schlicht das Opfer einer Auseinandersetzung geworden war. Aber viele Illusionen hegte er nicht.

»Wie heißen Sie?«, fragte er die fremde Frau in dem Sessel.

»Jutta Klinger«, antworte sie kaum hörbar.

»Frau Klinger, was ist passiert?«

Jutta Klinger starrte mit ausdruckslosem Blick auf das Bett mit Josef Messings Leiche, und Ivens' zweite Frage schien sich irgendwo in ihren Gedankengängen verloren zu haben. Erst als Herwig ihr ein Glas Wasser reichte und die Frage wiederholte, löste sich ihr Blick, und sie sah Herwig an.

»Wir sind auf sein Zimmer gegangen und wollten nur ein bisschen Spaß haben. Plötzlich hat er einfach aufgehört zu atmen.«

Ivens verstand. Bei seiner Ankunft war ihm als Erstes die Frage durch den Kopf geschossen, wieso Josef Messing am helllichten Tag splitternackt in seinem Bett lag. Damit war die Sache klar: *ein bisschen Spaß haben.* Und wenn Messing wie Komohoto und die beiden Europapolitiker diese merkwürdigen Herzverletzungen aufwies, war unschwer abzuschätzen, was passiert war: Die körperliche Anstrengung bei der Ausübung des gemeinsamen »Spaßes« musste Josef Messing den Rest gegeben haben.

Jetzt war viel Fingerspitzengefühl angesagt. »Das ist eine völlig normale Angelegenheit. Seit Viagra und Co. haben wir solche Fälle häufiger, als Sie vermuten würden«, log Ivens. »Was ist mit Ihrem Fuß passiert?«

Seine improvisierte Beschwichtigung schien erleichternd auf Jutta Klinger zu wirken. Sie sah ihn mit offenem Blick an.

»Als er … Als ich merkte, dass etwas nicht stimmte, bin ich erschrocken vom Bett gesprungen und gegen die Lampe gestoßen. Plötzlich waren überall Scherben, und mein Fuß hat geblutet.«

Der Arzt nickte. »Wir haben ihr einen Glassplitter aus dem Fuß gezogen.«

»Was haben Sie dann getan?«, fragte Ivens.

»Ich wusste nicht, was ich machen sollte. Er lag einfach da, regungslos … Dann zuckte er auf einmal so komisch, wie bei einer Spastik … Ich dachte, vielleicht hat er irgendeine

Krankheit, aber ich konnte einfach nicht … nicht nachsehen … ihn noch mal anfassen. Außerdem wollte ich nicht, dass uns jemand so sieht. Ich habe mich angezogen und den Notschalter betätigt.«

»Wieso haben Sie nicht direkt den Notarzt gerufen?«, fragte Ivens.

Jutta Klinger zögerte einen Augenblick, bevor ihre Stimme unvermittelt in einen wütenden Tonfall umschlug. »Ich dachte, das Hotel würde die Sache diskret behandeln. Aber dann kam diese blöde Kuh angerannt, sieht Josef auf dem Bett liegen und fängt hysterisch an zu kreischen. Das halbe Hotel hat sie zusammengebrüllt. Sofort waren lauter Leute im Zimmer …«

»Der Notruf kam von einem der Hotelgäste«, bestätigte der Arzt. »Wir haben viel Zeit verloren.«

Ivens hob die Augenbrauen. Offenbar glaubte der Arzt, er hätte Messing bei einem früheren Eingreifen wiederbeleben können.

»Seit wann kannten Sie Josef Messing?«, wandte Ivens sich wieder der Zeugin zu.

Jutta Klinger schaute verlegen auf den Fußboden. »Seit gestern. Wir haben uns auf einer Stadtführung kennengelernt.«

»Ist Ihnen da schon irgendetwas aufgefallen? Gab es Anzeichen einer Erkrankung? Fühlte er sich unwohl?«

»Nicht, dass ich wüsste. Uns beiden taten die Füße weh nach dem langen Marsch gestern. Außerdem hatte Josef zu viel getrunken, das hing ihm noch nach. Er hat sich den ganzen Nachmittag über seine Kopfschmerzen beklagt.«

»Hat er Tabletten genommen?«, hakte Ivens nach.

»Mir ist nichts aufgefallen. Auch nicht, was Sie vorhin angesprochen haben – Sie wissen schon, irgendein Hilfsmittel oder so.«

Ivens nickte. Die Befragung führte zu nichts. Weder kannte Jutta Klinger das Opfer gut genug, um verlässlich Auskunft über Messings Lebensgewohnheiten geben zu können, noch würde sie sonst irgendetwas Hilfreiches zu dem Fall beitragen können. Sie war zur falschen Zeit am falschen Ort mit dem falschen Mann zusammengeraten – das war alles. »Meine Kollegin nimmt Ihre Personalien auf. Könnten Sie morgen früh für Ihre offizielle Aussage ins Präsidium kommen?«

Jutta Klinger nickte.

Ivens wandte sich an den Notarzt. »Bitte veranlassen Sie schnellstmöglich die übliche MRT-Prozedur. Die Bilder sollen sofort ins Polizeipräsidium geschickt werden. Wir werden versuchen, zusätzlich eine Obduktion der Leiche zu veranlassen.«

Der Arzt schien völlig konsterniert. »Habe ich etwas nicht mitbekommen? Eine Obduktion? Seit wann ergreift die Polizei solche Maßnahmen bei einem offensichtlichen Herzinfarktpatienten?«

»Tun Sie bitte, was ich gesagt habe.«

Ivens sah zu Herwig herüber. Sie nahm Jutta Klingers Personalien auf. Er wartete, bis sie fertig war, und zog sie aus dem Zimmer.

»Wir müssen dringend reden. Sobald ich die Kollegen von der Spurensicherung eingewiesen habe, komme ich in die Innenstadtwache. Sie gehen vor und bereiten den Bericht auf. Wenn wir den Chef zu einer Obduktion von Messings Leiche überreden wollen, brauchen wir verdammt gute Argumente. Und ich will endlich wissen, was Sie über Messings Gemeinsamkeit mit Hugenroth und Kaminski ausgegraben haben.«

34

Ivens verließ 20 Minuten später das Hotel Bergmann und kämpfte sich durch die Touristenströme hindurch zurück in das Büro der Innenstadtwache.

Während des ganzen Weges fluchte er laut vor sich hin. Er ahnte, was spätestens in zwei Stunden los sein würde, und der Gedanke daran gefiel ihm überhaupt nicht. Die Presse würde bis dahin herausgefunden haben, dass die tödliche Sexnummer im Zimmer 29 des Hotels Bergmann nicht nur eine amüsante Posse am Rande des Colour-Days war, sondern eine Facette beinhaltete, die für reißerische Spekulationen auf den Titelseiten geradezu prädestiniert war.

Es waren zu viele Leute in dem Zimmer gewesen. Sie würden reden, und die Presseleute würden sich fragen, wieso die Polizei fast gleichzeitig mit dem Notarzt vor Ort war. Eine Frage, die Frau Schröder allzu gern beantworten würde, da war sich Ivens sicher. Sie würde ausplaudern, dass die Polizei den Fall Komohoto untersuchte, und sie würde erzählen, dass die Polizei in diesem Zusammenhang Fragen an den toten »Sextouristen« hatte stellen wollen. Eine bessere Basis für die wildesten Spekulationen könnte man sich gar nicht vorstellen.

Erst als Ivens wieder vor dem Bildschirm im Büro der Innenstadtwache saß, auf dem noch immer die drei Porträts von Kaminski, Hugenroth und Messing zu sehen waren, konnte er sich von den Gedankengängen um die zukünftige Presseberichterstattung lösen.

»Dann zeigen Sie mal, was Sie gefunden haben«, sagte Ivens zu Herwig und deutete auf den Monitor. »Sie sagten, die Verbindung könnte stark genug für ein Mordmotiv sein?«

»Ich denke ja. Aber mir fehlte die Zeit, alle Details genau zu prüfen. Sehen Sie«, sagte Herwig und tippte nacheinander auf die Porträts von Hugenroth und Messing, woraufhin sich zwischen den beiden Fotos eine blaue Linie bildete, »der Computer zeigt Übereinstimmungen durch grafische Linien an.« Sie berührte die Linie zwischen Messing und Hugenroth, woraufhin sich ein Dialogfenster mit diversen Datumsangaben öffnete. »Das hier sind Verweise auf online gespeicherte Protokolle von Eigentümerversammlungen. Josef Messings Immobilienfirma betreute mehrere größere Wohneinheiten in der Stadt als Hausverwalter. Von einem Objekt, bei dem Messing als Verwalter bestellt war, besaß Hugenroth 18 Appartements, die er von seinem Vater geerbt hatte.«

»Ich dachte, Messings Firma hat ihren Sitz in Osnabrück?«

»Stimmt auch. Aber das Geschäftsgebiet reicht über Paderborn, Bielefeld und Münster bis hinauf ins nördliche Ruhrgebiet. Der Mann war gut im Geschäft.«

»Sieht ganz so aus. Er kannte Hugenroth persönlich?«

»Es gibt zwei oder drei Protokolle, bei denen Messing die Versammlung persönlich geführt hat und Hugenroth diverse Anträge zur Abstimmung eingebracht hat. Also müssen sie sich gekannt haben.«

Ivens nickte. »Also schön. Ein Immobilienbesitzer und sein Hausverwalter. Und weiter?«

Herwig wandte sich zum Bildschirm und tippte diesmal statt auf Hugenroth und Messing auf die Bilder von Kaminski und Messing. Zwischen beiden erschien ebenfalls eine blaue Linie. »Die gleiche Farbe der Linien bedeutet, dass es sich thematisch um die gleiche Verbindung handelt. Kaminski besaß ebenfalls Appartements in dem Objekt, allerdings nur vier. Auch er wird wie Hugenroth in den betreffenden Protokollen als anwesender Teilnehmer geführt und muss daher Messing ebenso gekannt haben.«

Ivens wurde langsam ungeduldig. »Also zwei Immobilienbesitzer und ihr gemeinsamer Hausverwalter. Ist das alles?«

Herwig warf ihren Kopf in den Nacken und holte tief Luft, als bereite sie sich auf einen längeren Tauchgang vor. Anschließend rief sie auf dem Bildschirm einen weiteren Dateneintrag auf, und in Sekundenschnelle füllte sich der Bildschirm mit Ausschnitten diverser Presseartikel und Fotos.

Ivens starrte eine Weile verwirrt auf die Flut der angezeigten Nachrichten. Sie kamen ihm seltsam vertraut vor. Er überflog die Headlines und betrachtete einige der Fotos, die zu den Artikeln gehörten. Dann begriff er.

Sein Atem stockte. Die Bilder und Textzeilen vor seinen Augen begannen, zu einem einzigen schwarzen Klumpen zu verschwimmen. Zum zweiten Mal innerhalb von 48 Stunden hatte er plötzlich wieder diesen beißenden Brandgeruch in der Nase, der sich als tiefsitzende Erinnerung an den verhängnisvollsten Tag seines Lebens fest in sein Gehirn eingebrannt hatte.

Ivens versuchte, sich zusammenzureißen und den schmerzhaften Erinnerungen an diesen Unglückstag keinen Raum zu lassen.

»Was wollen Sie mir verkaufen?«, fragte er bissig. »Der Brand war ein Unfall. Es gab unzählige Gutachten und Untersuchungen darüber.«

Herwig wich erschrocken über Ivens' schroffe Art zurück. »Sie kennen den Fall?«, fragte sie sichtlich irritiert.

»Ja, ich kenne den Fall«, gab Ivens immer noch eine Spur zu laut zurück. »Aber glauben Sie mir: An allen Gerüchten über die angebliche Brandstiftung und die Machenschaften von Immobilienhaien und Politikern ist nicht das Geringste dran. Vergessen Sie es!«

»Aber wenn …«

»Kein Aber«, unterbrach Ivens. »Der Fall ist abgeschlossen. Hugenroth und Kaminski können von mir aus 1.000 Appartements in dem Wohnheim besessen haben. Und nur weil Messing vielleicht einen Hausmeisterschlüssel besessen hat, ist er noch lange kein Brandstifter.«

Herwig schwieg einen Moment und ließ Ivens durchatmen. Sie hatte nicht die geringste Ahnung, warum ihr Chef so aufgebracht war. War er damals der ermittelnde Beamte gewesen? Ein unerledigter Fall, bei dem vielleicht Fehler gemacht worden waren und der ihm nachhing? Herwig wusste, dass das öfter vorkam und solche Erlebnisse manche Kollegen bis an ihr Berufsende und darüber hinaus begleiteten. War es etwas in der Art? Doch darauf konnte sie jetzt keine Rücksicht nehmen – Ivens musste ihr zuhören.

»Es kommt nicht darauf an, was Sie oder ich glauben. Es kommt einzig darauf an, was der Mörder glaubt.«

Ivens schaute Herwig verdutzt an, als habe ihn jemand unsanft an den Schultern gepackt und wachgerüttelt.

»Verstehen Sie doch«, setzte Herwig nach, »irgendjemand glaubt offenbar an das, was die Medien damals geschrieben haben. Er schert sich einen Dreck um die Beweislage und um die offiziellen Gutachten. Unser Täter hat seine eigene Wahrheit. Er hat sich an der Sache festgebissen, muss sich jahrelang damit beschäftigt haben. Und jetzt schlägt er zu und beseitigt einen nach dem anderen von denen, die er dafür verantwortlich macht.«

35

Ivens war noch immer in dem bösen Traum gefangen, der über ihn hereingebrochen war.

Das darf doch wohl nicht wahr sein.

Er hatte Herwig nicht als Assistentin haben wollen, weil er die Gefahr kommen gesehen hatte, von ihr unbeabsichtigt in den Strudel der schmerzlichen Erinnerungen an seine Tochter Kira hineingerissen zu werden. Und was tat sie? Bereits in ihrem ersten gemeinsamen Fall warf sie ihn zielsicher und völlig unvorbereitet genau in diesen Abgrund.

Sosehr er sich wünschte, nichts weiter davon hören zu müssen – zähneknirschend musste er zugeben, dass Herwigs Theorie schlüssig war. Es konnte kein Zufall sein: dreimal die gleiche mysteriöse Todesursache, dreimal eine vorhergehende Hotelübernachtung in Münster, dreimal eine Verbindung zu dem Wohnheimbrand vor vier Jahren in der

Aaseestadt. Komohoto, das vierte Opfer, hatte einfach nur das Pech gehabt, sein Zimmer mit einer der Zielpersonen des Attentäters getauscht zu haben.

Ein schrecklicher Gedanke ließ Ivens den Weg zurück zu einer sachlichen Betrachtung des Falls finden. »Wir brauchen sofort eine Liste aller potenziellen Drahtzieher von damals. Wenn Ihre Theorie stimmt, könnte jeder, der irgendwie als Nutznießer mit dem Fall in Verbindung gebracht wurde, als Nächstes auf der Liste unseres Wahnsinnigen stehen.«

Er selbst hatte sich bei seinen damaligen Recherchen nie ernsthaft mit diesem Aspekt der Ereignisse auseinandergesetzt. Natürlich hatte es wirtschaftliche Interessen an dem Wohnheim gegeben, und natürlich hatte die damalige Investorengruppe alle Möglichkeiten ausgelotet, um ihre Ziele zu erreichen. Aber diese Leute kämpften üblicherweise mit Anwälten und Geld – nicht mit Streichhölzern. Es war ihm absolut unglaubwürdig vorgekommen, dass sich eine international agierende Investorengruppe für ein einziges Immobilienobjekt in einer unbedeutenden Provinzstadt auf diese folgenschwere Art die Finger schmutzig machen sollte.

Ein weiteres sicheres Indiz dafür, dass die Medien in Bezug auf eine Brandstiftung damals lediglich voreilig und schlagzeilenträchtig spekuliert hatten, hatte er in dem beharrlichen Verzicht auf die Nennung von Namen gesehen. Immer war nur von »der Investorengruppe« die Rede gewesen. Hätten die Reporter handfeste Beweise gehabt, wären auch Ross und Reiter benannt worden. Als schließlich die bestellten Gutachter eine Brandstiftung zweifelsfrei ausgeschlossen hatten, hatte er alle diesbezüglichen Berichte gänzlich ignoriert.

Ein lauter Seufzer neben ihm riss Ivens aus seinen Gedanken. »Meinen Feierabend kann ich mir damit wohl abschminken.«

»Tut mir leid, aber es geht nicht anders. Zusätzlich …« Ivens zögerte für einen Moment. Mit dem folgenden Auftrag würde er einen Seelenstriptease gegenüber Herwig vollziehen, aber es blieb jetzt keine Zeit, darauf Rücksicht zu nehmen. »Zusätzlich benötige ich eine Liste mit allen Angehörigen der damaligen Todesopfer. Bei jedem, der nur ansatzweise als Racheengel infrage kommt, steigen Sie tiefer ein. Verstanden?«

Herwig nickte.

Ivens rang sich trotz seiner aufgewühlten Gefühle ein Lächeln ab. »Das war verdammt gute Arbeit von Ihnen. Sie werden bald verstehen, wieso ich wünschte, dass unser Fall nichts mit dem Feuer in dem Wohnheim zu tun hat.«

Herwig sah irritiert auf, doch Ivens winkte ab. »Fragen Sie nicht. Und nehmen Sie Günther Bergmann besonders intensiv unter die Lupe.«

Er ignorierte Herwigs verständnislosen Blick und wandte sich zum Gehen. »Schicken Sie alles, was Sie bisher haben, an Müngersdorf und sagen Sie ihm, dass ich bereits auf dem Weg zu ihm bin. Wir brauchen unbedingt diese verdammte Obduktion von Messings Leiche. Andernfalls werden wir nie erfahren, wie der Täter vorgeht.«

36

»Sie haben eine neue Kollegin?« Polizeichef Müngersdorf deutete ohne ein weiteres Wort der Begrüßung auf einen Stuhl vor seinem Schreibtisch und wandte sich wieder den Papieren zu, die er wie eine Patience von Karten vor sich ausgebreitet hatte und jeweils fein säuberlich mit seinem Namenszug versah.

Ivens setzte sich und beobachtete stillschweigend das Schauspiel. Nicht zum ersten Mal fragte er sich, wieso trotz aller modernen Technik immer noch Berge von Papier bedruckt und altmodisch mit Unterschriften versehen werden mussten. Vermutlich verstand er einfach zu wenig von den verschlungenen Gedankengängen der Kollegen in den Organisations- und Revisionsabteilungen mit ihren geradezu als heilig verehrten Verfahrensvorschriften, um dieses Geheimnis lüften zu können.

Endlich ließ Müngersdorf den Stift sinken und wandte sich an Ivens. »Scheint eine kluge Person zu sein, diese Maike Herwig. Aus verständlichen Gründen habe ich die Unterlagen direkt nach Erhalt studiert und ein paar Nachfragen gestellt. Die Antworten Ihrer neuen Kollegin waren durchweg kompetent und fundiert.«

»Das ist sie in der Tat«, bestätigte Ivens. »Bleibt aber noch abzuwarten, wie sie sich im Praxiseinsatz auf der Straße bewährt.«

Müngersdorf nickte. Er wusste wie Ivens, dass zwischen intellektueller Kompetenz und dem souveränen Verhalten in realen Gefahrensituationen Welten liegen konnten. Erst beide Fähigkeiten zusammen ergaben eine gute Polizistin.

»Was halten Sie von den Indizien?«, fragte Ivens, um zur Sache zu kommen.

»So wie es aussieht, hat hier tatsächlich irgendein Wahnsinniger seine Finger im Spiel. Mir wäre es zwar lieber, wenn dem nicht so wäre, aber wir können die Fakten schlecht ignorieren, oder?«

»Wohl kaum«, bestätigte Ivens. »Sie wissen, weshalb ich hier bin?«

»Sie wollen eine Obduktion von Messings Leiche.«

»Es führt kein Weg daran vorbei. Wir tappen noch immer völlig im Dunklen, was die Todesursache angeht. Solange wir nicht wissen, wie der Täter vorgeht, werden wir ihn nie zu fassen bekommen.«

Müngersdorf sagte eine Weile nichts. Schließlich nickte er. »Ich werde unverzüglich die Überführung der Leiche in das kriminaltechnische Institut veranlassen. Gegen Mitternacht dürften die Ergebnisse vorliegen.«

Ivens atmete erleichtert aus. »Danke.«

Er wandte sich zum Gehen.

»Bleiben Sie einen Moment«, sagte Müngersdorf mit ernster Miene und deutete wieder auf den Stuhl. »Wir sind uns doch einig, dass der potenzielle Täter ganz offensichtlich einer verschrobenen Theorie anhängt?«

Ivens wusste nicht, was er mit dieser Frage anfangen sollte, und schwieg daher vorsichtshalber.

»Sie haben damals entgegen ausdrücklicher Anweisung in dem Brandfall ermittelt, und ich habe es Ihnen durchgehen lassen, weil ich Ihre Situation gut verstehen konnte. Aber jetzt muss ich mich darauf verlassen können, dass Sie die aktuellen Ereignisse objektiv beurteilen können.«

»Was meinen Sie?«, stellte Ivens sich dumm, obwohl er ahnte, worauf Müngersdorf hinauswollte.

»Sie werden den Täter stellen und dingfest machen. Sie werden nicht versuchen herauszubekommen, ob er neue Indizien für die angebliche Brandstiftung gesammelt hat. Sie werden keine Kompromisse eingehen, um diese Unterlagen in die Hände zu bekommen. Sie werden überhaupt nichts tun, was einer neutralen Ermittlungsarbeit zuwider läuft. Sobald ich erkennen muss, dass Sie auch nur den Hauch einer Befangenheit an den Tag legen, werde ich Sie unverzüglich von dem Fall abziehen. Ist das klar?«

»Vollkommen klar«, sagte Ivens und erhob sich erneut von seinem Stuhl. Er reichte Müngersdorf die Hand und verließ das Büro. Noch auf dem Flur rief er beim kriminaltechnischen Institut an und gab Anweisung, ihn unverzüglich zu informieren, sobald die Obduktionsergebnisse vorlagen.

37

Baldy fühlte sich hundeelend. Selbst zwei Aspirin und ein ausgiebiger Spaziergang an der frischen Luft hatten das hämmernde Klopfen in seinem kahlen Schädel nicht zum Schweigen bringen können, das am frühen Nachmittag zurückgekehrt war.

Bumm! Bumm! Bumm!

Mittlerweile war die Sonne untergegangen, und wenn dieses Hämmern nicht bald aufhörte, würde er heute Nacht kaum schlafen können. Das euphorische Gefühl, das er nach der erfolgreichen Überprüfung seines neu erworbenen Schatzes gegen Mittag empfunden hatte, war längst verflogen. Sein gesamtes physisches Empfinden glich dem eines angeschlagenen Preisboxers in der elften Runde – nur dass sein Gegner nicht aus Fleisch und Blut, sondern den Abbauprodukten einer Verbindung aus Kohlenstoff, Wasserstoff und einer Hydroxygruppe bestand.

Scheißalkohol, dachte Baldy. *Erst diese dämliche Prügelei gestern Nacht und jetzt das.* Er hätte sich ohrfeigen können.

Das Schlimmste daran war, dass ihn sein mieser körperlicher Zustand im Laufe des Nachmittags zusätzlich in ein Loch voller trüber Gedanken gerissen hatte.

Eigentlich hätte ihm dieser Stimmungszustand längst nichts mehr ausmachen sollen – schließlich war er seit Jahren gewohnt, regelmäßig in diesen Abgründen zu versinken: Was, außer trübe Gedanken, sollte ein Typ wie er sonst haben, der in der Tiefe seiner Seele nichts anderes war als ein Gefäß, bis zum Rand angefüllt mit Hass?

Heute jedoch ärgerte seine Verfassung ihn maßlos. Er wollte nicht an seinen Hass denken – nicht heute und nicht morgen und nicht übermorgen. Er brauchte einen klaren Kopf, um die in den nächsten Tagen anstehenden Aufgaben zu erledigen.

Trotz seiner eigenen permanenten Ermahnung war es ihm nicht gelungen, seinen Zorn im Zaum zu halten: Wieder und wieder hatte er an diesem Nachmittag lautstark den Tod seiner Schwester verflucht, diesen verdammten Schicksalstag, an dem seine Seele in tausend Stücke gerissen worden war und an dem alles mit einem Schlag versunken war, was er jemals geliebt hatte. Er hatte auf seine Eltern geschimpft, die er abgrundtief dafür hasste, dass sie sich nach dem Tod ihrer Tochter getrennt hatten und seiner nach Orientierung schreienden Seele nur zusätzliches Chaos statt Halt geboten hatten; am meisten aber hatte er gedanklich auf sich selbst eingeschlagen, dieses feige Schwein, das es einfach nicht fertigbrachte, seinem albernen Leben ein Ende zu setzen. Sein Hass erstreckte sich sogar auf die Bilder aus den Nachrichten, die seit Stunden zur Ablenkung über den Bildschirm flimmerten, waren sie doch genauso voll von Hass, Tod und Gewalt, wie er es war, und er hasste es, an sich selbst erinnert zu werden.

Er wollte gerade den Fernseher ausschalten und sich mit einem Buch in sein Schlafzimmer verkriechen, als die Ankündigung einer Livereportage ihn innehalten ließ. Er erkannte den Eingangsbereich des Hotels Bergmann, vor dem sich ein Reporter postiert hatte. Dieser wartete mit gelangweiltem Gesicht auf das Signal des Kameramanns, endlich auf Sendung zu sein. Als er merkte, dass dies bereits geschehen war, wechselte er blitzschnell in einen verschwörerisch wirkenden Gesichtsausdruck, als stünde eine Enthüllung von den Ausmaßen des NSA-Skandals bevor.

Baldy drehte die Lautstärke hoch.

»Ich stehe hier direkt vor dem Gebäude, hinter dessen Mauern sich möglicherweise ein von der Polizei bisher geheim gehaltener Skandal abgespielt hat. In diesem Hotel hat Akio Komohoto, über dessen tragischen Tod während der Colour-Day-Festivitäten im westfälischen Münster wir bereits mehrfach berichtet haben, seine letzte Nacht verbracht. Noch immer wissen wir nicht, wie es eigentlich genau zu diesem für jeden Kunstliebhaber unermesslich schweren Verlust kommen konnte. Bislang ging die Weltöffentlichkeit von einem Herzinfarkt oder anderen gesundheitlichen Problemen des Künstlers aus. Nichts schien bisher auf mehr hinzudeuten als auf einen unerwarteten Schlag des Schicksals, wie er jeden von uns ereilen könnte.

Doch jetzt scheint es neue Verdachtsmomente zu geben. Seit wenigen Stunden wissen wir aus zuverlässiger Quelle, dass die örtliche Kriminalpolizei den Fall Komohoto untersucht. Was für sich allein genommen noch als reines Routinevorgehen bewertet werden könnte, erscheint …«

Baldy bemerkte, wie der Reporter an dieser Stelle eine kleine Pause ließ und sein Tonfall in ein fast verstohlenes Flüstern verfiel, als weihe er einen kleinen auserwählten Kreis persönlicher Freunde in ein brisantes Geheimnis ein. Hektisch regelte Baldy die Lautstärke nach, um alles mitzubekommen. Seine deformierten Ohren waren seit seinem »Unfall« in der Garage nicht mehr die besten.

»… vor dem Hintergrund eines erneuten Todesfalls in dem gleichen Hotel in einem anderen Licht. Bei dem neuerlichen Opfer handelt es sich um einen Immobilienmanager aus Osnabrück, der pikanterweise während eines nachmittäglichen Schäferstündchens einem Herzinfarkt erlag. Die zwei dem ersten Anschein nach völlig zusammenhanglosen und nur zufällig am gleichen Ort geschehenen Tragödien werfen unter Berücksichtigung weiterer Umstände jedoch einige Fragen auf: Wieso wollte die Polizei den Immobilienmanager nur wenige Minuten vor seinem frivolen Ableben im Fall Komohoto dringend sprechen? Und warum haben das Opfer und Komohoto vor zwei Tagen ihre Zimmer getauscht, eine Information, die uns erst jetzt von der Hotelleitung preisgegeben wurde? Wie wir weiterhin vor wenigen Minuten erfahren haben, ist die jüngste Leiche unverzüglich zur Obduktion freigegeben worden. Dieses ungewöhnliche Vorgehen lässt weitere Spekulationen zu: Welchen Befund hat die obligatorische MRT-Untersuchung ergeben, dass eine weitergehende Untersuchung erforderlich wurde? Gibt es womöglich Übereinstimmungen zu Komohotos Befunden, die auf anderes als eine natürliche Todesursache schließen lassen? Die Polizei war bisher zu keiner Stellungnahme bereit, aber wir werden …«

Baldy, der während der Berichterstattung wie ein Raubtier vor dem Fernseher auf und ab gelaufen war, schaltete das Gerät aus und warf sich auf die Couch.

Eine unermessliche Wut kochte in ihm hoch.

Schuld an dieser Wut war keineswegs die Tatsache, dass *seine Sache* in der Presse war. Das musste irgendwann so kommen, und es war für seine weiteren Pläne eher hilfreich als schädlich. Auch, dass die Polizei den Fall Komohoto untersuchte, war keine Überraschung.

Was ihn viel mehr erzürnte, war die Information des Nachrichtensprechers, dass Messing seinen letzten Atemzug in einem Zustand lustvoller Erregung getan hatte.

Während eines nachmittäglichen Schäferstündchens!

So hatte er das nicht geplant. Zwar sollte Messing nicht direkt nach dem Frühstück verrecken, wie dieser dämliche

Japaner es getan hatte. Dass Messing jedoch die verbleibende Zeit dazu genutzt hatte, sich einen schönen Tag zu machen und eine Touristin flachzulegen, war zu viel des Guten.

Dass es sich bei Messings Sexgespielin um eine Touristin handelte, war natürlich lediglich eine Vermutung. Der Nachrichtensprecher hatte nichts darüber erwähnt, in welchem Verhältnis Messing zur seiner Gespielin gestanden hatte. Aber Baldy wusste aus den Buchungsunterlagen, dass Messing ohne Familie nach Münster angereist war. Und wer holt schon seine eigene Frau auf einen Kurzurlaub nach, um es dann mit ihr auf dem Hotelzimmer zu treiben? Das hätte er auch zu Hause haben können. Außerdem sah es diesem Schwein ähnlich, dass er seine Frau betrog.

Der Zorn über Messings unerhörtes Verhalten trieb wie ein glühender Lavastrom durch seine Adern, als ihm unvermittelt ein neuer Gedanke durch den Kopf schoss. Er lief ein paar Schritte durch das Wohnzimmer und dachte angestrengt nach. Wenn er sich recht erinnerte, hatte der Reporter das Wort »während« benutzt. Was nur bedeuten konnte, dass Messing nicht bis zum Ende durchgehalten hatte.

Vermutlich hat er gekämpft wie ein Stier, um überhaupt einen hochzukriegen, so angeschlagen wie er war, dachte Baldy. Die Vorstellung, dass Messing letztlich unbefriedigt dahingeschieden war, ließ seinen Puls wieder zur Ruhe kommen.

Baldy verbannte Messing aus seinen Gedanken und lenkte seine Aufmerksamkeit auf die Spekulationskette, die der Reporter über die vermeintlichen Hintergründe der Tat von sich gegeben hatte. Aus den Äußerungen – reißerisch aufgemacht, aber ohne jeden Inhalt – war klar zu entnehmen, dass die Presse nicht die geringste Ahnung über die wahren Zusammenhänge hatte.

Am liebsten hätte er die Nummer des Senders gewählt und bei der Sache mitgemischt: *Ja, hallo, hier spricht ein anonymer Informant. Sie haben recht, das alles ist kein Zufall. Okay, dass Komohoto dran glauben musste, war ein unglückliches Versehen. Was meckert dieser Idiot auch über das Zimmer? Aber ansonsten liegen Sie richtig: Eine natürliche Ursache haben die Todesfälle nicht. Die Obduktion wird dazu einige interessante Erkenntnisse liefern. Und wenn Sie dann begriffen haben, was hier vorgeht, sollten auch Sie anfangen, Angst zu haben. Vielleicht steht Ihr Name ja auf meiner Liste. Was ich damit meine? Das erfahren Sie noch früh genug. Fangen Sie schon mal an zu beten, dass die Polizei meinen Forderungen nachkommt. Auf Wiederhören.*

Baldy hatte seinen imaginären Anruf kaum beendet, als eine neue Erkenntnis wie ein unvermittelter Gewitterblitz durch sein Gehirn schoss: Der Reporter hatte weiterhin gesagt, dass die Leiche »unverzüglich« zur Obduktion freigegeben worden sei. Das wiederum bedeutete, dass Messing bereits mit einem langen Y-Schnitt von den Schlüsselbeinen bis zum Schambein auf einem Seziertisch lag und seine Bauch- und Brustorgane ein paar Meter neben ihm in einer OP-Schale lagerten.

Verdammter Mist.

So schnell hatte er nicht mit einer Obduktion gerechnet. Seinem eigenen Zeitplan zufolge sollte die Polizei frühestens morgen über entsprechende Untersuchungsergebnisse verfügen, um dann mit einem weiteren Tag Verzögerung endgültig auf seine Spur zu kommen.

Nun konnte alles viel schneller ablaufen. Wenn er Pech hatte, standen sie schon heute Abend vor seiner Haustür, und er würde keine Zeit mehr zur Vorbereitung seines letzten Schachzugs haben.

Baldy wurde klar, dass er sofort handeln musste.

Scheiß auf die Kopfschmerzen, riss er sich zusammen.

Die Schlampe muss sterben! Kaminski, Hugenroth, Messing und sie. Erst dann ist der Job erledigt.

Baldy trabte in sein Arbeitszimmer und fuhr den Rechner hoch. Nach einer Viertelstunde hatte er alles so weit vorbereitet, dass er nur noch den richtigen Zeitpunkt seines Angriffs festlegen musste. Er wusste, dass sein nächstes Ziel eine notorische Frühaufsteherin war. Auf ihrem Xing-Profil prahlte sie damit, jeden Abend Punkt 22.00 Uhr in ihrem Frankfurter Nobelappartement ins Bett zu gehen und um 4.00 Uhr morgens bereits die ersten Mails zu bearbeiten.

Vielen Dank für den Hinweis, du Idiotin!

Er hatte im Internet recherchiert, dass bei diesen Schlafgewohnheiten für gewöhnlich gegen Mitternacht eine ausgiebige Tiefschlafphase einsetze, und die gedachte Baldy zu nutzen.

Er setzte den Befehl für sein Programm auf Punkt 0.00 Uhr heute Nacht. Isoliert betrachtet war es ein perfekter Zeitpunkt – nur leider einen Tag früher als ursprünglich geplant. Damit verblieb ein gewisses Risiko, zum Beispiel, dass sie auf Dienstreise war oder einen Kurzurlaub angetreten hatte und gar nicht zu Hause schlief.

Dieses Risiko hätte morgen Nacht nicht bestanden, das wusste Baldy. Morgen fand ein Zweitageskongress in Frankfurt statt, auf dem sie als Rednerin gelistet war, und eine auswärtige Übernachtung zwischen diesen beiden Kongresstagen war praktisch ausgeschlossen. Aber heute?

Trotzdem musste er das Risiko eingehen – es war nun mal, wie es war.

Nachdem er alle Vorbereitungen sorgfältig erledigt hatte, verbrachte er fast zwei weitere Stunden damit, den letzten Teil seines Plans vorzubereiten. Dafür benötigte er den Datenstick, der seit gestern Abend in seinem Besitz war. Als er ihn mit dem Adapter zum Übertragen der Daten mit seinem Computer verband, so wie er es heute Mittag zu Testzwecken getan hatte, hielt er kurz inne.

Das hier ist jetzt kein Test mehr.

Das ist tödlicher Ernst.

Wahnsinn!

Baldy spürte, wie ihm etwas flau wurde. Eine Million Menschen! Die Vorstellung kam ihm unsagbar schändlich vor. Sicher, es würde nicht alle treffen, da er diesmal eher eine Schrotflinte als eine Präzisionswaffe benutzte: Er konnte nicht sicherstellen, dass alle Opfer am Tag des Anschlags zu Hause waren, und bei der Uhrzeit musste er ebenfalls eine Pauschallösung finden, zum Beispiel 3.00 Uhr, eine typische Schlafenszeit. Einige Ziele würde er bestimmt verfehlen. Aber 80 bis 90 Prozent Trefferquote waren dennoch realistisch, spekulierte er. Immer noch eine gewaltige Menge.

Baldy atmete tief aus.

Bleib cool, dachte er.

Keine Abweichung vom Plan. Das war das Wichtigste.

38

Maike Herwig war in ihrem ganzen Leben noch nie so ausgelaugt gewesen. Ihre Nackenmuskeln kamen ihr vor wie ein Strang in sich verdrehter Stahlseile, und ihr Puls jagte angetrieben von einer Überdosis Koffein seit Stunden auf der Überholspur.

Sie warf einen Blick auf die Zeitanzeige am Bildschirm: eine Stunde bis Mitternacht. Was bedeutete, dass sie seit mehr als zwölf Stunden ununterbrochen vor dem Computer saß und recherchierte. Okay, das stimmte nicht ganz – für etwa eine Stunde war sie auf dem »Ausflug« im Hotel Bergmann gewesen. Allerdings hatten der Anblick von Messings Leiche und die Überprüfung der Personalien der völlig verstörten Jutta Klinger nicht gerade zur Entspannung beigetragen. Danach war sie auf Ivens' Geheiß hin gleich zurück in die Innenstadtwache geeilt, um Polizeichef Müngersdorf den aktuellen Ermittlungsstand zu übermitteln und ihre Recherchen fortzusetzen.

Das war mittlerweile über vier Stunden her. In dieser Zeit hatte sie fieberhaft nach weiteren Indizien gesucht, um endlich eine brauchbare Spur zu dem potenziellen Attentäter zu finden. Lange würde sie nicht mehr durchhalten. Ihre Augenlider fühlten sich an wie schwere Bühnenvorhänge, die unablässig alles verdunkeln wollten. Ihr Denken und ihre Bewegungen erschienen ihr unendlich verlangsamt.

Sie verfluchte sich dafür, dass sie gestern so diensteifrig gewesen war und bis spät in die Nacht die Akte Komohoto studiert hatte. Schon dadurch hatte sie ein Schlafdefizit von mehreren Stunden aufgebaut. Am liebsten hätte sie einfach den Kopf auf die Schreibtischplatte gelegt und sich ihrer Müdigkeit ergeben. Aber dafür war keine Zeit. Nicht jetzt, wo sie so nah dran war – zumindest glaubte sie fest daran, auf der richtigen Spur zu sein.

Nachdem Ivens sich auf den Weg in die Hauptwache gemacht hatte, um bei Müngersdorf eine Obduktionserlaubnis für Messings Leichnam zu erstreiten, hatte sie zunächst weiter an ihrer Theorie über den Brand in dem Studentenwohnheim gefeilt.

Brandanschlag – oder Unfall?

Herwig wusste nicht so recht, was sie glauben sollte, obwohl Ivens hierzu eine unumstößliche Meinung zu haben schien. Mittlerweile war ihr auch klar, warum.

Als sie den Namen Kira Ivens auf der Liste der insgesamt 27 Todesopfer gefunden hatte, hatte sie sofort verstanden, wieso ihr Chef so barsch reagiert hatte. Sie hatte zwar keine eigenen Kinder, aber allein die Vorstellung reichte aus, um zu begreifen, welche Qualen Ivens durchlebt haben musste. Kein Wunder, dass er diesen Fall nicht noch einmal aufgerollt sehen wollte. Allein die Erinnerungen an die Ereignisse mussten einen unvorstellbaren Schmerz in ihm auslösen.

Herwig erinnerte sich daran, wie ihr Großvater vor vielen Jahren einmal aus heiterem Himmel gesagt hatte, dass niemand seine eigenen Kinder überleben sollte. Dabei hatte er merkwürdig aus dem Fenster geschaut, als würde er auf die Ankunft eines lang ersehnten Gastes warten. Der Spruch war ihr im Gedächtnis geblieben, weil ihr Großvater, Zeit seines Lebens ein fast unerträglicher Tyrann ohne jede erkennbare menschliche Wärme, ihr gegenüber sonst nie über persönliche Dinge gesprochen hatte. Sie wusste, dass er selbst zwei

Kinder – die älteren Brüder ihres Vaters – bei einem Autounfall verloren hatte.

Wenige Tage nach diesem denkwürdigen Ausspruch des Großvaters war er völlig unerwartet verstorben. Herwig glaubte mittlerweile zu wissen, dass er den Tod hatte kommen sehen und dass er in dieser Situation zum ersten Mal über das gesprochen hatte, was ihn unter seiner rauen Schale wirklich bewegt hatte.

Dass Ivens sich so vehement an die Version eines Unfalls klammerte, sah sie ebenfalls in diesem Verlustschmerz begründet, der einen wohl nie losließ. Er ertrug es vermutlich nicht, neben seiner Trauer zusätzlich mit der Ungewissheit leben zu müssen, dass vielleicht ein Brandstifter noch frei herumlief. Es war reiner Selbstschutz.

Mit Rücksicht auf die Gefühle ihres Chefs hatte sie daher beschlossen, in Ivens' Beisein nur noch von einem Unfall zu reden. Eindeutig klären ließ sich die Sache nach all den Jahren vermutlich ohnehin nicht mehr – es sei denn, und das war die Krux an der Sache, der Attentäter verfügte über Beweise, die bisher nicht ans Tageslicht gekommen waren.

Konnte das möglich sein?

Ausgeschlossen war es nicht.

Trotzdem vermutete Herwig, dass ihre erste spontane Argumentation Ivens gegenüber mehr der Wahrheit entsprach: Der Täter scherte sich aller Wahrscheinlichkeit nach einen Dreck um die Beweislage und handelte einzig nach der Wahrheit, die ihm von seinem Hass diktiert wurde. Und dieser Hass hatte ihn direkt zu Kaminski, Hugenroth und Messing geführt.

Um auf diese Fährte gelenkt zu werden, war kein besonderes kriminalistisches Geschick erforderlich, wie sie Aufgrund ihrer eigenen Nachforschungen mittlerweile wusste.

Hugenroth und Kaminski stellten mit insgesamt 22 Wohneinheiten die Mehrheitseigentümer des Objekts, und ihre gemeinsame Studienzeit in Münster sowie die gemeinsamen politischen Ambitionen in Richtung Europapolitik waren leicht zu recherchieren. Beide kannten viele der örtlichen Politiker persönlich, denen im Zusammenhang mit dem Baugenehmigungsverfahren für einen Abriss und Neubau des Wohnheims Bestechungsvorwürfe entgegengebracht wurden.

Die Eigentumsverhältnisse an dem Wohnheim waren nie veröffentlicht worden. Der unbekannte Attentäter musste sich daher einen Zugriff auf das beim Amtsgericht geführte Grundbuch verschafft haben – was allerdings kein besonderes Kunststück darstellte. Diesen Zugang auf die Grundbucheinträge bekam jeder, der ein berechtigtes Interesse nachweisen konnte – oder sich auf das Einhacken in fremde Netzwerke verstand. Von da aus dürfte er dann zu den gleichen Schlussfolgerungen gelangt sein, die sie selbst in den letzten Stunden aufgestellt hatte.

Nach diesen Schlussfolgerungen waren Hugenroth und Kaminski mit Abstand die größten Nutznießer einer »warmen Sanierung«, wie ein heimlich gelegtes Feuer zum Zweck des Versicherungsbetrugs oder zur Erlangung von sonst nicht verhandlungsfähigen Baugenehmigungen in Fachkreisen genannt wurde. Fehlte nur noch der bezahlte Lakai, der sich die Hände schmutzig machte. Hier kam theoretisch jeder in Betracht. Der Täter hatte sich offensichtlich auf Josef Messing als quasi obersten »Hausmeister« des Objekts eingeschossen. Als bestellter Verwalter des Objektes dürfte er über einen Generalschlüssel verfügt haben, und er kannte vermutlich die Gegebenheiten vor Ort. Ein naheliegender Verdacht.

Aber ob es Beweise hierfür gab? Herwig konnte die Frage nicht beantworten. Sie hatte keine konkreten Verdachtsmomente gegenüber Messing finden können – was nach den vier Jahren, die der Fall mittlerweile zurücklag, auch an ein Wunder gegrenzt hätte.

Trotzdem war der Zusammenhang zwischen den drei Todesopfern unverkennbar. Wer auch immer hinter den Morden steckte, er hatte mit Sicherheit die gleichen Verbindungen hergestellt und sich dann von seinem Hass treiben lassen.

Wer aber war dieser Mensch, der nach all den Jahren, die das Unglück nun schon zurücklag, noch immer keine Ruhe fand? Um diese Frage zu beantworten, hatte sie sich als Nächstes auf die Recherche zu Angehörigen der damaligen Opfer gestürzt, die Ivens ihr aufgetragen hatte.

Schnell war sie auf den Namen Kira Ivens gestoßen, und schnell verstand sie, warum Ivens ihr nahegelegt hatte, sich intensiv mit Günther Bergmann zu befassen. Auch seine Tochter befand sich unter den Opfern. Ivens musste es gewusst haben.

Bergmanns Tochter hieß Stefanie und war 23 gewesen, als das Feuer sie aus dem Leben gerissen hatte. Für Günther Bergmann war das mit Sicherheit ein genauso schwerer Schlag gewesen wie für Ivens, und sie konnte sich gut vorstellen, dass auch Bergmann jeden Tag um seine Tochter trauerte.

Oder trauerte er nicht nur?

Ivens' Anweisung, sich intensiv mit Bergmann zu befassen, war umso naheliegender, wenn man bedachte, dass immerhin zwei von drei – wenn man Komohoto mitzählte, sogar drei von vier – Opfern in der Nacht vor ihrem Tod Gäste seines Hotels gewesen waren. Er hatte Zugang zu jedem

Zimmer, und er kannte die Hotelabläufe und Gewohnheiten seiner Gäste vermutlich besser als jeder andere. Nichts wäre für ihn leichter gewesen, als einem Gast seines Hauses bei passender Gelegenheit eine tödliche Droge oder ein Gift unterzujubeln.

Eine plausible Theorie. Allerdings störte Herwig sich an zwei Dingen: Zum einen passte Kaminskis Ableben nicht in dieses Schema. Er hatte in der Nacht vor seinem Tod im Hotel Königshof genächtigt, einem Konkurrenzbetrieb des Hotels Bergmann. Damit lag er außerhalb eines direkten Zugriffs durch Bergmann. Wie sollte er dort an ihn herangekommen sein?

Zum anderen passte Komohotos Tod für Herwig nicht ins Bild. Nach ihrer Theorie war sein Ableben ein Missverständnis, das einzig auf dem unerwarteten Zimmertausch mit Messing basierte. Wäre Bergmann so ein Fehler unterlaufen? Wusste er nicht, was in seinem Hotel vor sich ging? Hatte ihn niemand informiert, dass der wichtigste Gast seines Hauses mit seinem Zimmer unzufrieden war? Für Herwig war das schwer vorstellbar. Er musste mitbekommen haben, dass Messing ein neues Zimmer bezogen hatte. Was immer er in seinem Zimmer als Todesfalle platziert hatte, er hätte es beseitigen können, bevor Komohoto dort eingezogen war.

Als Nächstes hatte Herwig Bergmanns Frau überprüft. Sie lebte mittlerweile getrennt von ihrem Mann in Hamburg. Wenn die Daten vollständig waren – was in diesem Falle hieß, dass es keine Daten über sie gab –, vegetierte sie dort als geisterhaftes Wesen dahin. Zumindest hatte der Computer nicht einen Hinweis auf berufliche, ehrenamtliche oder sonstige Aktivitäten irgendeiner Art über sie finden können.

Herwig spekulierte, dass es für Frau Bergmann viel schwieriger gewesen sein musste, mit dem Tod ihrer Tochter klarzukommen. Vermutlich war sie nach Hamburg gezogen, um alle Erinnerungsbrücken hinter sich zu lassen. Ein Leben auf der Flucht vor der eigenen Vergangenheit. Dass sie aus diesem freiwillig gewählten Exil heraus unvermittelt als Racheengel unterwegs war, war nur schwer vorstellbar.

Anders sah die Sache jedoch bei einem dritten Mitglied der Familie Bergmann aus. Herr und Frau Bergmann hatten noch einen Sohn, und er war der Grund, warum Herwig mittlerweile fest davon überzeugt war, eine wirklich heiße Spur gefunden zu haben. Vielleicht war er sogar die alles entscheidende Spur.

Dennis Bergmann – der Zwillingsbruder der verstorbenen Tochter – war ein Langzeitstudent. Das Verzeichnis der Universität Münster listete ihn im Fachbereich Informatik im 14. Semester.

Was Dennis Bergmann ganz nach oben auf die Liste der möglichen Täter brachte, war sein außeruniversitäres Betätigungsfeld. Er hatte einen Ein-Mann-Betrieb angemeldet, und dieser Betrieb kümmerte sich um die Wartung und Pflege von Hotelmanagementsoftware und der entsprechenden Netzwerke.

Herwig hatte keine Ahnung, was so eine Software genau machte, aber sie reimte sich Dinge wie Check-in- und Check-out-Abfertigung, Bezahlsysteme, Auslastungsplanung und Ähnliches zusammen. Letztlich war das egal. Worauf es ankam, war die Liste der Kunden, die Bergmann betreute. Unter dem Stichwort »Referenzen« war sie wie eine Trophäensammlung auf seiner Internetpräsenz dargestellt: Neben dem Hotel Bergmann und vielen anderen Hotels der Stadt prangte dort auch der Königshof mit Namen und Logo.

Zuerst hatte Herwig sich gewundert, wie der Sohn eines Hoteliers so viele Kunden aus der gleichen Branche, die in direkter Konkurrenz zum Betrieb seines Vaters standen, hatte gewinnen können. Aber dieses augenscheinliche Manko wusste Bergmann Junior geschickt zu seinem Vorteil zu nutzen: Mit vertrauenserweckenden Worten erklärte er auf seiner Internetseite, dass es gerade im IT-Umfeld genug Laien gäbe, die nichts von den fachlichen Abläufen hinter den Programmierzeilen verstünden. Expertise im Hotelmanagement sei dringend gefragt, und diese würde er als Sohn eines Hoteliers quasi von Geburt an mitbringen. Außerdem käme es im Wettbewerb nur bedingt auf die computergestützten Abläufe in der täglichen Abfertigung der Gäste, sondern primär auf die Vermarktung eines Hotels nach außen an. Und hier würde er keine Dienstleistungen anbieten.

Seine Kundenliste bewies, dass diese Argumentation offenbar überzeugte.

Mangels tieferer Kenntnisse im IT-Umfeld konnte Herwig nur spekulieren, wie Dennis Bergmann konkret arbeitete und wie die Abläufe bei der Wartung und Pflege von Softwaresystemen in der Praxis aussahen. Vieles ließ sich bestimmt über Fernwartung regeln, also den Zugriff auf die Software von außen. Aber in bestimmten Fällen war es sicher erforderlich, vor Ort in den Hotels zu sein, zum Beispiel wenn eine Hardwarekomponente ausgefallen war oder wenn Mitarbeiter der Hotels geschult werden mussten. Und dank seiner Administratorenrechte konnte Bergmann sich mit Sicherheit jederzeit ein Bild darüber verschaffen, wann welcher Gast in welchem Hotel ein Zimmer gebucht hatte.

Aber hatte er Zugang zu den Zimmern?

An diesem Punkt hatte Herwig lange gearbeitet. Als sie tiefer in Dennis Bergmanns Leistungsangebote eingestiegen war, die er wie ein Gemüsehändler auf dem Wochenmarkt im Internet anpries, hatte sie Gewissheit gewonnen: Er warb nicht nur damit, der beste Computerexperte der Stadt zu sein, sondern auch mit einem 24-Stunden-Sofortdienst für die Betreuung der Notrufsysteme, der Telefonanlage und der 3D-Drucker in den Zimmern.

Damit war die Sache klar. Insbesondere bei einem Ausfall des Notrufsystems der Zimmer, das von Messings Bettgefährtin benutzt worden war, verstanden die Hoteliers aufgrund von drakonischen Strafen bei einer Prüfung der Gewerbeaufsicht keinen Spaß. Wenn Bergmann Junior hier einen Defekt vortäuschte, würde er innerhalb von Minuten Einlass in jedes gewünschte Zimmer bekommen.

Herwig haderte völlig ausgelaugt mit sich selbst. Ihr Pflichtgefühl sagte ihr, dass sie neben der Familie Bergmann sämtliche Familienangehörigen der 26 anderen Opfer überprüfen musste, so wie Ivens es ihr aufgetragen hatte. Andererseits spürte sie förmlich die Gewissheit, dass Dennis Bergmann in den Fall verwickelt war. Sie mussten ihn als Erstes persönlich überprüfen. Selbst wenn er nicht der Mörder war, so konnte er zumindest als Informant oder Gehilfe eine entscheidende Rolle spielen. Alles andere konnte warten.

Sie fasste daher den Entschluss, an dieser Stelle ihre Recherche zu beenden. Allein die Fertigstellung des Berichts würde bis nach Mitternacht dauern. Danach würde sie schlafen gehen. Morgen war ein neuer Tag, und wenn sie Ivens nicht überzeugen konnte, sich zunächst auf diese Spur zu konzentrieren, konnte sie sich immer noch auf die verbliebenen 26 Opfer und ihre Angehörigen stürzen.

39

Ivens erreichte das Polizeipräsidium um kurz nach Mitternacht. Knappe 30 Minuten vorher hatte er vom kriminaltechnischen Labor die Nachricht erhalten, dass die Obduktionsergebnisse von Messings Leiche vorlagen und Dr. Feil auf dem Weg zum Polizeipräsidium sei, um Müngersdorf persönlich zu berichten.

Als Ivens das Präsidium betrat, umströmte ihn der vertraute und scharfe Geruch von Linoleumreiniger, der wie ein sensorisches Markenzeichen zu diesem Gebäude gehörte. Jetzt, außerhalb der Bürozeiten, flitzten die Verursacher dieses Geruchs zuhauf durch die Gänge, und Ivens musste auf seinem Weg durch das Erdgeschoss mehreren dieser emsig umherschwirrenden tellergroßen Putzroboter ausweichen. Der erforderliche Zickzack-Kurs kostete ihn einige Nerven, zumal ein schmieriger Putzmittelfilm an seinen Schuhsohlen ihn des Öfteren fast stürzen ließ. Mit Mühe erreichte er unversehrt das Büro des Polizeichefs.

Müngersdorfs Bürotür war nur angelehnt, und nach einem kurzen Klopfen trat Ivens ein. Der Polizeichef stand gemeinsam mit dem Leiter der Abteilung Kriminaltechnik an einem Besprechungstisch, wo sie irgendetwas in einem durchsichtigen Plastikbeutel begutachteten. Feils mächtiger Bauch ruhte wie ein abgelegter Sandsack auf der Tischkante, während seine Finger den Beutel mehrmals unter einer Tischlampe im Kreis herumdrehten, als gäbe es darin ein besonders schönes Exemplar eines Goldfisches zu bestaunen.

Aufgeschreckt durch Ivens' Klopfen sahen Müngersdorf

und Dr. Feil kurz zu ihm auf, wandten sich dann aber wieder dem vermeintlichen Goldfisch zu.

»Das Wunderwerk kommt erst unter dem Mikroskop richtig zur Geltung«, erklärte Feil an Müngersdorf gerichtet, als wären die beiden noch immer allein in dem Raum. »Wer immer sich das ausgedacht hat, muss verdammt viel von dem ganzen Kram verstehen.«

»Wovon verstehen?«

Ivens' Frage lenkte die Aufmerksamkeit der beiden Anwesenden endgültig von ihrem Studienobjekt ab. Feil bemühte ein leichtes Kopfnicken in Richtung Ivens, was bei dem gebürtigen Westfalen fast so viel wie eine herzliche Umarmung unter Kollegen bedeutete. Müngersdorf gab Ivens die Hand und zog ihn näher zu sich heran, damit sie sich gemeinsam um Dr. Feil und den an seiner ausgestreckten Pranke baumelnden Plastikbeutel scharen konnten.

Ivens erkannte zunächst nichts. Erst als er die Augen zusammenkniff und genauer hinsah, erspähte er in der Bodenfalte des Beutels einen glänzenden schwarzen Gegenstand. Das Objekt war kaum einen Zentimeter lang und ungefähr halb so dick. Nach Ivens' erster Schätzung handelte es sich um ein Stück einer auskristallisierten synthetischen Droge, wie sie millionenfach in irgendwelchen Kellerlaboren hergestellt wurden. Aber die tiefschwarze glänzende Oberfläche des Objektes passte nicht zu dieser Vermutung – zumindest hatte Ivens noch nie etwas dergleichen gesehen. Auch die Form des Objektes, symmetrisch, mit deutlich erkennbaren Auswuchtungen versehen, war für eine Designerdroge ungewöhnlich.

Ivens runzelte die Stirn. »Was ist das?«

»Sehen Sie es sich genauer an«, sagte Müngersdorf und reichte Ivens ein etwa zigarettenschachtelgroßes Vergrößerungsgerät, das vermutlich ein Mitbringsel aus Feils kriminaltechnischem Labor war. »Sie werden es ohnehin nicht glauben, bis Sie es selbst gesehen haben.«

Während Ivens das Vergrößerungsgerät einschaltete und sich eingehender mit dem Objekt in Feils Plastikbeutel befasste, erfüllte zeitgleich knapp 300 Kilometer entfernt in einem Frankfurter Penthouse ein leises, kaum vernehmbares Surren den Wohnraum, der mit teuren Designermöbeln und zahlreichen Kunstobjekten durchgestylt war.

Das Geräusch übertraf nur geringfügig den eindringenden Verkehrslärm, der unten von der Straße zwischen den angrenzenden Hochhäusern wie in einem Schalltrichter hin- und hergeworfen wurde und schließlich seinen Weg in das hochgelegene Apartment fand. Trotz dieses akustischen Makels verschlang das Penthouse jeden Monat eine Unsumme an Miete. Natürlich kamen die Nebenkosten für den 24-Stunden-Conciergeservice und die vielen anderen Annehmlichkeiten wie die Saunalandschaft und ein großzügig ausgelegtes Schwimmbad im Kellergeschoss noch hinzu.

Susanne Althaus, eine attraktive Geschäftsfrau Ende 40 mit blondiertem Haar und wachen grünen Augen, störte sich nicht an den hohen monatlichen Kosten ihrer Wohnung. Sie konnte es sich leisten. Ihre berufliche Stellung verlangte eine repräsentative Wohnadresse, und die hatte sie hier im Herzen des Bankenviertels von Frankfurt gefunden. Außerdem übertönte ihr stressbedingter Tinnitus seit Jahren jedes Geräusch, das leiser als eine voll aufgedrehte Stereoanlage war. Sie lag nach einem anstrengenden Tag voller Termine in ihrem Bett und gab sich ungestört ihren Träumen hin.

Nach knapp 15 Minuten erstarb das Surren. Susanne Althaus drehte sich im Schlaf. Mit Ausnahme des wie von

Geisterhand erschaffenen pechschwarzen Objekts von der Größe eines kleinen Käfers, das als neuer Gast im Wohnraum erschienen war, hätte es keinen Grund gegeben, diese Nacht besonders zu erwähnen.

»Die äußere Form erinnert mich an ein Insekt«, sagte Ivens. Er hatte deutlich etwas erkennen können, das wie zwei Augen aussah. Das Gebilde bestand aus mehreren fein unterteilten Abschnitten mit einer strukturierten Oberfläche, die aus diversen Gruben, Rillen und Höckern bestand.

»In der Tat faszinierend, nicht wahr?«, fragte Feil. »Die Möglichkeiten der 3D-Drucktechnik erstaunen mich immer wieder.«

Ivens hob verwundert die Augenbrauen. »Das Ding hier stammt aus einem 3D-Drucker?«

»Voll und ganz«, bestätigte Feil.

Ivens starrte erst Feil, dann Müngersdorf an. »Was soll der Unsinn? Wir sind doch nicht hier, um uns irgendwelche albernen technischen Spielereien anzuschauen. Wo sind die Obduktionsergebnisse von Messing?«

»Das sind die Obduktionsergebnisse«, sagte Feil ruhig. »Dieses ›Insekt‹, wie Sie es genannt haben, haben wir aus Messings linker Herzkammer gefischt.«

»Sie erinnern sich an den dunklen Fleck auf den MRT-Bildern?«, fragte Müngersdorf.

Ivens erinnerte sich. Allerdings sprach Müngersdorf ausschließlich von Komohotos MRT-Bildern, die sie als einzige zu Gesicht bekommen hatten. Nach Professor Metzingers Aussage wiesen zwar alle MRT-Aufnahmen den gleichen Befund auf, aber ob diese dunklen Flecken bei allen drei Opfern an genau der gleichen Stelle zu sehen waren, darüber hatte der Kölner Herzspezialist nichts erwähnt. Trotzdem war der Verdacht naheliegend, dass der Inhalt aus Feils Plastikbeutel tatsächlich die Erklärung für dieses Phänomen war – sofern Feil und Müngersdorf sich keinen Scherz mit ihm erlaubten. Ganz sicher war er da allerdings nicht.

»Wenn Sie wissen wollen«, fuhr Feil fort, »wie dieses Objekt aller Wahrscheinlichkeit nach in Messings Herzkammer gelangt ist, sollten Sie den zugehörigen technischen Bericht lesen. In diesem kleinen Ding steckt mehr, als man auf den ersten Blick erkennt.«

Hoch über den Dächern Frankfurts öffnete sich langsam die Abdeckhaube des 3D-Multifunktionsdruckers, den Susanne Althaus vor wenigen Monaten als Ersatz für ihr vorheriges, veraltetes Modell angeschafft hatte. Die letzten 15 Minuten war das Gerät damit beschäftigt gewesen, auf Basis der empfangenen Druckdatei seine verschiedenen Druckdüsen und Aushärtungslaser befehlsgemäß auszurichten und Mikrometer für Mikrometer feine Strukturen aufzubauen.

Da der Drucker keinen Verstand im herkömmlichen Sinne besaß, konnte er nicht wissen, dass die erhaltenen Baupläne aus einer rund 300 Kilometer entfernten Stadt gekommen waren und dass seine Besitzerin der Ausführung dieser Pläne niemals zugestimmt hätte. So entließ er ohne jedes Schuldbewusstsein seine jüngste Schöpfung mit einem leisen Piepton in die Welt.

Es dauerte fünf Sekunden, bis sich das schwarz glänzende Objekt auf dem Druckbett zu regen begann. Langsam drehte es sich im Kreis, hielt kurz inne, als wolle es sich orientieren, und bewegte sich dann auf Antriebsrädern, die mit Widerhaken versehen waren, zielstrebig auf den Rand des Druckbetts zu. Von da stürzte es sich hinab auf die elegant geschwungene Mahagoniplatte des Schreibtisches, auf dem der Drucker stand. In den Proportionen eines Menschen gedacht war dies ein Sturz aus mehr als 20 Metern Höhe, aber solche Stürze machten dem kleinen käferähnlichen Gebilde nichts aus. Es orientierte sich erneut, bewegte sich weiter zum Rand des Schreibtisches und ließ sich über die Kante hinab auf den Parkettboden fallen. Von hier nahm es seinen Weg entlang der Bodendielen in Richtung Schlafzimmer, in dem Susanne Althaus fest und ruhig schlummerte.

»Ersparen Sie mir das Lesen von Berichten«, sagte Ivens. »Was tut dieses Ding?«

Feil ließ sich stöhnend auf einen der Stühle am Besprechungstisch fallen, als erfordere die Beantwortung von Ivens' Frage seine gesamte körperliche Energie. Müngersdorf wies Ivens an, sich ebenfalls zu setzen.

»Dieser kleine Käfer hier ist vollgestopft mit modernster Technik«, begann Feil seine Erläuterung. »Nicht nur die Antriebstechnik ist faszinierend, auch die offensichtlich ausgeklügelte Zielprogrammierung …«

»Moment mal«, unterbrach Ivens, »wollen Sie damit etwa behaupten, dass sich dieses Ding eigenständig bewegen kann? Ein Haufen Plastik aus einem 3D-Drucker?«

Feil und Müngersdorf verdrehten fast gleichzeitig die Augen.

Augenblicklich bereute Ivens seinen Kommentar. Zumal er dank der jüngst erfolgten Reparatur seiner Sonnenbrille und den begleitenden Erklärungen von Gisela Schröder ziemlich gut darüber informiert war, dass 3D-Drucker weit mehr konnten, als einen Haufen Plastik auszuspucken. Er erinnerte sich an das feine Scharnier, das der Drucker inmitten der Verbindungsstelle zwischen Bügel und Brillenfassung aufgebaut hatte, und daran, dass man auf diese Art auch andere Gelenkverbindungen bis hin zu feinen Antriebsrädern herstellen konnte.

Dennoch – was ihm vollends fehlte, war eine Idee davon, wie so ein Drucker ein sich eigenständig bewegendes Objekt ausspucken sollte. Das wäre die richtige Frage gewesen. Dank seines Kommentars über den »Haufen Plastik« durfte er sich jetzt bestimmt eine Standpauke über sein angeblich miserables technisches Verständnis anhören.

Okay, vielleicht nicht nur angeblich.

»Mein Gott, Ivens«, polterte Müngersdorf erwartungsgemäß los, »wenn das so weitergeht, werde ich Sie noch zu einem Technikseminar zwangsverpflichten. Wann haben Sie sich zum letzten Mal einen 3D-Drucker angeschafft?«

Ivens zuckte ausweichend mit den Schultern.

Müngersdorf interpretierte seine Reaktion sofort richtig. »Sie haben gar keinen? Das darf doch wohl nicht wahr sein.« Fassungslos wandte er sich an Feil. »Erklären Sie es ihm, mir platzt sonst noch der Kragen.«

Ein verstohlenes Grinsen huschte über Feils Gesicht, und Ivens wusste, warum. Zwar kam er mit dem dickbäuchigen Kriminaltechniker gut aus, aber auch Feil hatte ihm schon häufiger Vorträge wegen seines unverkennbaren Technikanalphabetismus gehalten.

»Also, erstens«, sagte Feil in einem Tonfall, als habe er ein begriffsstutziges Kind vor sich, »gängige Multifunktionsdrucker arbeiten seit Jahren mit verschiedenen Werkstoffen wie Metallen, Keramik, Harzen und verschiedenen High-Tech-Kunststoffen. Von wegen ein Haufen Plastik. Zweitens: Im Jahr 2014 haben Forscher der Universität Wien ein originalgetreues Abbild der Londoner Tower Bridge in den Abmessungen eines menschlichen Haares gedruckt.

Heute sind Drucke im Nanometerbereich, also in Dimensionen, die kleiner als ein Staubkorn sind, problemlos möglich. Selbst der gemeinsame Druck verschiedener Materialien wie Wicklungen aus Metall und isolierender Keramik sind in diesen Abmessungen möglich. Elektromotoren, logische Schaltkreise mit fest verdrahteter Programmierlogik und Sensoren aus 3D-Druckern sind um ein Vielfaches kleiner als handelsübliche Bauteile realisierbar. Und drittens: Während noch vor wenigen Jahren alle beweglichen Objekte aus 3D-Druckern mit einer nachträglich eingebauten Minibatterie betrieben werden mussten, ist heute dank überall verfügbarem Induktionsstrom auch die autonome Energieversorgung für gedruckte Objekte kein Problem mehr.« Feil hielt kurz inne und schob dann nach: »Sie wissen, was Induktionsstrom ist?«

»Ganz blöd bin ich auch nicht«, sagte Ivens. Er wusste tatsächlich, was Induktionsstrom war, auch wenn dieses Wissen auf eine ähnlich peinliche Art wie die heutige Belehrung über 3D-Drucker zu ihm durchgedrungen war.

Er hatte sich vor Jahren ein neues Handy kaufen müssen, weil sein altes während einer Jeep-Safari auf La Gomera im wahrsten Sinne des Wortes unter die Räder gekommen war. Als er den Packungsinhalt überprüft hatte, fiel ihm das Fehlen des Ladekabels auf. Seine Nachfrage hatte dem Verkäufer ein ähnlich verstohlenes Grinsen ins Gesicht getrieben wie vor wenigen Minuten seinem Kollegen Feil: Ob er denn nicht wisse, dass die meisten elektronischen Kleingeräte heutzutage kein Kabel mehr hätten, sondern über Induktionsstrom aufgeladen würden? In seiner Wohnung würde sich bestimmt eine induktive Ladestation befinden, die in den meisten WLAN-Routern integriert sei. WLAN habe er doch, oder? Und selbst wenn nicht, alle öffentlichen Gebäude, Flughäfen, Bahnhöfe und Gaststätten würden heute über Ladestationen verfügen, deren elektromagnetische Wellen meist bis auf die vorgelagerte Straße reichen. Er könne gar nicht verhindern, dass sein Handy sich quasi schon im Vorbeigehen aufladen würde.

Von da an hatte Ivens gewusst, was Induktionsstrom ist.

»Wenigstens etwas«, murmelte Feil und riss Ivens damit aus seinen Gedanken. »Damit dürfte also klar sein, wie sich dieses Ding bewegen kann. Kommen wir jetzt zu dem Innenleben dieses faszinierenden Objektes …«

Während Ivens mit zunehmendem Entsetzen Feils Ausführungen über das seltsame künstliche Insekt in der Plastiktüte lauschte, kämpfte sich dessen baugleicher Zwillingsbruder in dem Frankfurter Penthouse zielstrebig seiner Bestimmung entgegen. Unbeirrbar folgte er der registrierten Körperwärmesignatur von 36,9 Grad Celsius, die seine Sensoren direkt nach seiner Geburt erfasst hatten und von deren Spur er sich nicht mehr trennen würde.

Er erreichte das Schlafzimmer, registrierte eine Winkelveränderung der Wärmequelle, suchte nach einer Aufstiegsmöglichkeit und erreichte einen Fuß des stoffbezogenen Bettgestells. Oben angekommen verharrte er kurz am Rand der Bettdecke, fast, als würde er für einen Moment überlegen, ob er sein Werk vollenden sollte. Seine Programmierung ließ jedoch kein Zögern, kein Zweifeln, geschweige denn so etwas wie Mitleid zu.

Ein zweiter Sensor, aktiviert von der direkt vor ihm liegenden Wärmequelle, nahm nun die Messung der Außengeräusche vor. Lautlos wie eine sich anschleichende Spinne glitt das Objekt weiter und suchte sich seinen Weg entlang der lauter werdenden Atemgeräusche. Es erreichte das Kopfkissen.

Vier Zentimeter, dann hatte es Susanne Althaus' Gesicht mit dem Zentrum der Schallquelle erreicht. Zwei Zentimeter. Noch einer. Groß und breit wie ein geöffnetes Scheunentor tat sich sein Ziel vor ihm auf, der Ort, wo Temperatur und Geräuschpegel am höchsten waren: Althaus' im Schlaf halb geöffneter Mund.

»Die Sensoren, die Ähnlichkeit mit Insektenaugen haben, reagieren vermutlich auf Körpertemperatur und Schallwellen«, erklärte Feil. »Genaues wissen wir momentan noch nicht. Aber es steht zu vermuten, dass unser kleiner Todesengel hier mithilfe dieser Sensoren seine Opfer zielgenau orten kann und weitere Funktionen aktiviert und steuert, die sich im Inneren verbergen. Warten Sie, ich zeige es Ihnen.«

Feil nahm das Objekt aus dem Plastikbeutel, griff nach dem Vergrößerungsgerät und fing an, sich mit zwei Pinzetten an dem Miniroboter zu schaffen zu machen. Ivens konnte erkennen, wie Feil den äußeren Panzer des künstlichen Insekts nach oben bog. Dann reichte er Ivens das Vergrößerungsgerät.

»Sehen Sie selbst.«

Susanne Althaus hatte den Kopf tief im Kissen vergraben. Als etwas ihre Lippen berührte, verarbeitete ihr träumendes Unterbewusstsein den Sinneseindruck und gab einen flüchtigen Befehl zur Reaktion. Begleitet von einem Schwall Speichel fuhr sich Althaus mit der Zunge über die Lippen. Weniger als eine Sekunde später registrierte ihr Vagusnerv eine kurze Reizung des Zungengrunds und leitete den unwillkürlichen Schluckvorgang ein.

Die weiteren Ereignisse dieser Nacht blieben für Susanne Althaus gänzlich unter dem Schleier ihrer Träume verborgen. Sie spürte nicht, wie das verschluckte Objekt wie auf einer gut gefluteten Rutschbahn die Speiseröhre hinabglitt. Der nachfolgende elektrische Impuls zum Ausfahren winziger Keramikklingen, die wie der eingezogene Saugrüssel einer Stechmücke im Inneren des Objektes verborgen waren, wurde unbemerkt durch das nahe rhythmische Beben ihres Herzens ausgelöst.

Althaus nahm die mikroskopisch kleinen Einstiche in ihrer Speiseröhre durch die feinen Widerhaken an den Antriebsrädern des Objektes nicht wahr, als sie sich in die Zellmembranen ihres feuchten Gewebes gruben. Sie hatte keine Empfindung dafür, wie sich das kleine Objekt in ihrem Körper wie eine vom Blutdurst getriebene Zecke seinen Weg in das Mediastinum bohrte, den von lockerem Bindegewebe umfassten Brustraum mit den großen Blutgefäßen. Selbst der stundenlange Kampf des kleinen Objektes in ihrem Inneren, bei dem wahllos Gewebe und Gefäße zerschnitten wurden, entzog sich vollständig ihrem Bewusstsein.

Das Objekt setzte seine Arbeit unerbittlich fort, bis es schließlich die große Hohlvene erreichte und sich im mächtigen Strom des sauerstoffarmen Blutes bis zur rechten Herzkammer treiben ließ, um dort sein zerstörerisches Treiben notfalls bis in alle Ewigkeit fortzusetzen.

40

Ivens legte das Vergrößerungsgerät und den von Dr. Feil auf sein Innenleben entblößten Käfer zurück auf den Besprechungstisch und schob seinen Stuhl weit nach hinten, als wolle er einen möglichst großen Abstand zwischen sich und dem Objekt schaffen. Das, was er in den letzten Minuten gesehen und gehört hatte, ließ ihm, als er die Zusammenhänge begriff, einen kalten Schauer über den Rücken laufen.

Niemals hätte er so eine heimtückische und niederträchtige Art zu töten für möglich gehalten. Alle Ermittlungsansätze, die er bisher gemeinsam mit Herwig verfolgt hatte, waren mit einem Schlag vom Tisch gefegt. Weder gab es irgendwelche neuartigen Drogen oder gefährliche Arzneien, die die Opfer zufällig gemeinsam konsumiert hatten, noch hatte sich jemand vom Hotelpersonal an die Opfer angeschlichen und ihnen herzschädigende Substanzen verabreicht. Der Täter war vielmehr ein Programmierer – und ein genialer dazu, wenn man Feils Begeisterung für die Ausführung dieses tödlichen Käfers in Betracht zog.

Ivens fragte sich, ob über die 3D-Drucker jedes beliebige Ziel an jedem beliebigen Ort für den Täter erreichbar war. Er verstand jedoch zu wenig von den technischen Details, um das beurteilen zu können. Er brauchte Klarheit, und die bekam er nur, wenn er Fragen stellte – auch wenn er damit Gefahr lief, sich erneut als technischer Volltrottel zu outen.

»Wenn ich das richtig verstehe, schickt also jemand von irgendwo auf der Welt eine Programmdatei an einen 3D-Drucker und erschafft dieses Teufelswerkzeug, das sich dann über den nächstbesten Menschen hermacht, der sich in seiner Nähe befindet?«

»Ja, so sieht es aus«, seufzte Feil. »Die Sensoren des Objektes reagieren mit hoher Wahrscheinlichkeit auf die nächste Wärmequelle. Theoretisch könnte es jeden treffen, der sich in seiner Nähe aufhält.«

»Okay, aber in einem Hotelzimmer, wo Drucker und Bett im gleichen Raum stehen, wird es vermutlich immer den Gast treffen, der das Zimmer gebucht hat. Was erklären würde, warum unser Täter bisher ausschließlich Hotelzimmer für seine Anschläge benutzt hat. In einer Privatwohnung, wo sich vielleicht mehrere Personen gleichzeitig aufhalten, ist eine gezielte Tötung deutlich erschwert.«

Feil nickte. »Die Rechenleistung dieses Objektes beschränkt sich vermutlich nur auf einige elementare Vorgänge wie Temperaturabgleich und Geräuschpegelmessung. Damit kann er zwar zuverlässig einen Menschen von einem Hund oder einer anderen Wärmequelle wie etwa einer Stehlampe unterscheiden, aber mehr auch nicht. Außerdem ist zu vermuten, dass der kleine Käfer immer nur nachts losgeschickt wird und seine Opfer im Schlaf überfällt. Anders lässt sich kaum erklären, wie er in die Körper der Opfer gelangt ist.«

Müngersdorf verzog das Gesicht, als wäre er dazu aufgefordert worden, eine Schale lebender Maden zu verspeisen. »Sie meinen, er kriecht den Opfern im Schlaf in den Mund?«

»Genau das«, bestätigte Feil nüchtern. »Einfach und sehr effektiv. An den gängigen Gerüchten, dass ein Mensch im Laufe eines Jahres bis zu 70 Spinnen und Insekten im Schlaf verschluckt, ist zwar wenig dran. Aber das liegt mehr an der Intelligenz dieser Kleintiere, die sich freiwillig nur selten in die Nähe eines geöffneten Mundes begeben. Gerät dennoch im Schlaf etwas auf unsere Zunge, ist der Schluckreflex die unweigerliche Reaktion. Sobald unser Käfer erstmal in der Speiseröhre angelangt ist, beginnt die Zerstörung. Die Schnitte dieser nanofeinen Keramikklingen sind so klein, dass unser Nervensystem sie noch nicht einmal registriert – mal abgesehen davon, dass viele innere Organe wie Speiseröhre, Leber und Herz ohnehin keine Schmerzrezeptoren haben, die uns irgendeinen Defekt melden könnten.«

»Damit wird auch klar, warum alle Opfer erst im Laufe des nächsten Tages nach der Hotelübernachtung ihren Verletzungen erlagen«, ergänzte Ivens. »Vermutlich führen die feinen Verletzungen frühestens Stunden später zu einem nennenswerten Abfall des Blutdruckes und werden erst bemerkt, wenn es bereits zu spät ist.«

»Oder wenn das Blut so richtig in Wallung kommt«, ergänzte Feil mit einem breiten Grinsen im Gesicht. Er hatte wohl die Nachrichten verfolgt und war über die mehr oder weniger dezenten Anspielungen der Reporter auf Messings letzte Aktivitäten vor seinem Dahinscheiden informiert.

»Bleiben Sie sachlich«, ermahnte ihn Müngersdorf, der für solche Späße offensichtlich nicht viel übrighatte. »Können wir aufgrund der bisherigen Ergebnisse den Täterkreis irgendwie eingrenzen?«

Feil wurde wieder ernst. »Wir können es über den Absender der Druckdatei versuchen. Wenn wir die Netzwerkprotokolle vom Hotel Bergmann auswerten, müsste erkennbar sein, von welcher IP-Adresse aus das Datenpaket geschickt wurde. Allerdings sollten wir die Erwartungen nicht zu hoch hängen. Wer so etwas Ausgeklügeltes programmieren kann, der wird auch seine Datenspuren effektiv verwischen können.«

»Das vielleicht«, bemerkte Ivens. »Aber denken Sie an die Umstände: Unser Täter hat nach unseren bisherigen

Recherchen nicht wahllos getötet. Er hat seine Opfer gezielt nach Münster gelockt, und er wusste genau, in welchem Hotel und in welchem Zimmer er zuschlagen musste – von dem Zimmertausch zwischen Komohoto und Messing mal abgesehen. Er muss also die Hotels permanent überwacht, sich Zugriff auf die Belegungspläne und Buchungsunterlagen verschafft und sogar die Gegebenheiten vor Ort analysiert haben.«

»Vielleicht hat er den Opfern gefälschte Werbemails geschickt, um sie gezielt in die Hotels der Stadt zu locken«, spekulierte Müngersdorf laut vor sich hin.

Oder echte, dachte Ivens, behielt seinen Verdacht bezüglich der Familie Bergmann aber für sich. »Wir werden alle Spuren prüfen. Außerdem ist meine junge Kollegin gerade dabei, sämtliche Angehörigen der damaligen Opfer unter die Lupe zu nehmen.«

Müngersdorf gähnte laut auf und schaute auf die Uhr. Es war weit nach Mitternacht. »Machen wir für heute Schluss. Ivens, Sie bleiben an der Sache dran. Sobald es neue Erkenntnisse gibt, informieren Sie mich unverzüglich.«

41

Herwig schreckte aus dem Schlaf. Kalter Schweiß stand ihr auf der Stirn. Sie schaute auf die Zeitanzeige ihres Handys: 5.00 Uhr.

Viel zu früh. Schlaf weiter.

Sie wälzte sich auf die andere Seite und versuchte, ihr Zeitempfinden erneut auszuschalten, das das Schlafen vom Wachzustand unterschied.

Ihre Bemühungen blieben jedoch vergebens. Ein paarmal drehte sie sich noch von der einen auf die andere Seite, zählte die Minuten, dann gab sie auf. Sie stieg aus dem Bett, zog sich einen Pullover über und ging in die Küche, wo sie sich einen starken Kaffee bereitete.

Noch während die Kaffeemaschine lief, schaltete ihr Verstand in den Ermittlermodus. Fast nahtlos knüpften ihre Gedanken an die Überlegungen an, die sie erst vor wenigen Stunden beendet hatte. Das war etwa eine halbe Stunde nach Mitternacht gewesen. Sie hatte ihren Bericht über die Familie Bergmann fertiggestellt und war völlig erschöpft nach Hause gefahren.

Herwig überprüfte in Gedanken noch einmal die Ergebnisse ihrer Recherche, während sie ihren Kaffee trank. Hatte sie irgendwo einen Fehler gemacht? Sie rief sich alle Fakten noch einmal in Erinnerung und kam zu dem gleichen Ergebnis wie in der Nacht zuvor: Dennis Bergmann musste der Schlüssel zur Lösung des Falls sein.

Bergmann hatte mit dem Verlust seiner Zwillingsschwester eindeutig ein Motiv, entweder selbst als Täter aktiv zu werden oder jemanden zu unterstützen, der ebenfalls auf Rache an den vermeintlichen Brandstiftern des Wohnheims aus war. Vielleicht war dieser Racheengel sein eigener Vater, wie Ivens offenbar vermutete – warum sonst hatte er ihr aufgetragen, den alten Bergmann besonders intensiv unter die Lupe zu nehmen?

Neben dem Motiv verfügte Dennis Bergmann über alle Voraussetzungen, die für eine Planung und Durchführung der Morde erforderlich waren: Bergmann hätte sich jederzeit Zugang zu den Zimmern der Hotels beschaffen können, die auf seiner Kundenliste standen; er hatte Einblick in die Belegungspläne; als Computerspezialist besaß er vermutlich auch die technischen Fertigkeiten, sich in das Netzwerk des Amtsgerichtes einzuhacken und damit auf die Spur von Hugenroth und Kaminski als Mehrheitseigentümer des Wohnheimes zu kommen. Von da aus den Weg zu Messing zu finden, war kein besonderes Kunststück.

Was also störte sie? Warum hatte ihr Unterbewusstsein sie aus dem Schlaf gerissen? Bergmann würde ihnen nicht davonlaufen, und in wenigen Stunden, wenn Ivens ihren Bericht gelesen hatte, würden sie in aller Ruhe an seiner Tür klopfen und ihn verhören.

Schon in wenigen Stunden. In wenigen Stunden …

Mit einem Schlag wurde Herwig bewusst, was sie störte: *In wenigen Stunden kann vielleicht ein weiteres Opfer tot sein!*

Woher nahm sie eigentlich die Gewissheit, dass mit Messing der Rachefeldzug beendet war? Was, wenn noch weitere Personen auf der Liste des Täters standen?

Herwig rutschte nervös auf ihrem Stuhl hin und her. Sie hatte ihre Recherchen nicht konsequent zu Ende geführt, das wurde ihr jetzt klar.

Als potenzieller Investor für die angedachte Neubebauung des Wohnheimgrundstückes war damals die Frankfurter Firma PBP gehandelt worden, und nach dem Abriss der verkohlten Überreste des Wohnheims hatte sie den begehrten Zuschlag für eine Neubebauung auch bekommen. Innerhalb eines Jahres nach Erteilung der Baugenehmigung errichtete PBP auf dem Fundament der Tragödie eine dicht bebaute Siedlung von Luxuswohnungen, deren Gesamtverkaufserlöse mehr als dreimal so hoch gewesen sein mussten, wie das alte Studentenwohnheim wert gewesen war. Die Hintermänner dieser Firma profitierten damit mindestens genauso von dem Unglück wie Hugenroth und Kaminski als Mehrheitseigentümer des Wohnheims.

Trotz dieser Zusammenhänge hatte Herwig nicht weiter über die Firma recherchiert. Sie hatte sich berauschen lassen von ihren schnellen Ermittlungsergebnissen um Dennis Bergmann – oder war einfach viel zu müde gewesen, um noch einen weiteren klaren Gedanken fassen zu können.

Sie beschloss, den Fehler umgehend zu korrigieren, sprang unter die Dusche, um richtig wach zu werden, und zog sich an. Dann loggte sie sich mit ihrem privaten Tablet in das Netzwerk des Polizeicomputers ein.

42

Gute zwei Stunden später wählte Herwig mit zitternden Händen Ivens' Nummer. Sie musste unverzüglich handeln. Auch wenn wahrscheinlich keine akute Gefahr drohte, durfte sie kein Risiko eingehen. Niemand konnte wissen, wie eilig es der oder die Täter mit der Abarbeitung der Todesliste hatten.

Dass noch ein weiteres Opfer auf dieser Liste stand, davon war sie seit einigen Minuten überzeugt. Sie hatte sich in den letzten Stunden intensiv mit der Firma PBP beschäftig. Wie sie herausgefunden hatte, stand das Kürzel für »Prestige Building Projects«. Die Eigentümerstruktur der Gesellschaft glich einem vertrackten Labyrinth, das selbst für den Polizeicomputer, der immerhin Zugriff auf die Datenbank von Interpol hatte, nur in Sackgassen endete. Unzählige Firmen mit weiteren Schachtelbeteiligungen verbargen sich hinter PBP, meist als Personengesellschaften ohne Publizitätspflicht geführt. Ihren Sitz hatten sie auf den Bahamas, den Philippinen und in Südostasien. Hier gab es keine Informationen zu holen.

Nur das offizielle Sprachorgan dieser Gruppe war schnell ausgemacht: Susanne Althaus, eine ehemalige Investmentbankerin, die nach der Finanzkrise zu Beginn dieses Jahrtausends auf Immobilien umgesattelt hatte.

Das wäre nicht weiter bemerkenswert gewesen, wenn die Gesichtserkennungssoftware des Polizeicomputers nicht ein Bild von Susanne Althaus ausgegraben hätte, das die attraktive Endvierzigerin zusammen mit Hugenroth und Kaminski auf dem Wiener Opernball zeigte. Alle drei trugen Abendgarderobe, die Herren den üblichen Smoking, während sie in einem berauschend schönen Kleid mit Gold- und Silberapplikationen in die Kamera lächelte. Die Bildunterschrift lautete: »Fröhliches Wiedersehen auf dem Opernball. Die Europaabgeordneten Dr. Heinrich Hugenroth und Dieter Kaminski zusammen mit ihrer Studienfreundin Susanne Althaus, Vorstandsvorsitzende der PBP-Investorengruppe.«

Als Herwig die Konsequenzen dieses Zusammenhangs begriffen hatte, war ihr für einen Moment der Atem stehengeblieben. Was, wenn der Täter ebenfalls auf dieses alte Beziehungsgeflecht gestoßen war? Immerhin war die Firma PBP in den Presseartikeln ein paarmal erwähnt worden, und von da aus war die Spur zu der Managerin nicht unauffindbar.

Eine Gesichtserkennungssoftware war mittlerweile auf fast jedem Rechner installiert, und bei einer gezielten Suche hätte auch ein kriminalistischer Laie die gemeinsame Historie der drei herausfinden können. Wenn der Attentäter Josef Messing allein aufgrund seiner Funktion als Hausverwalter auf die Todesliste gesetzt hatte, was würde er dann mit Susanne Althaus tun? War sie das nächste Opfer?

Herwig konnte nur hoffen, dass die Obduktionsergebnisse mittlerweile Klarheit über den eigentlichen Tötungsakt gebracht hatten. Wenn nicht, würde es verdammt schwer, Susanne Althaus effektiv zu schützen.

Endlich meldete sich Ivens.

Herwig berichtete in kurzen Sätzen. Zu ihrer Überraschung stellte Ivens kaum kritische Nachfragen. Auch als sie darauf hinwies, dass ihrer Meinung nach höchste Eile geboten war, widersprach er nicht.

Sie verabredeten einen Plan. Ivens beendete das Gespräch, noch bevor sie ihn auf die Obduktionsergebnisse ansprechen konnte. Aber das machte nichts – gleich würde sie ihn ohnehin wiedersehen, und dann hatten sie genug Zeit zum Reden.

4. KAPITEL
TAG 4 – MÜNSTER UND FRANKFURT AM MAIN, 17. MAI, 09.32 UHR

43

Wie ein gigantischer Erdwall durchpflügte die hochgelegte Bahntrasse auf einer Strecke von mehr als 200 Kilometern die Wiesen und Felder zwischen Dortmund und Frankfurt. Oben, entlang der abgeflachten Spitze des Auswurfs, verwehrten hohe Betonmauern den lebensgefährlichen Zugang zu den Stahlschienen und Starkstromfeldern, die den Hochgeschwindigkeitszug auf über 300 Stundenkilometer beschleunigten und in seiner Bahn hielten. Mit dieser atemberaubenden Geschwindigkeit und weil es nur wenige Bahnhöfe entlang der Gleise gab, schaffte der Zug die Strecke in weniger als einer Stunde.

Herwig und Ivens waren dem Geschoss um 09.03 Uhr in Dortmund zugestiegen. Knappe 30 Minuten später hatten sie die Stadt Siegen bereits hinter sich gelassen, und wenn alles nach Plan lief, würden sie Frankfurt in weniger als 20 Minuten erreicht haben.

Ivens nutzte die verbleibende Fahrtzeit zur Begleichung einer längst überfälligen Bringschuld und telefonierte mit Paul Werther. Er informierte den INTCEN-Agenten knapp und sachlich über den Tod von Josef Messing und über die Ergebnisse der Obduktion. Außerdem fügte er einen kurzen Bericht über Herwigs Rechercheergebnisse der letzten Nacht hinzu.

Werther stellte wenige Nachfragen, und Ivens wurde das Gefühl nicht los, dass der Agent längst über alle Details im Bilde war. Als Ivens ihm berichtete, dass sie auf dem Weg nach Frankfurt waren, wurde der Agent merklich neugieriger.

»Sie glauben also wirklich, dass diese Managerin das nächste Opfer sein wird?«

»Zumindest können wir es nicht ausschließen«, gab Ivens zurück.

Werther schwieg für einen Moment. Dann wechselte er abrupt zu einem anderen Aspekt des Falls. »Diesen Dennis Bergmann – halten Sie ihn für den Täter?«

»Schwer zu sagen. Für verlässliche Schlüsse ist es derzeit noch zu früh.«

Diese ausweichende Antwort war eine glatte Lüge. In Wahrheit war Ivens fest davon überzeugt, dass Bergmann Junior der Täter war. Er hatte Herwigs Bericht gestern Nacht direkt nach seiner Rückkehr aus dem Polizeipräsidium gelesen, und alles, was sie dort über Dennis Bergmann zusammengetragen hatte, ergab angesichts des bizarren Fundstücks aus Messings Herzen Sinn.

Allein die Tatsache, dass Bergmann offensichtlich viel von Computertechnik, Programmierung und 3D-Druckern verstand, konnte kein Zufall sein. Sein ungehinderter Zugriff auf die Computernetzwerke fast aller Münsteraner Hotels passte perfekt ins Bild. Er kannte die Spezifikation der dort eingesetzten 3D-Drucker und wusste genauestens über deren Einsatzmöglichkeiten Bescheid. Vielleicht hatte er sogar gezielt dafür gesorgt, dass in den Hotels Spitzengeräte angeschafft wurden, die seinen Anforderungen genügten.

Doch das war nicht alles. Was Ivens darüber hinaus geradezu aufgeschreckt hatte, war die von Herwig fast beiläufig erwähnte Information, dass Günther Bergmanns verstorbene Tochter die Zwillingsschwester von Dennis Bergmann gewesen war. Er war kein Experte in diesen Dingen, aber aus den psychologischen Pflichtseminaren im Rahmen seiner Ausbildung wusste er, dass in Zwillingsbeziehungen oft besondere Mechanismen griffen – Mechanismen, die weitaus tiefer sein konnten, als es sich ein normaler Verstand ausmalen konnte, und im vorliegenden Fall vermutlich auch abgründiger.

Zwillingsgeschwister hatten in der Regel eine sehr intensive Kindheitsbindung. Welche Beziehung auch immer Dennis Bergmann zu seiner Schwester in späteren Jahren gehabt haben mochte, diese Verbindung war mit Sicherheit zu einem wichtigen Teil seiner eigenen Identität geworden. Und mit einem Schlag war ihm dieser Teil des eigenen Selbst wie ein amputiertes Bein entrissen worden.

Es war nicht schwer vorstellbar, dass dieser Verlust etwas in seiner Seele verändert hatte. Für Ivens lag die Sache auf der Hand: Dennis Bergmann hatte das Wissen und das Können, die Morde durchzuführen, und er hatte ein Motiv. Und dieses Motiv entsprang aus einer so tief liegenden Verletzung, dass er vermutlich niemals davon ablassen würde weiterzumorden, bis der letzte Tatverdächtige vernichtet war. Herwig hatte mit ihrer Analyse recht: Es spielte keine Rolle, ob es überhaupt handfeste Beweise für einen Brandanschlag gab. Bergmann sah in seinem Schmerz nur das, was er sehen wollte.

Allerdings stellten sich angesichts dieser Verdachtskette zwei Fragen, die Ivens einfach nicht logisch auflösen konnte: Wieso hatte Bergmann so lange mit seiner Rache gewartet und dann so wenig Sorgfalt auf die Verwischung seiner Spuren verwendet? Gewiss, seine bizarre Tötungsmethode war ihm sicher nicht von heute auf morgen eingefallen. Und bis dieses »Wunderwerk«, wie Feil sich ausgedrückt hatte, fertig programmiert war, hatte es bestimmt einiger Zeit bedurft. Aber wieso hatte er ausgerechnet das Hotel seines Vaters als dreifachen Tatort ausgewählt?

Theoretisch konnte Bergmann an jedem Ort zuschlagen, an dem sich ein 3D-Drucker befand. Das war heutzutage fast überall. Er hätte nur auszukundschaften brauchen, wann seine Opfer allein zu Hause waren. Oder er hätte wie bei Kaminski ein anderes Hotel wählen können. Beide Politiker waren aus beruflichen Gründen mit Sicherheit Stammgäste in diversen Nobelherbergen. In die entsprechenden Netzwerke einzudringen dürfte für Bergmann ein Leichtes gewesen sein.

Das hatte er nicht getan. Vier Jahre Vorbereitungszeit, und diesem intelligenten Programmierer sollte nichts anderes eingefallen sein, als eine Spur, so breit wie eine Autobahn, zu seiner eigenen Täterschaft zu hinterlassen? Nicht, dass er damit Herwigs Rechercheergebnisse herunterspielen wollte. Aber der Weg über das Hotel Bergmann zu Bergmann Juniors kleiner Firma und schließlich zu Dennis Bergmann selbst mit seinem offenkundigen Tatmotiv war einfach zu naheliegend.

Ivens spürte, dass etwas nicht stimmte. Noch fehlte ihm allerdings jede Idee, was das sein konnte.

»Sobald wir handfeste Beweise haben, werde ich Sie informieren«, schloss er seine Antwort auf Werthers letzte Frage ab. »Der junge Bergmann rennt uns nicht weg. Im Moment ist Susanne Althaus unser größeres Problem. Wir bekommen sie einfach nicht persönlich ans Telefon.«

Direkt nach Herwigs Anruf hatte Ivens von seiner Wohnung aus versucht, die Vorsitzende der PBP-Gruppe zu erreichen. Erst lief nur die Voice-Box, und später hatte er lediglich ihre persönliche Assistentin in die Leitung bekommen. Diese richtete aus, dass Frau Althaus den ganzen Tag über auf einem Kongress sei und frühestens gegen Abend Zeit hätte, mit der Polizei zu sprechen. Ivens' Hinweis auf die bestehende Dringlichkeit hatte die Assistentin lapidar mit einem »Ich werde sehen, was sich machen lässt« gekontert und aufgelegt.

»Glauben Sie«, fragte Werther und zögerte, »dass sie … wie soll ich sagen … dieses Ding schon in sich hat?«

»Ich fürchte ja. Nachdem gestern die Sache mit dem Obduktionsantrag für Messings Leiche durch alle Medien gegeistert ist, muss der Täter alarmiert sein. Und wenn unsere Theorie stimmt, ist sie das nächste Opfer. Er wird die Sache jetzt schnell hinter sich bringen wollen. Schließlich muss er davon ausgehen, dass wir seit einigen Stunden wissen, wie er es macht. Und wie wir die Opfer schützen können.«

»Schützen?«

»Vielleicht schaffen wir es noch rechtzeitig, die Managerin in ein Krankenhaus zu bringen. Dann werden wir sehen.«

»In welches Krankenhaus?«, fragte Werther.

»Das Klinikum der Johann Wolfgang Goethe-Universität. Eine Empfehlung von Prof. Metzinger, mit dem ich ebenfalls heute Morgen telefoniert habe.«

»Haben Sie Metzinger über die Obduktionsergebnisse informiert?«

»Nur grob. Zumindest habe ich ihm klar gemacht, dass er seine Theorie von einem unerforschten Herzleiden und einer drohenden Epidemie vergessen kann.«

Erneut schwieg Werther für einen Moment. Dann wünschte er Ivens viel Glück und legte auf.

Der hätte uns wenigstens einen Hubschrauber anbieten können, dachte Ivens und sagte zu Herwig: »Alles klar. Das INTCEN wird sich weiter raushalten.«

44

Herwig reagierte auf Ivens' Aussage lediglich mit einem flüchtigen Nicken und starrte weiter wortlos aus dem Fenster des Hochgeschwindigkeitszuges. Draußen gab es nichts außer dem grauen Beton der meterhohen Schutzwände, die die Bahntrasse vor unbefugtem Zutritt durch spielende Kinder oder Selbstmörder schützten.

Die eintönige Aussicht störte Herwig nicht. Im Gegenteil – sie entfaltete eine beruhigende Wirkung, und die brauchte sie jetzt am allermeisten. In ihrem Kopf tobte ein Sturm, den sie einfach nicht bändigen konnte.

Als Ivens ihr heute Morgen auf dem Bahnsteig die Ergebnisse von Messings Obduktion mitgeteilt hatte, war ihr ein Schauer über den Körper gelaufen. Noch immer hatte sie das Gefühl, als wäre ihre Haut übersät mit kribbelnden Ameisen. Sie hatte selbst einen 3D-Drucker in ihrer Wohnung, und sie konnte einfach nicht aufhören, sich auszumalen, wie der Drucker Tausende dieser widerlichen kleinen Dinger ausspuckte. Herwig rieb sich über den Arm, als müsse sie eine Heerschar imaginärer Insekten abschütteln.

Sie zwang sich, rationaler zu denken. Eigentlich, redete sie sich ein, war alles wie immer. Schadsoftware kannte man so lange, wie es Computer gab: Trojaner, die den Bildschirm mit Totenköpfen oder anderem albernen Zeug verunstalteten, sodass man keine vernünftige Eingabe mehr tätigen konnte. Viren, die die Festplatte löschten. Unbemerkt installierte Spähprogramme, die dem Sender der Schadsoftware Informationen über persönliche Passwörter und vertrauliche Bankdaten schickten. Und jetzt also ein Programm, das sich unbemerkt Zugriff auf ein angeschlossenes Peripheriegerät verschaffte.

Dennoch spürte Herwig, dass diesmal etwas grundlegend anders war. Die bisher bekannten Softwareattacken auf Heimcomputer waren ärgerlich – aber letztlich irgendwie irreal. Alle Viren und Schadprogramme bedrohten schließlich nur Daten, die nichts als Nullen und Einsen auf irgendwelchen Speichermedien waren. Der Verlust aller persönlichen Daten zusammen löschte eine Person nicht aus, er tat nicht körperlich weh, und bleibende Schäden hinterließ dieser Verlust in der Regel auch nicht.

So ein Ding aber, das real und physisch greifbar aus einem 3D-Drucker kam und von dort wie eine Giftspinne auf einen schlafenden Menschen zukrabbelte, ihm in den Mund kroch und von innen sein Herz zerfetzte – das war etwas ganz anderes. Die Menschen hatten sich mit der 3D-Technologie die Möglichkeit geschaffen, Daten jederzeit real werden zu lassen, und fast alles, was in der Fantasie vorstellbar war, konnte man in ein paar Computerbefehle gießen und in jedem Wohnzimmer der Welt zum Leben erwecken. Wie ausgeklügelt und realitätsnah Computerspiele oder Simulationsprogramme auch wirken mochten – sobald man den Stecker zog, war alles aus der realen Dimension verbannt. Der Befehl für einen 3D-Drucker jedoch wirkte direkt in diese Dimension der realen Dinge – und in dieser Dimension gab es ein echtes Atmen und echtes Blut und einen einzigen unumkehrbaren Tod.

Es kam Herwig wie eine Ironie des Schicksals vor, dass ausgerechnet der Begriff »Viren« gewählt worden war, um fremden Schadprogrammen auf einem Rechner einen griffigen Namen zu geben. Hatten die Computerpioniere von damals geahnt, was einmal auf sie zukommen würde?

Herwig beschloss stillschweigend, ihren 3D-Drucker ab sofort in einem separaten Spezialschrank aufzubewahren, aus dem ohne ihr Dazutun nicht einmal ein Staubkorn entweichen konnte. Und sie würde täglich vor dem Öffnen des Schrankes prüfen, welche Druckdateien ausgeführt worden waren. Dadurch hatte sie zumindest einen gewissen Schutz.

Erneut hatte sie das Bedürfnis, eine imaginäre Schar von Ameisen abzuschütteln, und rieb sich beide Oberarme.

Endlich rief der Schaffner Frankfurt aus.

45

Die Glasfront des Kongresszentrums an der Messe Frankfurt wölbte sich wie ein wohlgenährter Walfischbauch in der Sonne. Ivens bezahlte den Taxifahrer und betrat gemeinsam mit Herwig den weitläufigen Empfangsbereich. Das Interieur der Eingangshalle war bis in den letzten Winkel durchgestylt, und die schlanke Frau, die eiligen Schrittes auf sie zukam, fügte sich perfekt in dieses Ambiente. Sie war in den Dreißigern, hatte langes blondiertes Haar, und ihre Figur wurde von einem eng anliegenden Businesskostüm betont. Das Einzige, was nicht zu ihrem geschliffenen Erscheinungsbild passte, waren die ärgerlich zusammengezogenen Augenbrauen.

Ivens ahnte, was folgen würde. Nur mit Widerwillen hatte sich Althaus' Assistentin überhaupt dazu herabgelassen, sie zu empfangen. Er hatte ihr vom Zug aus mehrfach auf die Mailbox gesprochen und damit gedroht, ihre Chefin in sämtlichen Konferenzräumen des Gebäudes ausrufen zu lassen, wenn sie nicht erscheinen würde. Dass sie keinen Blumenstrauß zur Begrüßung bereithalten würde, war absehbar gewesen.

»Sind Sie die Leute von der Polizei?«, fragte die Assistentin merklich unfreundlich.

Ivens hielt ihr seinen Dienstausweis vor die Nase.

Die Assistentin würdigte ihn keines Blickes. »Ich kann mich nur nochmals wiederholen: Frau Althaus …«

»Es ist mir gelinde gesagt scheißegal, was Frau Althaus Ihnen aufgetragen hat«, unterbrach Ivens sie in energischem Tonfall. »Sie bringen uns jetzt unverzüglich zu ihr!«

Althaus' Assistentin zuckte erschrocken zusammen. Hilfe suchend schaute sie sich um, vermutlich in der Hoffnung, einen Mann vom Sicherheitsdienst zu erspähen. Sie suchte vergeblich. Der Eingangsbereich des Kongresszentrums war völlig verwaist.

»Aber …«

»Kein Aber«, unterbrach Ivens sie erneut. »Sie gehen vor.«

Sichtlich widerstrebend führte die Assistentin sie zu den Aufzügen und drückte die Ruftaste. Ivens bemerkte, wie ihre Finger zitterten, als würde sie etwas Verbotenes tun. Vermutlich war dem auch so. Er konnte sich gut vorstellen, dass ihre Chefin ihr ausdrücklich jede Störung untersagt hatte und nicht der Typ Mensch war, der großzügig mit

Abweichungen von Anweisungen umging. Darauf konnte er jetzt keine Rücksicht nehmen.

Sie betraten gemeinsam den Fahrstuhl.

»Wie heißen Sie?«, fragte Ivens, um die eisige Atmosphäre ein wenig aufzulockern.

»Selma Wojciechowski. Nennen Sie mich einfach Selma. Alles andere wird in der Regel nur peinlich.«

»Okay, Selma also«, sagte Ivens, der in der Tat froh war, sich nicht mit dem komplizierten Nachnamen rumschlagen zu müssen. »Selma, wir sind nicht hier, um Sie in Schwierigkeiten zu bringen. Aber wir müssen dringend mit Frau Althaus reden.«

»Das wird ihr gar nicht gefallen«, murmelte Selma vor sich hin, als sich die Fahrstuhltür im zweiten Obergeschoss öffnete und sie in einen langen Flur traten. Sie führte Ivens und Herwig zu einem der Konferenzräume auf dieser Etage und dann quer durch einen voll besetzten Sitzungssaal bis zur vordersten Stuhlreihe.

Ivens schätzte, dass etwa 200 Leute in dem Raum versammelt waren. Die meisten saßen auf ihren Plätzen und unterhielten sich mit ihren Sitznachbarn oder blätterten stillschweigend in irgendwelchen Unterlagen. Auf einer riesigen Leinwand war die Agenda des heutigen Tages eingeblendet. Unter dem Kongresstitel »Renditekicks für Ihr Immobilieninvestment« waren insgesamt sieben Redner aufgelistet, die im Stundentakt sprechen sollten, jeweils unterbrochen von 15 Minuten Pause.

Ivens entdeckte den Namen »Susanne Althaus« zweimal auf der Rednerliste. Ihr erster Vortrag zum Thema »Mit PBP auf der Erfolgsspur« war für 11.30 Uhr angesetzt, der zweite für 16.30 Uhr. Ivens schaute auf seine Uhr: 10.14 Uhr. Der nächste Vortrag würde in einer Minute beginnen. Viel Zeit blieb nicht.

Tatsächlich schickte sich gerade ein sportlicher Mann in einem tadellos sitzenden Anzug an, die drei Stufen zur Bühne zu erklimmen. Viele Augen folgten ihm, und der Lärmpegel im Saal senkte sich.

Mittlerweile hatten sie die vorderste Stuhlreihe erreicht, und Selma deutete auf eine nicht unattraktive Endvierzigerin – die einzige Frau auf den Sitzplätzen, die für die Redner reserviert waren.

»Frau Althaus, ich bin Hauptkommissar Ivens. Wir müssen dringend mit Ihnen reden. Bitte kommen Sie mit uns nach draußen.«

Ivens hatte leise gesprochen, trotzdem drangen seine Worte gut vernehmbar bis in die letzten Reihen. Der Saal verfügte offensichtlich über eine ausgezeichnete Akustik. Viele Augen wandten sich von der Bühne ab und beobachteten das Geschehen in der ersten Reihe.

Susanne Althaus gefiel die ungewollte Aufmerksamkeit absolut nicht. Verärgert warf sie einen Blick zu ihrer Assistentin. Dann erhob sie sich und marschierte in Richtung Ausgang.

Herwig, Selma und Ivens folgten ihr.

»Was fällt Ihnen ein?«, donnerte Susanne Althaus los, als sie die Tür zum Kongresssaal hinter sich geschlossen hatten.

Die Managerin war in allem das ältere Spiegelbild ihrer Assistentin: Auch sie hatte schulterlange blonde Haare und trug ein enges Businesskostüm, das aber deutlich besser gefüllt war als bei Selma. Trotz einer dicken Schicht Schminke war ihr Gesicht blass, und kleine Schweißperlen standen ihr auf der Stirn.

»Bitte beruhigen Sie sich wieder.« Ivens hegte die Sorge, dass die Aufregung der Managerin zu ernsten Komplikationen führen konnte. »Wir haben vermutlich nur wenig Zeit, deswegen möchte ich direkt zur Sache kommen.«

»Da haben Sie verdammt recht«, sagte Frau Althaus immer noch aufgebracht. »Ihnen ist hoffentlich nicht entgangen, dass ich die nächste Rednerin bin. Also machen Sie es kurz.«

»Wir haben vier Todesfälle im Zusammenhang mit einem Bauprojekt, das schon Jahre zurückliegt. Sie erinnern sich vielleicht nicht mehr, aber damals ging es um ein ehemaliges Wohnheimgrundstück in der Innenstadt von Münster. Das Wohnheim ist abgebrannt, und Ihre Firma …«

»Ich erinnere mich sehr gut an jedes unserer Investitionsobjekte«, unterbrach sie Ivens. »Was ist mit dem Objekt?«

»Offenbar ist jemand davon überzeugt, dass es damals nicht mit rechten Dingen zuging.«

»Haben Sie mich etwa deswegen aus dem Vortragsraum geholt? Um irgendwelche Anschuldigungen zu überprüfen, die mit einem unserer früheren Investitionsvorhaben zu tun haben? Wenden Sie sich für so etwas gefälligst an unsere Anwaltskanzlei.« Susanne Althaus wandte sich an ihre Assistentin. »Selma, geben Sie dem Kommissar die Adresse von Dr. Petrowski und seiner Kanzlei. Und jetzt entschuldigen Sie mich.«

Ivens begriff, dass er so nicht weiterkam. »Es geht nicht um irgendwelche Anschuldigungen. Es geht um Ihr Leben.«

Susanne Althaus stutzte. »Was soll das heißen?«

»Wir haben Grund zu der Annahme, dass Ihnen … wie soll ich sagen … dass Ihnen jemand ohne Ihr Wissen etwas verabreicht hat. Sie müssen sich unverzüglich einer ärztlichen Untersuchung unterziehen.«

»Sind Sie jetzt total verrückt geworden? Ich achte sehr genau darauf, was ich zu mir nehme und wo ich das tue. Und wie Sie vielleicht mitbekommen haben, habe ich gerade

Besseres zu tun, als mir den Puls messen und Blut abnehmen zu lassen.«

Bevor Ivens etwas erwidern konnte, mischte sich Herwig ein. »Tod durch langsames inneres Verbluten. Schwindel beim Aufstehen, andauerndes Müdigkeitsgefühl, blasse Haut trotz erhöhtem Puls. Sie sind der Typ für Frühsport, nicht wahr? Wie erging es Ihnen denn heute Morgen dabei? Ich vermute, nicht so besonders. Wenn Sie nicht innerhalb der nächsten Stunden behandelt werden, werden Sie nie wieder Frühsport treiben oder einen Vortrag halten. Kapieren Sie das doch endlich!«

Ivens warf Herwig einen bösen Blick zu.

Selma ließ ein erschrockenes »Mein Gott« vernehmen.

Die Einzige, die scheinbar völlig ungerührt auf Herwigs Worte reagierte, war die Managerin selbst. »Das wird ein Nachspiel haben, das versichere ich Ihnen.«

Susanne Althaus machte auf dem Absatz kehrt und verschwand hinter der Tür des Sitzungssaals.

46

»Ist die völlig wahnsinnig?« Herwig verstand die Welt nicht mehr.

»Wenn Sie einem Machtmenschen drohen, wird er immer mit Gegendruck statt mit Einsicht reagieren«, wurde sie von Ivens belehrt. »Merken Sie sich das für die Zukunft.«

Er wandte sich an Selma. »Hören Sie, Selma. Es ist wirklich wichtig. Können Sie Frau Althaus da drin eine Nachricht schicken, die sie sofort liest?« Ivens deutete auf die Tür zum Sitzungssaal.

»Sie trägt ein Smartphone-Armband mit einer separaten Nummer für eilige Hinweise. Nur ich und …«

»Dann schicken Sie ihr sofort folgende Nachricht: ›Dieter Kaminski tot. Plötzliches Herzversagen. Heinrich Hugenroth tot. Plötzliches Herzversagen. Josef Messing tot. Plötzliches Herzversagen. Susanne Althaus?‹«

Selma zögerte. »Ich bekomme jetzt schon einen gewaltigen Ärger. Wenn ich das schicke, bin ich garantiert meinen Job los.«

»Wenn Sie das nicht schicken, sind Sie garantiert Ihre Chefin los«, entgegnete Ivens.

47

Es vergingen einige Minuten, bis sich die Tür des Sitzungssaales erneut öffnete und Susanne Althaus bedächtigen Schrittes auf sie zukam. Sie wirkte noch blasser als zuvor. Ivens hätte darauf wetten können, dass tiefe Längsfalten ihre Stirn wie einen durchpflügten Acker durchzogen hätten, wenn nicht eine gehörige Portion Botox zum Einsatz gekommen wäre. Ihr mienenloses Gesicht war ihm gleich zu Anfang aufgefallen.

»Ich habe nicht gewusst, dass Heinrich und Dieter verstorben sind. Wann ist das passiert?«

Ivens registrierte, dass sie Josef Messing nicht erwähnte. Er schlussfolgerte daraus, dass sie ihn entweder nicht gekannt hatte, oder dass er ihr gleichgültig war – oder sie ließ seinen Namen bewusst aus.

»Hugenroth und Kaminski sind im Laufe der letzten zwei Wochen verstorben. Josef Messing, der damalige Verwalter des Objektes, ist gestern Nachmittag ums Leben gekommen.«

Erneut registrierte Ivens, dass die Managerin nicht auf die Erwähnung des Namens Messing reagierte. Selbst seine hinzugefügte Funktionsbeschreibung hatte keine erkennbare Reaktion ausgelöst. Das ließ den Schluss zu, dass sie Josef Messing tatsächlich nicht persönlich gekannt hatte.

»Wir wissen mittlerweile«, fuhr Ivens fort, »dass allen drei Opfern das Mittel, von dem ich vorhin sprach, in der Nacht direkt vor ihrem Tod verabreicht wurde. Bei allen ist der Tod im Laufe des folgenden Nachmittags eingetreten.«

»Was ist das für ein Mittel? Und wer soll mir das verabreicht haben?« Die Chefin der PBP-Gruppe war weiterhin ungehalten, aber längst nicht mehr so arrogant und abweisend wie vor wenigen Minuten.

»Für Erklärungen haben wir später noch genug Zeit«, sagte Ivens mit besorgtem Blick auf die Uhr. »Das Wichtigste ist im Moment, dass wir Sie schnell in ein Krankenhaus schaffen. Wir haben bereits mit dem Chefkardiologen der Uni-Klinik telefoniert. Dort sind Sie in guten Händen. Er wird sich persönlich um Sie kümmern.«

Ivens verschwieg, dass der besagte Chefarzt zunächst überhaupt nicht begeistert gewesen war, eine außerplanmäßige Intensivuntersuchung in seinem übervollen Terminkalender unterzubringen. Erst als er Prof. Dr. Ralf Metzinger von der Universität Köln erwähnt hatte, der bei drei ähnlichen Fällen keine plausible Erklärung hatte abgeben können, wurde der Chefarzt zugänglicher. Offensichtlich reizte ihn die Chance, seinen berühmten Fachkollegen übertrumpfen zu können. Dass Metzinger nur die MRT-Bilder der Leichen zu Gesicht bekommen hatte, musste Ivens ihm ja nicht auf die Nase binden.

»Also gut, wenn es unbedingt sein muss«, lenkte Susanne Althaus endlich ein, wozu Ivens' Hervorhebung der persönlichen Chefarztbehandlung sicherlich einen Teil beigetragen hatte. »Selma, veranlassen Sie bitte, dass mein erster Vortrag in den späten Nachmittag verlegt wird. Bis dahin dürften wir ja wohl zurück sein.«

Althaus' letzter Satz enthielt keinerlei Fragestellung. Offenbar war sie davon überzeugt, dass die ganze Aktion ausschließlich der Vorsicht und nicht der Beseitigung einer ernsten Gefahr für ihr Leben diente. Lediglich ein kurzes Absenken ihres Blickes auf den Boden verriet eine gewisse Unsicherheit in diesem Punkt.

Sie nahmen den Fahrstuhl ins Erdgeschoss.

Vor dem Kongresszentrum warteten einige Taxen auf die ersten Fahrgäste des Tages. Sie bestiegen den vordersten Wagen und nannten dem Fahrer das Ziel.

Zum Glück herrschte zu dieser Uhrzeit nur mäßiger Verkehr, und sie kamen relativ zügig voran. Trotzdem verspürte Ivens eine zunehmende Anspannung. Von seinem Vordersitz aus warf er beständig Blicke über die Schulter und bemerkte, wie der Managerin auf dem Rücksitz immer wieder die Augen zufielen. Mit einem Schlag wirkte sie zehn Jahre älter als vor wenigen Minuten.

»Reden Sie mit ihr«, rief Ivens nach hinten.

Herwig versuchte daraufhin alles, um die Managerin in ein Gespräch zu verwickeln.

Vergeblich.

»Fahren Sie verdammt noch mal schneller«, wies Ivens den Taxifahrer an und hielt ihm seinen Dienstausweis unter die Nase.

48

Sie hatten die Auffahrt zur Notaufnahme des Klinikums der Johann Wolfgang Goethe-Universität erreicht, als Susanne Althaus endgültig in die Bewusstlosigkeit abtauchte. Sofort sprang Ivens aus dem Taxi und stürmte in den Empfangsbereich der Notaufnahme. Trotz seiner lautstarken Erklärungen des dringenden Notfalls schien es niemand besonders eilig zu haben – die anwesenden Ärzte und Schwestern hatten ganz offensichtlich eigene Vorstellungen davon, was der Begriff Notfall bedeutete. Erst als Ivens eine der anwesenden Schwestern unmissverständlich darauf hinwies, dass dieser Einlieferung vom Chefarzt der Kardiologie persönlich höchste Priorität eingeräumt worden sei, kam Leben in die Sache.

Zwei eilig herbeigerufene Ärzte drängten sich um die bewusstlose Managerin. Die Schwester telefonierte, offenbar um Ivens' Angaben zu überprüfen, und danach wurde es noch hektischer. Kurze Zeit später erschien Prof. Dr. Dr. h. c. Hagenbaum, der Chefarzt der Kardiologie, schnellen Schrittes in der Notaufnahme und ließ sich von Ivens die Umstände des Falls erklären.

Während des Berichtes hakte der Professor ein paarmal ungläubig nach. Da Ivens keinen Zweifel an der Ernsthaftigkeit seiner Aussage aufkommen ließ, gab er sich schließlich mit einem erstaunten Kopfschütteln zufrieden. Wenige Minuten später verschwand er samt Patientin und einem Gefolge von Ärzten durch eine große Doppeltür.

49

Ivens fand keine Ruhe. Nervös lief er im Wartebereich der Notaufnahme umher. Eine Stunde warteten er und Herwig schon darauf, endlich eine Information zu erhalten. Aber niemand wollte oder konnte ihnen Auskunft erteilen, wie es um Susanne Althaus stand. Hier, im Machtzentrum der Ärzte, bewirkte ein Dienstausweis der Kriminalpolizei gleich viel wie ein Geheimdienstabzeichen aus einem Micky-Maus-Heft, wenn es um Patienteninformationen ging.

»Das ist alles meine Schuld.«

Ivens sah erstaunt zu Herwig hinüber, die mit gesenktem Blick auf einem Stuhl in der Ecke des Warteraums saß.

»Was ist Ihre Schuld?«

»Nur weil ich so blöd war, haben wir wertvolle Zeit verloren. Ich hätte Frau Althaus niemals so anfahren dürfen.«

Ivens stoppte seinen Trott und ließ sich auf einem Stuhl neben Herwig nieder. »Jetzt übertreiben Sie nicht. Durch Ihre Arbeit haben wir überhaupt erst die Chance bekommen, ihr Leben zu retten«, antwortete er milde. »Sie sind eine gute Analytikerin.«

»Aber eine schlechte Menschenkennerin«, entgegnete Herwig. »Ich hätte besser im Büro bleiben sollen. Da hätte ich wenigstens nichts falsch machen können.«

»*Das* wäre ein noch viel größerer Fehler gewesen. Lassen Sie sich bloß nicht entmutigen.« Ivens legte Herwig väterlich eine Hand auf die Schulter. »Ich möchte nicht herablassend klingen, aber meiner Meinung nach scheut

Ihre Generation ohnehin viel zu sehr die Gefahr, sich auf das echte Leben einzulassen. Vermutlich sind wir Älteren mit unserer ganzen Fürsorge und permanenten Anleitung sogar Schuld daran. Wenn Sie sich nur hinter ihrem geliebten Bildschirm verstecken, werden Sie niemals eine wirklich gute Polizistin.«

Herwig schüttelte den Kopf. »Wenn es um Menschenleben geht, darf man keine Fehler machen.«

»Und die Lösung ist, der Verantwortung aus dem Weg zu gehen? Sie wissen doch selbst, dass das nicht die Antwort ist. Es gibt genügend Nerds, die spielend mit jedem Computerproblem fertigwerden, aber nicht einmal einen tobenden Dreijährigen bändigen können. Verkriechen Sie sich bloß nicht in dieser Ecke.«

Herwig schwieg.

»Außerdem«, sagte Ivens und deutete einen gespielten Ellbogenstoß in ihre Rippen an, »in Wirklichkeit sind Sie viel härter, als Sie sich eingestehen wollen. Das ist mir schon bei unserem ersten Zusammentreffen klargeworden.«

Zum ersten Mal, seit sie in dem Wartebereich waren, hellte sich Herwigs Miene ein wenig auf, und Ivens grinste ihr augenzwinkernd zu.

In diesem Moment wurde die Tür zum Wartebereich aufgestoßen, und ein Mann trat herein.

Ivens' Grinsen erstarb augenblicklich.

»Was zum Teufel machen Sie denn hier?«

»Nette Begrüßung. Ich freue mich auch, Sie wiederzusehen, Hauptkommissar Ivens.«

Ivens stand auf und gab dem Mann die Hand. Er deutete auf Herwig, die ebenfalls aufgestanden war. »Das ist meine Kollegin, Kommissarin Maike Herwig.«

Der Mann ging auf Herwig zu und reichte ihr die Hand.

»Sehr erfreut, Sie kennenzulernen. Hauptkommissar Ivens hat Ihnen vielleicht schon von mir erzählt. Mein Name ist Paul Werther vom INTCEN.«

50

Während Ivens völlig fassungslos seinen unerwarteten Besucher anstarrte, läutete es im knapp 300 Kilometer entfernten Münster an Baldys Haustür. Im Gegensatz zu Ivens hatte er an diesem Tag mit unangemeldetem Besuch gerechnet. Wobei, »gerechnet« traf es nicht ganz – er hatte den ganzen Vormittag darauf hingefiebert, dass dieser Moment endlich kommen würde.

Es ist so weit, dachte er. *Das Spiel kann beginnen.*

Baldy schaute auf die Uhr: 12.30 Uhr. Nicht schlecht, musste er zugeben. Keine 24 Stunden hatte es gedauert, bis die Polizei die Spur von seinem »Baby« aus Messings Leiche über die 3D-Drucker in den Hotelzimmern bis hin zu seiner kleinen Firma gefunden hatte.

Das war schneller, als er angenommen hatte. Er hatte sich sogar ein Stück Kuchen für den Nachmittag besorgt, in der Annahme, dass die Mühlen der Erkenntnis langsamer mahlen würden. Aber das war wohl ein Irrtum gewesen. Jetzt würde der Kuchen in seinem Kühlschrank vergammeln müssen, was Baldy allerdings nicht sonderlich bedauerte.

Bedächtig erhob er sich aus seinem Sofa und schritt zur Haustür. Im Spiegel über der Kommode im Flur überprüfte er kurz den Sitz seines Käppis.

Alles okay. Er war bereit.

Er hatte den Türgriff bereits in der Hand und wollte die Klinke drücken, als ihm Zweifel kamen. Woher nahm er seine Zuversicht? Wieso war er so sicher, dass tatsächlich die Polizei vor seiner Wohnungstür stand, und nicht irgendjemand anderes?

Er bekam zwar so gut wie nie Besuch, und er hatte auch nichts bestellt, was die Lieferung eines Paketdienstes erforderlich machen würde. Trotzdem konnten da draußen auch andere Leute stehen, die Zeugen Jehovas zum Beispiel, die sich seit einigen Tagen in der Gegend herumtrieben, oder Nachbarn mit der Bitte, die Blumen zu gießen, während sie auf irgendeiner Urlaubsinsel in der Sonne lagen und dafür ihr Erspartes verprassten.

Es läutete ein zweites Mal, begleitet von einem energischen Klopfen.

Baldy zog die Hand von der Türklinke und rannte, so schnell und lautlos er konnte, zurück ins Wohnzimmer. Er griff sein Handy und rief den Livestream der versteckt angebrachten Haustürkamera auf. Außer Atem blickte er in die gestochen scharfe Übertragung: Zwei Männer in dunklen Anzügen und mit kurz geschorenen Haaren starrten direkt in das Kameraobjektiv. Muskelpakete spannten sich unter den Jacketts, und Baldy glaubte, die Ausbeulung von Schulterholstern zu erkennen. Im Hintergrund erspähte er einen dunklen Lieferwagen mit getönten Scheiben. Die Verstärkung.

Also doch die Polizei.

Baldy nickte zufrieden. Er ging zurück zur Wohnungstür und öffnete, diesmal ohne zu zögern.

»Dennis Bergmann?«

Baldy runzelte die Stirn, als wäre er überrascht, seinen eigenen Namen zu hören.

»Ja?«

»Dennis Bergmann, Sie sind verhaftet. Sie haben das Recht zu schweigen. Sie haben …«

Den Rest hörte Baldy nicht mehr. Er war mit seinen Gedanken woanders, an einem fernen Ort, an dem er endlich sein letztes Spiel würde spielen können.

51

»Sagten Sie nicht noch vor wenigen Stunden, das INTCEN sehe weiterhin keine Veranlassung zu einer Einmischung?«

Anstatt sofort zu antworten, warf Werther einen Blick

über Ivens' Schulter hinweg und sah sich im Wartebereich der Notaufnahme um.

Ivens tat es ihm gleich. Viele Menschen waren anwesend, und dennoch registrierte er sofort, dass in diesem Raum vertrauliche Gespräche möglich waren. Es war, als sei das gesamte Warteareal in zahlreiche einzelne schalldichte Parzellen gegliedert, abgeschottet durch dicke Wände aus Ängsten und Sorgen, die jeden Einzelnen umgaben. Niemand interessierte sich hier für die Belange der anderen.

»Das ist nicht ganz korrekt«, antworte Werther, der offensichtlich zu der gleichen Schlussfolgerung gelangt war. »Ich sagte lediglich, dass *ich* derzeit keine Veranlassung zu einer Einmischung sehe. Allerdings wurde die Sache auf höherer Ebene anders bewertet.«

Ivens runzelte die Stirn. »Was an diesem Fall sollte so interessant sein, dass er zu einer geheimdienstlichen Chefsache hochgespielt wird?«

Werther seufzte und deutete auf eine Reihe freier Sitzplätze. Er wartete, bis Herwig und Ivens seiner Aufforderung gefolgt waren, und ließ sich ebenfalls auf einen der Stühle fallen. »Die Akten sind äußerst aufschlussreich. Meinen Respekt, was Sie in so kurzer Zeit alles herausgefunden haben.«

»Sie weichen meiner Frage aus. Wieso ist das INTCEN jetzt an dem Fall interessiert?«, hakte Ivens nach.

»Es ist weniger der Fall an sich, der uns interessiert.«

»Sondern?«

»Die Obduktionsergebnisse«, sagte Werther. »Oder genauer gesagt das, was bei der Obduktion ans Tageslicht gekommen ist. Meine Vorgesetzten halten eine umfassende Potenzialanalyse für erforderlich, bevor etwas an die Öffentlichkeit dringt.«

»Potenzialanalyse?«, wiederholte Ivens begriffsstutzig. Im nächsten Moment, begleitet von einem aufkommenden Gefühl der Übelkeit, bahnte sich die Erkenntnis den Weg in sein Gehirn: Werther war einzig nach Frankfurt gekommen, um dieses abscheuliche Mordinstrument sicherzustellen, das in Althaus' Körper wütete. Ob er es aus einer lebenden oder toten Susanne Althaus bekommen würde, war ihm vermutlich gleichgültig.

Zwei Europapolitiker waren auf eine Art getötet worden, die nur durch einen Zufall Wochen später als gezielte Tötung erkannt worden war. Natürlich hatte das *Potenzial.* Welcher Geheimdienst wäre nicht an einer Methode interessiert, nahezu jede beliebige Person an jedem beliebigen Ort der Welt ausschalten zu können, ohne dass irgendjemand Verdacht schöpfte? Noch dazu, wenn die idealen Schauplätze für solche Anschläge Hotelzimmer waren, in denen die Mehrzahl der politischen und militärischen Gegner ohnehin die meiste Zeit ihres Lebens verbrachten?

»Sagen Sie mir, dass das nicht wahr ist«, riss Ivens sich aus seinem Gedankenstrom.

»Spielen Sie jetzt nicht den Heiligen«, konterte Werther ungerührt. »Natürlich ist das INTCEN an so etwas interessiert. Sie und ich werden die Welt nicht ändern können. Sobald die Ärzte hier fertig sind, werde ich das Objekt beschlagnahmen. Das andere, aus Messings Leiche, ist bereits auf dem Weg nach Brüssel, genauso wie sein Schöpfer.«

Ivens erstarrte. »Sie haben Dennis Bergmann verhaften lassen?«

»Er wird gerade in diesem Moment in die belgische Hauptstadt gebracht.«

52

Nachdem die beiden Männer Baldy seine Rechte vorgelesen hatten, packten sie ihn am Oberarm und zerrten ihn in Richtung des dunklen Lieferwagens, der vor der Tür wartete. Die seitliche Schiebetür wurde geöffnet, und Baldy blickte in das freundlich lächelnde Gesicht eines dritten Mannes, der gerade eine Spritze aufzog.

»Was zum …«

Eine Hand presste sich auf Baldys Mund.

Er spürte den Einstich.

Alles Weitere versank im Nebel der hereinbrechenden Bewusstlosigkeit. Baldy registrierte nicht mehr, wie er auf den Rücksitz des Lieferwagens gehievt wurde. Dass die beiden Männer nochmals in seine Wohnung zurückkehrten und seinen Laptop sowie sämtliche Datenträger, die sie fanden, in dem Lieferwagen verstauten, blieb ebenfalls außerhalb seines Bewusstseins. Selbst die folgende mehrstündige Autofahrt nach Brüssel hinterließ nicht mehr als einen dünnen Erinnerungsschleier, der zu fein gewoben war, um bleibende Eindrücke daran haften zu lassen.

53

»Hören Sie, es tut mir leid«, sagte Werther mit gesenkter Stimme. »Wenn es nur nach mir gegangen wäre, hätte es keine weitere Einmischung gegeben. Aber die Dinge sind nun einmal, wie sie sind. Fahren Sie nach Hause. Sie können hier nichts mehr tun.«

»Wir werden erst dann gehen, wenn wir wissen, wie es um Frau Althaus steht!« Herwig war von ihrem Stuhl aufgesprungen und bohrte Werther ihren Zeigefinger in die Brust, als wäre er der Lauf einer Pistole. Ihr Gesichtsausdruck ließ keinen Zweifel, dass sie die vermeintliche Waffe eiskalt benutzen würde, sollte ihr Werthers Antwort nicht gefallen.

Werthers Blick huschte nervös durch den Raum. Einige der Anwesenden hatten ihre Aufmerksamkeit vom Gedankenstrom ihres eigenen Schicksals gelöst und starrten ungeniert auf das offensichtlich streitlustige Pärchen.

Herwig wich keinen Zentimeter.

»Setzen Sie sich wieder«, sagte Werther schließlich, um kein weiteres Aufsehen zu erregen. »Wir warten gemeinsam.«

Es dauerte zweieinhalb Stunden, bis sie endlich von einer Schwester aufgerufen und in ein Büro geführt wurden. Hinter einem Schreibtisch saß der sichtlich erschöpfte Prof. Hagenbaum.

Hagenbaum wies die Schwester an, den Raum zu verlassen. Dann kam er direkt zur Sache. »Frau Althaus wird leben. Das war wirklich in allerletzter Minute.«

Herwig stieß einen Seufzer der Erleichterung aus.

Auch Ivens war froh, das zu hören. Nicht nur wegen Susanne Althaus. Man musste kein Hellseher sein, um zu wissen, dass Herwig noch immer Gewissensbisse wegen ihres Verhaltens im Konferenzcenter quälten. Wäre Susanne Althaus gestorben, hätte sie sich ihr Leben lang Vorwürfe gemacht.

»Ein Teil des Herzmuskelgewebes war bereits unwiderruflich zerstört«, fuhr Prof. Hagenbaum fort. »Wir mussten einen Herzschrittmacher einpflanzen. Aber die Beeinträchtigungen für ihr weiteres Leben werden sich in Grenzen halten. In Anbetracht der Umstände hat sie verdammtes Glück gehabt.«

»Danke«, sagte Ivens.

»Danke«, schloss Herwig sich an.

»Wo ist das Objekt?«, fragte Werther.

Hagenbaum reichte Werther einen kleinen Plastikbeutel. Da der Professor nicht die geringsten Nachfragen bezüglich Werthers Person und seiner Legitimation stellte, schloss Ivens, dass Hagenbaum über die Sachlage informiert worden war.

Ivens erkannte durch die Folie des Beutels hindurch das gleiche schwarze Gebilde, das ihm Dr. Feil in Müngersdorfs Büro präsentiert hatte.

»Wir werden Ihnen und Ihrem Team eine entsprechende Verschwiegenheitsverpflichtung zukommen lassen«, sagte Werther. »Dass die Unterschrift darauf nicht freiwillig ist, versteht sich hoffentlich von selbst.«

»Selbstverständlich«, sagte der Professor.

Werther reichte Prof. Hagenbaum die Hand. Dann wandte er sich an Ivens und Herwig.

»Noch mal meinen Respekt für Ihre Ermittlungsarbeit

und die Rettung von Frau Althaus. Auch Sie werden eine Verschwiegenheitsverpflichtung unterschreiben müssen. Bitte melden Sie sich nach Ihrer Rückkehr in Münster bei Ihrem Polizeipräsidenten. Er ist bereits entsprechend instruiert.«

»Natürlich«, bestätigte Ivens in neutralem Tonfall.

Herwig sagte nichts. Ihre Verachtung für Werthers Verhalten strömte wie heißer Dampf aus jeder Membran ihrer Zellen.

Im nächsten Moment verschwand Werther so schnell, wie er gekommen war.

54

Das Erste, was Ivens nach der Rückkehr in seine Wohnung tat, war, den Kühlschrank aufzureißen und eine Flasche Bier in einem Zug zu leeren. Dann öffnete er eine zweite und ließ sich auf die Couch fallen.

Herwig und er waren am frühen Abend nach Münster zurückgekehrt und direkt am Bahnhof von Kollegen der Rechtsabteilung abgefangen worden. Beide hatten nicht nach Hause gehen dürfen, bis sie bestimmte Papiere unterschrieben hatten. Ivens hatte sich nicht einmal die Mühe gemacht, die überreichten Dokumente zu lesen, und blind unterschrieben. Herwig hingegen hatte jeden einzelnen Satz studiert, als wäre es ihr persönliches Testament, bevor sie resigniert ihre Unterschrift in das vorgesehene Feld gesetzt hatte. Anschließend hatten sie sich verabschiedet.

Ivens schaltete den Fernseher ein, holte eine Tüte Chips aus dem Schrank und legte die Füße auf den Couchtisch. Er wählte einen Spielfilm, den er schon tausendmal gesehen hatte, und versuchte, alles zu vergessen.

Doch bereits nach wenigen Minuten kreisten seine Gedanken erneut um den Fall. Er dachte an Bergmann, Komohoto und Messing, an die beiden Europapolitiker Kaminski und Hugenroth und an Susanne Althaus, die nur mit Mühe gerettet worden war. Außerdem machte er sich Gedanken um Herwig. Sie war die ganze Rückfahrt von Frankfurt nach Münster tief in ihre Gedanken versunken gewesen.

Hoffentlich macht sie keine Dummheiten, dachte Ivens.

Er traute der energischen Jungkommissarin zu, einen persönlichen Kleinkrieg mit dem INTCEN anzufangen. Seit Edward Snowden und dem gleichnamigen Hollywoodfilm war es geradezu ein Breitensport geworden, vermeintliche oder echte Schweinereien von Geheimdienstbehörden im Internet zu verbreiten. Dass wäre das sichere Ende ihrer jungen Karriere, und nicht nur der ihren. Ihn selbst würde die Gegenreaktion des Geheimdienstes unweigerlich mit in den Abgrund ziehen.

Es war völlig klar, dass sie nichts mehr tun konnten. Das INTCEN würde Dennis Bergmann mitsamt seiner perversen Erfindung für immer in der Versenkung verschwinden lassen. Akio Komohotos Tod blieb ein tragischer Schicksalsschlag, und genauso würden sie es bei Josef Messing aussehen lassen. Der Tod von Hugenroth und Kaminski war ohnehin Schnee von gestern. Es war nichts passiert. Kein Grund zur Beunruhigung. Zumindest offiziell.

Was hinter den Kulissen passierte, war abzusehen. Das INTCEN würde sich Bergmanns Erfindung bemächtigen, weiter daran forschen und sie perfektionieren. Irgendwann würde ein unbequemer Staatsfeind oder ein befreundeter Regierungschef, der in Wirklichkeit nicht ganz so befreundet war, dem Weg von Komohoto und Co. folgen. Niemand würde die Spur zum INTCEN oder anderen Geheimdienstkreisen zurückverfolgen können.

Ivens rammte seine Faust in das Sofakissen.

Es war ein verdammt schlechtes Spiel. Er verspürte große Lust, der Presse selbst heimlich Informationen zuzuspielen. Aber das wäre purer Wahnsinn. Ein Wort, und er, Herwig und sogar Müngersdorf würden für den Rest ihres Lebens kaltgestellt werden.

Ivens wechselte das Fernsehprogramm. In diesem Moment klingelte das Telefon. Voll trüber Gedanken nahm Ivens das Gespräch an.

»Werther hier. Es gibt Probleme. Wir holen Sie morgen früh ab.«

Ivens traute seinen Ohren nicht. Gleichzeitig stellte sich ein Gefühl der Schadenfreude ein. Sie hatten Probleme? Wunderbar!

»Sie können mich mal«, antwortete Ivens.

»Dennis Bergmann schweigt beharrlich. Er will nur mit Ihnen reden. Er sagt, er habe ein Geschenk für Sie. Informationen über damals. Sie würden schon wissen, worum es geht.«

Plötzlich saß Ivens kerzengerade auf seinem Sofa. Eine Adrenalinwelle jagte unvermittelt durch seine Adern.

Er atmete tief durch, um wieder klar denken zu können.

Müngersdorf hat dich gewarnt, rief er sich in Erinnerung. Das alles ist nur ein Trick. Dennis Bergmann konnte keine stichhaltigen neuen Informationen haben. Der Kerl hatte mit Sicherheit nichts anderes getan, als haltlose Verschwörungstheorien von damals aufzugreifen, um sich eine Legitimation für seine Rachegelüste zu verschaffen. Vielleicht waren die konkreten Zusammenhänge damals nicht so deutlich zu Tage getreten, das zeigte die von Herwig aufgedeckte alte Studienbekanntschaft von Hugenroth, Kaminski und Althaus. Trotzdem blieb alles reine Spekulation.

»Außerdem«, fuhr Werther fort und riss Ivens aus seinen Gedankengängen, »hat Bergmann uns noch mit einer weiteren Mitteilung überrascht. Auch dieses Problem erfordert zwingend Ihre persönliche Anwesenheit.«

»Was für eine weitere Mitteilung?«

»Das erkläre ich Ihnen morgen. Punkt 8.00 Uhr wird ein Hubschrauber am Polizeipräsidium in Münster landen und Sie abholen. Seien Sie pünktlich.«

»Habe ich eine Wahl?«, fragte Ivens, obwohl er die Antwort bereits kannte.

5. KAPITEL
TAG 5 – MÜNSTER UND BRÜSSEL, 18. MAI, 08.57 UHR

55

Der Hubschrauber, der Ivens um Punkt 08.00 Uhr in Münster abgeholt hatte, landete nach einer knappen Stunde Flugzeit auf dem Dach eines Bürokomplexes unweit der Brüsseler Innenstadt. Mit gesenktem Kopf kämpfte Ivens sich aus dem Windkegel der Rotorblätter und folgte den beiden Agenten vom INTCEN, die ihn in Münster in Empfang genommen hatten.

Vom Dach aus führte eine Stahltreppe hinunter in ein Treppenhaus, und nach wenigen Schritten standen sie in einem schmalen Gang, der vor einer massiven Stahltür endete. Einer der Agenten zog eine Karte durch ein Lesegerät und presste seine Hand auf ein Scanfeld. Mit einem leisen Surren glitt die Stahltür zur Seite.

Ivens blickte in ein Großraumbüro, das sich nicht von einem Büroraum eines Versicherungskonzerns oder einer großen Anwaltskanzlei unterschied. Zahllose Schreibtische standen einzeln oder in Zweiergruppen angeordnet zwischen mannshohen Trennwänden und Kübelpflanzen. Kaffeebecher dampften, Telefone klingelten, Bildschirme flackerten. Die hinter den Schreibtischen arbeitenden Menschen waren überwiegend leger gekleidet, nur wenige trugen Anzug. Kaum einer nahm Notiz von Ivens' Ankunft.

Ivens' Begleiter führten ihn im Zickzackkurs durch das Labyrinth der Arbeitsplätze in den hinteren Bürobereich, wo mehrere abgetrennte Besprechungsräume eine intimere Gesprächsatmosphäre boten. Allerdings vermutete Ivens, dass es in dem gesamten Bürokomplex dieser Behörde nicht einen einzigen Bereich gab, der tatsächlich die Möglichkeit zu einem vertraulichen Gespräch bot. Wahrscheinlich waren selbst die Sanitärräume mit Abhöranlagen ausgestattet.

Werther erwartete ihn in einem der Besprechungsräume.

»Schön, dass Sie kommen konnten«, begrüßte er Ivens.

»Sehr witzig«, gab Ivens bissig zurück. Nach allem, was Werther in Frankfurt getan hatte, wollte Ivens ihm unmissverständlich zu verstehen geben, dass er weder Werthers persönliches Verhalten noch die Ziele des INTCEN ansatzweise guthieß.

Werther ignorierte die Spitze und bot Ivens Kaffee an, bevor er ihn aufforderte, sich zu setzen.

»Wir haben nicht die Zeit, lange um den heißen Brei herumzureden«, begann Werther. Er wirkte abgekämpft und müde. »Wie Sie wissen, haben wir Dennis Bergmann gestern Mittag in Gewahrsam genommen. Er wurde betäubt und mit einem Kleintransporter hierher verfrachtet. Er befindet sich momentan in einem Vernehmungsraum im Kellergeschoss des Gebäudes und hat keine Ahnung, dass er in Brüssel ist.«

»Haben Sie überhaupt einen Haftbefehl?«, fragte Ivens.

Werther reagierte gereizt. »Das INTCEN ist eine offiziell legitimierte Institution der Europäischen Union. Auch wir stehen nicht außerhalb der Gesetze. Es gibt zahlreiche Kontrollinstanzen, und jede unserer Handlungen muss genehmigt und abgesegnet werden. Die Indizienlage, die Sie und Ihre charmante Kollegin erarbeitet haben, hätte jedem Richter für einen Haftbefehl ausgereicht.«

»›Hätte ausgereicht‹ bedeutet nicht zwingend, dass Sie sie tatsächlich einem Richter vorgelegt haben.«

»Wir haben andere Abläufe«, antwortete Werther lapidar. Dann wechselte er den Tonfall. Mit einem Mal hatte Ivens das Gefühl, wieder den Paul Werther vor sich zu haben, den er bei seinem ersten Kontakt im Holtmannhof in Münster als ehrlichen und aufrichtigen Menschen eingeschätzt hatte.

»Ich kann und darf Sie nicht in alle internen Details des INTCEN einweihen. Aber es ist wichtig, dass Sie mir vertrauen. Meine Kollegen und ich sind stolz auf das, was wir tun. Weil wir es für richtig halten. Die Rahmenbedingungen unseres Handelns mögen vielleicht ein wenig anders sein, als Sie sie kennen, doch letztlich kämpfen wir für ein und dieselbe Sache: eine sicherere Welt.«

Werther lenkte seinen Blick auf ein Multimediaschaltpult, das in der Mitte des Besprechungstisches stand, und ließ ihn dort verharren. »Sollte es Dinge geben, die ich außerhalb dieser Rahmenbedingungen nicht mittrage, werde ich es Ihnen deutlich zu verstehen geben.«

Werthers Blick ruhte weiter auf dem Schaltpult. Von außen unterschied sich das Ding in keiner Weise von handelsüblichen Steuerungseinheiten für Video- und Hologrammkonferenzen, wie sie in unzähligen Besprechungsräumen zum Einsatz kamen. Über sein wahres Innenleben konnte Ivens nur spekulieren. Aber er begriff, dass Werther ihm mit seinem demonstrativen Blick auf die Anlage zu verstehen geben wollte, dass seine Vorgesetzten mithörten.

Die Worte des Agenten in der Notaufnahme der Frankfurter Universitätsklinik kamen ihm in den Sinn: *Wenn es nur nach mir gegangen wäre, hätte es keine weitere Einmischung gegeben.* Haderte Werther mit der Entscheidung seiner Vorgesetzten, Dennis Bergmanns Erfindung in den Dienst seiner Geheimdienstbehörde stellen zu wollen? Oder bildete er sich das ein?

»Berichten Sie weiter«, sagte Ivens, unschlüssig darüber, wie er Werther einzuschätzen hatte.

»Wie gesagt, Dennis Bergmann befindet sich wohlbehalten im Kellergeschoss. Wir haben ihn gestern mehrere Stunden vernommen – oder besser gesagt haben wir versucht, ihn zu vernehmen. Er weigert sich beharrlich, auch nur einen Satz mit uns zu wechseln. Außerdem haben wir jeden Computer und jeden Datenträger aus seiner Wohnung sichergestellt. Ein Team von Spezialisten versucht seit Stunden, den Programmcode seiner Erfindung zu finden.«

»Und?«

»Nichts. Stattdessen hat er uns mit der Ankündigung überrascht, nur mit Ihnen reden zu wollen. Dass er ein persönliches Geschenk für Sie habe. Und dann hat er die Bombe platzen lassen.«

Ivens hob irritiert die Augenbrauen: »Was für eine Bombe?«

»Dass er im Besitz einer Liste von einer Million privater Netzwerkadressen mit den entsprechenden Sicherheitscodes sei. Und dass er eine verschlüsselte Website programmiert habe, von der aus in 24 Stunden ein tödlicher Programmcode automatisch gesendet wird. Sollte dieser Code starten, erhalten zeitgleich über ganz Europa verteilt eine Million 3D-Drucker den gleichen Bauplan, den er seinen bisherigen Opfern zugeschickt hat. Sie seien der einzige Mensch, der das noch stoppen könne.«

56

»Wiederholen Sie das.« Ivens' Überraschung war so groß, dass er seinen Ohren nicht traute.

»Sie haben schon richtig gehört.«

»Der verarscht uns doch.«

»Ich fürchte nein«, sagte Werther. »Auf Bergmanns Laptop haben wir eine Datei gefunden. Er hat sie direkt in das Hauptverzeichnis abgelegt und ihr den Namen ›ICH BLUFFE NIEMALS‹ gegeben. Er muss gewusst haben, dass die Polizei ihm auf den Fersen war und dass sein Laptop beschlagnahmt und untersucht werden würde. Die Datei enthält eine Liste mit insgesamt einer Million Netzwerkadressen samt zugehörigen 20-stelligen Passwörtern. Allerdings sind bis auf eine Stichprobe von 10.000 Einträgen alle Adressen und Netzwerkschlüssel nur unvollständig aufgelistet. Wir haben die Adressen aus der Stichprobe bei den entsprechenden Providern überprüfen lassen. Natürlich hatten die Verantwortlichen keine Ahnung, wie jemand an diese Daten kommen konnte. Aber alle haben zähneknirschend eingeräumt, dass die Daten echt sind und dass eine hohe Wahrscheinlichkeit besteht, dass auch die restlichen Daten reale Adressen und Passwörter von Kunden sind.«

»Das ist Wahnsinn«, sagte Ivens fassungslos. »Bergmann glaubt doch nicht ernsthaft, dass er vier Morde begehen kann und dann aufgrund einer so abstrusen Drohung als freier Mann wieder vor die Tür gesetzt wird?«.

Werther hob die Schultern. »Wir wissen nicht, was Bergmann glaubt oder beabsichtigt. Er redet nicht mit uns. Und wenn Sie glauben, dass wir auf Waterboarding oder anderen Methoden zurückgreifen würden, um jemanden gegen seinen Willen zum Reden zu bringen, irren Sie. Wir sind hier schließlich nicht in Guantanamo. Seine einzige Forderung bisher war, dass er Sie sehen will. Können Sie sich einen Reim darauf machen?«

»Das dachte ich«, sagte Ivens. »Aber jetzt bin ich mir nicht mehr so sicher.«

Werther schaute erstaunt auf.

»Ein persönliches Thema«, winkte Ivens ab. »Wenn es relevant sein sollte, werde ich Sie noch früh genug darüber informieren.«

Ivens war mittlerweile davon überzeugt, dass Dennis Bergmann über seine Tochter Kira Bescheid wusste. Er konnte die Information von seinem Vater erhalten haben, oder er war durch eigene Recherchen darauf gestoßen. Wahrscheinlich nahm Bergmann an, dass ein Polizist, der selbst ein Familienmitglied bei dem Unglück verloren hatte, zugänglicher für seine Motive war.

Was ihm das bringen sollte, blieb jedoch schleierhaft – es sei denn, Bergmann war so naiv zu glauben, dass er sich persönlich vor Gericht für ihn einsetzen würde. Diese Theorie ergab allerdings nur dann einen Sinn, wenn Dennis Bergmann am Ende seines Rachefeldzuges angekommen war. Aber so wie es aussah, dachte er keineswegs daran, sich demütig in die Hände der Justiz zu begeben. Eine Million potenzielle Opfer! Nicht auszumalen, was in 24 Stunden passieren würde, wenn sie ihn nicht stoppen konnten.

»Gibt es einen Weg, die Leute zu warnen?«, fragte Ivens, um Werther von der Frage nach der Verbindung zwischen ihm und Bergmann abzulenken.

Werther schüttelte den Kopf. »Die Analyse der Stichprobe aus Bergmanns Liste hat ergeben, dass die Zieladressen über ganz Europa verteilt sind. Es handelt sich ausschließlich um private Haushalte, von denen nach aktuellen Branchenschätzungen rund 90 Prozent mit einem 3D-Drucker ausgestattet sind. Die Dinger haben vor wenigen Jahren einen wahren Siegeszug angetreten. Wir müssten theoretisch sämtliche Bürger in Europa dazu auffordern, ihre Drucker vom Netz zu nehmen oder die WLAN-Passwörter zu ändern. Das wird niemals funktionieren.«

»Was ist mit der Website, von der aus das Virus gestartet wird?«

»Wir kennen nicht einmal die Webadresse«, antwortete Werther. »Und selbst wenn wir sie fänden: Er wird sie mit Sicherheit so gut geschützt haben, dass selbst unsere besten Spezialisten sich wochenlang die Zähne daran ausbeißen.«

Ivens nickte. Ohne Bergmanns Kooperation würde das INTCEN nichts ausrichten können. »Was muss ich sonst noch wissen, bevor ich mit ihm rede?«

Werther richtete seinen Blick erneut demonstrativ auf die Steuerungseinheit in der Mitte des Besprechungstisches. »Der Auftrag – und damit auch Ihr Auftrag – umfasst weiterhin die Beschaffung der Druckprogrammdatei als vorrangiges Ziel.«

»Wie bitte?«

»Meine Vorgesetzten geben nicht viel auf Bergmanns Drohung. Der Quellcode der 3D-Druckdatei ist um jeden Preis sicherzustellen.«

»Um jeden Preis? Auch um den Preis einer Million unschuldiger Opfer?«

»Sie haben den Auftrag gehört.«

Werther wandte sich zum Gehen.

57

Schweigend folgte Ivens dem Agenten quer durch das Großraumbüro zurück in das Treppenhaus, von dem aus die Stahltreppe zum Dach mit dem Hubschrauberlandeplatz führte. Bevor sie die Treppe erreicht hatten, blieb Werther vor einer Aufzugtür stehen und betätigte die Ruftaste. Die auf Hochglanz polierten Edelstahltüren des Fahrstuhls öffneten sich und sie betraten die Kabine. Wieder war eine Sicherheitskarte erforderlich, damit Werther einen Knopf mit der Bezeichnung »K2« betätigen konnte. Die Türen schlossen sich, und der Fahrstuhl glitt langsam abwärts.

»Diese Fahrstuhlkabine ist im Gegensatz zu den Besprechungsräumen nicht verwanzt«, sagte Werther in einem Tonfall, als wolle er lediglich ein wenig Small Talk betreiben.

Ivens hob verdutzt die Augenbrauen. Er wartete vergeblich darauf, dass Werther weitersprach. Bevor er selbst das Wort ergreifen konnte, öffnete sich die Fahrstuhltür und sie traten in einen von Tageslichtlampen erhellten Raum, der etwa 20 Quadratmeter maß. Drei Agenten saßen mit Schlagstöcken und Pistolen bewaffnet vor großen Monitoren. Sämtliche Bildschirme zeigten aus verschiedenen Perspektiven die Aufnahme einer kargen Arrestzelle, die lediglich aus einer kleinen Sanitärecke, einem Stahltisch mit zwei Stühlen und einer Pritsche bestand. Auf der Pritsche lag ein Mann in einem orangefarbenen Overall. Er hatte die Hände hinter dem Kopf verschränkt und starrte an die Decke. Der Mann war kahlköpfig, und Ivens schätzte sein Alter auf unter 30.

»Dennis Bergmann?«, fragte Ivens.

Werther nickte. »Und bevor Sie auf falsche Gedanken kommen: Er war bereits bei seiner Verhaftung ohne Kopfbehaarung. Sie werden beim Näherkommen unschönes Narbengewebe an der Kopfhaut und deformierte Ohrmuscheln erkennen. Seiner Krankenakte nach wurde er vor vier Jahren Opfer einer selbst verursachten Gasexplosion, die ihn übel zugerichtet hat.«

Vor vier Jahren, wiederholte Ivens in Gedanken. Kurze Zeit nach dem Verlust seiner Zwillingsschwester. Statt den Gedanken weiterzuführen, fragte er: »Kommen Sie mit rein?«

Werther schüttelte den Kopf. »Dennis Bergmann wünscht eine Unterhaltung nur mit Ihnen. Aber ihm ist klar, dass wir alles aufzeichnen werden.«

»Also gut«, sagte Ivens und trat vor die Tür der Arrestzelle.

Einer der drei Agenten sprach auf ein Zeichen von Werther hin in ein Mikrofon und kündigte Bergmann seinen Besuch an. Die Tür öffnete sich nach einer Abfolge von mehreren dumpfen Stößen, die die massiven Sperrriegel der Tür entsicherten.

Ivens betrat die Zelle.

Dennis Bergmann erhob sich mit einem Lächeln von seiner Pritsche und kam auf ihn zu. Er deutete auf einen der Stühle vor dem kleinen Tisch und griff selbst nach dem zweiten.

»Hauptkommissar Ivens. Ich kenne Ihr Gesicht von Fotos aus dem Personalverzeichnis der Kripo Münster. Außerdem hat mein Vater Sie mir beschrieben.«

Ivens nickte flüchtig. Sein Instinkt hatte ihn nicht getäuscht: Bergmann hatte mit seinem Vater gesprochen, und mit Sicherheit wusste er über Kira Bescheid.

Er setzte sich und musterte Bergmann. Trotz seines entstellten Äußeren wirkte er nicht unsympathisch. Seine Stimme war angenehm im Klang und ohne eine Spur von Herablassung oder Unsicherheit. Ein junger Mann, der trotz seines äußerlichen Handicaps mit beiden Beinen fest im Leben stand – so hätte man ihn beschreiben können, wenn Ivens es nicht besser gewusst hätte. Nur seine glanzlosen Augen verrieten, dass hier ein skrupelloser Mörder vor ihm saß, der im Begriff war, eine Million Menschen in den Tod zu schicken.

»Ihr Vater ist ein netter, aber trauriger Mann«, begann Ivens vorsichtig. Er hatte noch kein Gespür dafür, welche Gesprächstaktik er bei Dennis Bergmann anwenden sollte, und würde sich langsam herantasten müssen.

Bergmann lachte auf. »Sie denken also, ich sollte ihm nicht noch mehr Kummer bereiten?«

»Ja, das denke ich.«

»Sie glauben, er weiß von alledem nichts?«

Ivens erschrak. Herwig hatte ihm zwar von ihren eigenen Überlegungen in dieser Richtung berichtet, aber er hatte diese Theorie sofort verworfen. Der alte Bergmann kam ihm dafür zu aufrichtig vor. Aber wer konnte schon hinter die Fassade eines Menschen schauen? Vielleicht machten die beiden tatsächlich gemeinsame Sache. Vielleicht war Dennis Bergmanns kleine Firma von vornherein ein Teil des Vorhabens gewesen, das sie gemeinsam von langer Hand geplant hatten, um einen Datenzugriff auf die verschiedenen Hotels der Stadt …

Ein lautes Lachen riss Ivens abrupt aus seinen Gedanken. »Das war nur ein Scherz. Mein Alter weiß von nichts. Er zerfließt seit Jahren vor Schmerz und Selbstmitleid, ist aber absolut unfähig, irgendetwas wirklich zu begreifen.«

Bergmanns überhebliches Gehabe seinem Vater gegenüber gefiel Ivens überhaupt nicht. »Ihr Vater hat mir erzählt, dass er nach dem Unglück eigene Recherchen angestellt hat.«

»Eigene Recherchen – dass ich nicht lache«, spottete Bergmann. »Ich habe ihm heimlich ein bisschen hinterherspioniert. Meistens ging es bei seinen Nachforschungen um andere Opfer und deren Familienangehörige. Er hat sich gesuhlt in ihrem Kummer, um seinen eigenen Schmerz besser ertragen zu können. Nicht einen ernst zu nehmenden Ansatz zur Aufdeckung der wahren Hintergründe hat er in all den Jahren auf die Beine gestellt.«

»Und Sie haben die Weisheit mit Löffeln gefressen und wissen als Einziger, was damals wirklich passiert ist?« Ivens verspürte große Lust, dem arroganten Kerl eine reinzuhauen.

»So ist es tatsächlich.«

»Ich glaube Ihnen kein Wort«, konterte Ivens. »Ihre Mordserie lässt erkennen, dass Sie Hugenroth, Kaminski, Messing und Althaus für das Unglück verantwortlich machen. Dieser Verdacht ist einfach albern, nach all den Gutachten, die eine Brandstiftung ausschließen.«

Unvermittelt ließ Bergmann seine Faust krachend auf den Tisch fallen. Seine übertrieben zur Schau gestellte gute Laune war wie weggeblasen. »Die vier sind schuldig. Diese Schweine haben meine Schwester auf dem Gewissen.«

»Können Sie das auch beweisen?«, entgegnete Ivens nüchtern.

Wie auf Kommando beruhigte Bergmann sich wieder. Er lehnte sich auf seinem Stuhl zurück und verschränkte mit einem genüsslichen Grinsen die Arme hinter seinem Kopf. »Das möchten Sie wohl gern wissen.«

»Eigentlich nicht«, erwiderte Ivens kalt. »Ihre Fantasie geht mit Ihnen durch. Was Sie sich zusammengereimt haben, ist vermutlich nichts anderes als ein Haufen wilder Spekulationen, der bei der kleinsten Überprüfung wie ein Kartenhaus in sich zusammenfällt.«

Ivens hatte erwartet, dass Bergmann als Reaktion auf diese Provokation erneut an die Decke gehen würde. Aber der junge Mann blieb vollkommen ruhig, und sein selbstgefälliges Grinsen wurde nicht einen Millimeter schmaler.

»Tief in Ihrem Inneren wissen Sie, dass Sie Unrecht haben. Sie haben doch selbst nie an einen Unfall geglaubt. Sie können es geradezu spüren, dass es einen anderen Grund für Ihr Unglück geben muss. Meine Schwester und Ihre Tochter und all die anderen sind nicht nur aus einer Laune des Schicksals heraus gestorben.«

»Ich glaube Ihnen immer noch kein Wort.«

Ivens hatte seine letzten Worte mit der Inbrunst eines Wanderpredigers hinausgeschleudert. Das Problem war nur: Es stimmte nicht. Tief in seinem Inneren traute er diesem Spezialisten auf dem Gebiet der Datentechnik durchaus zu, an Unterlagen gelangt zu sein, die den ermittelnden Behörden von damals verborgen geblieben waren. Wenn die beiden Europapolitiker und Susanne Althaus damals mit Josef Messing als bezahltem Handlanger eine warme Sanierung geplant hatten, war es möglich, dass etwas hierüber in geheimen Verträgen oder Absprachen festgehalten worden war. Vielleicht war der junge Bergmann bei seinen Recherchen auf solche Unterlagen gestoßen – und damit auf einen handfesten Anhaltspunkt, der es Ivens erlaubte, Kiras Verlust endlich einen Namen zu geben. Einen Namen, der mehr war als das leise und unverständliche Flüstern des Windes, das man Schicksal nannte.

Dieser Gedanke hielt Ivens gefangen wie der mächtige Arm einer Riesenkrake, die ihr Opfer unbarmherzig in die Tiefen der Dunkelheit zog.

58

Ivens strampelte sich mühsam aus seiner Gedankenflut wieder ins Hier und Jetzt. Mahnend rief er sich ins Gedächtnis, dass er sich von Bergmann nicht beeinflussen lassen durfte. Es war vollkommen klar, was er versuchte: Bergmann wollte ihn auf seine Seite ziehen, um einen Vorteil für sich zu gewinnen.

Die entscheidende Frage lautete allerdings: welchen Vorteil?

Ivens hatte noch immer keine Ahnung, was Bergmann beabsichtigte.

»Na schön. Mal angenommen, Sie kennen tatsächlich eine andere Wahrheit als die offizielle Unfallversion und haben Beweise dafür. Was soll Ihnen das bringen? Sie haben vier Menschen getötet. Kein Richter der Welt wird Sie jemals freisprechen, völlig egal, welche Motive Sie mitbringen.«

»Fünf«, korrigierte ihn Bergmann wie aus der Pistole geschossen. »Dieser Japaner war zwar ein Versehen, aber er geht eindeutig auch auf mein Konto.«

Ivens war sprachlos, wie kaltblütig Bergmann über seine Taten sprach. Als ob ihm das alles gleichgültig wäre. Fünf Morde, und …

Plötzlich stockten Ivens' Gedanken. Fünf Morde? Es waren vier: Hugenroth, Kaminski, Messing und Komohoto. Offensichtlich schien Bergmann nicht zu wissen, dass Susanne Althaus in letzter Sekunde gerettet worden war.

Ivens beschloss, Bergmann diese Information zu verschweigen. Sein Verhalten war so schon undurchsichtig genug, und es war unmöglich vorherzusehen, wie Bergmann auf die Nachricht reagieren würde, dass sein Rachefeldzug unvollständig geblieben war.

»Na schön, meinetwegen fünf. Sie haben Ihre Rache bekommen. Was soll die Drohung mit den weiteren Anschlägen?«

»Sie dient dazu sicherzustellen, dass ich bekomme, was ich als Letztes will.«

»Und das wäre?«, fragte Ivens.

»Dass Sie mich erschießen.«

59

Ivens starrte Bergmann mit einer Mischung aus Fassungslosigkeit und Entsetzen an. Bergmann war wahnsinnig, schoss es ihm durch den Kopf. Völlig durchgeknallt. Oder er verarschte ihn.

Er versuchte, Bergmanns Gesichtsausdruck zu deuten, konnte darin aber keine Spur von Wahnsinn oder Ironie erkennen.

»Einen Killer bekommen Sie an jeder Straßenecke«, sagte Ivens verunsichert.

Bergmann schüttelte den Kopf. »Das ist nicht das Gleiche. Sie müssen es tun. Nur so kann es Gerechtigkeit geben.«

»Gerechtigkeit? Sie wissen doch nicht mehr, wovon Sie reden.«

»Ich weiß ganz genau, wovon ich rede. Und Sie werden es auch bald wissen.«

»Reden Sie endlich Klartext! Was wollen Sie wirklich?«

Bergmann schob seinen Oberkörper vor und drehte seinen vernarbten Kopf wie ein Verkaufsobjekt auf einer Auktion zu allen Seiten.

»Schauen Sie mich an. Was Sie hier sehen, ist das Ergebnis eines von vielen jämmerlichen Versuchen, meinem Leben ein Ende zu bereiten. Aber ich schaffe es einfach nicht. Seit Jahren beginne ich jeden Tag mit dem Gefühl, dass immer nur eine Hälfte von mir aufwacht. Dass die andere Hälfte einfach weiterschläft. Das ist kein Leben. Es ist ein Dahinvegetieren, ein langsames, stetiges Versinken in einem endlosen Meer aus Gleichgültigkeit.«

Bergmann warf seinen Kopf nach hinten, als wolle er alle soeben geäußerten Gefühlsregungen mit einem einzigen Ruck von sich abschütteln.

»Das erste Jahr nach Stefanies Tod – dem Tod meiner geliebten Schwester – bestand ich praktisch nur noch aus Verzweiflung und Selbstmordabsichten. Nach mehreren missglückten Versuchen musste ich mir eingestehen, dass ich es allein nicht schaffe. Ich bin einfach zu feige. Erbärmlich, aber es ist so. Man muss der Wahrheit ins Gesicht sehen können.« Bergmann rieb sich gedankenverloren über seine vernarbte Kopfhaut. »Wie dem auch sei: Irgendwann habe ich dann erkannt, dass es so nicht weitergehen kann. Dass ich eine Strategie brauche. Einen Plan, der alle Schuldigen von damals miteinbezieht und schließlich in meiner eigenen Erlösung endet. Und Sie, Hauptkommissar Ivens, werden mein Erlöser sein – ob Sie es wollen oder nicht.«

»Sie glauben doch nicht ernsthaft, dass ich …«

»Sparen Sie sich Ihre Glaubensfragen«, unterbrach ihn Bergmann. »Ich habe meine Gründe offen dargelegt. Ob Sie mich verstehen wollen oder nicht, spielt letztlich keine Rolle. Ich habe fünf Menschen getötet. Eine Million weitere werden folgen, wenn Sie nicht tun, was ich verlange. Sie erlösen mich, und ich erlöse Sie, indem Sie die Wahrheit erfahren. Das ist der Deal.«

»Sie bluffen. Sie sind kein Massenmörder. Denken Sie an Ihren Vater.«

»Mein Vater ist mir scheißegal!«, donnerte Bergmann ungehalten. »Haben Sie das noch immer nicht kapiert? Was glauben Sie, wie es mich in den letzten Jahren angekotzt hat, sein ständiges Gejammer anhören zu müssen. Sogar meine Mutter hat er vergrault, weil sie ihn nicht mehr ertragen konnte. Auf und davon ist sie. Er ist ein Waschlappen. Ein

Weichei. Und ich scheiße auf die weiteren Opfer. Sie erschießen mich oder alle werden sterben.«

Ivens stand auf und trat in Richtung Zellentür. »Machen wir eine Pause. Zehn Minuten.«

60

Wutschnaubend knallte Ivens die Tür zu Bergmanns Vernehmungszelle hinter sich zu und trat in den vorgelagerten Überwachungsraum. Einer der Agenten reichte ihm einen Becher Kaffee. Ivens nahm ein paar Schlucke und spürte der warmen Flüssigkeit in seinem Körper nach, was ihn ein wenig entspannte. Auf den Monitoren sah er, wie Bergmann sich auf sein Bett legte, die Arme hinter dem Kopf verschränkte und die Decke anstarrte.

Was für ein kaputter Mensch, dachte Ivens. Ivens war sicher, das war der richtige Ausdruck: »kaputt«. Dennis Bergmann besaß weder eine wahnsinnige Ader noch strebte er kaltblütig berechnend irgendwelche Deals an, um einen Vorteil für sich herauszuschlagen. Er war einfach am Ende. Ein Mensch ohne jedes Verlangen außer dem eigenen Tod.

Sein Herz bestand vermutlich aus einem einzigen Klumpen Narbengewebe, ausgefranst und zerfressen von jahrelangem Kummer und Hass.

Ivens wurde klar, dass Bergmann genau diesen Zustand bei seinen Opfern hervorrufen wollte. Sie sollten sich fühlen, wie er sich fühlte. Und da es ihm nicht möglich war, in ihre Seelen einzudringen und ihnen den gleichen Kummer und Hass einzupflanzen, an denen er litt, so wollte er sie wenigstens körperlich an seinem Zustand teilhaben lassen. Bergmann hatte seine Rache nicht durch profanes Töten genommen. Er hatte die Schuldigen vielmehr in ein Abbild seiner selbst verwandelt – in Menschen mit kaputten Herzen, an denen sie Stück für Stück zugrunde gingen.

61

Ivens war tief in seine Gedanken über Dennis Bergmann versunken, als Werther auf ihn zukam und ihm eine Hand auf die Schulter legte.

»Ich … Es tut mir leid. Dass Sie Ihre Tochter verloren haben, war neu für mich. In den Akten ist nur Bergmanns Schwester als Opfer des Unglücks ausdrücklich vermerkt.«

»Wir sahen bisher keine Veranlassung, alle Namen von damals aufzuführen«, sagte Ivens. »Aber jetzt dürfte klar sein, wieso er unbedingt mit mir reden wollte. Irgendetwas treibt Bergmann an, mir seine Version der Wahrheit von damals unter die Nase reiben zu wollen, bevor er sich von dieser Welt verabschiedet. Ich verstehe nur nicht, wohin das führen soll. Was erhofft er sich davon?«

»Nun, vielleicht will er Sie als seinen Anwalt gewinnen«, spekulierte Werther. »Eine Art nachträgliche Rehabilitation oder so etwas. Bergmann scheint von der Gerechtigkeit seiner Sache überzeugt. Er will unbedingt ernst genommen werden, was die angebliche Brandstiftung angeht. Würde er seine Unterlagen einfach so auf den Tisch legen, ganz gleich ob vor oder nach seinem Tod, bestände kaum eine Chance, dass sie jemals ernsthaft begutachtet würden. Niemand glaubt einem Mörder. Wer wäre besser geeignet, den Fall mit aller Energie und gegen alle Widerstände neu aufzurollen, als ein befangener Hauptkommissar, der selbst unbedingt an eine nachvollziehbare Erklärung für den Schrecken von damals glauben will? Und damit Ihr Ansporn noch größer wird, zwingt er Sie, ihm eine Kugel in den Kopf zu schießen. Er bürdet Ihnen damit eine Schuld auf, die Sie nur begleichen können, wenn Sie seinen letzten Willen erfüllen. Möglicherweise ist das die vollständige Strategie, von der Bergmann gesprochen hat.«

»Hört sich ziemlich weit hergeholt an, wenn Sie mich fragen«, entgegnete Ivens. Trotzdem konnte er Werthers Ausführungen eine gewisse Logik nicht absprechen. Wenn Bergmann sein eigenes Ende herbeisehnte, ihm aber gleichzeitig etwas an einer nachträglichen Rehabilitation seiner Taten lag, wäre sein Plan durchaus nachvollziehbar – zumindest mit den Maßstäben einer offenbar vollkommen kranken Seele.

»Wie dem auch sei«, schloss Werther seine Analyse, »Sie müssen vor allem herausbekommen, wie wir an diese Internetseite kommen, von der aus sein tödliches Programm starten soll. Nach allem, was ich bisher gehört habe, halte ich Bergmanns Drohung in diesem Punkt für absolut realistisch.«

»Dann sind wir schon zwei«, bestätigte Ivens. »Ich nehme ihm zwar nicht ab, dass er völlig gleichgültig zu einem der größten Massenmörder der Geschichte werden will. Aber er ist klug genug zu wissen, dass er ernsthaft und ohne Rettungsfallschirm damit drohen muss, um seinen Willen zu bekommen.«

Als wäre dies Bergmanns Stichwort gewesen, ertönte seine Stimme aus den Lautsprechern, die mit der Arrestzelle verbunden waren: »Hauptkommissar Ivens! Die zehn Minuten sind um. Und können Sie mir einen Kaffee mitbringen? Schwarz, ein wenig Zucker. Danke.«

»Dieser Dreckskerl«, fauchte einer der Agenten, stand aber dennoch auf, um einen Kaffee in einen Plastikbecher für Bergmann einzuschenken.

»Bevor Sie wieder reingehen«, sagte Werther an Ivens gewandt, »eine Sache noch: Wieso erwähnen Sie ständig seinen Vater? Es bringt ihn jedes Mal auf die Palme. Was bezwecken Sie damit?«

Ivens nahm den Becher Kaffee und trat vor die Tür der Zelle. »Ich weiß es noch nicht genau. Irgendetwas sagt mir, dass er ein Schlüssel sein könnte. Zu welcher Tür, werden wir sehen.«

62

Ivens reichte Bergmann den Becher Kaffee und setzte sich wieder an den kleinen Tisch.

»Danke«, sagte Bergmann. Er nahm einen Schluck und nickte. »Genau richtig. Nicht zu süß und schön stark.«

»Freut mich, dass er Ihnen schmeckt«, erwiderte Ivens gereizt. »Vielleicht können wir zu der Frage kommen, wie Sie sich das mit Ihrem Ableben konkret vorgestellt haben. Wenn ich Ihre bisherigen Aussagen richtig verstanden habe, startet das Programm mit dem Befehl für die 3D-Drucker in wenigen Stunden automatisch von einer unbekannten Internetseite.«

Bergmann nickte. »Heute um Mitternacht, um genau zu sein.«

»Na schön. Niemand außer Ihnen kennt die Adresse und das Passwort. Wenn Sie tot sind, wird das wohl auch so bleiben. Sie geben uns die Zugangsdaten also im Voraus?«

Bergmann lachte. »Das würde Ihnen wohl so passen.«

»Keinen Vertrauensvorschuss. Das dachte ich mir. Wie soll ich mir die Übergabe dann vorstellen?«, fragte Ivens.

»Das erfahren Sie, sobald Sie mit einer geladenen Pistole vor mir sitzen. Ich möchte vermeiden, dass Sie irgendwelche Tricks versuchen und sich vorbereiten.«

»So läuft das nicht«, sagte Ivens ruhig. »Ich brauche schon ein bisschen mehr. Sie können doch nicht ernsthaft erwarten, dass ich hier einfach reinmarschiere, abdrücke und darauf hoffe, dass die Zugangsdaten irgendwie vom Himmel fallen. Was, wenn Sie uns reinlegen? Wenn wir das Programm trotz Zugangscode nicht stoppen können?«

»Bleiben Sie cool.«

»Am Pokertisch bleibt man cool. Aber das hier ist kein Spiel.«

Bergmann ließ seinen Blick zur Decke schweifen, als müsse er angestrengt nachdenken. »Na schön, Sie sollen ein paar Hinweise bekommen«, sagte er schließlich. »Es wird so ablaufen: Ich deponiere die benötigten Daten hier im Raum. Wie, das lassen Sie meine Sorge sein. Stellen Sie sich vor, ich halte die ganze Zeit eine Art Zünder in der Hand. Wenn Sie nicht genau das tun, was ich verlange, werde ich die Daten sofort vernichten. Sie werden mir ins Herz schießen. Haben Sie verstanden? Ins Herz, nicht in den Kopf. Bei einem Kopfschuss besteht eine etwa 30-prozentige Überlebenswahrscheinlichkeit, wenn Sie mir nicht gerade zentrale Teile des Gehirns wegpusten. Zu schwer zu kalkulieren. Ein Herzschuss dagegen ist so gut wie immer tödlich. Und er hat den entscheidenden Vorteil, dass mir noch ein paar Sekunden bis zum Eintreten der Bewusstlosigkeit bleiben. Dann nehme ich die Hand vom Zünder und werde in Ruhe sterben.«

Ivens starrte Bergmann fassungslos an. »Das ist nicht Ihr Ernst, oder?«

»Mein voller Ernst«, bestätigte Bergmann ruhig.

»Und wenn etwas schiefläuft?«, warf Ivens ein. »Wenn Sie aus Versehen doch auf den Zünder drücken?«

»Nur keine Panik. Die Erstreaktion bei plötzlich auftretenden starken Schmerzen ist ein Öffnen der Hände, nicht ein Schließen.«

»Sie …«, setzte Ivens an, verstummte aber. Jede weitere Diskussion war sinnlos. Bergmanns Plan stand vermutlich seit Wochen oder Monaten fest, und er würde ihn nicht mehr davon abbringen können.

Außerdem konnte er nicht verhehlen, dass der Plan eine gewisse Logik aufwies – sofern man bereit war, Bergmanns Absichten überhaupt als logisch zu betrachten. Bei einem Herzschuss ergoss sich das Blut unmittelbar in den Herzbeutel und in die Brusthöhle. Selbst wenn sie ein ganzes Bataillon von Sanitätern vor der Tür platzieren würden, würden sie nichts mehr für Bergmann tun können. Und es war sehr wahrscheinlich, dass er in den letzten Sekunden seines Lebens noch in der Lage sein würde, minimale Entscheidungen zu treffen, wie etwa das Wegziehen eines Fingers von einem Auslöser.

Ivens versuchte sich vorzustellen, wie Bergmann das mit dem Zünder bewerkstelligen wollte. Vielleicht redete er von etwas ganz Banalem. Einem Stück Papier und einem Feuerzeug zum Beispiel. Er schrieb die Daten auf und hielt das Feuerzeug unter den Zettel. Simpel, aber wirkungsvoll. Andererseits musste Bergmann davon ausgehen, dass sie sofort versuchen würden, ihn zu überwältigen, sobald er die Zugangsdaten irgendwo aufgeschrieben hatte. Das Verbrennen eines Stücks Papier war dafür zu unsicher. Außerdem passte es nicht zu Bergmann, der vermutlich an eine ausgeklügelte technische Lösung dachte. Bergmann konnte alles fordern, um die Übergabe nach seinen Wünschen zu gestalten. Selbst wenn er eine Enigma-Verschlüsselungsmaschine aus dem Museum haben wollte, würden sie ihm diese heranschaffen müssen.

»Was für Daten bekommen wir?«, fragte Ivens und löste sich damit aus der Kaskade seiner spekulativen Gedankengänge.

»Eine Internetadresse und ein 16-stelliges Passwort«, sagte Bergmann und sah dabei an Ivens vorbei in Richtung

Tür, hinter der Werther und die drei Agenten jedes ihrer Worte verfolgten und aufzeichneten.

Offensichtlich wusste er genau, wie die Dinge laufen würden: Ivens war nur für die Beschaffung der Zugangsdaten zuständig. Sobald die Informationen preisgegeben waren, würde ein anderes Team übernehmen – ein Team technisch versierter Fachleute, die Bergmann hinter der Zellentür vermutete.

»Sie werden auf der angegebenen Website zwei Dateien vorfinden: Erstens die vollständige Liste der IP-Adressen und der Netzwerkschlüssel. Vermutlich haben Sie in der Zwischenzeit die Echtheit meiner Stichprobe überprüft und wissen daher, wie ernst es mir ist.«

Ivens nickte.

»Gut. Zweitens finden Sie dort eine Programmdatei. Dieses Programm ist mit einer Timerfunktion aus dem Internet verbunden. Genau um Mitternacht wird das Programm beginnen, sich automatisch in die IP-Adressen einzuwählen und eine Druckdatei an 3D-Drucker zu senden. Sie hatten ja bereits die Gelegenheit, das Ergebnis dieser Druckdatei zu bestaunen. Löschen Sie das Programm einfach aus dem Verzeichnis, und niemand wird zu Schaden kommen.«

»Verstehe«, sagte Ivens. Dann zögerte er. Er wusste, was als Nächstes von ihm erwartet wurde, obwohl es ihm zutiefst widerstrebte. Aber wenn er diese Frage nicht stellte, würde Werther ihn postwendend zurück in die Vernehmungszelle schicken. Also konnte er genauso gut gleich danach fragen.

»Nur einmal angenommen, wir wollen das Programm nicht löschen. Wie können wir es trotzdem stoppen?«

Bergmann sah Ivens an wie ein Mensch gewordenes Fragezeichen. »Nicht löschen? Warum sollten Sie es nicht löschen wollen?«

»Weil … nun ja, weil wir wissen wollen, wie Sie es gemacht haben. Es gibt Leute, die Ihre Programmierkünste zutiefst bewundern, und diese Leute würden gern im Detail nachvollziehen, wie Sie so etwas Ungewöhnliches schreiben konnten.«

Bergmann stand die Verwirrung noch immer ins Gesicht geschrieben. Er starrte die Tür an und legte die Stirn in Falten.

Schließlich lachte er höhnisch auf. »So läuft der Hase. Ihre Chefs haben wohl erkannt, wie wertvoll mein kleines Programm für den Staatsdienst sein kann.«

Bergmann schlug sich auf die Schenkel, verharrte dann jedoch abrupt in seiner Bewegung. Wieder glitt sein Blick zur Tür. »Nein, warten Sie. Das ist nicht die Sache einer Polizeibehörde. Sagen sie bloß, da draußen ist der Geheimdienst. BND, CIA oder so etwas?«

Ivens erwiderte nichts, aber Bergmann las aus seinem Gesichtsausdruck, dass er ins Schwarze getroffen hatte.

Gespannt wartete Ivens darauf, wie Bergmann auf diese Erkenntnis reagieren würde.

Dieser nahm sich Zeit, seine neue Situation zu durchdenken. Eine Weile starrte er erneut wortlos zur Tür.

Ivens überlegte, ob Bergmann aus seiner Schlussfolgerung über die Einmischung eines Geheimdienstes die ganze Tragweite dieses Umstandes begreifen würde. War ihm bewusst, dass er sich nicht mehr in Deutschland befand? Eher nicht, spekulierte Ivens. Werther hatte gesagt, dass sie ihn unter der Wirkung eines Betäubungsmittels nach Brüssel gebracht hatten. Es stand zu vermuten, dass Bergmann glaubte, in einer Vernehmungszelle der Münsteraner Kripo zu sitzen.

Mittlerweile hatte Bergmann seine Überlegungen offenbar abgeschlossen. Seine Reaktion ließ erkennen, dass ihn die veränderte Situation nicht im Geringsten beunruhigte. Den Blick noch immer auf die Tür gerichtet sagte er: »Theoretisch können Sie auch die Liste mit den IP-Adressen löschen, wenn Sie die Druckdatei behalten möchten. In diesem Fall läuft das Programm ins Leere. Aber das wird Ihnen nicht viel nützen. Um die Programmierung nachvollziehen zu können, brauchen Sie den Quellcode des Originalprogramms. In dem Verzeichnis befindet sich nur die ausführbare Druckdatei.«

Ivens vermutete, dass den Spezialisten vom INTCEN diese kurze Erläuterung vollkommen ausreichte. Er konnte sich jedoch keinen Reim darauf machen.

»Was ist ein Quellcode?«

Bergmann rümpfte die Nase und ließ sich zu einer Erklärung herab. »Jeder Programmierer arbeitet mit einer höheren Programmiersprache. ›C++‹ oder ›Java‹ zum Beispiel. Damit seine Programme auf einem Rechner lauffähig sind, müssen sie anschließend in ausführbaren Maschinencode übersetzt werden. Das erledigt ein Compiler. Theoretisch ist eine Rückübersetzung des Programmcodes aus der ausführbaren Datei möglich. Aber dafür müssten Sie erstens den Compiler kennen, der benutzt wurde, und zweitens ergeben sich bei der Rückübersetzung häufig Zweideutigkeiten, die kaum auflösbar sind. Je komplexer das Programm, desto größer sind die Probleme – und glauben Sie mir, mein Programm ist *sehr* komplex. Selbst um den Quellcode nachvollziehen zu können, werden diese Idioten da draußen vermutlich Jahre brauchen.« Bergmann streckte die Hand aus und zeigte den erhobenen Mittelfinger in Richtung der Tür.

»Wo liegt diese Originaldatei?«, hakte Ivens nach.

»In einem verschlüsselten Privatverzeichnis.«

»Dann benötigen wir auch dafür die Zugangsdaten.«

Bergmann zögerte. Schließlich sagte er: »Na schön. Betrachten Sie es als ein persönliches Geschenk zur Feier meiner Hinrichtung. Aber bei dem kleinsten Versuch, mich auszutricksen, platzt der Deal.«

»Keine Angst. Sie sind es gar nicht wert, ein Risiko einzugehen«, versuchte Ivens, ihn zu provozieren.

Bergmann reagierte trocken. »Sie werden mich heute Abend noch viel mehr verachten. Umso leichter wird Ihnen meine Hinrichtung fallen.«

Ivens hatte genug. »Sind wir fertig?«, fragte er und stand auf.

»Fertig«, gab Bergmann zurück. »Ich vermute mal, Sie werden sich jetzt beratschlagen wollen. Tun Sie das. Aber seien Sie pünktlich vor Mitternacht wieder hier. Außerdem sollten Sie etwas Zeit mitbringen, damit ich Ihnen wie versprochen die Wahrheit über damals erzählen kann. Was ich Ihnen hierzu geben werde, bedarf ein paar näherer Erläuterungen.«

»Wie lange?« Er verspürte nicht die geringste Lust, mit Bergmann erneut in eine Diskussion über dieses Thema einzusteigen.

»Ich benötige zehn Minuten. Sie werden vermutlich länger brauchen, um alles zu verdauen.«

Ivens klopfte an die Tür der Vernehmungszelle und ließ sich aufschließen. Er hatte die Zelle fast verlassen, als Bergmann ihm nachrief: »Spekulieren Sie nicht darauf, dass ich meine Absichten noch ändere. Der Plan steht. Verschwenden Sie also nicht meine Zeit mit irgendwelchen jämmerlichen Überredungsversuchen.«

»Keine Sorge«, sagte Ivens.

Die Worte hallten von den Wänden der kleinen Vernehmungszelle zu ihm zurück, und irgendwie beschlich ihn das Gefühl, dass er nur sich selbst Mut zugesprochen hatte.

Er schaute auf seine Armbanduhr. 12.15 Uhr. Damit blieben etwas mehr als elf Stunden bis Mitternacht.

63

Der Helikopter landete um 14.03 Uhr mit einem harten Stoß auf der Freifläche neben dem Polizeipräsidium.

Ivens atmete erleichtert auf. Er war wieder auf vertrautem Terrain, wenn auch nur für ein paar Stunden. Nur mit großer Mühe war es ihm gelungen, Werther von der Notwendigkeit eines Rückfluges nach Münster zu überzeugen. Der Agent hatte unter der Bedingung zugestimmt, dass ihn zwei INTCEN-Mitarbeiter auf Schritt und Tritt begleiteten und notfalls mit Gewalt für seine rechtzeitige Rückkehr nach Brüssel sorgen würden.

Ivens brachte für diese Maßnahme Verständnis auf. Zwar würde ihn in letzter Konsequenz niemand zwingen können, auf Bergmann zu schießen. Aber Werther und seine Leute wollten ihm vermutlich in die Augen sehen, wenn er das

Leben von einer Million Menschen aufgrund persönlicher Skrupel aufs Spiel setzte.

Er hatte mit Werther verabredet, spätestens um 21.00 Uhr zurück zu sein. In der Zwischenzeit würde das INTCEN, trotz Bergmanns Hinweis auf die Aussichtslosigkeit des Unterfangens, versuchen, ihn zur Umkehr zu bewegen oder ihm zumindest Alternativen zu einer Kugel aus Ivens' Pistole anzubieten. Sie würden ihm professionellere Leute vorschlagen, die mit so etwas Erfahrung hatten. Ivens zweifelte nicht eine Sekunde daran, dass das INTCEN über solche Leute verfügte oder praxiserprobte Kanäle besaß, um entsprechende Dienstleistungen einkaufen zu können. Allerdings zweifelte er daran, dass Bergmann das Angebot annehmen würde.

Begleitet von seinen zwei Aufpassern eilte Ivens vom Landeplatz zur Eingangstür des Polizeipräsidiums und weiter in den zweiten Stock. Sein Ziel war der Besprechungsraum 203. Vom Helikopter aus hatte er sich dort mit Dr. Feil verabredet und ihm in wenigen Stichworten erklärt, worum es ging.

Der Leiter der Kriminaltechnik erwartete ihn bereits. »Sie machen ja Sachen«, begrüßte ihn der massige Westfale mit einem ungläubigen Kopfschütteln.

»Danke, dass Sie sich so schnell freimachen konnten«, sagte Ivens. Er wandte sich an die beiden Agenten, die ihm in den Besprechungsraum gefolgt waren: »Wenn Sie uns bitte allein lassen würden. Es geht bei dem Gespräch um vertrauliche interne Angelegenheiten der Kripo Münster.«

Die beiden Agenten tauschten kurz einen Blick. Einer der Männer trat an das Fenster des Besprechungsraumes und schaute hinab. Dann nickte er. Offenbar war er zu der Erkenntnis gelangt, dass das Fenster keine realistischen

Fluchtmöglichkeiten für Ivens bot. Gemeinsam mit seinem Kollegen verließ er den Raum.

Ivens unterhielt sich etwa 20 Minuten mit Feil. Sie verabschiedeten sich und Ivens eilte zu seinem nächsten Termin.

64

Maike Herwig ließ den Blick nicht von der Eingangstür.

Was trieb Ivens so lange?

Sie schaute auf die Uhr: 15.17 Uhr. Ihr Chef war seit 17 Minuten überfällig. Unter normalen Umständen wäre diese Verspätung nicht der Rede wert gewesen. Aber da Ivens in seiner ansonsten knapp gehaltenen Mitteilung mindestens zehnmal die Wörter »wichtig«, »dringend« und »unbedingt« verwendet hatte, kamen ihr die 17 Minuten wie eine halbe Ewigkeit vor.

Herwig warf einen Blick zu Tom und Lena, die hinter der Theke ihres Cafés genauso ungeduldig auf Ivens' Erscheinen warteten wie sie. Ivens hatte ihr die Anweisung gegeben, die beiden Cafébetreiber über sein Eintreffen um 15.00 Uhr zu informieren. Warum? Brauchte er sein altmodisches iPad und wollte sichergehen, dass Tom es verfügbar hatte? Weshalb sollte dann unbedingt Lena mit dabei sein? Herwig konnte sich keinen Reim darauf machen. Sie wurde den Eindruck nicht los, dass die beiden mehr darüber wussten als sie selbst.

Überhaupt war im Moment alles äußerst undurchsichtig. Wieso hatte ihr Chef am Telefon gesagt, es gehe noch mal um Dennis Bergmann? Hoffentlich, so dachte Herwig mit gemischten Gefühlen, überschritt er nicht seine Kompetenzen. Immerhin hatten sie beide eine strikte Vereinbarung gegenüber dem INTCEN unterschreiben müssen, endgültig die Finger von dem Fall zu lassen. Ihr selbst war die Unterschrift zwar schwergefallen, und am liebsten hätte sie die Verschwiegenheitserklärung, die sie von den Kollegen der Rechtsabteilung erhalten hatte, in tausend Stücke gerissen. Aber mittlerweile sah sie die Sache nüchterner. Solche Dinge kamen vor.

Während ihrer Dienstzeit in Düsseldorf hatte sie Ähnliches erlebt: Ihre Dienststelle war einem Händlerring auf der Spur gewesen, der mit gefälschten Schmuck- und Edelsteinzertifikaten seine Geschäfte machte und vorwiegend vermögende Privatkunden ausnahm. Der Kreis der Verdächtigen umfasste damals die Ehefrau eines Landratsmitglieds, die zunächst nur eine untergeordnete Rolle zu spielen schien. Als sich die Hinweise verdichteten, dass die honorige Dame womöglich die Drahtzieherin des Ganzen war, kam plötzlich von höchster Stelle die Anweisung zur Einstellung der Ermittlungsarbeit aufgrund anderer Prioritäten. Sie erinnerte sich gut daran, wie sie damals geflucht und getobt hatte, aber letztlich nichts hatte ändern können. Es gab einfach Dinge im Leben, mit denen man sich abfinden musste.

Endlich öffnete sich die Tür des Cafés und Ivens erschien in Begleitung zweier Männer. Ivens wechselte ein paar Worte mit Lena und Tom. Dann kamen Lena und er an Herwigs Tisch, während die beiden Männer sich auf Barhockern an der Theke niederließen und von Tom bedient wurden.

»Wir haben nicht viel Zeit«, sagte Ivens knapp. »Alles okay mit Ihnen?«

»Wenn Sie meinen, ob ich den gestrigen Tag verdaut habe … Ja, habe ich«, antwortete Herwig.

Ivens' Miene hellte sich für einen Augenblick auf, bevor er wieder in seinen ernsten Gesichtsausdruck verfiel, der Herwig schon beim Hereinkommen aufgefallen war.

»Lena kennen Sie mittlerweile?«

Herwig nickte. »Wir haben uns vor ein paar Minuten vorgestellt.«

»Gut. Zu ihr gleich mehr. Die beiden Männer an der Theke sind Agenten vom INTCEN. Unser Freund Werther hat mich heute Morgen abholen lassen und nach Brüssel zu Bergmann gebracht. Um 19.00 Uhr muss ich wieder im Helikopter sitzen, und vorher muss ich noch mal kurz bei Dr. Feil vorbeisehen.«

»Sie waren in Brüssel?« Herwig war völlig perplex. »Bei Bergmann? Ich dachte, wir sind raus aus dem Fall.«

»Bergmann hatte eine Überraschung für das INTCEN, die meine … nun ja … weitere Mitarbeit erfordert. Um es kurz zu machen: Er will, dass ich ihn erschieße.«

»Wie bitte?« Herwig legte ein breites Grinsen auf. »So ein Spinner. Wie kommt er denn darauf, dass ihm jemand diesen Gefallen tun würde?«

Ivens verzog keine Miene. »Sagen wir mal so: Er hat verdammt gute Karten in der Hand.«

Das ist ein Scherz, jagte es Herwig durch den Kopf, während sie Ivens ausführlich musterte. Oder doch nicht?

»Ich verstehe nicht«, sagte Herwig verunsichert.

»Das werden Sie gleich«, sagte Ivens. Er wandte sich an Lena: »Sie haben das Videoprotokoll der Vernehmung erhalten?«

»Ist vor einer Stunde aus Brüssel gesendet worden«, bestätigte Lena.

»Können wir es hier sehen?«

»Sicher. Ich kann die Daten auf ein Foliendisplay überspielen. Warum gehen wir nicht nach hinten?«

Ivens sah Herwig an, richtete seine Worte jedoch an Lena: »Dass meine junge Kollegin jetzt erfährt, dass Sie neben dem Cafébetrieb auch als Polizeipsychologin tätig sind, überschreitet bereits meine Kompetenzen. Noch mehr Einblicke sind im Moment nicht angebracht.«

»Verstehe«, sagte Lena und verschwand in Richtung Theke.

Herwig blickte irritiert zu Ivens auf. »Polizeipsychologin?«

»Es liegt einzig an Ihren Dienstjahren«, sagte Ivens beschwichtigend. »Selbst Ihr Vorgänger war nicht lange genug dabei, um die notwendige Sicherheitsstufe zu erhalten. Ich lehne mich gewaltig aus dem Fenster, indem Sie das mitbekommen. Aber ich glaube, das bin ich Ihnen schuldig. Also: keine weiteren Fragen. Und morgen haben Sie das alles hier wieder vergessen. Ist das klar?«

Herwig nickte widerstrebend. Was hatte das alles zu bedeuten? Die Küchenchefin dieses obskuren Cafés sollte eine Polizeipsychologin sein? Und was war dann Tom? Bewahrte er wirklich nur Ivens' iPad auf, oder hatte auch er eine Doppelrolle, von der sie nichts wusste? Was war da hinten, wo sie nicht hinsollte? Und was hatte es mit der Sicherheitsstufe auf sich?

Herwig musste sich im wahrsten Sinne des Wortes auf die Zunge beißen, um Ivens' Anweisung, keine weiteren Fragen zu stellen, Folge zu leisten. Schweigend saß sie da und wartete auf Lenas Rückkehr.

Wenige Minuten später faltete Lena eine Folie der Größe eines DIN-A5-Blattes zu einer Fläche von gut 40 mal 40 Zentimeter auf dem Tisch auf. Sie tippte zweimal leicht auf die Folie, und es erschien ein Standbild von Ivens und einem jungen Mann in einem orangefarbenen Overall, die sich an einem Tisch gegenübersaßen. Am Rand des Foliendisplays waren kleine Fensterrahmen mit der gleichen Szene aus anderen Perspektiven angeordnet.

Lena verteilte kleine Stöpsel, die sie sich ins Ohr steckten.

»Das sind die Aufnahmen von heute Vormittag aus der Vernehmungszelle des INTCEN in Brüssel«, erklärte Ivens. »Wie Sie vermutlich schon erraten haben, ist mein Gesprächspartner Dennis Bergmann. Wir werden uns jetzt die Aufnahme gemeinsam anschauen. Herwig, halten Sie sich mit Kommentaren bitte zurück. Nehmen Sie es nicht persönlich, aber im Moment interessiert mich ausschließlich Lenas Meinung als Psychologin.«

Er nickte Lena zu.

Lena tippte auf das Display, und die Aufzeichnung wurde abgespielt.

Während der folgenden Stunde kommentierte Lena fast jede von Bergmanns Bewegungen. Sie spulte vor und zurück, zoomte in Ausschnitte von Händen und Augenpartie, schimpfte, weil sie keinen Blick unter den Tisch auf Bergmanns Fußstellung werfen konnte, und bemängelte die

Bildqualität bei ihren zahlreichen Versuchen, Bergmanns Pupillenstellung erkennen zu können.

Herwig hörte und sah schweigend zu. Trotz der unzähligen Unterbrechungen und des ständigen Vor- und Zurückspulens der Aufnahme erschloss sich ihr der Gesprächsinhalt der Vernehmung. Mit jedem Wort versank sie tiefer in dem See des Wahnsinns, den Bergmann vor Ivens ausgegossen hatte.

Mein Gott. Wie hatte sie jemals ernsthaft annehmen können, den Gefahren des Polizeidienstes gewachsen zu sein? Was Bergmann da verlangte, war unmöglich. Kein Polizist der Welt würde so etwas tun können. Niemals. Nicht um den Preis einer Milliarde Menschenleben. Allerdings war ihr klar, dass es keinen anderen Ausweg gab. Bergmann hatte ein Netz gesponnen, das fest und ohne Fehler schien. Irgendjemand würde tun müssen, was er verlangte.

Obwohl sie es versuchte, konnte sie ihren mitleidvollen Blick nicht von Ivens abwenden.

65

Als Lena und Ivens fast jede Sequenz der Vernehmung mehrmals durchdiskutiert hatten, faltete Lena das Foliendisplay zusammen und sammelte die Ohrhörer ein. Dann verschwand sie mitsamt der Ausrüstung hinter der Theke des Cafés.

Ivens' Blick folgte Lena und blieb an den beiden Agenten des INTCEN hängen, die zwischenzeitlich von der Theke an einen Tisch umgezogen waren und in Zeitschriften blätterten. Sie sahen gelangweilt aus. Er hatte sie wie bei seinem Gespräch mit Dr. Feil mit dem Hinweis auf vertrauliche interne Angelegenheiten von dem Gespräch mit Lena ausgeschlossen, und sie hatten sich ohne Widersprüche gefügt. Vermutlich war ihnen ohnehin gleichgültig, was er hier trieb. Hauptsache, sie erfüllten ihren Auftrag und lieferten ihn pünktlich wieder ab.

Ein Scheißjob, dachte Ivens. Sicher konnten sich die beiden Besseres vorstellen, als den ganzen Tag Babysitter für ihn zu spielen. Echtes Mitleid brachte er trotzdem nicht für sie auf.

Nach einer Weile kehrte Lena an seinen Tisch zurück, begleitet von Tom, der ein Tablett mit drei Cappuccino und einen Teller mit Keksen auf den Tisch stellte. Ohne ein weiteres Wort verschwand Tom, und Lena sah fragend zu Ivens. »Okay, kommen wir zur abschließenden Bewertung. Was wollen Sie wissen?«

»Als Erstes Ihre Einschätzung zu Bergmanns Drohung mit dem automatischen Programmstart um Mitternacht. Wird er es tun?«

Lena zögerte keinen Moment. »Ja. Wobei das die falsche Frage ist. Er hat es ja bereits getan.«

»Wie meinen Sie das?«, fragte Ivens.

»Nun, aus Bergmanns Sicht der Dinge gibt es nichts mehr zu tun. Er hat sich sozusagen aller Schuld entledigt. Er hat getötet, er hat sich von der Polizei verhaften lassen, er bietet seinen Kopf auf einem Silbertablett. Alles Weitere liegt nicht in seiner Hand. Ob heute um Mitternacht eine Katastrophe über Europa hereinbricht oder nicht, steht außerhalb seiner Macht. Er fühlt sich dafür nicht verantwortlich. *Sie* tragen jetzt die Verantwortung. Das ist seine Welt, und deswegen wird er es definitiv tun, indem er einfach nichts tut.«

»Das ist doch vollkommen krank.«

»Nicht in seiner Welt«, entgegnete Lena. »Der junge Bergmann hat vermutlich eine völlige emotionale Taubheit gegenüber dem Leben anderer Menschen entwickelt. Nächstenliebe, Mitleid, alle Formen altruistischer Regungen sind bereits vor Jahren zusammen mit seiner Schwester verbrannt. Er sieht nur noch sein eigenes Elend. Aber er weiß trotzdem sehr wohl, dass andere Menschen nicht so denken und ihnen das Schicksal von Unschuldigen nicht gleichgültig ist. Deswegen bietet er diese Leben im Tausch gegen sein eigenes an. Wenn er davon ausgehen könnte, dass Sie ihn um den Preis einer Eigentumswohnung umbringen würden, dann hätte er Ihnen das angeboten. Für ihn macht das keinen Unterschied.«

Ivens nickte nachdenklich. »Wird er sich an sein Wort halten?«

»Sie meinen, ob er Ihnen tatsächlich die echten Zugangsdaten zu der Internetseite geben wird, die das Programm stoppt? Definitiv ja. Wie gesagt sind ihm die möglichen Opfer egal – im positiven wie im negativen Sinne. Er hat weder irgendein Interesse daran, dass diese Menschen sterben, noch, dass sie weiterleben. Also hegt er nicht die geringsten Absichten, Sie in diesem Punkt zu hintergehen. Er würde nichts gewinnen.«

»Was ist mit seinem Vater? Auch wenn er das vehement behauptet: Ich glaube nicht, dass sein Vater ihm wirklich scheißegal ist.«

»Das sollten Sie aber«, sagte Lena, ohne zu zögern. »Bergmanns Verachtung ihm gegenüber wirkt auf mich sehr glaubwürdig.«

»Aber …«, warf Herwig ein, doch Ivens bedeutete ihr mit einer unmissverständlichen Geste zu schweigen.

»Meine Versuche, über den Vater an sein Gewissen zu appellieren, sind also zwecklos?«, hakte Ivens nach.

»Ein anderer Ansatzpunkt erscheint mir vielversprechender. Sie müssen nur den richtigen Schwenk einbauen: über den Vater zu seiner Mutter.«

»Seiner Mutter?«, fragte Ivens überrascht. »Wenn ich Bergmann richtig verstanden habe, hat er keinen oder sehr wenig Kontakt zu ihr.«

»Genau das ist der springende Punkt«, antwortete Lena. »Die einzige Person, die nach dem Unglück das weggerissene Stück Identität in Bergmanns Seele hätte ausfüllen können, wäre die Mutter gewesen. Dass sie angeblich durch das unerträgliche Selbstmitleid ihres Mannes aus der Stadt getrieben wurde und den Kontakt zu ihrem einzigen lebenden Kind abgebrochen hat, erscheint mir mehr als fragwürdig.«

»Fragwürdig?«

»Selten ist eine Analyse der Körpersprache so eindeutig: Bergmann hat gelogen, was seine Mutter betrifft.«

»Er lügt?« Ivens war überrascht. »Warum?«

»Eine gute Frage. Irgendetwas ist zwischen den beiden vorgefallen. Keine Mutter bricht den Kontakt zu ihrem Sohn ab, nur weil sie ihren Ehemann nicht mehr erträgt. Erst recht nicht nach so einem tragischen Unfall.«

Ivens begriff, was Lena sagen wollte. Er fühlte sich an seine eigene Situation erinnert. Auch er hatte sich nach dem Tod von Kira von seiner Frau Jennifer entfremdet. Wenn Jennifer nach der Trennung in eine andere Stadt gezogen wäre, hätte er dafür Verständnis aufgebracht. Insofern war Bergmanns Geschichte nicht unglaubwürdig. Allerdings gab es einen gewaltigen Unterschied: Ivens und Jennifer hatten im Gegensatz zu den Bergmanns nur ein Kind gehabt. Wenn Kira einen Bruder oder eine Schwester gehabt hätte, hätte es anders ausgesehen. Zumindest konnte Ivens sich beileibe nicht vorstellen, dass Jennifer in diesem Fall die Sachen gepackt hätte und Hals über Kopf verschwunden wäre.

»Bis Mitternacht bestände vielleicht noch die Möglichkeit, die Mutter in Hamburg ausfindig zu machen und nach Brüssel zu verfrachten. Dann erfahren wir den wahren Grund für die Trennung. Eine Konfrontation könnte Bergmann womöglich zur Umkehr bewegen.«

Lena trank langsam und nachdenklich von ihrem Cappuccino. Schließlich schüttelte sie den Kopf. »Ganz gleichgültig, was zwischen den beiden vorgefallen ist: Nicht einmal ihr zuliebe würde Bergmann vermutlich von seiner Forderung zurücktreten. Jetzt nicht mehr. Direkt nach der Katastrophe von damals hätte sie möglicherweise das Schlimmste verhindern können. Mittlerweile ist der Abgrund zu tief, als dass sie ihn auffüllen könnte.«

»Aber sie bedeutet ihm etwas. Sie haben es selbst gesagt. Ich könnte an sein Gewissen appellieren, dass seine Mutter nach all ihrem Leid nicht auch noch mit dem Stigma eines Massenmörders belastet werden sollte.«

Lena schüttelte erneut den Kopf. »Noch einmal: Dennis Bergmann sieht sich für nichts mehr verantwortlich. Er wäscht seine Hände in Unschuld. Ihre Skrupel, sein armseliges Leben auszulöschen, kann er in keiner Weise nachvollziehen. Aus seiner Sicht wird nicht er zum Massenmörder, wenn Sie seinen Forderungen nicht nachkommen, sondern Sie. Was ich sagen wollte, ist, dass er seiner Mutter zuliebe keine faulen Tricks versuchen wird. Das ist alles.«

»Also kein möglicher Ansatzpunkt?« Ivens hoffte inständig, dass Lena ihm widersprechen würde.

Sie tat es nicht.

Ivens wechselte frustriert das Thema. »Was ist mit seiner angeblichen Wahrheit über die Vorfälle von damals?«

»Schwer zu beurteilen«, sagte Lena nachdenklich. »Die ganze Sache ist sehr nebulös. Sie sollten sich auf eine Überraschung gefasst machen.«

»Inwiefern?«

»Die Umschreibungen, die Bergmann benutzt hat, verbunden mit seiner äußerst diffusen Körpersprache, können alles und nichts bedeuten: ›Ich erlöse Sie, indem Sie die Wahrheit erfahren‹; ›Was ich Ihnen geben werde, bedarf ein paar näherer Erläuterungen‹; nur wenn Sie persönlich ihn erschießen, könne es ›Gerechtigkeit geben‹. Einen wirklichen Sinn ergibt das für mich nicht. Zumindest nicht, wenn man annimmt, dass Bergmann lediglich Beweise für die Schuld seiner Opfer gesammelt hat, die er Ihnen heute Nacht übergeben will. Irgendwie fügt sich dieser Teil nicht in sein ansonsten bis ins letzte Detail durchdachtes Arrangement.«

»Durchdachtes Arrangement?« Herwig war mit einem Ruck von ihrem Stuhl aufgesprungen. Sie ignorierte jeden

Hinweis von Ivens zu schweigen und fuhr Lena an: »Sind Sie jetzt vollkommen verrückt? Der ganze Fall ist total abgedreht. Kein vernünftiger Mensch denkt sich so einen Schwachsinn aus.«

»Bergmann ist Programmierer«, entgegnete Lena sanft. »Alles was er getan und geplant hat, ist wie der Code eines Computerprogramms: Eine trockene Abfolge von Wenn-Dann-Beziehungen. Setzen Sie sich wieder.«

Lenas ruhige Reaktion rief Herwig zur Besinnung. Sichtlich widerstrebend folgte sie Lenas Anweisung und nahm wieder Platz.

»Versetzen Sie sich einmal in seine Lage«, erklärte Lena an Herwig gerichtet. »Seine Schwester, die ihm alles bedeutet hat, kommt ums Leben. Er ist mehr als verzweifelt. Der Sinn seiner Existenz ist ausgelöscht, aber es fehlt ihm an Mut, sich selbst umzubringen. Während die Gerüchte immer lauter werden, dass es sich bei seinem unersetzlichen Verlust nicht bloß um einen Unfall gehandelt hat, vergeht sein Vater vor Selbstmitleid und zerstört damit den letzten Familienzusammenhalt. Das ist, kurz gesagt, Bergmanns Ausgangssituation. Und das Einzige, was er in der Hand hält, um sein Schicksal zu ändern, sind seine überragenden Programmierkünste. Er erkennt folgerichtig drei Probleme, die nur gemeinsam gelöst werden können. Es ist wie eine Gleichung unter Nebenbedingungen. Das Hauptziel ist die eigene Erlösung. Dieses Ziel wird er heute Nacht erreichen.«

»Vielleicht auch nicht«, murmelte Ivens nicht sehr überzeugend.

Lena bedachte ihn mit einem aufmunternden Blick, bevor sie sich wieder an Herwig wandte. »Neben einem schnellen und schmerzlosen Tod hat Bergmann die vollständige Rache an den Verursachern des eigenen Leidens als erste Nebenbedingung aufgestellt – und damit meine ich tatsächlich des *eigenen* Leidens. Bergmann rächt nicht seine Schwester. Er rächt vielmehr den Teil seines eigenen Selbst, der ihm entrissen wurde. Diese Bedingung hat er bereits erfüllt.«

»Nicht ganz«, warf Herwig ein. »Immerhin haben wir Frau Althaus retten können.«

»Mein letzter Trumpf«, bestätigte Ivens. »Bergmann hat keine Ahnung, dass Susanne Althaus noch lebt. Wenn ich ihn mit dieser Information konfrontiere, verschafft es uns eventuell ein wenig Zeit.«

»Darauf würde ich nicht unbedingt wetten«, entgegnete Lena. »Bergmann wird über diese Neuigkeit sicher schockiert sein. Aber dann wird er rein logisch das Gerüst seiner Gleichungen durchgehen und feststellen, dass er nicht einmal unter Aufopferung aller anderen Ziele an dieser Stelle korrigierend eingreifen könnte. Kein Programmierer wirft sein komplettes Programm über den Haufen, weil sich an einer Stelle ein kleiner Fehlerteufel eingeschlichen hat.«

Ivens sackte ein Stück in sich zusammen. Er spürte, dass Lena recht hatte. Wenn er Bergmann etwas abnahm, war es sein unbändiges Verlangen nach dem eigenen Tod. Dieses Ziel würde er niemals aufopfern.

»Was ist Bergmanns weitere Nebenbedingung?«, fragte er resigniert.

»Dass er seine Wahrheit mit Ihnen teilen kann. Die Überraschung zum Schluss. Was auch immer sich hinter ihr verbirgt – es ist ihm immens wichtig, dass Sie es erfahren.«

»Werthers Vermutung ist, dass er mich als seinen Anwalt gewinnen will«, erläuterte Ivens. »Seiner Meinung nach könnte Bergmann eine Art nachträgliche Rehabilitation für seine Taten anstreben.«

»Sehr unwahrscheinlich«, kommentierte Lena. »Das

würde voraussetzen, dass ihm die Meinung anderer Leute irgendetwas bedeutet. Ich sagte ja schon, dass Bergmann die Außenwelt völlig gleichgültig ist. Von dem Geheimnis um seine Mutter vielleicht einmal abgesehen.«

»Also gibt es keine Möglichkeit, Bergmann zur Umkehr zu bewegen?«, fragte Herwig verzweifelt.

»Leider fällt mir keine ein«, bestätigte Lena. »Bergmanns ganzer Plan ist eine einzige Abfolge von kühlen logischen Befehlen. Ich sehe keine Chance, aus seinem einmal festgelegten Programm ausbrechen zu können.«

»Ausbrechen nicht«, sagte Ivens mehr zu sich selbst als an Lena und Herwig gerichtet. »Aber möglicherweise gibt es eine Eingabe, die sein ausgeklügeltes Programm zum Absturz bringen wird.«

66

»Was werden Sie jetzt tun?«, fragte Lena, da sie vermutete, dass Ivens keine weiteren Fragen an sie hatte.

»Das, was Bergmann will«, sagte Ivens lapidar.

Herwig starrte ihn entsetzt an. »Das können Sie nicht

tun. Es muss doch einen anderen Weg geben. Irgendetwas anderes. Ich könnte mit Günther Bergmann reden und versuchen, etwas über seine Frau herauszufinden. Vielleicht helfen die Informationen …«

Ivens legte Herwig eine Hand auf die Schulter. »Lassen Sie es gut sein. Ich werde auf jeden Fall auf Bergmann schießen müssen, ganz gleich, was Sie in Erfahrung bringen. Nur dann wird er uns die benötigten Informationen liefern. Sie wissen das. Im Moment können Sie nichts tun. Diesen letzten Weg hat Bergmann für mich allein bestimmt.«

»Aber …«, setzte Herwig an, ließ es jedoch dabei bewenden.

»Ob die Kugel letztlich sein Leben verschonen wird, kann niemand vorhersehen. Zum Glück sind Gottes Wege ja manchmal unergründlich.«

Herwig blickte erstaunt auf.

Auch Lena zog irritiert die Stirn in Falten.

»Fragt lieber nicht. Ich muss jetzt los. Die beiden Herren da werden schon langsam ungeduldig.« Ivens deutete auf die beiden INTCEN-Agenten, die von ihren Plätzen aufgestanden waren.

Er wandte sich noch einmal an Lena. »Eine letzte Frage: Bergmanns Unfähigkeit, sich selbst zu töten – was ist Ihre Einschätzung dazu?«

»Schwer zu sagen. Niemandem fällt es leicht, sein eigenes Leben zu beenden. Aber seine offensichtlich zahlreichen erfolglosen Versuche lassen darauf schließen, dass er an einer ausgeprägten Algophobie leidet. Einer übersteigerten Angst vor Schmerzen oder potenziell schmerzhaften Situationen.«

»Wenn so ein Mensch verletzt wird, was passiert dann?«

»Vermutlich wird er das Ausmaß seiner Verletzung nicht

richtig einschätzen können. Er wird überreagieren und ist in dieser Situation nicht mehr Herr seiner Sinne.«

Ivens verstand. »So etwas in der Art dachte ich mir schon.« Er nickte den beiden Agenten vom INTCEN zu und verschwand in Richtung Ausgang.

67

Um Punkt 21.00 Uhr folgte Ivens Werther erneut in die Edelstahlkabine des Aufzugs, der sie hinab zu Bergmanns Vernehmungszelle im Kellergeschoss der INTCEN-Zentrale brachte. Während des ganzen Fluges von Münster nach Brüssel hatte er sich ausgemalt, wie er in wenigen Minuten Bergmann gegenüber am Tisch sitzen, mit zitternden Händen seine Dienstwaffe ziehen und den Abzug betätigen würde. Er hatte sich Bergmanns Gesichtszüge vorgestellt, verzerrt zu einer Fratze, die im Moment des Schusses gleichzeitig Wut, Trauer, Freude und Erlösung widerspiegeln würde. Er hatte vor seinem geistigen Auge einen blutüberströmten Körper vor sich zusammenbrechen sehen, einen roten Torso mit weit von sich gestreckten Händen, von denen eine etwas fest umklammert hielt, das er nicht erkennen konnte. Und er hatte sich vorgestellt, wie diese Hände schließlich kraftlos und blutleer auf den Tisch krachten.

Danach war alles schwarz gewesen. Weiter reichte seine Vorstellungskraft nicht. Er konnte sich weder ein Bild davon machen, was als Nächstes passieren würde, noch, was er danach empfinden würde. Das Einzige, was er fühlte, war eine Kälte, die er nicht mehr aus seinem Körper bekam.

Während der Aufzug in die Tiefe rauschte, suchte Werther Blickkontakt. Aber Ivens verspürte keine Lust auf eine Unterhaltung. Es gab nichts zu besprechen. Im Helikopter war er von seinem Begleitkommando darüber informiert worden, dass das INTCEN in den letzten Stunden nichts Neues aus Bergmann herausbekommen hatte. Das war zu erwarten gewesen. Bergmann war alles andere als ein Dummkopf. Wenn das INTCEN ihn zu hart bearbeitet hätte, hätte er nur damit zu drohen brauchen, die Abmachung bezüglich der Aushändigung des Quellcodes aufzukündigen. Ivens vermutete, dass genau das in den letzten Stunden vielleicht sogar mehrmals passiert war.

Der Fahrstuhl kam mit einem leichten Ruck zum Stehen, und Ivens betrat gefolgt von Werther den Vorraum zu Bergmanns Vernehmungszelle.

Wie am Vormittag saßen drei Agenten vor den großen Überwachungsmonitoren. Allerdings hatte sich das sonstige Erscheinungsbild des Raumes vollständig gewandelt. Alle Möbel waren zur Seite geräumt worden. Ein großer Edelstahltisch, umringt von zahlreichen medizinischen Geräten, nahm jetzt den zentralen Platz in der Mitte des Raumes ein. Zwei Männer und eine Frau in grünen OP-Anzügen liefen um den provisorisch eingerichteten Operationstisch herum, überprüften Kabelverbindungen, bereitgelegte Infusionsbeutel und Operationsinstrumente. Das Licht mehrerer Operationsleuchten auf Rollstativen tauchte den Raum in kaltes Licht. Die ganze Szenerie wirkte wie ein Feldlazarett.

Die Bilder auf den Überwachungsmonitoren, die die Vernehmungszelle zeigten, glichen hingegen denen vom Vormittag: Bergmann lag in seinem orangefarbenen Overall auf seiner Pritsche, die Hände hinter dem Kopf verschränkt, den Blick starr an die Decke gerichtet. Ivens glaubte, ein zufriedenes Lächeln in Bergmanns Gesichtszügen auszumachen.

»Bevor Sie reingehen, müssen wir noch ein paar Formalien erledigen«, sagte Werther und deutete auf einen Tisch in einer Ecke, wo einige Dokumente zur Unterschrift auslagen. Daneben lag eine Walther P99, Kaliber neun Millimeter.

Die gleiche Waffe wie seine Dienstpistole. Das INTCEN war damit seiner Forderung nachgekommen, eine Waffe zu besorgen, mit der Ivens vertraut war.

»Ich habe einen Notar hinzugezogen und ein paar Dinge vorbereiten lassen. Er wird persönlich …«

In diesem Moment öffnete sich erneut die Fahrstuhltür. Ein hochgewachsener, hagerer Mann mit schütterem Haar und ernstem Gesicht trat aus der Kabine. Er verweilte für einen Moment vor der Kabinentür, begutachtete den befremdlichen Anblick des Raumes und schritt dann auf Werther und Ivens zu.

»Sie müssen Hauptkommissar Ivens sein«, sagte der Mann mit deutlich hörbarem belgischen Akzent und reichte Ivens die Hand. »Mein Name ist Roger Peyferitte. Agent Werther hat mich gebeten, diese … wie soll ich sagen … Sache … notariell zu begleiten.«

Ivens ergriff die dargebotene Hand. »Verstehe. Das alles muss natürlich seine Ordnung haben.«

Peyferitte lächelte schwach. »Wir haben diverse Unterlagen vorbereitet. Aber um gleich ganz offen zu sein: Einen absoluten Schutz vor möglichen strafrechtlichen Konsequenzen können Ihnen weder ich noch das INTCEN garantieren. Die Gesetzeslage zur gezielten Tötung von Personen ist äußerst diffus und heikel.« Der Notar deutete auf die ausgelegten Dokumente neben der Pistole. »Die vorbereiteten Papiere erhalten diverse Erklärungen und eidesstattliche Versicherungen. Wir sollten uns die Zeit nehmen, sie in Ruhe durchzusprechen. Kommen Sie.«

Peyferitte führte Ivens zu dem Tisch in der Ecke und reichte ihm das oberste der Dokumente, die allesamt in zweifacher Ausfertigung vorhanden und mit altmodischen Notariatssiegeln versehen waren. »Dieses Papier erhebt Sie kurzzeitig in den Status eines Mitarbeiters des INTCEN. Die Grundidee Ihrer persönlichen Absicherung läuft darauf hinaus, Bergmann zu einem Terroristen und die Gesamtsituation zu einer akuten Gefahrensituation für unschuldige Zivilisten zu erklären. Eine völkerrechtliche Befugnisnorm zur gezielten Tötung von Personen lässt sich damit zwar nicht ableiten, aber zumindest existiert in diesem Fall keine entsprechende Verbotsnorm für staatliches und supranationales Handeln.«

»Eine Lücke, die vermutlich bewusst nicht geschlossen wurde«, sagte Ivens sarkastisch.

Peyferitte ignorierte Ivens' Kommentar. »Als vorübergehender Angehöriger eines Nachrichtendienstes arbeiten Sie folglich in dieser Grauzone. Doch wie gesagt – eine Garantie, dass Ihr Handeln damit straffrei wird, kann ich Ihnen nicht geben.«

»Verstehe«, sagte Ivens. »Und die anderen Dokumente?«

»Eine umfassende Absicherung für den Negativfall. Sie erhalten eine lebenslange auskömmliche Rente sowie umfassenden juristischen Beistand, der das Schlimmste verhindern wird.«

»Was Sie natürlich auch nicht garantieren können.«

»Natürlich nicht«, bestätigte der Notar nüchtern.

»Wie sähe die Rechtslage aus, wenn Bergmann überleben sollte?« Ivens deutete auf die emsig um den Operationstisch schwirrenden Ärzte.

Diesmal antwortete Werther: »Sie wissen so gut wie ich, dass bei einem gezielten Treffer am Herzen kaum eine Überlebenschance besteht – ganz gleich, wie schnell wir Bergmann auf den Tisch da bekommen. Aber die Anwesenheit eines ärztlichen Notfallteams wird bei einer nachträglichen Beurteilung der Lage durch einen Außenstehenden sicher positiv bewertet werden.«

»Beantworten Sie trotzdem meine Frage«, sagte Ivens an den Notar gerichtet. »Was ist, wenn Bergmann überlebt?«

»Dann dürfte es, faktisch gesehen, keinerlei Probleme geben. Natürlich kann man sich darüber streiten, ob selbst der Tatbestand einer Körperverletzung in dieser Situation zulässig ist. Das ist aus meiner Sicht jedoch juristische Haarspalterei.«

Peyferitte zog einen Stift aus seiner Jackettasche und reichte ihn Ivens. »Können wir dann?«

Ivens unterschrieb die Papiere, und der Notar zeichnete sie gegen. Ivens griff die P99 und überprüfte das Magazin. Er legte seine eigene Dienstwaffe auf den Tisch und entnahm ebenfalls das Magazin. Schließlich steckte er die Waffe des INTCEN in seinen Schulterholster. »Ich bin so weit.«

68

Werther öffnete die Tür zu Bergmanns Vernehmungszelle, und Ivens betrat den Raum.

Bergmann erhob sich augenblicklich von seinem Bett und setzte sich ohne ein Wort der Begrüßung an den Stahltisch. Er bedeutete Ivens, es ihm gleichzutun.

Schweigend saßen sich beide Männer für eine Weile gegenüber. Schließlich ergriff Bergmann das Wort: »Keine weiteren Fragen? Keine erneuten Überredungsversuche?«

»Nicht mehr«, entgegnete Ivens. »Sie machen doch ohnehin, was Sie wollen. Alle anderen ... Ihre Mutter eingeschlossen ... sind Ihnen völlig gleichgültig.«

Bergmanns Augen blitzten wütend auf. »Lassen Sie meine Mutter aus dem Spiel.«

»Wir haben mit ihr geredet«, log Ivens. »Sie macht sich große Sorgen. Außerdem kann sie einfach nicht glauben, was Sie vorhaben. Sie möchte Sie sehen.«

Bergmann holte tief Luft, als würde er jeden Moment explodieren, hielt dann jedoch abrupt inne. Er ließ sich gegen seine Rückenlehne fallen und atmete langsam wie bei einer Yogaübung aus. Ohne jeden Tonfall in der Stimme sagte er: »Netter Versuch. Aber dafür ist es zu spät.«

»Ich versuche gar nichts. Ich sage nur, wie es ist. Wir haben Ihrer Mutter bereits erläutert, dass ein Wiedersehen nicht möglich sein wird. Zumindest nicht in dieser Welt.«

»Sie haben wirklich mit ihr geredet?« Bergmanns Blick blieb prüfend auf Ivens gerichtet.

»Ja, das haben wir.« Die erneute Lüge kam ohne jedes

Zögern über Ivens' Lippen. Da er keinerlei Hoffnung hegte, einen Zugang zu Bergmann zu finden, hatte er jede Sorge über seine Glaubwürdigkeit beim Betreten der Vernehmungszelle über Bord geworfen.

Zu Ivens' Erstaunen wirkte Bergmann plötzlich nervös. Er rutschte auf seinem Stuhl hin und her und rieb sich mehrmals über seine vernarbte Kopfhaut. »Was hat sie Ihnen über mich erzählt?«

Darauf war Ivens nicht vorbereitet. Dass er das Thema überhaupt angeschnitten hatte, basierte einzig auf seiner Neugier, warum Bergmann Lenas Analyse zufolge in Bezug auf seine Mutter gelogen hatte.

Ivens' Gehirn lief auf Hochtouren. »Wir hatten nicht die Zeit, ausgiebig zu plaudern. Warum erzählen Sie mir nicht einfach, was Ihre Mutter vermutlich über Sie sagen würde.«

»Das hatte ich sowieso vor«, entgegnete Bergmann ruhig. »Sie ist sozusagen ein Teil der Wahrheit, die ich Ihnen versprochen habe.«

Ivens war perplex. Was zum Teufel hatte das zu bedeuten? Bisher hatte er fest angenommen, dass Bergmanns sogenannte Wahrheit sich ausschließlich auf die vermeintlichen Nutznießer der Brandkatastrophe bezog, die er einen nach dem anderen beseitigt hatte. Dass seine Mutter etwas mit diesen Ereignissen zu tun haben könnte, wäre ihm niemals in den Sinn gekommen. Sollte Lena damit recht behalten, dass Bergmann noch eine riesige Überraschung für ihn bereithielt?

Ivens beschloss, Bergmann die Initiative zu überlassen. Schweigend beobachtete er, wie dieser die Augen schloss und den Kopf in den Nacken warf, als würde er sich von einem imaginären Regenschauer der Erinnerung berieseln lassen.

Als Bergmann die wimpernlosen Augenlider wieder öffnete, glaubte Ivens, in einen unendlich tiefen See aus Verzweiflung zu blicken.

»Ich habe meine Schwester über alles geliebt«, begann Bergmann die angekündigte Erklärung. »Stefanie und ich haben auf der gleichen Schule unser Abitur gemacht. Danach haben wir gleichzeitig mit dem Studium begonnen. Wie Ihnen bekannt sein dürfte, habe ich mich für Informatik eingeschrieben. Ein schönes Fach. Pure Logik. Stefanies Interessen lagen eher im sozialwissenschaftlichen Bereich. Nach vielem Hin und Her hat sie sich schließlich für Politik und Gesellschaftspsychologie entschieden. Sie wissen schon, diese typischen Laberfächer, bei denen es nie ein objektives Wahr oder Falsch gibt.«

»Menschen sind nun einmal verschieden«, sagte Ivens. »Das gilt wohl auch für Zwillinge.«

»Stefanie hatte viele Seiten, die mir fremd waren«, bestätigte Bergmann. »Wie auch immer – obwohl unsere Eltern es lieber gesehen hätten, wenn wir weiterhin zu Hause gewohnt hätten, sind wir beide im ersten Semester in dieses verfluchte Wohnheim gezogen.«

»Sie beide?«, entfuhr es Ivens überrascht. »Aber auf der Liste der gemeldeten …«

»Ich bin bereits vor dem Unglückstag wieder ausgezogen«, unterbrach ihn Bergmann. »Die Leute dort haben mich einfach nur angekotzt. Stefanie hingegen hat sich pudelwohl gefühlt und hätte ihr Appartement niemals freiwillig geräumt.«

»Wann sind Sie ausgezogen?«, hakte Ivens nach. Die neue Information ließ ihn nicht los.

»Etwa zwei Monate vor dem verhängnisvollen Datum«, antwortete Bergmann. »Ich habe für mich und Stefanie das

Reihenhaus gemietet, in dem Ihre Kollegen mich gestern verhaftet haben.«

»Für Sie und Stefanie? Sagten Sie nicht, Ihre Schwester habe sich in dem Wohnheim pudelwohl gefühlt? Warum hätte sie dann mit Ihnen umziehen sollen?«

»Das wissen Sie doch ganz genau!«, sagte Bergmann ungehalten. »Der Abriss war ausgemachte Sache. Niemand glaubte ernsthaft an eine Zukunft des Wohnheims, trotz aller Bürgerproteste. Althaus und ihre saubere Investmentfirma hatten alles unter Dach und Fach: Hugenroth und Kaminski sollten entsprechend der alten Besitzverhältnisse die Mehrheitsanteile an dem neuen Objekt bekommen, und auf Messings Schreibtisch lag der Entwurf eines neuen Verwaltungsvertrages. Besser hätte es gar nicht kommen können.«

Ivens begriff nicht. *Besser hätte es gar nicht kommen können?* Was redete Bergmann da?

»Ich habe dieses Wohnheim von Anfang an gehasst«, fuhr Bergmann fort. »Wissen Sie, was eine ›Open-Door-Policy‹ unter Studenten ist? Wenn jemand zu Hause ist, lässt er seine Tür einfach offen stehen. Jeder Trottel kann dann in jedes Appartement nach Belieben reinmarschieren und jeden vollquatschen. Stefanie fand das obercool. Ständig hatte sie Leute bei sich zu Besuch. Wir haben kaum noch in Ruhe miteinander reden können. Am schlimmsten war es jedoch, wenn ihre Tür verschlossen war, obwohl ich genau wusste, dass sie zu Hause war. Sie hat mir nie verraten, mit wem sie es getrieben hat. Aber es gab einen anderen Kerl. Einer dieser Taugenichtse aus dem Wohnheim, der sich heimlich durch die Stockwerke schlich. Der Gedanke war unerträglich. In diesen Momenten habe ich mich gefühlt, als würde ich vergewaltigt werden.«

Bergmanns Stimme war zu einem kaum vernehmbaren Flüstern geworden. Vielleicht nahm ihm die Erinnerung an diese schwere Zeit die Kraft, seine Stimme in normaler Lautstärke zu halten. Oder er wollte einfach nur verhindern, dass die Agenten vom INTCEN jedes Wort mitbekamen.

»Sie nahmen also an, ein Umzug in eine neue Wohnung würde alles wieder ins Lot bringen«, sagte Ivens eine Spur verständnisvoller, als er es beabsichtigt hatte. Er erinnerte sich gut daran, wie seine Tochter gelitten hatte, als ihre beste Freundin ihren ersten Freund angeschleppt hatte und seitdem nur noch im Doppelpack und später gar nicht mehr aufgetaucht war. Eine rasch abkühlende Beziehung unter Zwillingsgeschwistern war vermutlich noch schmerzhafter.

»Natürlich hätte er das. Stefanie hatte zwar großspurig verkündet, höchstens übergangsweise zu mir zu ziehen. So lange, bis sie etwas anderes gefunden hatte. Aber Münsters Wohnungsmarkt war damals wie heute so gut wie leergefegt. Es hätte ewig dauern können, bis sie etwas Neues hatte. Wir haben Stefanie nie erzählt, dass ich den Mietvertrag für das Reihenhaus auch nur über Beziehungen meines Vaters bekommen habe. Und diese anderen Idioten aus dem Wohnheim planten allesamt einen Rückzug zu Mama und Papa oder die notgedrungene Flucht in irgendwelche Vororte. Aus und vorbei wäre es dann mit den ständigen Besuchen gewesen.«

»Aber schließlich kam alles anders, nicht wahr?« Der Verdacht, dass Bergmann ihn tatsächlich kurz vor seinem Ableben mit einer bösen Überraschung konfrontieren würde, erfüllte mittlerweile Ivens' gesamten Körper und ließ ihn schwer atmen. »Das Bürgerbegehren hat das Wohnheim in letzter Minute retten können, und Ihre Pläne für ein gemeinsames Leben mit Ihrer Schwester sind wie eine Seifenblase zerplatzt. Und weiter? Was hat das Ganze mit Ihrem Rachefeldzug an Susanne Althaus und den anderen zu tun?«

»Kommen wir erst zur Übergabe. Sie haben Ihre Waffe?«

Der abrupte Themenwechsel jagte Ivens einen eisigen Schauer über den Rücken. Mit einem Schlag fühlte er sich in ein Tiefkühlhaus versetzt.

»Aber ...«

»Kein Aber. Ihre Waffe!«

Ivens zog die Walther P99 aus seinem Schulterholster und legte sie vor sich auf den Tisch.

»Entnehmen Sie das Magazin und zeigen Sie es mir. Ich will sichergehen, dass Sie keine Plastikgeschosse verwenden, um mich auszutricksen.«

Ivens wollte etwas einwenden, folgte dann aber Bergmanns Anweisung und reichte ihm das Magazin. »Haben Sie ernsthaft geglaubt, ich würde es mit so einem billigen Trick versuchen?«

Bergmann hob verächtlich die Augenbrauen. »Wenn ich Ihnen eine Chance lassen würde, würden Sie sie ergreifen. Da bin ich mir sicher.«

Er überprüfte die oberste Kugel und gab das Magazin zurück. »Jetzt laden Sie durch.«

Ivens tat, was Bergmann gefordert hatte. Er hielt die schussbereite Pistole in seiner Hand. »Und weiter?«

»Geben Sie mir Ihr Handy«, sagte Bergmann und schob seine vernarbte Hand über den Tisch. »Wir machen es auf die altmodische Art. Ich werde die Adress- und Zugangsdaten in die Notizbuchfunktion Ihres Handys eingeben und meinen Daumen direkt über der Löschtaste halten. Ohne eine Zwischenspeicherung sind die Informationen unwiederbringlich verloren, sollte ich die Taste betätigen. Erledigen Sie Ihren Job also gefälligst sorgfältig.«

Ivens war wie vor den Kopf gestoßen. So einfach? Keine ausgeklügelten Übergabeprozeduren mit Geheimnummern oder etwas Ähnlichem, sondern eine stinknormale Notizbuchfunktion auf einem Handy? Irritiert schaute er zu der Wand, hinter der die INTCEN-Agenten saßen.

Bergmann interpretierte Ivens' Blick richtig. »Wie viele Spezialisten sitzen da eigentlich vor der Tür, die sich jetzt krankhaft darüber den Kopf zerbrechen, wie sie mich austricksen können?«

»Das kann Ihnen doch vollkommen gleichgültig sein«, entgegnete Ivens kalt. »Vermutlich haben Sie jede mögliche Störung ohnehin längst einkalkuliert.«

»Stimmt«, entgegnete Bergmann. »Und falls Sie immer noch darauf hoffen: Sie werden ewig darauf warten können, bis denen eine Lösung einfällt. Es gibt nämlich keine. Die Kameras hier im Raum können das kleine Handydisplay nicht erfassen. Und auf dem Gerät selbst wird nach dem Betätigen der Löschtaste keine lesbare Spur zurückbleiben. Also geben Sie endlich her!«

Ivens kramte widerstrebend sein Handy aus der Hosentasche, entsperrte das Display und schob es über den Tisch. Dann richtete er die Pistole auf Bergmann. »Geben Sie die verdammten Daten ein!«

Bergmanns vernarbtes Gesicht verzog sich zu einer grinsenden Fratze. Er ergriff das Handy und führte es dicht an seinen Oberkörper, um den in den Ecken des Raumes installierten Kameras jeden Blick darauf zu verwehren. Dann tippte er ein paar Daten ein und ließ seinen Arm mit dem Handy in der Hand ausgestreckt auf den Tisch fallen. Das Display zeigte Richtung Tischfläche, und sein nach unten verdrehter Daumen schwebte genau über der Löschtaste.

»Fertig«, sagte Bergmann. »Sollten Sie nicht genau auf mein Herz schießen, werde ich die Daten sofort löschen. Und denken Sie ja nicht, dass es eine zweite Chance geben wird.«

Ivens schüttelte resigniert den Kopf. Mit leiser Stimme sagte er: »Keine Sorge. Mir ist längst klar geworden, dass nichts und niemand Sie noch umstimmen könnte.«

»Da haben Sie verdammt recht. Und jetzt hören Sie sich meine Geschichte zu Ende an. Danach werden Sie sowieso kein Interesse mehr daran haben, mein Leben zu schonen.«

69

Bergmann fixierte Ivens mit einem unergründlichen Blick, als er mit seinem Bericht fortfuhr. »Ich war außer mir, als die Nachricht von dem Erhalt des Wohnheims gekommen ist. Zuerst habe ich das Ganze für einen schlechten Scherz gehalten. Das Wohnheim war ein Schandfleck. Die Appartements stanken geradezu nach billigem Beton und billigen Fußböden. Kaminski und Hugenroth hätten von Anfang an das Bürgerbegehren verhindern müssen. Beide waren in der

Politik. Sie hätten die Macht dazu gehabt. Aber ihnen fehlte einfach der Mumm. Nur wegen ihres Versagens musste ich die Sache schließlich selbst in die Hand nehmen.«

In Ivens' Denken gab es einen Knall wie von zerberstenden Fensterflächen. Blut rauschte in seinen Ohren, begleitet von dem Klirren imaginär niederprasselnder Glassplitter. Hatte er es geahnt? Die Geschichte, die Bergmann ihm seit seiner erneuten Ankunft hier in Brüssel aufgetischt hatte – war ihm nicht längst klar geworden, wohin sie führen musste? Jetzt war der letzte dünne Rest des Zweifels zersplittert wie ein Glashaus unter einem Hagelgewitter.

… musste ich die Sache schließlich selbst in die Hand nehmen.

Konnte das tatsächlich die Wahrheit sein?

Aber wieso sollte Bergmann seine Schwester selbst in Gefahr gebracht haben? Das passte nicht zusammen. War er damals so voller Hass und Verzweiflung über seine eigene Lebenssituation gewesen, dass er völlig blind für alle Konsequenzen in einer Art Kurzschlussreaktion agiert hatte?

»Sie sind entsetzt, nicht wahr? Ich sehe es Ihnen an. Glauben Sie mir, ich habe seither jeden einzelnen Tag meines Lebens verflucht. Wenn ich gewusst hätte, welche Folgen das Ganze haben würde, hätte ich die Finger davon gelassen. Sie erinnern sich, dass das Feuer in einem leerstehenden Appartement im Erdgeschoss ausbrach? Das war mein Appartement. Auf einen Nachmieter wurde aufgrund des vermeintlichen Abrisses keinerlei Wert gelegt. Vor meinem Auszug habe ich mir einen Nachschlüssel anfertigen lassen, um Stefanies Treiben weiter kontrollieren zu können. Daher hatte ich jederzeit Zugang zu dem leerstehenden Appartement, und mit meinem Handy konnte ich noch immer alle Elektrogeräte fernsteuern, vom Toaster über den Kühlschrank bis zum Herd. Die automatische Abschaltfunktion bei Überhitzung des Herdes zu manipulieren war ein Kinderspiel.«

»Aber die zahlreichen Gutachten …«, warf Ivens ein, stoppte aber mitten im Satz. Er wusste, wie die Antwort lauten würde. Bergmann war ein technisches Genie. Die Spuren seines Eingriffs vollständig zu verwischen war für ihn vermutlich genauso einfach gewesen wie die technische Manipulation an dem Herd. Es gab keinen Zweifel. Vor ihm saß der Mörder seiner Tochter.

Ein Gefühl unbändiger Wut übermannte ihn mit einem Schlag. Er spürte, wie sein Arm mit der Pistole in der Hand sich ohne seine bewusste Kontrolle näher in Richtung Bergmanns vernarbtem Körper schob. Er konnte die Krümmung seines Zeigefingers am Abzug nur mühsam unterbinden.

Bergmann merkte ihm seinen innerlichen Kampf offenbar an. »Tun Sie es! Worauf warten Sie noch?«

»Auf den Rest Ihrer verdammten Wahrheit!«, brüllte er Bergmann entgegen. »Wie konnten Sie das Leben Ihrer eigenen Schwester und all der anderen einfach so auslöschen? Sie sagten, Sie hätten Ihre Schwester geliebt! Warum?«

Bergmanns Blick blieb eisig, trotzdem rannen Tränen über sein Gesicht. »Das war nicht geplant. Eigentlich sollte es nur ein einziges Opfer geben: das verfluchte Wohnheim. Nachdem Althaus, Hugenroth, Kaminski und Messing ihren feigen Rückzug beschlossen hatten, hatten sie unverzüglich eine offizielle Mitteilung an alle Wohnheimbewohner versandt. Natürlich diente diese Information einzig dem Zweck, alle ausgesprochenen Kaufangebote und Umzugsprämien zu widerrufen. Aber diese idiotischen Studenten aus dem Wohnheim haben das nicht kapiert. Stattdessen glaubten sie, eine persönlich an sie adressierte Bulle der Demut ihres so lang bekämpften Feindes in den Händen zu halten.«

Ivens erinnerte sich. Kira hatte ihm von diesem Schreiben erzählt. Und wie glücklich alle darüber waren, dass es keinen weiteren Rechtsstreit geben würde und endlich Klarheit über den Fortbestand des Wohnheims herrschte.

»Ich hatte Stefanie für den vorgesehenen Tag meines Anschlages einen Kurzurlaub in Amsterdam geschenkt«, fuhr Bergmann fort. »Außerdem war vorher ein Feiertag, und die meisten Studenten hatten Pläne für ein langes Wochenende außerhalb des Wohnheims. Wegen dieses verdammten Schreibens wurde jedoch kurzfristig eine Party organisiert, von der ich keine Ahnung hatte. Statt nach Amsterdam zu fahren, blieb Stefanie, wo sie war, und ging auf die Party. Als ich meinen Befehl für den Herd abgesetzt hatte, lag sie wie viele andere auch völlig übernächtigt und verkatert in ihrem Bett.«

Obwohl er innerlich vor Wut und Abscheu kochte, entging Ivens nicht, wie Bergmanns Hände anfingen zu zittern. Die Situation war grotesk: Auf der einen Seite saß er mit einer entsicherten Waffe dem Mörder seiner Tochter gegenüber und hätte nichts lieber getan, als endlich abzudrücken. Auf der anderen Seite machte er sich Sorgen darüber, dass Bergmanns zitternde Finger aus Versehen auf die Löschtaste der Handynotiz kommen könnten.

»Beruhigen Sie sich wieder«, sagte Ivens langsam.

Bergmann sah ihn irritiert an, als erwache er aus einem bösen Traum. Ohne auf Ivens' Worte einzugehen, fuhr er fort: »Woher hätte ich das wissen sollen? Nichts wäre passiert, wenn dieses verdammte Schreiben nicht gewesen wäre. Außerdem hat die Gebäudeverkleidung wie ein Brandbeschleuniger gewirkt und im gesamten Wohnheim giftige Dämpfe verteilt. Das geht auf das Konto von Hugenroth und Kaminski. Sie können in den Protokollen der Eigentümerversammlungen nachlesen, dass beide auf die billigste Wärmeisolierung bestanden haben. Später kam heraus, dass die Herstellerfirma die Ergebnisse wichtiger Sicherheitstests gefälscht hatte und deswegen so ein günstiges Angebot hatte abgeben können. Selbst bei den Brandmeldern war gespart worden. Unter unzähligen Paragraphen im Mietvertrag verborgen wurde den Mietern die Wartung dafür auferlegt. Natürlich hat das keiner jemals gelesen, und jeder ging davon aus, dass die Hausverwaltung sich darum kümmern würde. Aber Messing hat immer nur das getan, was Kaminski und Hugenroth wollten.«

»Glauben Sie eigentlich selbst, was Sie da reden?«, sagte Ivens wütend. Bergmanns Versuche, die Schuld von sich zu schieben, trieben ihn zur Weißglut – eine Million Menschenleben hin oder her. »Keines der Opfer Ihres Rachefeldzugs hatte das Feuer tatsächlich zu verantworten. Sie alleine tragen die Schuld!«

»Kommen Sie mir nicht so«, fuhr Bergmann ihn an. »Natürlich ist mir meine Schuld bewusst. Was glauben Sie, weshalb ich in den letzten Jahren unzählige Versuche unternommen habe, mir das Leben zu nehmen? Und in wenigen Augenblicken werde ich dank Ihrer Hilfe endlich für meine Taten bezahlen. Aber dass so viele Menschen bei dem Feuer sterben mussten und dass Stefanie nicht wie geplant in Amsterdam war, das geht allein auf das Konto von Althaus und Co.«

»Sie sind doch krank«, sagte Ivens. Mittlerweile war ihm klar geworden, dass das der richtige Begriff war. Bergmann mochte ein technisches Genie sein. Und in gewisser Weise war Bergmann auch der eiskalte Planer, den Lena in ihm erkannt hatte. Seine Seele jedoch war zerfressen von Schuldgefühlen, gepaart mit einem tiefen Hass auf jeden, den er in die Verantwortung für die Katastrophe einbeziehen konnte.

Bergmanns Vorwürfe in Bezug auf Althaus, Hugenroth, Kaminski und Messing zeigten nichts anderes, als dass er die Last seiner Schuld nicht allein ertrug. Darum hatte er sich seine eigene Wahrheit zurechtgelegt – eine, in der er zumindest teilweise selbst das Opfer war. Nur diese krankhaft verdrehte Realität hatte es ihm vermutlich ermöglicht, zumindest einige Jahre weiterleben zu können, ohne vollständig den Verstand zu verlieren.

Plötzlich zog Bergmann seinen ausgestreckt auf dem Tisch liegenden Arm zu sich heran. Seine Stimme bebte vor Wut. »Sagen Sie das nie wieder. Ein Ton, und ich lösche sofort sämtliche Zugangsdaten. Und nichts auf der Welt wird mich dazu bringen, sie Ihnen auszuhändigen.«

Ivens war völlig perplex. Bergmanns heftige Reaktion war nicht gespielt, das war unverkennbar. »Krank« schien offenbar ein Schlüsselbegriff zu sein, auf den er allergisch reagierte.

Sekunden später hatte Bergmann sich wieder im Griff. Er warf einen kurzen Blick auf das Display des Handys, als wolle er sich vergewissern, nicht aus Versehen die Löschtaste betätigt zu haben. Dann legte er seinen Arm erneut ausgestreckt auf den Tisch. »Meine Mutter hat mich immer so bezeichnet. Ständig hat sie mir Vorhaltungen gemacht, wie *krank* meine Fixierung auf Stefanie sei. Dass ich mich endlich von ihr lösen und erwachsen werden müsste. Sie hat überhaupt nichts verstanden. Bei jeder Gelegenheit hat sie Stefanie nach meinem Verhalten ausgefragt. Vermutlich wollte sie herausfinden, ob ich auf Geschwistersex oder so etwas aus bin. Nach Stefanies Tod hat sie kaum noch mit mir geredet. Ich glaube, sie hat gespürt, dass ich irgendetwas mit dem Feuer zu tun gehabt habe. Aber beweisen konnte sie natürlich nichts.«

Das also war das Geheimnis um seine Mutter, dachte Ivens. Es fügte sich perfekt ins Bild: Frau Bergmann hatte die Wahrheit geahnt. Der Gedanke daran musste für sie unerträglich gewesen sein. Kein Wunder, dass sie die Nähe ihres Sohnes nicht ertragen konnte und nach Hamburg gezogen war. Der junge Bergmann jedoch hatte die Schuld an dieser Trennung auf seinen Vater mit seinem angeblich unerträglichen Selbstmitleid übertragen. Es war der gleiche krankhafte Ausweichmechanismus vor der Wahrheit, mit dem er seine Opfer in die Verantwortung für seine Taten miteinbezog.

»Jetzt kennen Sie die ganze Wahrheit«, sagte Bergmann.

Ivens spürte instinktiv, dass dieser Satz als Schlusswort gemeint war. Bergmann war am Ende seines Geständnisses angekommen. Der von ihm sorgfältig geplante Programmablauf hatte seine letzte Schleife durchlaufen, und die einzig möglichen Optionen hießen nun sein Leben oder die Leben einer Million unschuldiger Menschen. Das Schlimmste daran war, dass Bergmann auch mit seiner letzten Einschätzung recht behalten hatte: Die Prophezeiung, dass Ivens nach Abschluss seiner Geschichte kein Interesse mehr daran haben würde, sein Leben zu schonen, hatte sich erfüllt.

Ivens spürte, wie sein Hass auf Bergmann stetig anschwoll. Dennis Bergmann war der Mörder seiner Tochter. Der Name, das Gesicht, das er so lange hatte finden wollen, um erbarmungslos darauf einzuschlagen. Jetzt bekam er die Gelegenheit, diese Sehnsucht nach Rache zu erfüllen.

Trotzdem zögerte Ivens. »Eine Frage habe ich noch. Wieso ich? Warum haben Sie vehement darauf bestanden, dass gerade ich zum Vollstrecker Ihres letzten Schachzuges werde?«

»Was vermuten Sie?«, gab Bergmann eiskalt zurück.

»Ich habe keine Ahnung«, antworte Ivens wahrheitsgetreu. »Vielleicht spekulieren Sie darauf, dass ich Sie nach Ihrem Geständnis auf jeden Fall abknalle, egal ob Ihre Drohung mit den Druckdateien funktioniert. Das würde allerdings voraussetzen, dass Sie die Möglichkeit eines irgendwie gearteten Scheiterns Ihres automatischen Programmstarts um Mitternacht in Betracht gezogen hätten. Oder dass wir uns für Ihr Leben statt für das Leben der unschuldigen Opfer entscheiden. Für die erste Möglichkeit sind Sie viel zu arrogant – Sie kennen keine Fehler. Und dass wir Ihr Leben angesichts einer Million potenzieller Opfer tatsächlich schonen würden, davon sind Sie garantiert nicht ausgegangen. Also warum?«

Bergmann senkte bei seinen folgenden Worten nicht einmal den Kopf. »Ich wollte wenigstens einem der unbeteiligten Leidtragenden von damals die Chance geben, sich an mir zu rächen. Wenn ich durch Ihre Hand getötet werde, ist meine Schuld nicht mehr ganz so groß.«

Ivens starrte Bergmann fassungslos an. Er konnte kaum glauben, was er gehört hatte. Erneut hatte Bergmann sein zutiefst pathologisches Wesen offenbart: Diese fanatische Besessenheit, seine auf ihn konzentrierte Schuld mit anderen zu teilen. Hugenroth, Kaminski, Althaus, Messing, sein eigener Vater und jetzt er selbst – sie alle dienten lediglich als Blitzableiter eines zutiefst verletzten Verstandes, der seine eigene Verantwortung nicht ertragen konnte.

Doch was nutzte ihm diese Erkenntnis? Bergmann würde das niemals einsehen. Egal, was er in der verbleibenden Zeit bis Mitternacht tun oder sagen würde, Bergmann war nicht zu bekehren.

»Sie lassen mir keine andere Möglichkeit. Leben Sie wohl, Dennis Bergmann.«

Ivens hob die Waffe und zielte auf Bergmanns Herz. Der Abstand zwischen der Mündung seiner P99 und Bergmanns Brust betrug höchstens einen Meter. Langsam krümmte sich sein Zeigefinger bis zum Druckpunkt des Abzugs.

Millisekunden später löste sich krachend der Schuss.

Die Kugel traf Bergmann genau auf Höhe des Herzens in die linke Brust.

EPILOG

70

Schwere Lastzüge donnerten über das grobe Kopfsteinpflaster des Prinzipalmarktes und brachten die Wohnungen der Altstadt zum Beben. Tieflader transportierten gigantische Folienrollen, die wie gläserne Kanalrohre aussahen. Weitere Lkws schafften Bühnenpodeste und Eisengestänge heran.

Wie aus den Nachrichten zu erfahren war, würde in den nächsten Tagen ein Team von Fachkräften die Folie von den Lastzügen wie eine unsichtbare Haut an den Fassaden der Giebelbauten der Innenstadt anbringen, während gleichzeitig eine gewaltige Bühne auf dem angrenzenden Domplatz aufgebaut wurde. Hier würde in einigen Tagen die weltbekannte Schauspielerin Silvia de Santini gemeinsam mit den Stadtherren die »Wiederauferstehung« von Komohotos letztem Kunstwerk verkünden. Nicht weniger als eine halbe Millionen Besucher wurden insgesamt erwartet, mehr als fünfmal so viele, wie der Innenstadtbezirk Einwohner hatte.

Ivens betrachtete das emsige Treiben vom Fenster seiner Wohnung aus und seufzte. Dass er sich in den kommenden Tagen bei jedem Schritt aus seiner Haustür schon wieder durch dicht gedrängte Menschenmassen quetschen musste, war unangenehm genug. Aber was ihm absolut gegen den Strich ging, war die Tatsache, erneut Komohotos bizarrem Farbenspiel ausgeliefert zu sein. Allein die Erinnerung an die kreischenden Farbtöne und verirrten Farbkombinationen, vor denen es im gesamten Innenstadtbereich kein Entkommen geben würde, brachten seine Augen erneut zum Schmerzen.

Vielleicht wären ein paar Urlaubstage genau das Richtige, überlegte Ivens. Raus aus der Stadt und rein in ein gemütliches Hotel, das irgendwo abseits jeglichen Trubels und umgeben von viel Natur lag. Verdient hätte er es, nach allem, was passiert war.

Aber daran konnte er später denken. Jetzt musste er zusehen, dass er nicht schon wieder zu spät zu seinem Termin ins Polizeipräsidium kam. Für 11.00 Uhr hatte Müngersdorf eine Generalbesprechung angesetzt. Gestern Abend war Ivens aus Belgien zurückgekehrt, knapp 24 Stunden nach dem Schuss auf Dennis Bergmann, und bisher war keine Zeit für eine ausführliche Berichterstattung gewesen.

Ivens griff seine Lederjacke von der Garderobe und machte sich auf den Weg. Diesmal war der Akku seines E-Bikes aufgeladen, und in weniger als 15 Minuten erreichte er problemlos das Polizeipräsidium. Als er die Tür zu Müngersdorfs Büro aufstieß, erwarteten ihn dort neben dem Polizeichef seine Kollegin Maike Herwig und der Kriminaltechniker Dr. Feil.

Herwig sprang von ihrem Stuhl auf und kam ihm mit einem Gesichtsausdruck entgegen, den Ivens sonst nur von Beerdigungen kannte. Er las tiefes Mitgefühl in ihrem Blick, gepaart mit Unsicherheit. Vermutlich hatte sie seit vorgestern Abend nach der Verabschiedung in Lenas Café an nichts anderes denken können als an den Wahnsinn, der vor Ivens gelegen hatte, und jetzt wusste sie nicht, wie sie sich verhalten sollte. Sie legte ihm zur Begrüßung flüchtig die Hand auf die Schulter und setzte sich schweigend zurück auf ihren Platz.

Feil nickte wie immer stumm mit dem Kopf, während Müngersdorf sich nicht mit Begrüßungsritualen aufhielt, sondern direkt zur Sache kam.

»Setzen Sie sich. Ich erwarte einen vollständigen Bericht. Diese Mistkerle vom INTCEN haben bereits gestern Mittag eine absolute Nachrichtensperre über den Fall verhängt. Offiziell ist nur, dass ein Münsteraner Bürger wegen des Verdachts auf terroristische Aktivitäten verhaftet und nach Brüssel überführt wurde. Nicht einmal der Name wurde der Presse bekanntgegeben.«

»Das ist auch gut so«, sagte Ivens. »Die Familie Bergmann hat genug Schicksalsschläge hinnehmen müssen.«

»Sparen Sie sich Ihr Mitleid«, sagte Müngersdorf aufgebracht. »Der feine Sohn dieser Familie hat immerhin vier Menschen auf dem Gewissen und darüber hinaus fast einen europaweiten Massenmord ausgelöst.«

Ivens schüttelte den Kopf. »Ganz so ist es nicht. Wie sich letztlich herausgestellt hat, hat Dennis Bergmann nie ernsthaft vorgehabt, weiteren unschuldigen Menschen zu schaden.«

»Er hat geblufft?«, fragte Herwig erstaunt. »Aber die Echtheit der von Bergmann bereitgestellten Stichprobe aus der Liste mit den IP-Adressen ist doch bestätigt worden?«

»Das schon«, sagte Ivens. »Nachdem die Spezialisten vom INTCEN die Internetseite mit dem todbringenden Programmcode geöffnet hatten, haben sie eine verblüffende Entdeckung gemacht: Wie von Bergmann angekündigt, befanden sich dort das Programm mit den Steuerungsbefehlen für die 3D-Drucker und eine Liste mit exakt einer Million Netzwerkadressen inklusive deren Sicherheitsschlüssel. Aber es gab weder eine automatische Timerfunktion noch war das Programm mit der Adressliste verknüpft. Selbst sein angebliches Privatverzeichnis, in dem sich der Quellcode für seine Druckdatei befinden sollte, war eine Ente. Außer unzähligen Fotos seiner Schwester und ein paar Raubkopien von Programmiertools hat das INTCEN nichts finden können.«

»Dieser Scheißkerl«, entfuhr es Herwig, wobei eine Mischung aus nachträglicher Bewunderung und anhaltender Verachtung für Bergmann mitschwang. »Es wäre also nichts weiter passiert, wenn Sie nicht auf ihn geschossen hätten?«

»Das Risiko war ihm wohl doch zu groß«, bestätigte Ivens. »Bergmann hatte nie ernsthaft vorgehabt, seiner ohnehin unermesslichen Schuld an dem Brandanschlag und seinem anschließenden Rachefeldzug auch noch einen Massenmord hinzuzufügen.«

Ivens bemerkte, wie Müngersdorfs Augen sich zu zwei engen Schlitzen verzogen. »Stimmt etwas nicht?«, fragte er irritiert.

»Sie merken es nicht einmal, nicht wahr?«

»Was merke ich nicht?«

»*Brandanschlag!* Schon wieder dieses Wort. Mein Gott, Ivens. Wann begraben Sie endlich dieses Gespenst Ihrer Vergangenheit?«

Erst jetzt wurde Ivens bewusst, dass alle außer ihm keine Ahnung davon hatten, welch dunkles Geheimnis Bergmann offenbart hatte.

Kurz und knapp berichtete er von Bergmanns Geständnis. Als er seinen Bericht beendet hatte, herrschte für eine Weile betretenes Schweigen.

Herwig war die Erste, die ihre Stimme wiederfand: »Ihr Gefühl hat Sie also all die Jahre nicht getäuscht. Aber dass ausgerechnet eine gestörte Geschwisterliebe Ihrer Tochter das Leben gekostet hat – das ist nicht fair.«

»Das Leben ist selten fair«, entgegnete Ivens.

»Da haben Sie wohl recht«, bestätigte Müngersdorf. »Ein

Gutes hat die Sache dennoch – endlich können Sie für sich persönlich mit diesem Kapitel abschließen.«

Ivens fand Müngersdorfs Resümee nicht sonderlich einfühlsam, und Herwigs giftiger Blick in Richtung des Polizeipräsidenten bestätigte sein Empfinden. Aber von der Hand zu weisen war Müngersdorfs Fazit nicht. Noch waren die Erlebnisse und Empfindungen zu frisch, doch tief in seinem Inneren spürte er, dass er nun endlich würde Frieden finden können.

»Noch etwas anderes«, fuhr Müngersdorf fort. »Was soll dieser Mist mit dem verhafteten Terroristen?«

Ivens zuckte mit den Schultern. »Vermutlich als Legitimation dafür, dass es im Fall Bergmann zu keiner normalen Gerichtsverhandlung kommen wird, bei der die Presse von den Details des Falls Wind bekommen könnte.«

Müngersdorf sah Ivens an, als wollte dieser ihm einen schäbigen Gebrauchtwagen als einzigartiges Kunstwerk verkaufen. »Eine Gerichtsverhandlung? Für einen Toten?«

»Wer sagt denn, dass Bergmann tot ist?«, entgegnete Ivens und schaute zu Feil hinüber, der verstohlen vor sich hin grinste.

71

Der Schuss hallte ohrenbetäubend durch die kleine Vernehmungszelle. Bergmann wurde von der Wucht der Kugel gegen die Rückenlehne seines Stuhls geschleudert. Das Handy fest mit der rechten Hand umklammernd starrte er an sich herab auf seine Brust, wo genau in der Höhe des Herzens ein Einschussloch in seinem orangefarbenen Overall klaffte, aus dem sich ein Schwall dunklen Blutes ergoss. Sein Gesicht war schmerzverzerrt. Er stöhnte auf, presste die freie linke Hand auf die Wunde und krümmte sich zusammen.

»Das Handy!«, brüllte Ivens. »Lassen Sie endlich das verdammte Handy los!«

Bergmann sah irritiert auf. Dann begriff er. Langsam streckten sich die Finger seiner rechten Hand und ließen das Handy auf den Tisch fallen.

Sofort griff Ivens danach und zog es zu sich heran. Im selben Moment flog die Tür des Vernehmungsraums auf und zwei Agenten stürzten sich auf Bergmann, um ihn mitsamt seines Stuhls aus Ivens' Reichweite zu ziehen. Ein dritter Agent stürmte bewaffnet mit einer Kamera auf Ivens zu und drängte ihn unsanft zur Seite. Er drehte das Handy und machte Nahaufnahmen des Displays.

Ivens versuchte, einen Blick auf die von Bergmann eingegebenen Daten zu erhaschen, aber der Agent mit der Kamera hatte sich so nah darüber gebeugt, dass er mit seinem Oberkörper jede Sicht abschirmte. Irgendjemand gab schließlich ein Zeichen in Richtung Tür, woraufhin das Team der

Notärzte mit einer Klapptrage in die Zelle eilte. Gleichzeitig spürte Ivens, wie ihm jemand eine Hand auf die Schulter legte.

»Kommen Sie«, sagte Werther.

Gemeinsam verließen sie die Vernehmungszelle und gingen in den Vorraum, der bis auf den Notar menschenleer war. Peyferitte starrte mit entsetztem Gesicht auf die Überwachungsmonitore.

Werther reichte Ivens einen Becher heißen Kaffee und einen Flachmann. Ivens nahm aus beidem einen großen Schluck.

»Zwei Mitarbeiter werden Sie in ein Hotel ganz in der Nähe begleiten«, sagte Werther um sachliche Ruhe bemüht. »Wir informieren Sie, sobald unsere Spezialisten Bergmanns Internetseite entschärft haben. Schlafen Sie sich aus. Morgen müssen Sie noch die Videoprotokolle des heutigen Tages unterschreiben, dann können Sie nach Münster zurück. Alles Weitere wird sich finden.«

»Lassen Sie uns das Ergebnis der ärztlichen Bemühungen abwarten«, sagte Ivens und trat einen Schritt zur Seite, um dem Notfallteam Platz zu machen, das in den Vorraum stürmte. Sie hatten Bergmann auf die Trage verfrachtet und eilten in Richtung des provisorischen Operationstisches.

»Das bringt doch nichts«, sagte Werther vorsichtig. »Machen Sie es sich nicht schwerer, als es ohnehin schon ist.«

»Wir werden sehen«, sagte Ivens und nahm einen weiteren Schluck aus dem Flachmann. Was Werther da eingefüllt hatte, brannte angenehm in der Kehle und verbreitete ein warmes Gefühl in der Magengegend.

Ivens spürte, wie er ein wenig ruhiger wurde. Trotzdem glitt sein Blick immer wieder nervös zu dem Operationstisch herüber. Einer der Ärzte stülpte Bergmann eine Anästhesiemaske über das Gesicht, während ein anderer ihm den blutdurchtränkten Overall aufschnitt und die Schusswunde freilegte. Dann begann das Team mit der Operation. Die dicht um Bergmanns Körper gedrängten Ärzte ließen keine Details des Geschehens erkennen, aber die auf einen seitlich beigestellten Ablagetisch gelegten Skalpelle, Arterienklemmen, Rippenspreizer und tiefrot gefärbten Tupfer ließen erahnen, was vor sich ging.

Währenddessen rannten die drei Agenten, die direkt nach dem Schuss in die Vernehmungszelle geeilt waren, an ihnen vorbei und verschwanden in Richtung der Aufzugskabine.

Ivens sah ihnen lange nach. Er war sich ähnlich sicher wie Lena, dass Bergmann die echten Zugangsdaten zu seiner Internetseite geliefert hatte. Seine Drohung, unzählige Menschen in den Tod zu reißen, hatte einzig dem Zweck gedient, seinen eigenen Tod herbeizuführen. Das war alles, was ihn jemals wirklich interessiert hatte. Spannend war daher nicht, was die Agenten dort oben erwartete, sondern ausschließlich das, was hier unten passieren würde.

Wieder schielte Ivens zu dem Ärzteteam, das sich noch immer dicht um den Operationstisch drängte. Allerdings hatte das metallische Geklapper achtlos beiseitegelegter Operationsinstrumente aufgehört, und die kommandoartigen Zurufe der Ärzte waren verstummt. Einer der Ärzte streifte sich die Operationsmaske vom Mund und drehte sich zu Ivens und Werther um. In seinen Augen stand ratlose Verblüffung.

»Was zum Teufel ist hier passiert?«

Werther sah den Arzt fragend an. »Was meinen Sie?«

»Aus dieser Schussentfernung hatten wir eine Zerstörung von Herz und Brustraum wie nach einem Meteoriteneinschlag erwartet. Aber stattdessen ist die Kugel einfach zwischen den Rippen steckengeblieben. Herz und Lunge haben nicht einmal einen Kratzer abbekommen.«

»Na dann, Prost«, sagte Ivens und gönnte sich noch einen tiefen Schluck aus dem Flachmann, während Werther und der Arzt ihn konsterniert anstarrten.

»Ich verstehe nicht …«, sagte Werther, hielt dann jedoch inne. Sein Blick glitt zu dem kleinen Beistelltisch, auf dem Ivens' Dienstpistole mit dem Magazin und die Dokumente des Notars lagen.

Langsam schüttelte er den Kopf. »Sie haben das Magazin ausgetauscht. Deswegen haben Sie so darauf bestanden, dass die Vollstreckungswaffe unbedingt die gleiche Waffe wie Ihre eigene sein musste.«

Ivens nickte. »Unser Kriminaltechniker in Münster hat die Treibladungen der Geschosse aus meinem Magazin ein wenig entschärft. Die Kunst bestand darin, den Einschuss mit der verbleibenden Durchschlagskraft wie eine tödliche Verletzung aussehen zu lassen, ohne wirklich zu töten. Seine Berechnungen waren offensichtlich korrekt.«

»Sie sind doch …«, begann Werther, wurde allerdings von Ivens unterbrochen, der ihm mit einem breiten Grinsen im Gesicht den Flachmann reichte. Werther griff wortlos danach und kippte den Rest des Inhalts in einem Zug hinunter.

72

Ivens hatte seinen Bericht beendet, als Feil sich mit beiden Händen mehrmals genüsslich auf seinen mächtigen Bauch schlug und ein lautes »Hoho, Hoho« von sich gab. Hätte er in diesem Moment ein rot-weißes Kostüm angehabt, hätte ihn jeder unzweifelhaft für den leibhaftigen Weihnachtsmann gehalten.

»Ja, Sie sind ein verdammtes Genie«, kommentierte Ivens die Reaktion und zwinkerte Feil zu.

»Unglaublich«, bemerkte der Polizeichef trocken, während Herwig ein Lächeln auflegte, wie es bezaubernder nicht hätte sein können. Jeder Kummer und jede Anspannung war mit einem Mal aus ihrem Gesicht verflogen, und ihre Augen strahlten Ivens wie zwei glitzernde Sterne entgegen.

»Sie verdammter Schuft«, warf sie Ivens zu. »Uns alle so im Unklaren zu lassen!«

»Für lange Erklärungen war keine Zeit. Außerdem wusste ich nicht, ob es wirklich funktionieren würde. Ich wollte keine falschen Hoffnungen wecken.«

»Verstehe«, sagte Herwig. »Die letzten zwei Tage gehörten damit wohl mit zu meinem Ausbildungsprogramm.«

Ivens sah Herwig voll väterlicher Fürsorge an. »Ganz recht. Man muss immer bereit sein, das Schlimmste zu akzeptieren, selbst wenn man noch ein Ass im Ärmel hat. Wer immer nur vom günstigsten Fall ausgeht, wird in diesem Job auf Dauer nicht überleben.«

Müngersdorf räusperte sich und unterbrach das persönliche Gespräch zwischen Ivens und Herwig. »Es freut mich zu sehen, dass Sie mittlerweile so gut zueinandergefunden haben. Aber noch mal zurück zu Bergmann: Wieso seine Einstufung als Terrorist?«

»Ich vermute aus zwei Gründen«, entgegnete Ivens. »Zum einen will das INTCEN vermeiden, dass unnötig Staub aufgewirbelt wird. Vermutlich haben Sie bereits die Anweisung erhalten, Komohotos und Messings Tod als zwei unabhängige Unglücksfälle darzustellen sowie Hugenroth und Kaminski überhaupt nicht zu erwähnen?«

»Ein vom INTCEN formulierter offizieller Sprachgebrauch mitsamt einer vorgefertigten Presseerklärung ist gestern Nachmittag eingetroffen«, bestätigte der Polizeichef. »Außerdem musste ich persönlich dafür sorgen, dass sämtliche Akten zu dem Fall gelöscht werden. Stattdessen haben wir eine neue Version eingespielt bekommen. Danach hat die Obduktion von Messings Leiche zu keinerlei verwertbaren Befunden geführt. Weiterhin unterliegen wir alle einer absoluten Geheimhaltungspflicht.«

Ivens nickte nachdenklich. »Zum Teil ist die Reaktion des INTCEN sogar verständlich. Nicht auszudenken, was passieren würde, wenn in der Bevölkerung eine Panik ausbricht und jeder plötzlich Angst vor seinem 3D-Drucker hat. Wir wissen doch, was passiert, wenn eine Idee erstmal in die Welt gesetzt ist. Trittbrettfahrer gibt es immer wieder, egal, wie abscheulich die ursprüngliche Tat auch war.«

»Das müssten dann aber verdammt geniale Nachahmer sein«, gab Feil zu bedenken. »So leicht macht das Bergmann keiner nach.«

»Das ist nicht einmal notwendig«, gab Müngersdorf zu bedenken. »Es würde schon reichen, wenn jemand zum Beispiel massenweise die Druckdatei für eine fertig geladene Kunststoffpistole mit Spannfeder an die Haushalte schickt.

Mein Sohn hat sich mal so eine Datei runtergeladen. Die Dinger schießen einem glatt die Augen aus. Was glauben Sie, in wie viele Kinderhände das Ergebnis eines solchen Spammails gelangen könnte? Allein die Idee, fremde 3D-Drucker zu manipulieren und damit reale Objekte in fremde Wohnzimmer zu schicken – das ist das Gefährliche.«

»Jetzt wissen Sie auch, warum ich keinen 3D-Drucker habe«, sagte Ivens mit einem süffisanten Lächeln. »Das hat nichts mit meinem technischen Unverständnis zu tun.«

»Netter Versuch«, sagte Feil abfällig. »Aber ich habe Ihnen schon einen Ehrenplatz in meinem nächsten Technikseminar reserviert.«

Ivens seufzte.

»Was ist ihre zweite Vermutung, warum Bergmann von der Öffentlichkeit ferngehalten wird?«, kam Müngersdorf noch mal auf das Ausgangsthema zurück.

»Eigentlich eine Facette der ersten«, sagte Ivens. »Ich vermute, das INTCEN wird Bergmann im Geheimen zu einer Kooperation bewegen wollen. Die Öffentlichkeit soll zwar nichts von der Existenz seiner heimtückischen Tötungsmethode erfahren, aber in den Händen eines Geheimdienstes ist diese Waffe natürlich sehr willkommen.«

»Das sähe denen ähnlich«, spottete Feil.

»Glauben die ernsthaft, dass das funktionieren wird?«, warf Herwig ein. »Das Einzige, was Bergmann vermutlich noch interessiert, ist die nächste Gelegenheit, sich umbringen zu lassen. Oder er schafft es doch noch, selbst den Mut dazu aufzubringen.«

Ivens zuckte mit den Schultern. »Wer weiß das schon. Das werden wir wohl nie erfahren.«

Er trat an das Fenster des Besprechungsraums und schaute nachdenklich hinaus in den von einem Einheitsgrau beherrschten Himmel. Vergeblich suchten seine Augen nach klaren Konturen. Weder waren einzelne Wolken auszumachen, noch gab es klare Ausschnitte, die einen Blick auf das sanfte Blau hinter dem allgegenwärtigen Grau zuließen.

Ob dieser Himmel wie die Seele von Bergmann ist?, fragte Ivens sich im Stillen. Ein eintöniges, unendlich weites Feld von trüben Nebelschleiern?

Als der Schuss gefallen war, hatte Ivens dem jungen Bergmann für eine Sekunde in die Augen gesehen. Er glaubte, in diesem schmerzverzerrten Blick etwas erkannt zu haben, das nichts mit dem erwarteten Entsetzen eines tödlich Getroffenen oder einer erlösungsgetriebenen Gleichmütigkeit zu tun gehabt hatte, die er als Reaktion erwartet hatte. Nein – er hatte in Bergmanns Blick eindeutig Skepsis gesehen.

Hatte Bergmann gespürt, dass die Kugel manipuliert worden war? Warum hatte er dann trotzdem das Handy losgelassen und damit zugelassen, dass die Agenten hereingestürmt kamen und ihn jeder weiteren Handlungsmöglichkeit beraubten?

Das Ganze konnte nur eine Erklärung haben: Vielleicht war Bergmann doch nicht vollkommen emotionslos, wie sie angenommen hatten. War es möglich, dass die Erwähnung des angeblichen Gesprächs mit seiner Mutter am Ende der Schlüssel zu seiner Seele gewesen war? Darauf wiesen zumindest sein langes Schweigen und sein unsicheres Nachfragen hin, ob Ivens tatsächlich mit ihr geredet hatte. Auch wenn Bergmanns Ratio unmissverständlich erklärt hatte, dass die Bereitschaft seiner Mutter zu einem Treffen seine Entscheidung nicht beeinflussen würde, so hatte Bergmanns Unterbewusstsein in den Sekundenbruchteilen nach dem Schuss sich möglicherweise anders entschieden. Manchmal treffen Menschen in extremen Stresssituationen Entscheidungen, die von Gefühlen und tiefen Ängsten oder Sehnsüchten getrieben sind und vollkommen anders ausfallen, als wenn sie bei klarem Verstand gefällt worden wären.

Letztlich würde Ivens hierüber nie Klarheit erlangen. Bergmann war ein bedauerliches Geschöpf, dem das Schicksal übel mitgespielt hatte. Er konnte einem nur leidtun.

Zumindest hatte Ivens Werther dazu überreden können, nach Bergmanns Mutter in Hamburg zu suchen. Wer weiß – eventuell ergab sich aus diesem Kontakt eine neue Hoffnung. Vier Jahre waren mittlerweile vergangen, und vielleicht war Bergmanns Mutter nach so langer Zeit bereit, ihrem Sohn zu verzeihen. Wenn sich Bergmann gegenüber dem INTCEN kooperativ verhielt und ihm mildernde Umstände aufgrund eines sicher vorhandenen psychischen Krankheitsbildes zugesprochen wurden, konnte er in ein paar Jahren unter dem Schutz des Geheimdienstes und dem Deckmantel einer neuen Identität irgendwo ein neues Leben beginnen.

Das einzige Problem, das es kurzfristig zu lösen galt, war Günther Bergmann. Da er momentan wie ein rotes Tuch auf seinen Sohn wirkte, musste jeder Kontakt vermieden werden. Es blieb nichts anderes übrig, als ihn zunächst mit der offiziellen Geschichte von dem Sohn als Terroristen abzuspeisen. Ivens konnte nur hoffen, dass Werther das mit großem Einfühlungsvermögen bewerkstelligte. Sie würden ihm etwas von unerlaubten Internetaktivitäten erzählen, die zwar höchst sicherheitsrelevant waren, aber bisher zu keinem ernsten Schaden geführt hatten. Damit würde Günther Bergmann hoffentlich umgehen können. Der Name Bergmann sollte für die Öffentlichkeit tabu bleiben. Man würde sich auf die Sprachregelung einigen, dass der Sohn aufgrund eines psychischen Problems längere Zeit in einer

Spezialklinik im Ausland untergebracht werden würde. Was in gewisser Weise der Wahrheit entsprach.

Ivens trat vom Fenster des Besprechungsraumes zurück und konzentrierte sich wieder auf die Gegenwart. »Ich denke, in diesem Fall gibt es für uns nichts mehr zu tun.«

»Das nicht«, sagte Müngersdorf, »aber es warten noch eine ganze Reihe anderer Fälle auf Sie. Und da offiziell nichts passiert ist, würde es komisch aussehen, wenn Sie gerade jetzt Urlaub einreichen. Außerdem wollen Sie wohl nicht ausgerechnet dann die Stadt verlassen, wenn Silvia de Santini unser Ehrengast ist. Vielleicht brauchen wir wieder einen tatkräftigen Hauptkommissar, der weiß, wie man bei berühmten Persönlichkeiten die richtigen Erste-Hilfe-Maßnahmen durchführt.«

Wenig amüsiert hob Ivens zu einer Erwiderung an, doch Müngersdorf hatte sich an seinem Schreibtisch niedergelassen und sein Gesicht hinter einem Stapel von Akten vergraben. Ein leises Kichern ließ erahnen, dass zumindest einer seinen Scherz gelungen fand.

»Kommen Sie«, sagte Ivens betont laut zu Herwig, um sicherzugehen, dass Müngersdorf ihn hören konnte. »Setzen wir Ihre Einarbeitung fort. Als Nächstes werde ich Ihnen beibringen, wie man es schafft, dem Polizeichef für mindestens drei Monate aus dem Weg zu gehen.«

Sie nickten Feil zum Abschied.

Gemeinsam verließen sie Müngersdorfs Büro, und ohne dass Ivens sie dazu aufgefordert hatte, knallte Herwig die Tür lautstark hinter sich zu.

ENDE